外国文学名著丛书

〔俄〕屠格涅夫 / 著

罗亭　贵族之家

陆蠡　丽尼 / 译

"外国文学名著丛书"编委会

人民文学出版社

图书在版编目(CIP)数据

罗亭 贵族之家/(俄罗斯)屠格涅夫著;陆蠡,丽尼译.— 北京:人民文学出版社,2021(2023.3重印)
(外国文学名著丛书)
ISBN 978-7-02-016503-2

Ⅰ.①罗… Ⅱ.①屠… ②陆… ③丽… Ⅲ.①长篇小说—俄罗斯—近代 Ⅳ.①I512.44

中国版本图书馆 CIP 数据核字(2020)第 127529 号

责任编辑 柏 英
装帧设计 刘 静
责任印制 王重艺

出版发行 人民文学出版社
社　　址 北京市朝内大街 166 号
邮政编码 100705

印　　刷 北京盛通印刷股份有限公司
经　　销 全国新华书店等

字　　数 262 千字
开　　本 850 毫米×1168 毫米 1/32
印　　张 13 插页 3
印　　数 6001—9000
版　　次 2006 年 1 月北京第 1 版
印　　次 2023 年 3 月第 3 次印刷

书　　号 978-7-02-016503-2
定　　价 49.00 元

如有印装质量问题,请与本社图书销售中心调换。电话:010-65233595

屠格涅夫

出 版 说 明

人民文学出版社自一九五一年成立起,就承担起向中国读者介绍优秀外国文学作品的重任。一九五八年,中宣部指示中国科学院文学研究所筹组编委会,组织朱光潜、冯至、戈宝权、叶水夫等三十余位外国文学权威专家,编选三套丛书——"马克思主义文艺理论丛书""外国古典文艺理论丛书""外国古典文学名著丛书"。

人民文学出版社与中国科学院文学研究所,根据"一流的原著、一流的译本、一流的译者"的原则进行翻译和出版工作。一九六四年,中国社会科学院外国文学研究所成立,是中国外国文学的最高研究机构。一九七八年,"外国古典文学名著丛书"更名为"外国文学名著丛书",至二〇〇〇年完成。这是新中国第一套系统介绍外国文学作品的大型丛书,是外国文学名著翻译的奠基性工程,其作品之多、质量之精、跨度之大,至今仍是中国外国文学出版史上之最,体现了中国外国文学研究界、翻译界和出版界的最高水平。

历经半个多世纪,"外国文学名著丛书"在中国读者中依然以系统性、权威性与普及性著称,但由于时代久远,许多图书在市场上已难见踪影,甚至成为收藏对象,稀缺品种更是一书难求。在中国读者阅读力持续增强的二十一世纪,在世界文明交流互鉴空前频繁的新时代,为满足人民日益增长的美好生活的需要,人民文学出版社决定再度与中国社会科学院外国文学研究所合作,以"网罗经典,格高意远,本色传承"为出发点,优中选优,推陈出新,出版新版"外国文学名著丛书"。

值此新版"外国文学名著丛书"面世之际,人民文学出版社与中国社会科学院外国文学研究所谨向为本丛书做出卓越贡献的翻译家们和热爱外国文学名著的广大读者致以崇高敬意!

"外国文学名著丛书"编委会
二〇一九年三月

编委会名单

(以姓氏笔画为序)

1958—1966

卞之琳	戈宝权	叶水夫	包文棣	冯　至	田德望
朱光潜	孙家晋	孙绳武	陈占元	杨季康	杨周翰
杨宪益	李健吾	罗大冈	金克木	郑效洵	季羡林
闻家驷	钱学熙	钱锺书	楼适夷	蒯斯曛	蔡　仪

1978—2001

卞之琳	巴　金	戈宝权	叶水夫	包文棣	卢永福
冯　至	田德望	叶麟鎏	朱光潜	朱　虹	孙家晋
孙绳武	陈占元	张　羽	陈冰夷	杨季康	杨周翰
杨宪益	李健吾	陈　燊	罗大冈	金克木	郑效洵
季羡林	姚　见	骆兆添	闻家驷	赵家璧	秦顺新
钱锺书	绿　原	蒋　路	董衡巽	楼适夷	蒯斯曛
蔡　仪

2019—

王焕生	刘文飞	任吉生	刘　建	许金龙	李永平
陈众议	肖丽媛	吴岳添	陆建德	赵白生	高　兴
秦顺新	聂震宁	臧永清

目　次

译本序——"多余人"形象画廊中的美学碑记 …… 张建华 1

罗亭 ………………………………………………… 3

贵族之家 ………………………………………… 169

译 本 序

——"多余人"形象画廊中的美学碑记

在十九世纪俄罗斯文学史上,屠格涅夫的创作具有独特的价值和地位。在将近半个世纪的文学创作生涯(1834—1883)中,他在诗歌、小说、戏剧、散文等多个领域均有建树,尤其在小说创作方面更负盛名。他无疑是一个具有世界声誉的大作家。中国读者最熟悉,也是思想最丰满、人物形象最鲜明、文字最精彩、影响最深远的,是他的长篇小说。与同时代的长篇小说作家相比,屠格涅夫最鲜明的特点在于他审美理念中独特的精英意识和小说叙事的精致主义的风格。

屠格涅夫在创作中始终保持着他所独有的再现时代、启蒙思想、展现崇高的主体精神。这种主体精神所体现的精英意识与列夫·托尔斯泰、陀思妥耶夫斯基的不同,无意于道德重建、灵魂拯救、指点江山、传播主义。屠格涅夫对时代的动荡脉跳、社会的思想走向、新人的代际更替更加敏感,也更为关注。他始终在捕捉并表达代表社会发展的新思想,塑造作为这一思想承载者的新人物。他的基于个人感知的生活体验总是与社会生活的整体性、多样性和复杂性有着紧密的勾连,持续地激发读者对社会现实和人生现实的思考。屠格涅夫的小说中总有一种创作主体意欲表达的思想光芒,那光芒的源头尽管有时模糊难定,却可以照亮整部小说的话语建构:从故事情节到人物体系,从情感纠葛到自然景观,甚至客厅里的一场思想论争、花园里的一个池塘、一座僻静宁谧的修道院……俄罗斯批评界和文学史界几乎异口同声地称他是"十九世纪俄国社会思想的编年史家",这一评价传达了他的精英意识的审美旨趣,只是似乎浅显的"社会思想的编年史"的说法远不能穷尽其长篇小说丰富的审美意趣。屠格涅夫的文学精英意识中还有道德人性、历史文化、哲学存在等多种思想内蕴。他的六部长篇小说《罗亭》《贵族之家》《前夜》《父与子》《处女地》《烟》在这方面无一例外,只是各有侧重。

至于精致主义的叙事风格,首先表现在精细的人生叙事,这是相对于列夫·托尔斯泰的宏大历史叙事和陀思妥耶夫斯基的宗教哲学言说而论的。屠格涅夫的长篇小说没有宏阔复杂的结构,没有离奇曲折的情节冲突,没有触目惊心的大起大落,基本上都是在生活的平面上向前推进。贵族庄园多是他的长篇小说的空间场域,并持续地成为他写作的文化和精神资源。小说的场景小巧精致,结构紧凑完整,情节引人入胜,叙事从容不迫、委婉松弛,但在舒展平缓中别有一番情致和韵味。在他的笔下,生活形态丰满,人物形象鲜明,心理描写细腻,情感表达真切,抒情诗意浓郁。正如纳博科夫所说,"屠格涅夫的文笔伸缩自如,行云流水,富于乐感"。[①] 特别要指出的是,在屠格涅夫的文学王国里,傲然伫立着一群精妙的少女形象。她们典雅庄重、坚忍顽强,甚至抢夺和遮蔽了男性形

[①] [美]纳博科夫:《俄罗斯文学讲稿》,丁骏、王建开译,上海译文出版社,2018年,第79页。

象的位置,散发着迷人的色彩和神圣的光芒,令人铭记难忘。在上述的方方面面,屠格涅夫都是采用精雕细刻的方法。为其精致主义的叙事风格添彩的,当然还有他流畅柔美、考究精妙的语言。

十九世纪的四十至五十年代与普希金和莱蒙托夫所生活和创作的二十至三十年代大异其趣,这是以别林斯基为代表的俄国革命民主主义者呼唤文学应该向社会问题关注的焦点挪移的文学时代。俄罗斯文学进入了一个以批判现实主义为主潮的多元发展的时期,迎来了小说家向更深层次的思想和艺术探索挺进的一个历史契机。正是在这样一个时代的开端,屠格涅夫安然进入了文学的历史庭院。他像一个不速之客,首先闯进了很少被同时代作家关注的俄国社会的郊野乡村、庭院草场。他满怀着真诚、热情,以敏感、细腻的笔触在十九世纪四十年代后期创作了《猎人笔记》,诗意酣畅地揭开了黄金世纪描写农奴制时代真正俄罗斯农民生活的第一页。不久,他又持续地把笔触投向了俄国优秀知识分子人生命运的书写中。《罗亭》(1856)和《贵族之家》(1858)是他最早完成的两部以贵族知识分子为主人公的长篇小说。它们之所以赢得历史的充分认可和后人跨时代的喜爱和赞赏,就在于它们所描绘的人生命运及其拥有的社会历史承载有着独特的表达方式。屠格涅夫没有像同时代的一些俄罗斯作家那样通过描摹和批判俄国现实生活实现与社会历史的勾连,而是通过揭示俄国优秀贵族知识分子崇高的精神、丰富的内心世界、多舛的人生,即以"尽精微而致广阔"的方式,来实现对时代精神风貌的把握。

即使是屠格涅夫小说创作最权威的批评家和研究者,也不会对作家笔下的"俄国贵族知识分子多余人"命题的重要性和迫切性提出质疑和论辩,这一组合的形象群体充分反映了这一时代的社会生活和知识分子独特的历史命运。《罗亭》中的同名主人公和《贵族之家》里的拉夫列茨基,都是生命激情旺盛的人生漂泊者和失意者,都是无法将其永不放弃和始终坚守的崇高精神付诸行动的"多余人",他们都是黄金世纪俄罗斯文学"多余人"形象画廊中不可忽略的美学碑记。

"贵族知识分子多余人"在不同时期的存在都有其各自不同的历史价值,其实并非"多余"。他们的人生悲剧,既是俄国贵族知识分子的精英意识在历史文化语境中未能得以实现的悲剧,也是人物个体游走于生命理性与生活现实之间的不无病态的生命形态展示,是屠格涅夫英雄主义的主体精神所铸就的一种暧昧而又凄婉、弥散着无泪痛楚的激情所在。在这两部长篇小说中,两个同时代的贵族"多余人"有着不同的生命形态和精神追求,作者的审美旨趣和价值判断也有着明显的差异。显然,"贵族知识分子多余人"这一充满矛盾和悖论的人物内涵,连同作家对其的价值判断,需要接受现代观念的重新审视和反思。

罗亭是一个闪耀着理想主义精神光辉的贵族青年,但他始终未能在生活中找到自己的位置。他无意撞上显赫富有的贵夫人拉松斯卡雅在乡间别墅客厅的一次沙龙,让他不由自主地卷入了时代的精神生活。他的充满火一般热情的话语引发了各色人等之间的思想碰撞,激发了一场急速却又无果的爱情,并与他此后漂泊无着的人生形成了鲜明的对照。

罗亭留学浪漫主义的故乡德国,他崇尚歌德和霍夫曼,热爱文化和科学,强调思想、信仰、原则和真理的伟大作用,喜欢

"讨论"人世间最重大的问题和任务。俨然是此后的长篇小说《父与子》中那个自由主义思想的捍卫者帕维尔·基尔萨诺夫的兄长。这个具有诗性品格的自由主义思想的鼓动者是一个时代的思想引擎。他不仅唤起了青年家庭教师巴西斯托夫无限蓬勃的热情,也把十七岁的贵族少女娜达丽亚带进了神奇美妙的文学世界,给了她新的思想、奇妙的憧憬。他的演讲散发着启蒙者的思想智慧和生命激情,用他的大学同学列兹涅夫的话说,这种激情"正是我们时代的最可宝贵的品质……所以只要有谁能够唤醒我们,温暖我们,哪怕只是一瞬间,我们也该感谢他的!"更难能可贵的是,他拥有"牺牲自己的小我来为大我谋福利"的崇高志向,拒绝任何纯粹个人的各种享受、希望和梦想的精神品格。

所有的先行者都是孤独者。罗亭的性格表现出那个时代先行者共有的孤独,因为他过于执著的精神追求和过于单纯的思想坚守,也因为他的同时代知识分子没有他那样的无私和真诚。他独自承受并享受着这种高傲的孤独。嫉恨这一孤傲精神的他的论辩者说:"所有罗亭的朋友和崇拜者,到时候都成了他的敌人。"罗亭孤傲的生命品格在"大家都变得不可容忍地理智、淡漠,而且懒惰了……沉睡了,僵冷了"的世俗语境中显得尤为珍贵。这样描述罗亭的精神品格,是屠格涅夫对俄国社会思想和俄国贵族知识精英精神闪光的一种发现。

智慧超群、胸襟博大、精神崇高的罗亭理应成为"当代英雄",可是在小说中,在那场论争结束后,作者很快就按下不表了,却把目光移向了罗亭的人生溃败。当一个真实而复杂的生活世界出现在罗亭面前,他心中那崇高而又美妙的精神宇宙却逐渐暗淡、缥缈起来。从贵族少女娜达丽亚被他的激情和智慧打动而深深爱上了他,而他的爱心也在瞬间被点燃的那一刻起,他的悲剧宿命开始上演。面对突如其来的爱情,他似乎变得惊恐不安、束手无策。当娜达丽亚向他讲述母亲因他的漂泊无着而强烈反对他们交往,而她本人却表达了义无反顾拥抱爱情的毅然抉择时,罗亭竟毫不犹豫地脱口而出说"只有屈服"。他全部的激情、精神和信仰的力量顷刻间被生活现实击得粉碎。他在阿夫杜馨池塘边的无措木讷、畏首畏尾的心灵表白,成了对他本人的宏大誓言和英雄精神的莫大嘲讽。这是一个令人难堪的人格悖论:对自由、美好、崇高充满信念和信心的精神巨人,在遭遇了生活中小小波折的搅动之后,转眼间成了吓破胆的生命弱者。

看来,罗亭的全部精彩思想都是悬空的,是被他自己符号化了的,它们没有现实生活的支撑,更没有得到生命经验的印证。他自己对这一点似乎也有清醒的判断。他对娜达丽亚坦陈:"我应该行动起来……我不应该尽说空话,把我的精力尽浪费在空洞的谈话,浪费在毫无用处的空话上头。"但这一自我认知和检视如同他的理性世界一样,也是悬空的,没有落脚的生活土壤,其生命的浮萍根性昭然若揭。他似乎总在努力,却总也无法改变现状。他在含羞忍垢地被逐出拉松斯卡雅家门之后开始了漂泊的生活——从莫斯科到辛比尔斯克,从唐波夫到偏远的乡村,他尝试过疏浚河道的公共事业,站过中学的讲堂,最后还准备回到乡村去做点实事。在漂泊的途中,"在他那垂头的姿态里,有一种无可告助的、只好屈服的哀愁的神情"。精神理性与生活实践所形成的强烈互文如此奇异诡谲,这远非"言行不一"的轻描淡写所能阐释得通的。这是一个被理性主义窒息到丧失了鲜活生活感,生活在飞扬的精神生活中却没有任何生活现实质感的"多余人"的生命形态。不了解生活,还凭什么引领生活、创造生活呢?

罗亭这一形象中隐隐约约地有着屠格涅夫的烙印。罗亭性格中的柔弱、理性,男子汉的使命与责任感,鲜明的西欧主义者立场,都有屠格涅夫本人性格和思想倾向的投射。罗亭的不幸是西欧主义者的不幸,源于他对俄罗斯民族文化的无知与疏离。正如他的好友列兹涅夫所说,"罗亭的口才却不是俄国式的","罗亭的不幸在于他不了解俄国……这不是罗亭的过错;这是他的命运"。他与坚守民族传统、务实精明的列兹涅夫的不同人生形成了鲜明的对照。多年后,罗亭与他在一个寒意浓浓的秋夜邂逅,随后凄凉地道别。叙事人感叹说,"在这样的夜里,能坐在家室的庇荫之下,有温暖一角的人,是有福的……愿上帝帮助所有无家可归的流浪者吧!"这一抒情插叙折射了以罗亭为代表的俄国西欧主义者的文化和生命之"家"的失落,对回归家园的呼唤。

罗亭生命形态的荒唐在小说的结尾还被作家进一步强化。他在1848年法国巴黎起义的巷战中莫名其妙地阵亡,小说对此仅有十分简短的文字说明,却对他最后的人生阶段未作任何交待。罗亭从来没有过实实在在的行动实践,哪怕是一时的聚精会神的投入。这令人意外的大义凛然,舍身赴死的革命举动,除了单纯的一腔热血、英雄无悔之外,事实上是一个俄国浪漫主义者可笑的自取灭亡。小说中这一文本的意图无非是用身体与精神的一齐毁灭传递自由理性精神的溃败,甚至于荒唐。罗亭作为一个优秀的"多余人"的思想和精神有一种令人心碎的美,令读者感叹的是他未能找到理性与感性、思想与生活的完美结合点。

《贵族之家》是屠格涅夫试图梳理社会历史的缠绕和摆脱思想意识束缚,把小说写成纯然"爱情小说"的精妙尝试,是他的六部长篇小说中最能体现其精致主义诗性叙事的光辉典范。不过,我们仍然可以发现屠格涅夫在长篇小说《罗亭》中所确立的小说叙事的精英意识:表现不同社会思想的碰撞,表现时代精神和历史情绪。在贵族卡里金娜的客厅里,主人公拉夫列茨基与彼得堡内务部侍从官潘辛围绕俄罗斯未来之路发生的思想交锋,拉夫列茨基在家乡华西列夫斯科耶与大学同学米哈莱维奇有关社会、人生和信仰的对话,使得十九世纪四十年代在俄国发生的那场声势浩大且意义深远的斯拉夫主义者与西欧主义者的思想论争清晰可辨地跃然纸上。

拉夫列茨基在德国留学,是个倡导启蒙的"伏尔泰信徒",却是一个坚实地站在俄罗斯大地上的民族精神的守望者。他反对潘辛提出的俄罗斯需要彻底欧化的主张,驳斥他的"只要把优良的制度介绍进来,一切都可以迎刃而解"的说法,认为"高高在上、一意孤行的所谓改革,既没有对于祖国的深刻认识作根据,又没有对于理想(哪怕是消极的理想)的真实信仰来作后盾,那是决无成就的",改革者需要认清人民的真理,需要谦虚的精神。然而,为全人类命运而忧虑的米哈莱维奇却把他称作"博雅的游惰汉",一个徒有敏锐思想却无所事事的犬儒主义者。两场讲述思想碰撞的文字,尽管篇幅十分有限,却演绎了时代的社会思想交锋,呈现了主人公的人生命运与历史的关联。在时代先进思想的表达上,两个贵族知识分子同龄人——拉夫列茨基与罗亭——似乎构成了一种奇妙的对话关系。

不过,长篇小说所呈现的时代精神和历史情绪只是叙事的话语背景,屠格涅夫主要是通过令人扼腕的爱情故事来建构"多余人"的生命悲剧。在《贵族之家》中,屠格涅夫对"多余人"人生悲剧探究的兴趣远远大于对他们精神悲剧的生命书写,小说极具诗性美的艺术品质也与此有关。

拉夫列茨基出生于贵族世家,但在他血管里流淌着平民的血液,因为他母亲是一个女仆。他外貌粗犷强壮,性格质朴踏实、沉稳守拙,对土地和乡村一往情深。然而,他与罗亭一样,共有一种"多余人"的症候:天性软弱,优柔寡断,在现实生活中没有方位和目标,缺乏坚实的思想和信仰支撑。他的多余和无为,并不体现在他对社会角色的追求中,而呈现在其屈辱的婚姻、不幸的情感、无所事事的惨淡人生中。

对美貌的无抵抗性导致了拉夫列茨基婚姻的不幸。妻子华尔华拉令人销魂的美色只是她纵欲享乐的资本。她惯于逢场作戏,精于逃避责任。拉夫列茨基对妻子在巴黎的滥情虽然憎恶乃至愤怒之极,但只能听之任之,并搭上了一生作为献祭。离开妻子后,拉夫列茨基躲藏在意大利的一个小城,一待就是四年。他孤苦无依,没有家庭,没有事业,成了一个流浪者。深知其性情的姑妈对他说:"无论在哪儿你都建立不起一个家来;你的命运是一生漂泊。"婚姻生活的经验教会了他怀疑,他开始对一切都心灰意懒,似乎与整个污浊的生活现实一起碎裂与沉沦。

与少女丽莎的相遇成为主人公重新感知现实、认识生活的媒介。妻子去世的传闻揭开了他追求美好情感和人生意义的新篇章,但不久谣言被无情的事实戳穿,妻子突然带着女儿回到他身旁。与丽莎的情感激流刚刚汇聚到一起,他却又面临着立刻要被强行分离的空虚与绝望。丽莎最后走进了修道院,拉夫列茨基将她深深地葬入心底。理性的制约与情感的压抑最终造成了他的心灵枯萎。婚姻的失败,爱情的悲剧,成为他逃避世俗生活的口实,成为他重新追求"社会使命"的契机,然而他最终没有任何力量改变自己并寻找到属于自己的生活。走进修道院与丽莎做最后一次的人生道别,说明他以真爱为人生最高价值的生命渴求的落寞与消亡,既定的生活根本无法反抗,苟活成为"多余人"拉夫列茨基唯一的生命形态。主人公甚至未曾想过以精神的自我提升来克服这种生活困境,因为事实是,小说中以大量笔墨呈现悲剧婚姻如何造就了他在尊严失落后的焦虑和痛苦,以及错过爱情和幸福后他的精神坍塌和心灵绝望。也许,这正是这部"多余人"小说独特的震撼力所在。

不过,屠格涅夫对拉夫列茨基生命状态的叙说是充满悲悯情怀的。主人公的宽厚善良和诚挚心灵闪耀着人性的光辉。他在责任感、道德感上远胜于他的"多余人"兄长奥涅金、毕巧林。正如屠格涅夫的同时代批评家安年科夫所说,"拉夫列茨基们不为追求显性的目标、成就活着,不渴慕虚荣、权力,不沉溺于动物的本能欲望,无论对自己,还是对他人都有着崇高的道德精神追求。正是他们使得周围的日常生活富有了生气,他们在完善着同胞们的心灵世界"。

小说的另一个动人心魄之处在于,屠格涅夫以精致主义的叙事笔法细腻地描绘了女主人公丽莎纯净与诚挚的心灵和情感世界,描绘了一场令人唏嘘的神圣爱情。

丽莎脸色苍白、面容端庄、天性宁静、表情严肃,具有圣像画中圣母的外貌特征。她头顶圣洁的光环现身于作品之初,丝毫无损地结尾于作品之终,水晶般洁净透亮,毫无瑕疵。她与周围其他贵族女性的差异在于,她所受到的教育不是来自贵族父母亲,而是来自虔诚的保姆阿加菲雅,是保姆为她讲述的关于隐士、圣人、女殉道者的生平故事。"她,爱着所有的人,可是,并不特别爱其中的任何一个;只有上帝,是她以衷心的热情,胆怯地然而温柔地爱着的"。上帝阻隔了她与世界、生活、现实的联系,造就了她深深的自律、忏悔、赎罪的情结。她不仅始终在为自己的灵魂,还在为自己的贵族家庭,为父亲积攒的财富忏悔和赎罪。生来就背负着家庭罪感的丽莎,注定在接受与表达爱的第一天起就承受痛苦,始终在冥冥之中感受着上帝的意旨。从那一刻起,她的内心就充满了矛盾:既渴望爱与个人幸福,又怀疑爱的合法性和合理性。即使是十分短暂的心灵的欢悦与幸福、精神自由的片刻放纵,对丽莎来说也是谨慎的、羞涩的,带着理性的冷静与严酷。从她得知华尔华拉还活着的那一刻起,她就一直在克制对拉夫列茨基的感情。在见了华尔华拉之后,她更有了深重的罪恶感,而且认定她的人生使命就是将爱与婚姻的权利归还给华尔华拉,因为他们是"上帝给结合在一起的人"。

屠格涅夫并非宗教作家,甚至可以说,他在理性上是否定宗教信仰的。但是,他却与他的主人公一样,深深感受并接受了俄罗斯民族意识中浓郁的宗教情结。正因为如此,他才塑造了这样一个"最最宁静,同时又最最富有基督精神的丽莎形象"。

如果丽莎生活在二十一世纪,如果她具备现代俄罗斯女性的思维方式,她也许不会离开拉夫列茨基和他的庄园,不会自我放逐出爱情乐园。她会为自己找到一个合适的出口,她也许会明白,爱有多种方式,爱本身是没有错的,不管发生在怎样的矛盾和道德氛围中。但神圣爱情而质疑婚姻的小说家要咏赞一种爱的精神永恒、爱的圣洁,一种可以征服感官、震撼心灵的伟大的爱的诗性美:对爱情无悔的坚定和绝望无终的等待。诚然,丽莎的爱情规则对于今人而言没有了任何意义,现代人已经有了自己的人生规则,但是,屠格涅夫提倡的爱情规则却是亘古不变的:美丽的爱情须以美丽的心灵和道德为附着。

在《罗亭》与《贵族之家》中,屠格涅夫为读者呈现了精致的,极具诗性美的贵族庄园,这些被作家高度诗意化、浪漫化、理想化的庄园,是美妙的俄罗斯贵族文化"绿洲",其一系列标志性的景色令人神往:椴树林荫道、夜莺、木栅栏、池塘、花园……同时还有生活在其中的人们独有的生活内容:客厅、沙龙、钢琴、午餐、茶歇、花园漫步、垂钓、礼拜、日祷……正是如诗如画、纯真秀美的自然景色和充满诗情画意的庄园文化造就了生活中的激情和美感,崇高的精神和情致孕育了真诚朴实、精神崇高的罗亭、拉夫列茨基、娜达丽亚、丽莎,还有像音乐家伦蒙、贵夫人玛尔法·季摩费耶夫娜等一个个真善美的人性世界。屠格涅夫说,"贵族俄罗斯是俄罗斯民族文化、民族生活中不可分割的重要组成部分",是"民族美的理想的一个象征",是"几代人理性的、审美的和精神记忆的宝库"。

在《贵族之家》里,草原之乡华西列夫斯科耶尽管有些偏僻荒凉、寂静没落,却有着天堂般的宁静。它们是过去、今日、未来的交汇处,是拉夫列茨基家几代优秀贵族繁衍生息、生命成长、精神成熟的地方,正是在这里,"对往事的哀怨宛若春雪在他的心中融化",正是这个草原之乡成了拉夫列茨基规避丑恶现实、医治心灵创伤的宁静和谐的家园。

  小说末尾,在男女主人公诀别了爱情与幸福、从热闹的人生舞台悄然离去后,作家以无比的深情讴歌了贵族的新生代,他们远比父辈们更有活力和朝气,他们超越了先辈的心性与目力,终于可以不再受拉夫列茨基、丽莎所遵循的人生规则拘囿了。"玩吧,乐吧,生长吧,年轻的生命们!"这是拉夫列茨基对贵族新一代的祝福,其中蕴含着屠格涅夫对贵族文化的希望和对贵族新人的呼唤。《贵族之家》中唱响的一曲凄婉的情歌在浓浓的春意中结束了,留下了不尽的浪漫的"春情"。这正是屠格涅夫通过"贵族之家"的代际更替所传达的人类生存规则之真谛,人类生存的永恒价值之所在。

张建华

罗 亭

陆蠡 译
丽尼 校

И. С. ТУРГЕНЕВ
РУДИН

根据 Constance Garnett 英译本 *Rudin*(London, William Heinemann, 1923)转译,参考 Henry Bolt 英译本(Thomas Y. Crowell, New York, 1873), 并根据 И. С. ТУРГЕНЕВ. СОБРАНИЕ СОЧИНЕНИЙ, ТОМ II (МОСКВА, ГОСЛИТИЗДАТ,1954)校订。

1

静静的夏天的朝晨。太阳已经高悬在明净的天空;田野里仍然闪着晓露。初醒的山谷散发着芬芳的气息,而宿鸟则在朝露未霁、悄无声息的森林中欢乐地歌唱。在一片山坡上,自顶至麓都满布着刚刚放花的黑麦,山脊上远远望见有一个小小的村落。一个少妇正沿着通往村落去的小径走着。她穿着白麻纱的长袍,头戴圆草帽,手里拿着遮阳伞。在她后面不远,尾随着一个小厮。

她缓缓走着,好像在欣赏这步行的乐趣。前前后后,修长的黑麦临风摆动,发出轻微的沙沙声响,麦浪起伏,时而涌出一片淡绿,时而又皱起一道红波;高空上,百灵鸟正啭着歌喉。少妇适间从自己的田庄出来,这田庄离她正要前去的小村不过一俄里①。她的名字叫做阿列克山得拉·巴夫洛夫娜·黎宾娜。她是一个寡妇,没有孩子,颇有些财产。她和她的弟弟,一个名叫谢尔盖·巴夫里奇·伏玲采夫的退役的骑兵上尉,住在一起。弟弟还没有结婚,眼下在替姐姐管理田产。

阿列克山得拉·巴夫洛夫娜来到了小村,在村头一所又破又矮的小屋前停住。她把小厮喊近前来,叫他进屋去探问

---

① 1俄里约合1.067公里。

女主人的健康。小厮马上就出来了,一同出来的还有一位白胡子的衰老农民。

"哎,怎么样?"阿列克山得拉·巴夫洛夫娜问。

"她还活着……"老人回答。

"我可以进去吗?"

"怎么不可以?请吧。"

阿列克山得拉·巴夫洛夫娜走进了小屋。屋子里很局促,又闷又烟。在暖炕上,有谁在蠕动着,呻吟着。阿列克山得拉·巴夫洛夫娜环顾四周,在半明半暗里看出了一个头裹格子布头巾的老妇人的一张干皱枯黄的老脸。一件笨重的外套齐胸压在她身上,使她呼吸都感到困难。她的瘦削的手无力地摊开着。

阿列克山得拉·巴夫洛夫娜走到老妇人身边,用手指摸了摸她的前额,那额是火烫的。

"你觉着怎么样,马特辽娜?"她俯向暖炕问道。

"哎哟!"老妇人呻吟着,认出了阿列克山得拉·巴夫洛夫娜。"不行,不行了啊,亲爱的!我的时辰该到了,我的小亲人!"

"上帝是慈悲的,马特辽娜:也许你就会好起来的。你吃过我给你送来的药吗?"

老妇人痛苦地呻吟着,没有回答。她没有听到这句问话。

"她吃过了。"站在门边的老人说。

阿列克山得拉·巴夫洛夫娜转身向他。

"除了你,就没有别人陪陪她么?"她问。

"还有个女孩子——她的孙女,可是她老爱跑开。老也不肯安静坐一会:简直是一头无缰的野马。懒得连拿杯水给她奶奶都嫌太麻烦了。我又老了;我能管什么用?"

"要不要把她送到我那个医院里去?"

"不!干吗送到医院里去呢!反正是要死的。罪已经受满了;显见,这是上帝的意思。她再也离不了这暖炕。还送什么医院呢!只要一折腾,她马上就会死的。"

"哦!"病妇人呻吟道,"我的漂亮的太太,不要丢下我的小孙儿;我们的老爷离得远,可您……"

老妇人咽住了,她已经接不上气来。

"别发愁,"阿列克山得拉·巴夫洛夫娜回答说,"可以照办的。瞧,我给你带了点茶和糖来。喝一点……你们有茶炊么?有吗?"她望着那个老农民继续说。

"茶炊?我们没有茶炊,但是可以想法子找一个来。"

"那么,想法子找一个来吧,要不,我给送一个过来。要告诉你的孙女,别让她老跑开。告诉她,这是可耻的。"

老人没有回答,只是双手接过了茶和糖。

"好,再见吧,马特辽娜,"阿列克山得拉·巴夫洛夫娜说,"我一定再来看你的,可你也别气馁,要按时吃药。"

老妇人抬起头来,把手向阿列克山得拉·巴夫洛夫娜伸去。

"请把您的手给我,亲爱的太太。"她喃喃地说。

阿列克山得拉·巴夫洛夫娜没有把手伸给她,只是俯下身去,在老妇人的额上吻了一下。

"得留点神,"她一面走出去,一面对老农人说,"按时给她药吃,照着方单上写的……给她喝点茶。"

老人仍然没有回答,只是鞠着躬。

跑到外边的新鲜空气中,阿列克山得拉·巴夫洛夫娜这才舒舒畅畅地吐了一口气。她撑起阳伞,正想起步回家,突然在小屋角边出现了一个三十岁左右的男子,驾着一辆赛跑用的轻便马车,穿着灰麻布的旧外套,戴着同样质料的小帽子。一瞧见阿列克山得拉·巴夫洛夫娜,他便立刻勒住了马,向她转过脸来。他有一张阔大的苍白的脸,一对浅灰色的小眼睛和几乎斑白的短髭,这一切都和他的衣着的色调相称。

"您好!"他开口道,带着懒散的微笑,"请问,您到这儿干什么来了?"

"我探望一位女病人来着……您从哪儿来,米哈伊罗·米哈伊里奇?"

那个叫作米哈伊罗·米哈伊里奇的人直盯着她的眼睛,又微微笑了。

"做好事呢,"他说,"探望病人来着;可您把她送进医院里去不是更好些么?"

"她太衰弱了:不能搬动她。"

"难道您也想要放弃您的医院?"

"放弃!为什么?"

"唔,我想……"

"多么奇怪的想法!您怎么会这么想的呢?"

"哦,我看您跟拉松斯卡雅夫人常在一起,好像很受了点她的影响。照她的说法,什么医院啦,学校啦……这全都是些乱弹琴,毫无用处的花样经。慈善事业应该纯粹是个人的事情,教育也是一样:这全都是有关灵魂的事业……大概这就是她的那一套高论。① 她这种调调儿是从哪儿拾来的呢？我倒想打听打听。"

阿列克山得拉·巴夫洛夫娜笑了。

"达里雅·米哈伊洛夫娜是个聪明女人，我很喜欢她，很尊敬她；但是她也可能是错误的，我也并不一概相信她说的每一句话。"

"您不一概相信她，那就好极了，"米哈伊罗·米哈伊里奇接着说，仍然不下车来，"因为她对自己的话也并不十分相信。可是，碰到您，我很高兴。"

"为什么？"

"问得真妙！碰到您，难道不总是可以高兴的么？今天，您真跟这早晨一样的新鲜，漂亮。"

阿列克山得拉·巴夫洛夫娜又笑了。

"您笑什么？"

"笑什么！要是您自己能看得见，您说这句恭维话的时候您那副神气该是多么懒懒散散，冷冷冰冰！我倒奇怪您说到最后一句时，怎么没有打出个哈欠来！"

"冷冷冰冰……您老是需要火；但是火是毫无用处的。它闪一阵光，冒一阵烟，就完了。"

"但是它给人温暖。"阿列克山得拉·巴夫洛夫娜插进一句。

"是的……也把人焚烧。"

"唔，就算是焚烧，那又算得什么！这也并不坏。反正总比……"

---

① 这是果戈理在《与友人书信集》中表达的观点。

"好吧,哪一天烧您个痛痛快快,那时我看您会怎么说,"米哈伊罗·米哈伊里奇不耐烦地打断了她的话,拢了拢缰绳,"再见。"

"米哈伊罗·米哈伊里奇,等一等!"阿列克山得拉·巴夫洛夫娜喊道,"您什么时候来看我们?"

"明天;替我问候您弟弟。"

马车辘辘地滚去了。

阿列克山得拉·巴夫洛夫娜目送着米哈伊罗·米哈伊里奇的背影。

"真像条口袋!"她想着。真的,看他躬着腰,满身灰尘,帽子推在脑后,一堆堆乱麻似的黄头发从帽子底下钻出来,可真像一只大面粉口袋。

阿列克山得拉·巴夫洛夫娜静静地踏上了归途。她一路走着,眼睛朝着地上。不远的地方传来一阵马蹄声,使她停住脚步,抬起头来……是她的弟弟骑着马迎接她来了;在他的身边走着一个身材不高的青年,穿着件淡颜色的敞胸上衣,打的也是淡颜色的领带,戴着顶淡灰色的帽子,手里拿了一根细手杖。他老远就望着阿列克山得拉·巴夫洛夫娜微笑了,虽则明知她正在沉思,是什么也不会注意到的;而当她停下脚来,他便跑上前去,以愉快的、几乎是温柔的声音叫道:

"您好,阿列克山得拉·巴夫洛夫娜,您好!"

"啊!康斯坦丁·吉渥密地奇!您好!"她回答说,"您是从达里雅·米哈伊洛夫娜那儿来的吗?"

"一点不错,太太,一点也不错,"青年人容光焕发地回答,"正是从达里雅·米哈伊洛夫娜那儿来的。达里雅·米哈伊洛夫娜让我找您来的,太太;我倒也高兴出来走走……这样的早晨该多美呀,况且也只有四里路。我上您那儿——您不在家。您弟弟告诉我说您到谢妙诺夫卡去了,他也正要下地去;所以,太太,我就跟他迎接您来了。是呀,太太!您瞧这多美呀!"

青年人的俄国话说得很纯粹,正确,但总带点外国腔,不过究竟是种什么腔,这也很难断定。他的容貌有几分亚洲味:长长的鹰嘴鼻子,大大的呆滞的鼓眼睛,厚厚的红嘴唇,低洼的前额,乌黑的头发——这一切都说明他原籍东方;但这年轻人却自称姓庞达列夫斯基,说自己的原籍是敖得萨,不过是在白俄罗斯某地的一位善心而有钱的寡妇家里养大的。另外一位寡妇则替他在政府机关里找到了一个位置。中年的太太们一般都是乐于维护康斯坦丁·吉渥密地奇的:他知道怎样去笼络她们,博取她们的欢心。目前,他住在一位有钱的女地主达里雅·米哈伊洛夫娜·拉松斯卡雅家里,所处的地位介乎义子和食客之间。他为人很殷勤,有礼貌,多情善感,暗地里却荒淫好色;他的声音很逗人喜欢,钢琴弹得不坏,跟人谈话的时候还有一种死盯着对方的习惯。他打扮得非常整洁,衣服能穿很久不换;广阔的下颏老是刮得干干净净,头发也梳得服服帖帖。

阿列克山得拉·巴夫洛夫娜一直听完了他说的话,于是转向她的弟弟。

"怎么今儿老是碰见熟人:刚才我还和列兹涅夫谈话来着。"

"哦,是跟他呀!是他赶着车子到什么地方去吗?"

"是的;你闭着眼睛想想看:赶着辆跑车,打扮得像只麻袋子,一身的灰尘……真是个怪人!"

"也许是的;不过,他可是个好人。"

"谁?列兹涅夫先生么?"庞达列夫斯基问,好像大吃一惊似的。

"对,就是米哈伊罗·米哈伊里奇·列兹涅夫,"伏玲采夫回答。"好,再会吧,姐姐;我该下地去了:人们正在替你种荞麦。庞达列夫斯基先生会陪你回家的。"

于是,伏玲采夫疾驰而去了。

"莫大的荣幸!"康斯坦丁·吉渥密地奇高声说着,将手臂伸向了阿列克山得拉·巴夫洛夫娜。

她挽住了他的手,两人就折向了回到她的庄园的路上。

和阿列克山得拉·巴夫洛夫娜挽手同行,看来给了康斯坦丁·吉渥密地奇很大的愉快;他细步走着,满脸堆笑,连他的东方味的眼睛也湿润润的了,不过,这对他来说不算稀罕;就康斯坦丁·吉渥密地奇而言,感动,溶化在眼泪里,真算不了一回事。手里挽着一位漂亮的、年轻的、娇滴滴的女人,谁又能不高兴呢?说到阿列克山得拉·巴夫洛夫娜,全省的人都异口同声说她是个叫人心爱的女人,这省区的人可没有说错。单凭她那笔直的、梁骨微微拱起的小鼻子,就足以让所有的男子为她疯魔了,更不消说起她那天鹅绒般的深黄眼珠,金黄色的头发,圆圆的双颊上的笑涡,和其他的诸般美丽。但最可贵的还是她那美丽的脸上的表情:推心置腹,善良而且温厚,既使人感动,又使人着迷。阿列克山得拉·巴夫洛夫娜有着孩子般的眼波和笑容;有的太太们则觉得她有点单纯了……这难道还有什么美中不足的地方么?

"您是说,是达里雅·米哈伊洛夫娜请您找我来的么?"她问庞达列夫斯基。

"是的,太太,是她老叫我来的,"他回答着,把俄语的"C"①说得和英语的"th"完全一样。"她老一定要我来,让我务必请您赏光,今天到她老家里晚餐。她老(在说到第三人称,特别在说到贵妇人时,庞达列夫斯基是严格地使用敬称的)正等候着一位新来的贵客,她老一定要把他给您介绍一下。"

"客人是谁呀?"

"是一位缪法尔男爵,一位彼得堡来的内廷侍从,达里雅·米哈伊洛夫娜新近在迦林公爵那儿认识他的,她老极口称赞他是一位和蔼可亲的有教养的青年。男爵先生对文学也感兴趣,或者,不如说……呵,多好看的蝴蝶!您也欣赏欣赏吧……或者,不如说对政治经济学也感兴趣的。他写了一篇关于一个非常有趣的问题的论文,要请达里雅·米哈伊洛夫娜批评指正。"

"关于政治经济学的论文?"

"这是就文体的观点来说,阿列克山得拉·巴夫洛夫娜,就文体的观点而言的。我想,太太,您一定早已知道达里雅·米哈伊洛夫娜正是这方面的权威。茹科夫斯基②是经常要向她老请教的,还有住在敖得萨的我的大恩人,德高望重的洛克索朗·美吉亚罗维奇·克桑得里卡……您当然是知道这人的名字的吧?"

---

① C,俄语字母,发音类似于英文字母"S"。
② 茹科夫斯基(1783—1852),普希金成名以前的俄国大诗人。

"我可从来也没听说过。"

"您从来也没听说过这样的人物?这真令人惊奇!刚才我是想说,洛克索朗·美吉亚罗维奇总是非常佩服达里雅·米哈伊洛夫娜关于俄罗斯语言的知识的。"

"那么,这位男爵是位迂夫子吗?"阿列克山得拉·巴夫洛夫娜问。

"一点也不,太太;完全相反,达里雅·米哈伊洛夫娜常说,一眼就可以看出他是个通情达理的人。他一谈起贝多芬就口若悬河,叫老公爵高兴得了不得。这一点,老实说,我是欢喜听到的:您知道,这正是我的本行呢。请容许我献给您这朵可爱的野花。"

阿列克山得拉·巴夫洛夫娜接过花来,走了几步以后,就让它落在路上了。现在离她的家至多只有二百来步。屋子是新建的,新刷的白粉,在老菩提树和枫树的浓密的叶荫里,它的敞亮的大窗户迎人似的露了出来。

"那么,您让我怎样去回复达里雅·米哈伊洛夫娜呢?"庞达列夫斯基说,对于他的那朵花所遭到的命运微微感到痛心,"您会来赴宴吗?她老也请令弟一同来。"

"是的;我们会来的,一定来。娜达莎①好吗?"

"感谢上帝,娜达丽亚·阿列克谢耶夫娜很好,太太。可是咱们已经走过了到达里雅·米哈伊洛夫娜庄上去的分岔路了。我这可失陪啦。"

阿列克山得拉·巴夫洛夫娜停了下来。

"您不到我家里坐坐吗?"她犹豫不决地问。

---

① 娜达莎,娜达丽亚的爱称。

"我当然会非常高兴的,太太,可是恐怕时间不早了。达里雅·米哈伊洛夫娜想听塔尔贝格①新作的一支练习曲,我得先准备准备,练练手。还有,老实说,我怀疑我跟您这么絮絮叨叨,是不是会叫您不怎么高兴。"

"哦!不……您怎么……"

庞达列夫斯基叹了一口气,似含深意地低垂了眼睑。

"回头见,阿列克山得拉·巴夫洛夫娜!"沉默了一会儿,他说,然后一鞠躬,退后了一步。

阿列克山得拉·巴夫洛夫娜转过身来,回家去了。

康斯坦丁·吉渥密地奇转道回家。一切的温柔马上从他的脸上消失了;一种自负的,几乎是严酷的表情浮到了他的脸上。连他走路的步法也变了;现在,他的步子跨得更阔些,踏得更重些了。他走了二里来路,自由自在地挥舞着手杖,而突然间,他又微微笑了:他望见了在路旁有一个年轻的颇有风致的农女,正从燕麦田里赶出几条小牛犊来。康斯坦丁·吉渥密地奇像猫一般轻轻地闪到农女的身边,开始和她说起话来。起先她没有说什么,只是脸孔红了,笑了起来,后来却用衣袖遮住了嘴唇,转过脸去,喃喃说道:

"去您的吧,老爷,您……"

康斯坦丁·吉渥密地奇用手指威吓着她,叫她替他采几朵矢车菊来。

"您要矢车菊干什么?拿去做花环么?"少女反问道,"哎,真的,您走开吧。"

---

① 西吉斯蒙德·塔尔贝格(1812—1871),出生在瑞士的奥地利音乐家,作曲家。

"听我说,我的心疼的小美人。"康斯坦丁·吉渥密地奇开始说……

"哎,走开吧,"少女打断了他的话,"瞧,少爷们来了。"

康斯坦丁·吉渥密地奇回头一看,真的,是达里雅·米哈伊洛夫娜的两个儿子,万尼亚和别佳,沿着这条路跑来了;在他们后面走着他们的教师巴西斯托夫,是个二十二岁的青年人,刚从大学里毕业。巴西斯托夫是个魁梧的小伙子,平板的脸,大鼻子,厚嘴唇,猪似的小眼睛,总之,其貌不扬,有些笨,但是善良,诚实,正直。他衣服穿得很随便,头发蓄得很长——这倒不是故意学时髦,而只是有些懒散;他欢喜吃,欢喜睡,但也欢喜好的书和热情的谈话。他是切骨地憎恨庞达列夫斯基的。

达里雅·米哈伊洛夫娜的孩子们崇拜巴西斯托夫,但一点也不怕他;他跟这家庭里其余的人也都十分合得来,这事可并不完全合乎女主人的心意,尽管她经常自称成见之类对她是决不存在的。

"你们好,我亲爱的孩子们,"康斯坦丁·吉渥密地奇开口说,"今儿你们这么早就出来散步啦!可我,"他转向巴西斯托夫,添上一句,"我老早就出来了;我热爱欣赏自然。"

"我们早看见您是怎样在欣赏自然的。"巴西斯托夫喃喃道。

"您是个实利主义者;天知道您这会儿在想些什么!我是知道您的!"

庞达列夫斯基跟巴西斯托夫或巴西斯托夫一流人说话的时候,总有点不耐烦的神气,这时他的"С"就念得十分清楚,甚至带点口哨声。

"唔,您大概是在跟那女孩子问路吧?"巴西斯托夫说着,眼睛一左一右地溜来溜去。

他感觉到庞达列夫斯基直盯着他的脸,这让他极不愉快。

"我再说一遍,您就是个不折不扣的实利主义者。无论什么事,您都非从那俗不可耐的一面去观察不可……"

"孩子们!"巴西斯托夫突然命令道,"你们看到那草地上有棵柳树吗?咱们看谁先跑到……一!二!三!"

孩子们以全速向柳树跑去。巴西斯托夫也跟在他们后面拼命跑着。

"乡下人!"庞达列夫斯基想,"他把这些鬼孩子都宠坏了。十足的乡下人!"

康斯坦丁·吉渥密地奇得意地望了望自己的整洁漂亮的身段,用张开的手指在上衣袖子上拍了两拍,整了整硬领,走去了。他回到自己的房间,披上一件旧的寝衣,满面焦灼地坐在钢琴前面了。

2

达里雅·米哈伊洛夫娜·拉松斯卡雅的屋子几乎是被视作全省之冠的。这是一座高大的石头巨厦,依照拉斯特雷里①的绘画,带着上个世纪的风格建筑起来的,巍然耸立在一个小山的顶上,山麓则有俄罗斯中部的一条大河从那里流过。

---

① 拉斯特雷里(1700—1771),建筑师,十八世纪中期俄国巴洛克式建筑风格代表。

达里雅·米哈伊洛夫娜本人是一位出自名门的有钱的贵妇，三品文官的未亡人。虽然庞达列夫斯基常说她认识全欧洲，全欧洲也都知道她！——可是，实际上，欧洲很少有人知道她，就是在彼得堡她也不是什么重要角色；只是在另一方面，在莫斯科却谁都知道她，谁都是她的座上客。她属于最上流社会，被誉为一位很怪僻、不太和蔼、但却异常精明的女人。在年轻的时候她是很美的。诗人曾为她歌唱，青年们曾对她倾心，有些要人也曾为她神魂颠倒。但那已是二三十年前的事了，往昔的姿颜如今丝毫不曾留下。"难道说，"凡是初次见她的人，都不禁要暗中自问，"就是这个女人——年纪虽然还不算老，就已经骨瘦如柴，面黄如蜡，鼻子尖尖——难道她还曾经是个小美人吗？难道就是她曾使诗人的琴弦震响么？……"于是人们便会暗暗地吃惊于人世的无常了。当然，也还有庞达列夫斯基之流认为达里雅·米哈伊洛夫娜那双漂亮的眼睛照旧是美不可言的；但是也就是这位庞达列夫斯基，他还断言全欧洲都知道她呢。

　　达里雅·米哈伊洛夫娜每年夏天都带着她的孩子们（她有三个孩子：女儿娜达丽亚，十七岁，两个男孩，一个九岁，一个十岁）到她的乡间别墅，她喜欢招待客人，这就是说，她接纳男士们，特别是独身的男人；至于那些外省的太太们，她却受不了。因此，这些太太对她的反击也就够瞧的了。据她们的说法，达里雅·米哈伊洛夫娜既傲慢放肆又品行不端，而且还是个可怕的暴君；尤其是她那种说话的自由随便，简直叫人目瞪口呆！说实在的，达里雅·米哈伊洛夫娜在乡间的确不留心小节，在她那毫无拘束、听其自然的态度中，总可以觉察到几分都市贵妇对待四周的无知无识的小人物的轻蔑不屑的神情。她对待自己的都市朋友们也非常随便,甚至还带些讥讽,不过,那种轻蔑不屑的形迹却一点也没有。

顺便提一下,读者诸君,你们可留心到:一个对小人物随随便便的人,对大人物永远不会随随便便。这是怎么回事呀?可是,这种问题实在也没有什么道理。

当康斯坦丁·吉渥密地奇终于把塔尔贝格①的练习曲记熟,从他那明净而愉快的小房间来到客厅时,他看见全家的人都聚集在那里了。沙龙②已经开始。女主人斜靠在一张宽阔的软椅上,两脚蜷缩着,正在翻弄着一本新出版的法文小册子;靠窗,在刺绣架旁,一边坐着达里雅·米哈伊洛夫娜的女儿,一边坐着她的家庭教师彭果小姐③,这是一位六十来岁的干瘦的老处女,花花绿绿的帽子底下压着黑色的假发,耳朵里堵着棉花;靠门的一角坐着巴西斯托夫,在读报纸,他旁边有别佳和万尼亚,在下跳棋;此外,靠着壁炉,站着一位身材矮小、面色微黑的先生,两手反叉在背后,头上蓬着斑白的头发,乌黑的小眼睛异常灵活——这就是阿夫利康·谢妙尼奇·毕加索夫。

这位毕加索夫先生是一位古怪人物。他对于任何事,任何人——特别是女人——都十分仇恨,自晨至暮恶声不绝,有时骂得很中肯,有时却十分胡闹,但总是很有风趣。他的爱发脾气几乎近于稚气;他的笑,他的说话的声音,乃至他的一切,全都像浸润着胆汁似的。达里雅·米哈伊洛夫娜很高兴接待毕加索夫:他的俏皮话使她开心。这些俏皮话也真够荒唐的。

───────
① 塔尔贝格(1812—1871),奥地利钢琴家和作曲家。
② 加着重号文字在原文中是斜体。以下不再一一作注。
③ 楷体部分文字在原文中是法语。以下不再一一作注。

尽情夸张已经成了他的癖好。譬如说，无论告诉他发生了怎样不幸的事情，无论是一个村庄被闪电烧了，或是一座水闸被大水冲了，或是一个农民的手指被斧头砍了——他总是带着满脸的愤懑问道："她叫什么名字？"——这就是说，惹起这场灾祸的女人叫什么名字？因为根据他的信条，归根结底，祸首总免不了是女人。有一次，一位跟他并不算很熟的太太留他便餐，而他竟跪在她面前，眼泪汪汪，面红耳赤，愤然求她饶了他，说他从来没有得罪过她，今后也决不会再上她家去。又有一次，达里雅·米哈伊洛夫娜的一个洗衣女工骑马奔下山来，被那匹马抛到山沟里去，几乎摔死。从此以后，毕加索夫一提到那匹马，就连说"好小马，好小马"，甚至把那座小山和那条山沟也当作风景特别优美的名胜来看待了。毕加索夫一生淹蹇，所以变得这样疯疯癫癫的了。他出生于贫寒的家庭。他的父亲干过各种小差使，可以说目不识丁，因此也就不大过问儿子的教育问题；他给他吃，给他穿，如此而已。他的母亲是宠爱他的，但是很早就死了。毕加索夫自己教育自己，先进区立学校，以后又进中学，自学各种语言，法语、德语以至拉丁语，以最优成绩从中学毕业，于是进入道尔伯大学①，在那里，他不断地和贫困搏斗，终于读完了三年的课程。毕加索夫的才能是不会超过中等水平的；他极能忍耐和坚持，但是最强有力的还是他的野心，不管命运如何安排，他总想跻于上流人物之列，不甘次人一等。他用功读书，进道尔伯大学，都是由于这野心的驱使。贫困令他愤激，把他锻炼得善于察言观色而

---

① 道尔伯大学，爱沙尼亚最古老的高等学校之一，创办于1802年，前身是古斯塔维安学院。

且狡猾。他的言谈可以说独创一格；自从青年时期以来，他就练就了一种会发脾气、爱找岔子的特别口才。他的思想也不会超过一般的水准；但说起话来却使他不仅显得聪颖，甚至显得十分高明。得了候补博士学位之后，毕加索夫决心致力于博士学位；他知道在另外的道路上他是怎么也追不上他的同行的（这些人都是他想尽办法从最上层的人中选出来的，他知道怎样迎合他们，甚至不惜阿谀，不过也常满腹牢骚）。说得明白点，要做学问他实在不够材料。毕加索夫虽然勤学，但并非由于热爱学术，因此，事实上懂得的东西极少。在答辩中，他惨败了，而和他同寝室的同学竟大获全胜，但这位同学却正是他经常取笑的，才能极其平常，只是受过根底很好的正规教育而已。这回的失败使毕加索夫愤怒异常：他把所有书籍和笔记全都付之一炬，就做官去了。开头事情倒也不坏：他很会做官，虽然不很会办事，但却极有自信而且勇敢泼辣；可是他想一步登天——因此就失足了，摔跤了，不得不辞职。他在自己购置的小田庄里过了三年，突然和一个倒通不通的有钱的女地主结了婚，这女地主正是看中了他那种满不在乎和连讽带刺的态度才嫁给他的。但是毕加索夫的脾气愈来愈乖僻易怒，家庭生活已经使他不堪其扰了。他的妻子和他同居了不几年后，就偷偷地跑到莫斯科去，将自己的田产卖给了一位狡猾的投机家，而毕加索夫不久以前刚刚在这一处产业上修好了一座庄园。这最后的一次打击着实不轻；毕加索夫跟他的女人打了一通官司，但什么也没有得到。自此以后他便一直独身生活，经常爱和邻居打交道，无论背后甚或当面他都是辱骂过这些邻居的，但邻居们却总是勉强带笑来欢迎他，尽管他们也并不是认真害怕他。他手里已经不再拿起书本了。

他有百来个农奴;他的农奴们的境况都还不太坏。

"啊!康斯坦丁!"庞达列夫斯基一走进客厅的时候,达里雅·米哈伊洛夫娜便说,"阿列克山得玲会来么?"

"阿列克山得拉·巴夫洛夫娜让我谢谢您,她老非常高兴,一定来的。"康斯坦丁·吉渥密地奇回答,愉快地向四面八方行礼,将他那指甲修剪成三角形的肥白小手的手指轻轻掠过梳得漂亮极了的头发。

"伏玲采夫也来吗?"

"也来,夫人。"

"这么说,阿夫利康·谢妙尼奇,"达里雅·米哈伊洛夫娜转向毕加索夫,继续说,"照您的意见,所有的太太小姐们都是装腔作势的?"

毕加索夫嘴唇一歪,神经质地扭了扭臂肘。

"我说,"他用慢吞吞的声调说——哪怕在他怒气勃发的时候,他说话也总是慢慢吞吞,清清楚楚的,"我说的只是一般的小娘儿们——至于在座的各位,当然,我只有保持沉默。"

"可是您心里对她们照样会有一种想法呀。"达里雅·米哈伊洛夫娜插进一句。

"对她们,我只有保持沉默,"毕加索夫重复道,"所有一般的小娘儿们,都装腔作势到极点啦——对她们的感情的表现,也要装腔的。比方说,要是一位小姐或者少奶奶吃惊了,或是什么东西叫她高兴了,或是苦恼了,她首先一定得摆出一副漂亮的架势(毕加索夫扭着腰,张开两手,摆出一副极难看的姿势),然后才叫出一声'啊呀!'来,或者是笑,或者是哭。可是,有一次(说到这里,毕加索夫得意地微笑了),有一位装腔得出奇的小娘儿们,却居然叫我弄出一个真挚自然的表情来!"

"您是怎么弄的呢?"

毕加索夫的眼睛发亮了。

"我用一根白杨木棒子,冷不防拦腰给了她一下子。她当场就叫起来了,于是我就对她喊道:'好哇!好哇!喏,这才是天籁,这才是自然的呼声。往后也该经常这样。'"

客厅里的人都哈哈大笑了。

"您这是胡说什么啊,阿夫利康·谢妙尼奇,"达里雅·米哈伊洛夫娜喊道,"我才不相信您会用一根木棒子给女孩子拦腰一下子!"

"上帝见证,硬是一根木棒子,一根很粗的木棒子,像根守卫堡垒用的那种粗木棒子。"

"您说的这些真可怕呀,先生。"彭果小姐叫道,一面严厉地向那些笑得透不过气来的孩子们瞟了一眼。

"您别信他的,"达里雅·米哈伊洛夫娜说道,"您难道还不知道他那一套么?"

但是这位颇为愤然的法国太太仍然很久不能平息下来,还一直尽自喃喃着。

"你们尽可以不相信我,"毕加索夫冷冷地继续说,"但是我可以向你们担保,我说的是千真万确的事实。我自己不知道,还有谁能知道?这样一来,你们也许同样不肯相信,咱们的邻居叶莲娜·安东诺夫娜·切普佐娃,她亲口告诉我——请注意,是亲口——说她害死了自己的亲外甥。"

"又是胡说八道!"

"对不起,对不起!先听我说完,你们再发议论。请注意,我并不想诽谤她,我甚至还喜欢她,当然是像喜欢一个女人那样喜欢她。在她整幢屋子里,除了日历就没有一本书,她除了高声朗诵就不会读书,而这种诵书的课业也会使她满头大汗,往后就抱怨说连眼睛也像要爆出额角外面来了……总而言之,她是个漂亮太太,她的使女们也都长得肥胖胖的。那我有什么要诽谤她的呢?"

"瞧,"达里雅·米哈伊洛夫娜说道,"阿夫利康·谢妙尼奇的拿手戏开锣了,他今晚再也不会下台来的。"

"我的拿手戏!……但是女人们至少有三种拿手戏,除非闭了眼睛,她们是死也要唱的。"

"哪三种?"

"吹毛求疵,捕风捉影,叽叽喳喳。"

"您知道吗,阿夫利康·谢妙尼奇,"达里雅·米哈伊洛夫娜说,"您不会无缘无故对女人这么刻薄的。一定是有什么女人……"

"对不起我么,您是想说?"毕加索夫打断了她的话。

达里雅·米哈伊洛夫娜有点为难了,她记起了毕加索夫不幸的婚姻……于是,只好点一点头。

"的确是有个女人对不起我,"毕加索夫说,"虽然她是个善良的,很善良的女人。"

"她是谁?"

"我的母亲。"毕加索夫说,压低了声音。

"您的母亲? 她怎么得罪您的?"

"因为她把我生到这人世间来了。"

达里雅·米哈伊洛夫娜皱了皱眉头。

"我看,"她说,"咱们的谈话好像有点太阴郁了。康斯坦丁,给我们弹弹塔尔贝格的新练习曲吧。音乐也许能够驯服阿夫利康·谢妙尼奇的。奥菲斯①不是驯服过野兽吗?"

康斯坦丁·吉渥密地奇于是在钢琴前就座,很不错地弹了那首练习曲。娜达丽亚·阿列克谢耶夫娜起先还注意地听着,后来就去做自己的工作去了。

"谢谢,很美,"达里雅·米哈伊洛夫娜说,"我爱塔尔贝格。曲子很出色。您在想些什么,阿夫利康·谢妙尼奇?"

"我在想,"毕加索夫慢慢地说道,"世上有三种利己主义者:自己生活也让别人生活的利己主义者;自己生活但不让别人生活的利己主义者;还有一种,就是自己既不生活又不肯让别人生活的利己主义者。……女人大体上都属于第三种。"

"您说得太客气啦!只是有一桩事叫我奇怪,阿夫利康·谢妙尼奇,您怎么对自己的见解有这么强的自信:好像您永远也不会错误似的。"

"谁说!我也会错误的;一个男人也可以有错误的。可是,您知道我们男人的错误跟女人的错误的区别么?不知道吗?是这样的:一个男人,打个比方说,他也许会说二加二不等于四,却等于五或者三个半;可是一个女人却会说二加二等于一枝硬脂蜡烛。"

"我好像早就听过您的这番高论了。但是请允许我问问您:您的这三种利己主义者的高论跟您刚才听的音乐有什么关系呢?"

"毫无关系,我也并没有听什么音乐。"

---

① 奥菲斯,据希腊神话,奥菲斯为诗神卡丽奥比之子。阿波罗授以七弦琴,众女神教之,遂成七弦琴圣手。奏时,顽石点头,百兽率舞。

"哎,你呀,小老子,我看你就是毛病深沉,"达里雅·米哈伊洛夫娜回答说,稍稍篡改了一下格里鲍耶陀夫的诗句①,"既然您不喜欢音乐,那么,您究竟喜欢什么呢?文学吗?"

"我是喜欢文学,可是不喜欢当代的文学。"

"为什么?"

"就为这个。不久以前我跟一位老爷同船渡过奥卡河。渡船靠岸的地方很陡;这位先生又有一辆笨重的四轮车,一定得用手把马车拉上岸去。船夫正使尽力气把马车往岸上拖,可这位先生却站在船里,一个劲唉声叹气,叫人听了替他怪可怜的……对啦,我想,这又是分工制度的新的应用!现代文学也正是这样:别人在拖车,在干活,可是文学家在叹气。"

达里雅·米哈伊洛夫娜微微笑了。

"可这就叫作表现当代生活呀,"毕加索夫滔滔不绝地往下说,"对社会问题有深切的同情呀,等等……咳,我就讨厌这些个漂亮话!"

"可是,您所攻击的女人们——她们至少不卖弄这些漂亮话。"

毕加索夫耸了耸肩。

"她们不卖弄,因为她们肚子里没有。"

达里雅·米哈伊洛夫娜的脸微微一红。

"您越说越不成话了,阿夫利康·谢妙尼奇!"她说着,带着勉强的微笑。

室内一片静寂。

"梭罗托诺沙在什么地方?"一个男孩子突然问起巴西斯

---

① 语出格里鲍耶陀夫的喜剧《聪明误》。"毛病深沉"原语为"无可救药"。

托夫来。

"在波尔塔瓦省,亲爱的孩子,"毕加索夫回答,"在顶髻国①中部。"(他也很高兴有个机会可以转转话锋。)"咱们刚才高谈什么文学,"他继续说道,"假如我有闲钱的话,我立刻就可以做个小俄罗斯②诗人。"

"啊呀呀!您会做个了不起的诗人哩!"达里雅·米哈伊洛夫娜反唇相讥地说,"难道您懂小俄罗斯话么?"

"一点不懂;也用不着懂。"

"为什么用不着?"

"说用不着,就用不着。你只要拿过一张纸,在顶端写上'短歌'两字,于是就像这样开始起来:'哎哟,哎哟,我的命运呀!命运呀!'或者是:'哥萨克纳里梵诃③坐在小山上!'再下去就是,'他坐在山上,绿树的荫下,嘎喇兮,嘎喇兮,伐罗巴兮,咯!咯!'如此这般,就大功告成。付印,出版。小俄罗斯人就去读它,于是双手掩面,热泪盈眶——真是多情种子啊!"

"天哪!"巴西斯托夫喊道,"您在说些什么?真是荒唐透顶。我在小俄罗斯住过……我爱它,懂得它的语言……'嘎喇兮,嘎喇兮,伐罗巴兮'——这是毫无意义的。"

"也许吧,可是小俄罗斯佬也照样会热泪盈眶的。您说什么:语言……难道有一种什么小俄罗斯语言么?有一次,我随口说了句:'语法是正确地读和写的艺术,'让一个小俄罗斯佬给我译出来。您知道他怎么译来着:'玉法是正缺地吐

---

① 顶髻国,帝俄时代对乌克兰人的蔑称,又说"一撮毛国"。
② 小俄罗斯,沙俄时代对乌克兰的蔑称。
③ 纳里梵诃,1594—1596年乌克兰农民起义领袖。

和泻的医书……'您说这能算一种语言？一种独立的语言？要我承认这个，我宁肯把我最好的朋友放在石臼里，给捣个稀烂。"

巴西斯托夫还想反驳。

"由他去吧，"达里雅·米哈伊洛夫娜说，"您难道不知道，从他口里除了怪话以外是什么也不会有的。"

毕加索夫尖刻地笑了。一个仆人走进来，报告说阿列克山得拉·巴夫洛夫娜和她的兄弟来了。

达里雅·米哈伊洛夫娜站起身来，迎接客人们。

"您好，阿列克山得玲！"她说着，迎上前去，"您上我们家里来啦，这多么好……您好，谢尔盖·巴夫里奇！"

伏玲采夫和达里雅·米哈伊洛夫娜握了手，于是来到娜达丽亚·阿列克谢耶夫娜身边。

"可是那位男爵，您的新朋友，怎么样了？他今儿会来么？"毕加索夫问。

"对，他就要来的。"

"据说他是一位大哲学家：满肚子的黑格尔呢。"

达里雅·米哈伊洛夫娜没有回答，只请阿列克山得拉·巴夫洛夫娜坐在沙发上，自己也坐在她的旁边。

"哲学，"毕加索夫继续说，"这可是最崇高的观点！这又是要我的命的，这些个最崇高的观点。高高在上，你又能看得见什么呢？真的，假如你要买一匹马，你是用不到爬到塔尖上去看的啊！"

"这位男爵要给您拿篇什么论文来么？"阿列克山得拉·巴夫洛夫娜问。

"是的，是篇论文，"达里雅·米哈伊洛夫娜回答，带着一种做作出来的漫不经心的样子,"论俄国商业与工业之关系……可是您别着慌;咱们不会在这儿宣读它的……我请您来可不是为了这个。男爵既和蔼可亲,又博学多才。他的俄国话说得多漂亮!真是口若悬河,会把您淹没的。"

"他的俄国话说得多漂亮,"毕加索夫咕哝道,"漂亮得要用法国话来称赞他了。"

"您尽管去叽咕您的吧,阿夫利康·谢妙尼奇……这跟您的一头乱发恰好很相配……可是他,怎么他还没来呢?你们可知道是什么,先生们,太太们……"达里雅·米哈伊洛夫娜四面看了看,又说,"咱们到花园里去吧……离吃饭的时间还有一点来钟,天气又怪好的……"

大家站起身来,走到花园里去。

达里雅·米哈伊洛夫娜的花园一直伸展到河边。园里有许多古老菩提树的荫道,闪动着金黄的色彩,散发着芳香的气味,在林荫道的尽头,则豁然出现一片翠绿,还有些洋槐树和丁香花的花亭。

伏玲采夫伴着娜达丽亚和彭果小姐向着园中树荫浓密的地方走去。他默默地在娜达丽亚身旁走着。彭果小姐稍为离开一点,跟在后面。

"您今儿做点什么来着?"伏玲采夫终于开口问了,一面用手摸抚着他那漂亮的棕黄色的短髭。

在容貌上他很像他的姐姐;但表情却不是那么生动活泼,在他的美丽温柔的眼睛里带着几分忧郁。

"哦,没做什么,"娜达丽亚回答,"听了听毕加索夫的牢骚,在花绷上刺了一会儿绣,读了一点书。"

"您读的什么书?"

"我读的是……十字军战史。"娜达丽亚有点犹豫地说。

伏玲采夫看着她。

"啊!"他终于说了出来,"那一定很有趣。"

他折了一根树枝,在空中挥舞着。他们又走了二十多步。

"您母亲认识的那位男爵是个什么样的人?"伏玲采夫又问。

"一位内廷侍从,是新到这一带来的。妈妈十分推崇他。"

"您母亲是很容易对人着迷的。"

"这就说明她还有一颗很年轻的心。"娜达丽亚说。

"是的。不久我就可以把您那匹马送还给您,现在差不多已经训练好了。我还想教它疾驰,我一定会做到的。"

"谢谢……可是我很不好意思。您亲自训练它……听说,这是很辛苦的。"

"哪怕让您有一点点高兴,您知道,娜达丽亚·阿列克谢耶夫娜,我都准备……我……这点小事……"

伏玲采夫咽住了。娜达丽亚友好地看了他一眼,重复道,"谢谢!"

"您知道,"停了好久,谢尔盖·巴夫里奇继续说道,"这算不了什么……但是我为什么说这个! 一切您当然都明白的。"

这时候,屋内的铃声响了。

"啊,晚饭钟!"彭果小姐喊道,"咱们回去吧!"

"多可惜,"这位法国老小姐跟在伏玲采夫和娜达丽亚后面走上庑廊的阶沿时不禁想道,"这个漂亮小伙子说话这般不机灵,多可惜。"这句话译成俄国话,可以这样说:"你倒还可爱,我的好孩子,可是有点傻。"

男爵没有来吃晚饭,他们等了他半小时。

席间谈话不很顺利。谢尔盖·巴夫里奇坐在娜达丽亚旁边,只是瞧着她,很殷勤地往她杯子里加水。庞达列夫斯基徒然地努力想好好款待他的邻座阿列克山得拉·巴夫洛夫娜,简直甜得腻人,但她却差一点没有打出呵欠来。

巴西斯托夫把面包搓成一个个小球,什么也没有想;毕加索夫也沉默着,而当达里雅·米哈伊洛夫娜说他今天很和蔼可亲时,他只是阴郁地回答道:"什么时候和蔼可亲来着?这可不是我的本色……"于是脸上浮起一阵苦笑,又说:"稍微忍耐一下吧。您瞧,我不过是克瓦斯,普普通通的俄国克瓦斯;可是,这会儿,你有的是内廷贵人……"

"妙极啦!"达里雅·米哈伊洛夫娜喊道,"毕加索夫吃醋啦,提前就吃起醋来啦!"

但是毕加索夫并不给她回答,只是皱着眉头向她斜瞥了一眼。

七点钟响过了,他们又聚集到客厅里来。

"看来他不会来了。"达里雅·米哈伊洛夫娜说。

但是就在这时响起了一阵车轮的辚辚声,一辆小马车驰进院子,不一会儿,一个仆人跑进客厅里来,银碟子上托着一封信,递给达里雅·米哈伊洛夫娜。她看完后,转向仆人问道:

"送信来的先生现在在哪儿?"

"还在车里坐着,夫人。要请他进来么?"

"请。"

仆人出去了。

"你们想想，多叫人不顺心!"达里雅·米哈伊洛夫娜继续说，"男爵接到命令，要他立刻回彼得堡去。他叫他的一位朋友罗亭先生给我送来了他的论文。男爵要把他介绍给我——他非常推崇他的这位朋友，但是这够多么叫人不顺心呀！我原来希望男爵能在这儿多住一些时候的……"

"德米特里·尼古拉耶维奇·罗亭。"仆人通报道。

3

一位年约三十五岁的男子进来了，他身材很高，背有点驼，头发拳曲，肤色微黑，有一张不甚匀称但是富有表情的聪明的脸，一双水汪汪的生动活泼的深蓝眼睛，阔而直的鼻子和线条美丽的嘴唇。他的衣服不新，很紧，整个身体好像要胀出来似的。

他轻快地走到达里雅·米哈伊洛夫娜面前，略一鞠躬，告诉她说他很久就渴望有荣幸被介绍到她跟前来，说他的男爵朋友不能亲自到她这里来辞行深引为憾。

罗亭的尖细的声音跟他那高大的身材和广阔的胸部似乎不大相称。

"请坐……我很高兴。"达里雅·米哈伊洛夫娜喃喃地说。在将他介绍给所有在座的人之后，她问他是否本地人，或者只是在这一带暂时做客。

"我的田庄在 T 省，"罗亭回答，把帽子放在膝上，"我到此地还不久。我是有点事情来的，在贵处要暂住几天。"

"您住在谁家？"

"在镇上医生的家里。他是我大学里的老同学。"

"哦,住在医生家……很多人都佩服他。听说他的医道不错。您跟男爵已经认识很久了么?"

"我是这个冬天在莫斯科认识他的。最近我们共处过一星期。"

"他真是个很聪明的人,这位男爵。"

"是的,夫人。"

达里雅·米哈伊洛夫娜嗅了嗅蘸过香水精的小手巾。

"您是在政府机关里服务吗?"她问。

"谁?我么,夫人?"

"是。"

"不……我已经退职了。"

接着是短时间的沉默。于是,大家重新接谈起来。

"请允许我打听打听,"毕加索夫朝着罗亭,开始说道,"您知道男爵先生送来的那篇论文的内容么?"

"知道。"

"这篇论文所论的是商业的关系……啊,不,应当说我国商业与工业之关系……您大概是这样说的吧,达里雅·米哈伊洛夫娜?"

"是的,正是……"达里雅·米哈伊洛夫娜说着,将手按在额上。

"我,当然,对这些问题完全外行,"毕加索夫继续说,"但是我得直说,我觉得,甚至连论文的题目都好像非常(该怎样才能说得斯文一些呢?)非常晦涩,混乱。"

"为什么您会这样觉得呢?"

毕加索夫冷笑了一下,瞟了达里雅·米哈伊洛夫娜一眼。

"难道说,您很清楚?"他说着又将他那狐狸似的小脸转向罗亭。

"我?清楚。"

"嗯……您当然知道得比我清楚喽。"

"您头痛么?"阿列克山得拉·巴夫洛夫娜问达里雅·米哈伊洛夫娜。

"不。我这只是……神经有点紧张。"

"请容许我打听打听,"毕加索夫又开始带着鼻音问道,"您的朋友缪法尔男爵先生……他的大名大概是这样的吧?"

"一点不错。"

"缪法尔男爵先生是专门研究政治经济学的呢,或者只是在公余和应酬之暇,抽点把工夫来搞搞这个饶有兴趣的问题呢?"

罗亭目不转睛地盯着毕加索夫。

"男爵在这方面只是一个业余爱好者,"他回答着,脸有点红了,"但是在他的论文里有很多公允的见地和有趣的资料。"

"这我可无法跟您争论,因为我没有读过这篇论文。但恕我大胆打听打听,您的朋友缪法尔男爵的大作,大概也是一般的论证多于事实的吧?"

"有事实,也有基于事实的论证。"

"领教,领教。可我得告诉您,按我的看法……我想,有机会时我也可以说说我的看法;我也在道尔伯大学混过三年……所有这些所谓一般的论证呀,假设呀,体系呀,等等……请原谅,我是个乡下人,直肠子……所有这一切全都毫无用处。这一切只是空谈——只好用来迷糊人。拿出事实来,先生们,这就够了。"

"真的吗!"罗亭反驳道,"难道不应该也找出事实的涵义来吗?"

"一般的论证!"毕加索夫继续说道,"简直是要我的命,这些个一般论证呀,评述呀,结论呀,等等!这些全都是根据所谓的'信念'的;每一个人都在高谈自己的信念,还要别人也尊重它,把它捧上天去……呸!"

毕加索夫向空中挥了一拳。庞达列夫斯基笑了。

"妙极啦!"罗亭说道,"那么,照您这样说,就没有什么信念之类的东西了?"

"没有——根本不存在。"

"您就是这样确信的么?"

"对。"

"那么,您怎么能说没有信念这种东西呢?您自己首先就有了一个。"

屋子里所有的人都忍不住要笑了,你看着我,我瞧着你。

"对不起,对不起!但是……"毕加索夫正要开始,达里雅·米哈伊洛夫娜拍起手来,喊道:"好哇,好哇,毕加索夫给打倒了!败下阵来了!"她一面轻轻地从罗亭手里把帽子接了过去。

"且慢高兴吧,夫人:等等还来得及呢,"毕加索夫带着愠恼的神气说,"摆出高超的架子,说说俏皮话,这可还不够;还得要证明,争辩。咱们已经岔到题外去了。"

"对不起,"罗亭冷冷地说,"事情很简单。您不相信一般论证的价值,您也不相信有什么信念……"

"我不相信,我就是不相信,我什么都不相信。"

33

"很好。您是个怀疑主义者。"

"我看没有必要来搬弄这种学术性的字眼。可是……"

"别停住,往下说!"达里雅·米哈伊洛夫娜插口道。

"咬,咬,咬吧!"庞达列夫斯基同时在肚子里说,咧开嘴巴笑了笑。

"这个字眼表达了我的意思,"罗亭接着说,"您也懂得它的:那为什么不能用呢?您什么也不相信……那么,您为什么又相信事实呢?"

"为什么?这才问得妙!事实是人所共知的事物,任何人都知道事实是什么。我凭经验去判断它,凭自己的感觉去判断它。"

"难道您的感觉就不会骗您么?您的感觉告诉您说,太阳是绕着地球转的……也许您不同意哥白尼吧?您连他都不相信吧?"

微笑又掠过了每个人的脸上,所有的眼睛都凝注在罗亭的身上。"这人可不含糊。"大家都这样想。

"您就是爱开玩笑,"毕加索夫说,"当然,这也很新鲜,可是不切题。"

"到此为止我所说过的一切,"罗亭回答道,"可惜,都毫不新鲜。这一切老早就是人所共知的了,都已经说过一千遍了。问题不在这里……"

"那在哪里?"毕加索夫未免有几分横蛮地问。

在争辩时,他惯常先把对手揶揄一番,然后渐渐变得蛮不讲理,直到勃然大怒,最终默不作声。

"就在这里,"罗亭继续说道,"我,老实说,不能不感到衷心的遗憾,当我看到明理人也在攻击……"

"这些体系么?"毕加索夫插进一句。

"是的,要是您高兴的话,就算是体系吧。这个字眼有什么可让您这么害怕?每一种体系都建立在对基本规律的认识上,生命的原则……"

"得啦……基本规律是谁也无法认识,谁也无法发现的。"

"对不起,等我说完。当然,并不是每一个人都能发现这些规律的,而且,差错也是人类的天性。可是,您当然也会同意我说,例如,牛顿,他至少就发现过几条基本规律。他是一位天才,这咱们得承认;但是天才的发现之所以伟大,正在于这些发现成了万人的财富。在局部的现象中去发现普遍的原则的努力,正是人类心灵主要的特征之一,而我们的全部知识……"

"您原来是想讲这一大套道理啊!"毕加索夫懒洋洋地插嘴道,"我是一个实事求是的人,所有这些个形而上学的玄虚,恕不参加讨论,也不想参加讨论。"

"很好!这当然随您高兴。但是请注意,您想要做一个不折不扣的实事求是的人,这种愿望本身正是一种体系,一种理论……"

"您说什么'知识'!"毕加索夫抢着说,"这可又是您的另一种惊世骇俗之谈!您这大吹大擂的知识,究竟能值几文!我可不肯化一个铜子来买您那宝贝知识!"

"这可不合乎论辩的体统啊,阿夫利康·谢妙尼奇!"达里雅·米哈伊洛夫娜说,心里十分高兴她的新朋友的这种雍容优雅的态度。"这可是个上流人,"她想着,怀着善意的关切,望了望罗亭,"得给他些甜头。"这最后一句话她是用俄语暗暗地在心里说的。

"我并不打算拥护知识,"停了一会儿,罗亭继续说,"它也无须我来拥护。您不欢喜它……那也是各有各的口味。再说,这也扯得太远了。请允许我提醒您一句俗话:'朱庇特,你发怒了;因此,你就不对了。'我只是想说,所有这些对于体系,对于论证等等的抨击,其所以特别令人忧虑,正是因为随着这些体系,人们把一般的知识,把科学和对于科学的信心也都一齐摈弃了,因之也就否定了人们对自己,对自己的力量的信心。但是人是非有这种信心不可的;人不能单靠感觉来生活;他们要是害怕思想,不信任它,那就大错特错了。怀疑主义经常是无用和无能的标志……"

"这都不过是些空话罢了!"毕加索夫喃喃说。

"也许是的。但是请您注意,当我们说'不过是些空话罢了!'的时候,我们自己往往期待回避说出更空洞的话。"

"什么?"毕加索夫问道,把眼睛眯了起来。

"您当然明白我所要说的意思,"罗亭回答道,带着不由自主的但又立刻抑制住的不耐烦,"我再说一遍,人要是没有他所信赖的坚强的原则,没有他所坚持的立场,他又怎么能够辨明自己人民的需要、使命和将来呢?他又怎么能够知道自己应该做什么呢?如果说……"

"恕不奉陪。"毕加索夫猝然说道,鞠了一躬,什么人也不看,就跑到一边去了。

罗亭望着他,微微一笑,也不说什么了。

"哈!他逃了!"达里雅·米哈伊洛夫娜说。"不要紧的,德米特里……啊,对不起,"她加上一句,带着亲切的微笑,"您的父名叫什么?"

"尼古拉耶维奇。"

"不要紧的,亲爱的德米特里·尼古拉耶维奇!他瞒不过我们的。他装作不愿再争论下去的样子……其实他已经体会到他不能跟您争论下去了。您最好坐得跟我们靠近一点,咱们好好谈谈,好么?"

罗亭把椅子移近了些。

"咱们怎么直到现在才相识的呢?"达里雅·米哈伊洛夫娜继续说道,"这真叫我奇怪……您读过这本书么?这是托克维①写的,您知道么?"

达里雅·米哈伊洛夫娜将那本法文小册子递给了罗亭。

罗亭把那薄薄的小书接在手里,翻了几页,又放回桌上,回答说,他没有读过托克维先生的这一部作品,但是时常思考他涉及的这个问题。谈话开始了。起初,罗亭好像还有些游移不定,不想畅所欲言,话也不很流利,但他终于热烈起来,谈论起来了。一刻钟以后,客厅里就只能听见他的声音。大家挤做一圈,将他团团围住。

只有毕加索夫远远地留在靠近火炉的一角。罗亭伶俐地,热情地,干练地谈着;他显得很有学问,书读得很多。谁也不曾事先料到他竟是一位了不起的人物……他的衣着如此平常,而且名不见经传。这样一位聪明的人竟会突然在这乡间出现,他们全都觉得奇怪而不可理解。因此,他就更令人惊奇,简直可以说,更把他们全都迷住了,打从达里雅·米哈伊洛夫娜算起。她因自己的新发现而感到自豪,这时已经在盘算着她将如何把罗亭介绍到上流社会了。尽管已经这般年

---

① 托克维(1805—1859),法国政治家、政论家。

纪,但就易于接受第一印象的影响这一点看来,她还是很有点孩子气的。阿列克山得拉·巴夫洛夫娜,说老实话,不大懂得罗亭所说的那一套,但感到十分惊奇和喜悦;她的兄弟也感到不胜惊喜;庞达列夫斯基望着达里雅·米哈伊洛夫娜,不禁满怀嫉妒;而毕加索夫则暗暗想道:"有五百卢布,就可以买来一只夜莺,唱得比他还要好听!"但是在这群人中间感动最深的还是巴西斯托夫和娜达丽亚。巴西斯托夫几乎连呼吸也窒息了;他坐在那里,一直是口噤目呆——他听着,听着,好像生平从来不曾听过别人讲话似的。而娜达丽亚的脸上则泛起了一阵红晕,目光一动不动地注视着罗亭,眼睛里一时感到迷糊,一时又发出异样的光彩。

"瞧他的眼睛多有神!"伏玲采夫在她的耳边轻轻地说。

"是的,有神。"

"只可惜一双手太大,太红。"

娜达丽亚没有回答。

茶上来了。大家随便谈着,但只要罗亭一开口,大家便立刻不约而同地一声不响,单凭这点就不难判断他给人的印象之深了。达里雅·米哈伊洛夫娜忽然想要挖苦一下毕加索夫。她走到他跟前,低声向他说道:"您为什么不响,只是在那里冷笑?再跟他交交手,试试看吧。"不等他回答,她又招呼着罗亭。

"他还有一桩事情您不知道,"她说着,朝毕加索夫指了指,"他痛恨女人,无时无刻不在攻击女人;请您纠正纠正他吧。"

罗亭看了毕加索夫一眼……这是一种不得已的鄙视,因为罗亭确实高过他一头一肩。毕加索夫几乎气昏了,脸上一阵黄一阵白。

"达里雅·米哈伊洛夫娜错了,"他以不坚定的声音说道,"我不只攻击女人;对于整个人类我也不很恭维。"

"您为什么要这样蔑视人类呢?"罗亭问。

毕加索夫直盯着罗亭的眼睛。

"大概是因为我研究我自己的心的结果,发现我自己的心一天不如一天地更卑鄙了。我是拿自己来推度别人的。也许这不公平,也许我比别人坏得多;可是有什么办法呢?本性难移。"

"我了解您,同情您,"罗亭回答道,"凡是崇高的灵魂,谁不曾体验过这种自负的心情呢?但是人不应该停滞在这种毫无出路的境况里。"

"我深深感谢您给我的灵魂以崇高的过誉,"毕加索夫说道,"可是说到我的境况——我看倒也没什么,并不坏,所以,即使有什么出路,去它的吧,我也不会去追求的。"

"但是,这就是说——请原谅我这种说法——您就是宁愿满足于孤芳自赏,而不愿去追求真理或是生活于真理之中了……"

"一点不错,"毕加索夫喊道,"自尊——这我是懂得的。您大概也懂得,任何人都会懂得;可是,真理——真理是什么?它在哪里,这个真理?"

"您那老一套又上来了,我得提醒您。"达里雅·米哈伊洛夫娜说。

毕加索夫耸了耸肩。

"就算是老一套,那又有什么要紧?我问:真理在哪里?就是哲学家们也不知道真理究竟是什么。康德说:真理是这么回事。但是黑格尔说:对不起,您错了,真理是那么回事。"

"您可知道黑格尔说真理究竟是怎么一回事?"罗亭问,不曾提高声音。

"我再说一遍,"毕加索夫继续道,有点动火了,"我就不懂真理究竟是什么。我看,世界上根本就没有什么真理存在,就是说,这个字眼是有的,但是它本身并不存在。"

"哎呀呀!"达里雅·米哈伊洛夫娜喊道,"您说这话怎么不害臊呀,您这个老罪人!没有真理?果真这样,那活在世上还有什么意义呀?"

"可是我想,达里雅·米哈伊洛夫娜,"毕加索夫愤然反驳道,"在您,无论如何,生活里没有真理,总比没有您的厨子斯杰潘,要好过得多。斯杰潘可是个烧牛肉汤的好手啊!您说说吧,您要真理有什么用?它又不能做帽子戴!"

"开玩笑可算不得论辩啊,"达里雅·米哈伊洛夫娜说,"信口雌黄尤其是要不得的。"

"我不知道真理究竟是什么样儿,但是很显然,真话总是叫人不大好受的。"毕加索夫咕噜着,气冲冲地转过一边去了。

于是罗亭开始谈自尊心的问题,谈得很得体。他指出,人假使没有自尊心,那就会一无价值,自尊心就是可以移动地球的阿基米德杠杆,但是同时,只有能够像骑手驭马一样控制自己的自尊心,牺牲自己的小我来为大我谋福利的人,才配得上人的称号。

"自私,"他结束道,"就等于自杀。自私的人会像孤单单的不结果实的果树那样日见枯萎;但是自尊自爱,作为一种力求完善的动力,却是一切伟大事业的渊源……是的!一个人必须剔除自己身上的顽固的私心,使自己的人格得到自由表现的权利。"

"您借给我一支铅笔好么?"毕加索夫向巴西斯托夫说道。

巴西斯托夫一时还悟不过来毕加索夫的话的用意。

"您要铅笔做什么?"他终于说道。

"我想把罗亭先生最后的一句话记下来。要不记下来,是准会忘记的。可您得承认,这种句子也真像打牌的时候捞了一副满分。"

"对于有些事情采取嘲笑胡闹的态度,那是可耻的,阿夫利康·谢妙尼奇!"巴西斯托夫热情地说,从毕加索夫那一面扭转身去。

这时候,罗亭走近了娜达丽亚身边。她站了起来,她的脸色有点迷惘。

坐在她身边的伏玲采夫也站了起来。

"这儿有架钢琴,"罗亭温和而愉快地说道,像个出外旅行的皇子似的,"是您在弹?"

"是的,我在弹,"娜达丽亚回答说,"可是弹得不好。这位康斯坦丁·吉渥密地奇,他弹得比我好得多。"

庞达列夫斯基把脸迎上前来,露牙一笑。

"您可不能这么说,娜达丽亚·阿列克谢耶夫娜;您弹得一点也不比我坏。"

"您知道舒伯特①的《魔王》②么?"罗亭问。

---

① 舒伯特(1797—1828),德国音乐家。
② 《魔王》,歌德所作诗,由舒伯特谱成歌曲。原文是德语。

"他知道,他知道,"达里雅·米哈伊洛夫娜插嘴道,"坐下吧,康斯坦丁……您也爱好音乐么,德米特里·尼古拉耶维奇?"

罗亭只是微微点一点头,用手掠了掠头发,好像准备听似的……庞达列夫斯基开始弹了起来。

娜达丽亚站在钢琴旁边,正对着罗亭。随着第一个音响,他的面容便焕发起来了。他的深蓝色的眼睛徐徐转动着,不时停留在娜达丽亚的身上。庞达列夫斯基弹完了。

罗亭没有说什么,走到了敞开着的窗前。芬芳的薄雾好像轻纱般笼罩着花园;一阵阵醉人的夜气从附近的树丛中散发出来。星星在静静地眨眼。夏夜是温柔的——把一切都溶化了。罗亭凝睇着暗黑的花园,又望了望四周。

"这样的音乐和这样的夜,"他说道,"使我记起了我在德国的学生时代:我们的集会,我们的夜曲。"

"您也到过德国的么?"达里雅·米哈伊洛夫娜问。

"我在汉堡一年,在柏林差不多也有一年。"

"您也穿学生装吗?听说他们的装束是很特别的。"

"在汉堡我穿的是带马刺的长统靴,带缨穗的匈牙利式短上衣,头发长得披到肩上。在柏林,学生的装束倒是和普通人一样的。"

"给我们谈谈您的学生生活吧。"阿列克山得拉·巴夫洛夫娜说。

罗亭开始谈起来了,但是他谈得并不很成功。他不善于绘声绘色,不知道怎样来逗人笑乐。可是,从自己在国外的经历,罗亭很快就转到了一般的议论上来,谈到文化和科学的意义,大学和一般的大学生活。他用粗健的笔触描出了一幅广阔的图画。大家都非常注意地倾听着。他谈笑风生,娓娓动听,但不十分清楚……但是,正是这点不大清楚的地方替他的语言增添了一种特殊的魅力。

  罗亭的思想的丰富,使他不能很清楚明晰地表达自己的意思。一个形象之后继之以另一个形象;一个比喻之后跟着又是一个比喻——一会儿出人意料地奇峰突出,一会儿又令人惊奇地恰如其分。他的这种迫不及待的即兴之谈并不是那种训练有素的空谈家的沾沾自喜的矫揉造作,而是一种灵感的嘘息。他并没有搜索词句,是词句左右逢源地、自由自在地流到他的唇边,每一个字都好像径直从他的灵魂深处涌出来,燃烧着全部信仰的火焰。罗亭掌握了一种几乎是最高的秘密——辩才的音乐。他知道怎样去挑起一根心弦,而使其他所有的弦全都轰鸣起来,颤动起来。也许有的听众并不确切明白他讲的是什么;但是他们的胸臆为之掀动,好像有什么帷幕就在他们面前揭开,有什么光辉就在他们眼前闪耀。

  罗亭的一切思想似乎都投向了未来;这使得他的这些思想显得热情奔放,朝气蓬勃……他站在窗边,也并不一定望着什么人,只顾谈着——在普遍的同情和注意的鼓舞之下,在青年女性的接近和夜的美丽的激发之下,他不禁情感洋溢,达到了雄辩的高潮,诗的极致……凭他说话的声音,恳切而且温柔,就增加了语言的魅力;好像有什么崇高的魔力从他的唇边流吐出来,连他自己也吃惊了……罗亭谈到了短暂人生的永恒意义。

  "我记得有个斯堪的纳维亚的传说,"他最后说道,"一个皇帝跟他的战士们围坐在火旁,在一个暗黑狭长的屋子里面。时间正在夜里。那是冬天。忽然,一只小鸟从一个开着的门里飞进来,又从另一个门里飞了出去。皇帝说道,这鸟呀,也就跟人生在世一样,从黑暗里飞来,又向黑暗飞去;温暖与光明,对它都是短暂的啊……'陛下,'最老的战士回答道,'就是在黑暗里,小鸟也不会迷途的,它会找到它的归宿。'正是这样,我们的生命虽然短暂而且渺小,但是伟大的一切却正由人的手所造成。人生在世,意识到自己的这种崇高的任务,那就是他的无上的快乐;正是在死亡中,他将发现自己的生命,自己的归宿。"

罗亭停止了,垂下了眼睑,带着一抹不由自主的窘色微微笑了。

"您真是个诗人。"达里雅·米哈伊洛夫娜轻轻说道。

所有的人都从心底里同意她的意见——所有的人,除了毕加索夫以外。他不等罗亭的长篇议论终结,就一声不响地拿起了帽子,在走出去时还向站在门边的庞达列夫斯基恨恨地咬着耳朵说道:

"呸!我可要找傻蛋去了!"

可是谁也没有挽留他,甚至谁也没有注意到他已经走了。

仆人端上晚餐来。一点半钟之后,大家各自步行或者驱车回去。达里雅·米哈伊洛夫娜请罗亭留下,就在庄上过夜。阿列克山得拉·巴夫洛夫娜在和兄弟一起回家去的车中有好几次高声惊叹,钦佩罗亭的异乎寻常的才智。伏玲采夫也同意她,只是在他看来,罗亭的话语有时不免有几分晦涩……"那就是说,不很容易领会。"他添上这样一句,显然是想把自己的意思说得清楚一点。他的脸色阴暗,眼睛凝视着马车的一个角落,好像比平时更为忧郁。

庞达列夫斯基,当他解下华丽的绣花吊带,准备就寝时,大声说道:"好个乖巧的家伙!"突然,又向他的小厮严厉地一瞥,叫他滚出房外去。巴西斯托夫整夜没有睡觉,也没有脱衣服,一直在给他的一个在莫斯科的朋友写信,直到天明;而娜达丽亚呢,她虽则脱了衣服,也上了床,却也是一刻都不曾入睡,连眼睛也不曾交睫。她把头支在手上,目光凝注着黑暗;她的脉搏在狂热地跳着,胸口不时发出深深的叹息。

4

第二天早晨罗亭刚穿好衣服,就有一个仆人走来,衔达里雅·米哈伊洛夫娜之命,请他到她的私室一同用茶。罗亭去时,房里只有她一人。她亲热地跟他寒暄,问他晚上睡得可好,亲手给他斟了杯茶,甚至问他茶里的糖够不够,还递给了他一枝纸烟,并且一再表示相逢恨晚。罗亭原想在离她稍远的地方坐下,但是达里雅·米哈伊洛夫娜却做了一个手势,请他坐在自己的安乐椅旁的小沙发上,然后身子向他微倾,开始问起他的家世,他的计划和志趣。达里雅·米哈伊洛夫娜说话随随便便,听话也像有意无心;但是罗亭十分清楚地懂得她是在向他卖弄殷勤,甚至是在谄媚他。这种早晨会晤的安排,她之所以打扮得如此朴素而又高雅,雷卡米耶夫人[①]式,都不是没有缘故的!但是达里雅·米哈伊洛夫娜很快就不再问他,而开始谈起自己来了,她谈到自己的青年时代,谈到自己所认识的一些人。罗亭同情地倾听着她的絮谈,但是——说

---

① 雷卡米耶夫人(1777—1849),法国拿破仑时代的著名贵妇人。

也奇怪!——不论达里雅·米哈伊洛夫娜谈到什么人,她自己、只有她自己总是站在前景里的,而其余的人则不知怎的隐没起来了,在背景中消失不见了。但是,这样一来,罗亭就能更详尽地知道达里雅·米哈伊洛夫娜对某某显贵说过些什么话,她曾对某某著名诗人发生过什么影响。按照达里雅·米哈伊洛夫娜的说法判断起来,就不由使人感到,最近二十五年以来所有知名之士都在如痴如狂地希求一亲她的芳颜,博得她的好感。她只是随随便便地谈起他们,并不带有特殊的兴奋和倾慕,好像他们都是自己人似的,其中有几个她还称为"荒唐的家伙"。她谈着谈着,他们的名字就好像华丽的珠翠围绕着一块无价的宝石似的,一个个排成了一道灿烂夺目的光圈,而环绕着一个最主要的名字——那就是达里雅·米哈伊洛夫娜。

罗亭听着,抽着纸烟,很少开口,只是间或在这喋喋不休的贵妇人的长谈中插进短短的一两句话。他善于说话,也喜欢说话;对谈虽非他所擅长,但他是一位知趣的听者。任何人,只要开头没有被他怔住,是会在他面前信赖地披沥自己的胸臆的:他善于十分体贴地、同情地领会别人的言谈的线索。他富有善良的天性,那种自觉高人一等的人特有的善良的天性。在辩论中,他很少容许对方把话说完,而是以自己迅雷不及掩耳的热情论证把对方压倒。

达里雅·米哈伊洛夫娜说的是俄国话。她是很喜欢炫耀一下自己对祖国语言的知识的,虽则法国成语和法语词汇她也常常脱口而出。她故意使用了一些简单的、老百姓的词儿,但并不都很贴切。罗亭的耳朵也并不感到达里雅·米哈伊洛夫娜唇边的这种古怪的杂拌语言有什么难受;老实说,他也未必有这种鉴别语言的耳朵。

达里雅·米哈伊洛夫娜终于说得累了,于是把头靠在安乐椅的背上,眼睛转向罗亭,沉默下来。

"现在我明白了,"罗亭开始慢慢地说,"我明白您为什么每年夏天都要到乡间来。这种休息对您是必需的;在过腻了都市生活之后,这种乡村的宁静会使您消除疲劳,增进健康。我深信,对于大自然的美您深有感受。"

达里雅·米哈伊洛夫娜斜着眼睛瞟了罗亭一眼。

"大自然……是的……是的……当然……我热烈地爱好自然;可是您知道,德米特里·尼古拉耶维奇,就是在乡间,也不能没有个像样的人呀。可这儿却几乎一个也没有。在这儿,毕加索夫就算是头号的聪明人了。"

"就是昨晚在此地大发脾气的那位老先生么?"罗亭问。

"是的,就是他……在乡间,就是他也顶事啊——哪怕是有时逗人笑一笑。"

"他可并不是个傻瓜,"罗亭回答说,"但是他走错了路。我不知道您是不是也有同感,达里雅·米哈伊洛夫娜,可是我认为,否定——完全的、全盘的否定——是毫无好处的。否定一切,那别人就可能很轻易地把你当作才子:这是一种尽人皆知的狡计。那些老实人马上就会下这样的结论,认为你比被你所否定的要高一等,而这时常是不对的。第一,白玉也不一定无瑕;第二,就算你所说都是事实,这对你也更不好:随着你的一味否定,你的才智就会渐渐失去光彩,渐渐枯萎了。当你快意于虚骄的时候,你就丧失了思索的真正的乐趣;而真正的人生——人生的本质——就从你的狭隘的、偏激的视野中逃走了,其结果,你就只好成为一个愤世嫉俗的人,成为人们的笑料。只有爱人的人才有权利责备别人,申斥别人。"

"这样,毕加索夫先生就算完了。"达里雅·米哈伊洛夫娜说道,"您真是个知人论世的大师啊!但是毕加索夫当然是不能了解您的。除了他自己以外,他什么都不爱。"

"并且,他之所以责难自己,也就是为了可以有权利去斥责别人。"罗亭添进一句。

达里雅·米哈伊洛夫娜笑了。

"这真是错把好人……俗话怎么说的……错把好人当病人。咱们顺便谈谈,您看男爵怎么样?"

"男爵?他是个顶好的人,心地好,学问也好……就是没有性格……他这一辈子,始终只能是半个学者,半个俗人,这就是说,只能是个票友,也就是说,说得干脆一点——不成家数……多可惜!"

"我也这样想,"达里雅·米哈伊洛夫娜说,"我读过他的论文……咱们私下说……学无根底。"

"您这儿还有什么人?"沉默了一会儿,罗亭问。

达里雅·米哈伊洛夫娜用小指头弹去了烟灰。

"哦,简直没有什么人。黎宾娜——阿列克山得拉·巴夫洛夫娜,就是昨天您看到过的:人倒很温柔,但也就是温柔罢了。她的弟弟也是个很好的人——一个十足的老好人。还有您认识的那位迦林公爵。就是这样几个人。除此之外还有三位邻居,可是这些人都算不了什么。他们有的装腔作势,神气十足;有的扭扭捏捏;要不然,就是放肆得离谱。至于太太们,您知道,我是向不来往的。还有一位邻居,听说很有教养,甚至是个很有学问的人,但性情怪得出奇,像个疯子。阿列克山得玲认识他……看样子,对他还有些意思……真的,德米特里·尼古拉耶维奇,您真得认识认识她,她真是个可爱的女人;只是还得多有些教养,非再多有些教养不行!"

"她是很逗人喜欢的。"罗亭说。

"还完全是个孩子呢,德米特里·尼古拉耶维奇,简直是个小宝宝。她从前结过婚,但这没什么。假如我是个男人,我一定只会爱上像她那样的女人。"

"真的吗?"

"一定的。这样的女人至少是新鲜活泼的,而新鲜活泼却是假装不来的。"

"难道别的就可以假装的么?"罗亭问,笑了,这在他是难得的。当他笑的时候,他的脸上就有了一种奇怪的、几乎是老人似的表情,眼睛眯了,鼻子也皱了起来。

"那位您说非常古怪、黎宾娜太太对他有些意思的人,他是谁呢?"他问。

"一位姓列兹涅夫的——米哈伊罗·米哈伊里奇,本地的一位地主。"

罗亭好像有点吃惊;他抬起头来。

"列兹涅夫——米哈伊罗·米哈伊里奇?"他问,"怎么,他是您的邻居么?"

"是的。您认识他?"

罗亭暂时没有回答。

"我早就认识他……很久以前。他好像是很有钱的,对吗?"他又加上一句,拉了拉椅子的边饰。

"对,有钱,可是打扮得不像样,像个管家似的,驾一辆跑车。我很想请他上我家来:听说他是个很能干的人;我跟他有点事情要商量商量……您当然知道,我是亲自管理我的田庄的。"

罗亭点了点头。

"是的,我亲自管,"达里雅·米哈伊洛夫娜继续说道,"我并不搞什么外国花样,只是遵循咱们自己的、俄国的办法,可是,您瞧,搞得好像也并不坏啊。"她又说,挥了挥手。

"我历来就认为,"罗亭彬彬有礼地说,"那些否认女子有实际办事才能的人都是极不公平的。"

达里雅·米哈伊洛夫娜愉快地微笑了。

"您太客气了,"她说道,"刚才我说什么来着?咱们说到哪儿了?哦,是的,列兹涅夫!我跟他有一点关于界址的交涉。我有好几次请他过来;今天我也正等着他来;可是,谁知道为了什么,他就是不来……他这人真怪!"

门幔轻轻地分开了,一个高个子,灰白头发,秃顶,穿着黑色燕尾服、白背心,系着白领带的仆人走了进来。

"干什么?"达里雅·米哈伊洛夫娜问道,把头稍微转向罗亭,又低声说道:"活像个康宁①,对吗?"

"米哈伊罗·米哈伊里奇·列兹涅夫到,"仆人报告说,"您要接见他么?"

"啊,天哪!"达里雅·米哈伊洛夫娜叫了起来,"真是说到神鬼,神鬼就到。请!"

仆人退下。

"真是个怪人,到底来了,可是就来得不凑巧:把咱们的话给打断了。"

罗亭从座上立起身来,但是达里雅·米哈伊洛夫娜止住

---

① 康宁(1770—1827),英国保守主义政治家。

了他。

"您上哪儿去?我们可以当您的面谈的。我很想您也把他分析分析,像您分析毕加索夫一样。你说的话,就像镂刻的画版似的。您留下吧。"

罗亭还想说些什么,但是想了一想,终于留下了。

米哈伊罗·米哈伊里奇,读者已经认识的,走进了室内来。他仍旧穿着他那件灰色的外套,他那太阳晒黑了的手里也照旧拿着他那顶破旧的小帽子。他满不在乎地向达里雅·米哈伊洛夫娜一鞠躬,然后走向茶桌面前。

"您到底光临舍下了,列兹涅夫先生①!"达里雅·米哈伊洛夫娜说道,"您请坐。我听说,您二位早就相识。"她继续说着,指了指罗亭。

列兹涅夫望着罗亭,脸上露出一种奇怪的笑容。

"我认识罗亭先生。"他说着,稍稍弯了弯腰。

"我们是一块儿念大学的。"罗亭低声说,垂下了眼睑。

"在那以后我们也见过面。"列兹涅夫冷冷地说。

达里雅·米哈伊洛夫娜摸不着头脑地望了望他们两个,然后请列兹涅夫坐了下来。

"您要见我,"他开始道,"是为了界址的事情么?"

"是的,是为了界址的事情,可是我也还想看看您呀。咱们是近邻,差不离也可以算是亲戚啦,对吗?"

"我很承您的情,"列兹涅夫回答,"说到界址的话,那我已经跟您的管家完全商量妥了,他的建议我都一一同意了。"

"这我知道。"

---

① 用俄语发音的法语词。

"但他告诉我说,要是不先跟您亲口谈定,那还是不能签署文约的。"

"是的;这是我的规矩。啊,顺便我想问问:您的农奴们大概都是缴代役租金的吧?"

"正是。"

"那您还亲自来操心这些分地界的事情!这真值得钦佩。"

列兹涅夫没有回答。

"好啦,我这就算是亲口跟您谈定了。"他终于说道。

达里雅·米哈伊洛夫娜冷笑了。

"我看得见,您亲自来了。瞧您说话的这种腔调……您一定是很不高兴上我这儿来吧?"

"我哪儿也不爱去。"列兹涅夫冷冷淡淡地回答。

"哪儿也不爱去?可您不是去看阿列克山得拉·巴夫洛夫娜来着?"

"我是她弟弟的老朋友。"

"她弟弟的!话说回来,我可从来也不爱勉强别人……但是,请原谅我,米哈伊罗·米哈伊里奇,我年纪比您大几岁,也可以告诫告诫您:您何苦要过这种孤鬼似的生活呢?是我的屋子特别使您不高兴?或者是您讨厌我?"

"我并不了解您,达里雅·米哈伊洛夫娜,所以,我也就不可能讨厌您。您的屋子很漂亮;但是,我得向您坦白地承认,我很不欢喜礼节的拘束。我没有像样的礼服,也没有手套;况且,我是不属于你们这一流的。"

"从出身、从教养来说,您都是我们这一流的,米哈伊罗·米哈伊里奇!您是我们这一流的。"

"且别谈什么出身和教养吧,达里雅·米哈伊洛夫娜!问题不在这里……"

"一个人,总得和朋友们生活在一起呀,米哈伊罗·米哈伊里奇!又何苦要像个第欧根尼①整天坐在桶里呢?"

"首先,他坐在那里很舒服;其次,您怎么知道我不跟我的朋友们生活在一起呢?"

达里雅·米哈伊洛夫娜咬了咬嘴唇。

"这可是另一回事!这我就只好表示遗憾,我竟没有高攀的荣幸了。"

"列兹涅夫先生,"罗亭插嘴道,"似乎把那种极可称赞的感情——爱自由的感情——夸大得过分了一点。"

列兹涅夫没有回答,只望了罗亭一眼。接着是片时的沉默。

"就这样吧,夫人,"列兹涅夫站起身来说,"这我就可以认为咱们的事情算是决定啦,请告诉您的管家把文约送到我那里去吧。"

"好的……可是,我得告诉您,您对我这样不客气,我真该拒绝您才对。"

"可是,您知道,这回定界,您可比我占便宜多啦。"

达里雅·米哈伊洛夫娜耸了耸肩。

"您连在我家里用点早点都不行吗?"她问。

"多谢,我从来不吃早点。我得赶着回家去。"

达里雅·米哈伊洛夫娜站起身来。

---

① 第欧根尼(约公元前412—前323),希腊犬儒学派哲学家。传说他住在桶里,亚历山大王来看他,他说:"请站开些,别遮住我的太阳。"

"那我就不留您了,"她说,一面走向窗口,"我可不敢留您。"

列兹涅夫开始告辞。

"再会,列兹涅夫先生!对不起,麻烦您了。"

"哦,不用客气!"列兹涅夫说着,就走出去了。

"怎么样?"达里雅·米哈伊洛夫娜问罗亭道,"我早就听说他是个怪物;可是,您瞧,这简直是不像话了!"

"他害的也是和毕加索夫一样的病,"罗亭说道,"那就是一心想标新立异。那一位是想扮成个梅菲斯特①,这一位就想扮成个犬儒主义者。在这一切里面,都有着太多的自高自大,太多的骄傲虚浮,而太缺少真诚、缺少爱。要知道,这中间甚至还有某种打算:一个人戴上了漠不关心、闲散疏懒的面具,就以为人们不禁会想:看这人,大好的才能都给埋没了!可是你要近前去仔细看看,就知道其实什么才能也没有。"

"这可是第二回了!"达里雅·米哈伊洛夫娜说道,"您分析起一个人来可真是入木三分,在您的面前是什么也掩饰不了的。"

"您这样想么?"罗亭说,"可是,"他继续说道,"老实说,我真的不该谈论列兹涅夫;我爱他,朋友般爱他……但是后来,由于各种误会……"

"你们吵了架么?"

"不。但是我们分开了,大概是永远分开了。"

"啊啊,难怪他在这儿的时候您一直不大自在……但是,

---

① 梅菲斯特,歌德名作《浮士德》中的恶魔,喻对凡事加以冷嘲,幸灾乐祸的人。

今天早晨您让我受益很多,真是谢谢。这段时间我过得十分愉快。可是人贵知足。在早餐以前您可以请便,我自己也要料理一下事情。我的秘书,您见过他的——康斯坦丁,他就是我的秘书。——一定在等着我了。我给您介绍:他真是一个挺好的、很有前途的青年,对您可是十分热心。再见,亲爱的德米特里·尼古拉耶维奇!我是多么感激男爵啊,是他做了咱们的介绍人呀!"

达里雅·米哈伊洛夫娜把手伸给了罗亭。他先把它握了一下,然后举到唇边,于是走了出来,来到客厅,由客厅又来到露台。在露台上,他遇见了娜达丽亚。

5

达里雅·米哈伊洛夫娜的女儿娜达丽亚·阿列克谢耶夫娜,猛一看去也许不怎么可爱。她还没有发育完全,有些瘦黑,背还微微有点佝偻,但是她的面部轮廓却是美丽的,端正的,虽则对一个十七岁的少女来说这张脸不免略大了一点。特别美丽的,是在她那清秀的中分为二的弯弯的眉毛上配上了一副整齐平正的前额。她很少说话,只是注意地、几乎是目不转睛地听着,望着别人,好像她要自己来衡量别人所说的一切。她时常一动不动地站着,两手下垂,陷入沉思;这时,她的脸上就表现出她的内心的思想活动……一丝难以觉察的微笑就会突然浮上她的唇边,而又转瞬消失;于是她就会徐徐地抬起她的大而深的眼睛来……"你怎么啦?"彭果小姐便会这样问她,于是便开始责备她说,一位小姐像这样沉思默想,失魂落魄,是不成体统的。但是娜达丽亚从不失魂落魄;反之,她求学很勤勉,读书和工作都很努力。她的感情是深刻而且强烈的,但是从不外露,还是小孩子的时候也很少哭,而现在则连叹息也很少听到了,每逢有什么事使她苦恼的时候,她只是脸色变得苍白一点。她的母亲把她当作听话懂事的女孩子,开玩笑地把她叫做"我的老好女男儿",但是并不十分看重她的智力。"我的娜达丽亚幸而很冷静,"她时常说,"她不像我……这样倒好些。她会幸福的。"达里雅·米哈伊洛夫娜错了。可是,真正了解自己的女儿的母亲,是很不多的。

娜达丽亚尽管爱达里雅·米哈伊洛夫娜,但并不完全信任她。

"你是本来没有什么可以瞒我,"达里雅·米哈伊洛夫娜有一次对她说,"不然,你会十分谨慎地隐瞒起来的:你才有主见呢……"

娜达丽亚望着母亲的脸,暗想道:"有主见又有什么不可以呢?"

当罗亭在露台上遇见她的时候,她正要和彭果小姐进屋子里去戴帽子,好出外到花园里去。她的早课已经完毕。

娜达丽亚早已不被当作女孩子看待了。彭果小姐老早已经停止教给她神话和地理;但是娜达丽亚每天早晨还得在她面前读历史书籍,游记,或别种有教益的著作。书都由达里雅·米哈伊洛夫娜亲自挑选,仿佛她真有她自己的一套系统似的。其实,她只不过把法文书商从彼得堡寄给她的一切全都拿给娜达丽亚罢了,当然,小仲马公司出版的小说却不在其内。这些小说是达里雅·米哈伊洛夫娜自己要念的。当娜达丽亚读着历史书籍的时候,彭果小姐就要特别严厉、特别紧张地从眼镜里瞪着一双眼睛:依照这位法兰西老小姐的见解,任何历史都是充满着"见不得人"的东西的,虽则她自己由于某种原因,所知道的古代大人物只有一个康比西斯①,而近代的,则只有路易十四和她所深恶痛绝的拿破仑。但是娜达丽亚也读一些彭果小姐根本不知其存在于天地之间的书:她记熟了普希金的全部诗句……

一碰见罗亭,娜达丽亚的脸微微一红。

"您散步去吗?"他问她。

"是的。我们到花园里去。"

"我可以奉陪么?"

娜达丽亚望着彭果小姐。

"当然,先生,很高兴。"老小姐急忙说。

罗亭拿了帽子,和她们一起走去。

在狭径上和罗亭并肩走着,娜达丽亚起初觉得有点局促,但一会以后就觉得轻松了些。他开始问她近来在做什么,欢喜不欢喜乡间。她回答时多少有点胆怯,但并不是人们惯常装出也常被误认为娇羞的那种慌慌张张的羞怯。她的心在跳着。

"您在乡间不觉得无聊么?"罗亭问,斜瞟了她一眼。

"在乡间怎么会无聊呢?我很高兴我们在这儿。我在这儿很幸福。"

"您很幸福——这可是个伟大的字眼。可是,这是可以理解的:您年轻。"

罗亭说这最后一句话时声音有点异样:既不像羡慕娜达

---

① 康比西斯,古代波斯国王。

丽亚,也不像怜悯她。

"对！青春！"他继续说道,"科学的全部目的,就是要有意识地取得大自然无代价地赋予青春的一切。"

娜达丽亚注视着罗亭:她不懂他说的什么。

"今天我跟您的母亲谈了一整早晨,"他继续往下说,"她真是个了不起的女人。我这才明白,为什么我们所有的诗人都这样珍惜她的友情。您也喜欢诗么?"他停了一停,又加上一句。

"他在考我呢,"娜达丽亚想,接着出声说道,"是的,我很喜欢诗。"

"诗是神的语言。我自己也喜欢诗。但是,诗不仅仅在诗句里:诗无所不在;诗就在我们四周……您看这些树,您看这天——从任何地方,都散发着美和生命;而在有美和生命的地方,也就有诗。"

"咱们坐下吧,就在这凳子上坐下吧,"他继续说,"对,就是这样。不知为什么,我觉得,假如您跟我更厮熟一些(他微笑地望着她的脸),咱们准会成为朋友的。您看怎样?"

"他把我当作女孩子看待哩！"娜达丽亚想着,不知道说什么好,于是便问他是否打算在乡间久住。

"整个夏天和秋天,也许再加上冬天。您知道我不是什么有钱的人;我的事情弄得很糟,况且,这样到处漂流,已经令我感到疲倦。应该是休息的时候了。"

娜达丽亚惊讶了。

"难道您当真认为,是您应该休息的时候了么?"她胆怯地问。

罗亭转过脸来,面对着娜达丽亚。

"您这么说是什么意思?"

"我是想说,"她微觉困窘地回答,"别人尽可以休息;可是您……您应该工作,要做个有用的人。假如不是您,那还有谁……"

"我谢谢您的过奖,"罗亭打断了她,"做个有用的人……谈何容易!(他用手抹了抹脸。)做个有用的人!"他又重复道,"即使我有坚强的信念,深信我能有用——即使我信任我自己的能力——我又能到哪里去找那些真诚的、富于同情的灵魂呢?"

于是,罗亭不胜绝望地挥一挥手,不胜忧郁地垂下了头,这使娜达丽亚不禁自问:昨晚她所听到的那一番热情洋溢、充满希望的话,难道竟是他说的么?

"可是,不对,"他又说了,突然把他那狮鬃般的头发向后一掠,"这都是胡说。您是对的。我谢谢您,娜达丽亚·阿列克谢耶夫娜,我衷心地谢谢您。(娜达丽亚根本不懂他向她谢些什么。)您的一句话让我重新记起了我的责任,指出了我的道路……是的,我应该行动起来。我不应该埋没我的才能,假如我多少还有点才能的话;我不应该尽说空话,把我的精力尽浪费在空洞的谈话,浪费在毫无用处的空话上头……"

于是他的话像川流般地倾泻出来。他美丽地、热情地、令人信服地谈论着,谈到怯懦和懒散的可耻,行动的必要。他把自己痛责了一通,并论证道,还没有动手做事以前就先发一通议论是有害无益的,那正像拿一枚针去刺一只烂熟的水果一样,只是浪费精力与浆汁而已。他断言,没有一种高尚的思想是不能赢得同情的;那些始终不被人了解的人,只是因为他们自己就不明白自己究竟要做些什么,要不就是他们根本值不得被人了解。他谈了很久,临了还再一次地向娜达丽亚·阿列克谢耶夫娜珍重道谢,并且完全出其不意地握住了她的手,说道,"您是个美丽的、崇高的姑娘!"

这种大胆的行动可吓了彭果小姐一跳,她虽在俄国住了四十多年,听俄国话却仍很费力,因此,就只能惊羡罗亭在谈吐上的滔滔不绝,美不胜收。不过,在她的眼中,罗亭大概是乐师或是戏子一类的人物;照她的看法,对于这一类人是不可能以严格的礼法相绳的。

她站起身来,匆匆地整了整衣裙,就向娜达丽亚宣布说这是回家的时候了,特别是因为伏玲莎夫先生(她是这样称呼伏玲采夫的)今天要来早餐。

"瞧,他已经来了!"她加上一句,望着通往屋子里去的一条林荫路上。

真的,伏玲采夫就在不远的地方出现了。

他以犹豫不决的脚步走上前来,远远地向大家鞠了一躬,脸上带着痛苦的表情转向娜达丽亚,说道:

"啊!你们在散步吗?"

"是的,"娜达丽亚回答,"我们正要回家去。"

"啊!"伏玲采夫回答,"那么,咱们一道走吧。"

于是,大家一起向着屋子走去。

"您姐姐好么?"罗亭问伏玲采夫,声调好像特别亲切。昨天晚上他对伏玲采夫也是非常和蔼的。

"承问,谢谢;她好。她今天也许会来的……我来的时候,你们好像正在讨论什么吧?"

"是的,我正在跟娜达丽亚·阿列克谢耶夫娜谈谈。她说了一句使我非常感动的话。"

伏玲采夫并没有追问这是一句什么话,于是,在深深的沉默中他们回到了达里雅·米哈伊洛夫娜的屋子里。

在午餐之前,沙龙又聚合起来了。只有毕加索夫没有来。罗亭的情绪并不太高;他只是一味让庞达列夫斯基弹奏贝多芬的乐曲。伏玲采夫默默不语,老是望着地板。娜达丽亚不曾离开她母亲的身旁,一时坠入沉思,一时又去专心刺绣。巴西斯托夫的眼睛一刻也不曾离开罗亭,经常在期待着他会说出什么英明的话来。三个钟头就这样过去了,显得十分单调。阿列克山得拉·巴夫洛夫娜没有来吃饭——而伏玲采夫,当大家刚从餐桌上站起身来的时候,他就立即吩咐套起他的马车来,没有向任何人告辞就溜走了。

他的心情是沉重的。他很久便爱着娜达丽亚,三番两次打定了主意想向她求婚……她待他也很好,只是心还没有动;这一点他是清楚地看到的。他并不希望就能在她的心里引起更温柔的感情,只在等着有那么一个时候她能够和他十分相熟,和他亲近。是什么扰乱了他呢?这两天来他留意到有什么改变了呢?娜达丽亚还是和从前一样对待他的呀……

也许是他心里忽然感到了他可能一点都不了解娜达丽亚的性格,她之于他比他从前所想象的还要陌生;也许是嫉妒已经在他的心头作祟;也许是他已经有了一种模糊的不妙的预感……总之,他十分苦恼,不管他怎样用理智来克制自己。

当他回到姐姐家中时,列兹涅夫正和她坐在一起。

"怎么你这么早就回来了?"阿列克山得拉·巴夫洛夫

娜问。

"就因为我受不了。"

"罗亭在么?"

"在。"

伏玲采夫把帽子一扔,坐了下来。

阿列克山得拉·巴夫洛夫娜兴高采烈地转向他。

"谢辽沙①,请你来帮我说服这个固执的家伙(她指了指列兹涅夫),让他相信罗亭确实是非常聪明,非常有口才的。"

伏玲采夫只是喃喃地说了句什么。

"我一点也不和您争辩这个,"列兹涅夫说,"我决不怀疑罗亭先生的聪明和口才;我只是说我不喜欢他。"

"你倒早已见过他了么?"伏玲采夫问。

"今天早晨在达里雅·米哈伊洛夫娜家里见过他。你知道,他现在正是她家的贵宾。总有一天,她也会和他分手的——只有庞达列夫斯基才是她唯一永不分离的人——但是现在罗亭却是至尊无上的。的的确确,我见过他!他坐在那里——她就把我展示给他,仿佛是说:看哪,好朋友,我们这儿出产多么古怪的怪物!可是,我也不是一匹参加竞赛的马,还不习惯让人牵着遛。所以我就赶忙抽身走了。"

"你到她那儿去干什么?"

"她约我去商谈界址的事情;可是这都是些托故的废话:她不过是想看看我的长相罢了。谁不知道,人家是位贵妇人嘛!"

"就是他的那种优越感伤了您的心,——这就对

---

① 谢辽沙,谢尔盖的爱称。

啦！……"阿列克山得拉·巴夫洛夫娜热烈地说道，"就是为了这，您才不肯原谅他。但是我相信，除了他的才智以外，他一定还有一颗极高尚的心。您只要望一望他的眼睛，当他……"

"'他奢谈着崇高的正直……'"①列兹涅夫插了一句。

"您再撩我，我就会哭起来啦。我真是从心坎里失悔没有上达里雅·米哈伊洛夫娜家去，反而留下来陪您。您倒来惹我生气。别逗我吧，"她带着恳求的声调说，"您还是把罗亭的青年时代跟我谈谈吧。"

"谈罗亭的青年时代？"

"是呀。您不是告诉过我，说您很清楚他，早就认识他的么？"

列兹涅夫站起身来，在室内来回踱着步。

"是的，"他开始说，"我很清楚他。您要我跟您谈谈他的青年时代么？好吧。他出生在Т省，一个穷地主家庭里。父亲不久就死了，留下了他和他的母亲。她是个极善良的女人，把他当作宝贝似的：她只是吃燕麦粉过日子，把每一文钱全都化在儿子身上。他在莫斯科上学，起先是指靠他的一个什么叔父，后来，当他长大了，羽毛丰满了，他就指靠他巴结上的——唔，对不起，下次不说了——结交上的一位有钱的小公爵来接济他了。于是，他进了大学。我是在大学里认识他的，并且和他成了亲密的朋友。关于我们在那些日子里的生活，我以后什么时候再跟你们谈吧。现在可不能够。再往后，他就出国去了……"

---

① 语出格里鲍耶陀夫的喜剧《聪明误》。

列兹涅夫继续在室内来回踱着;阿列克山得拉·巴夫洛夫娜用眼睛追随着他。

"在国外的时候,"他继续说道,"罗亭很少给他母亲写信,总共只回国看过她一次,大约住了十天……当他不在的时候,老妇人在陌生人的照料下死去了,但是直到死时她的眼睛都不曾离开他的画像。当我住在T省的时候,我是常去看她的。她是个顶和善、顶好客的女人;她总是请我吃樱桃酱。她爱她的米佳①爱得发狂。毕巧林②派的先生们会告诉您说,我们往往偏要去爱那些自身不善于爱的人;可是在我看来,所有的母亲都爱自己的孩子,特别是那些不在眼前的孩子。此后,我在外国又碰到了罗亭。那时,有一位女士跟他很亲热,这位女士是咱们俄国人,一位女学究,年纪已经不轻,相貌也不好看,这倒正合女学究的身份。他跟她厮混了相当长的一段时间,终于把她甩了……啊,不对,请原谅……她把他甩了。就在这时,我也就把他甩了。完了。"

列兹涅夫沉默了,用手抹了抹额角,身子往安乐椅上一倒,好像疲乏了似的。

"您知道么,米哈伊罗·米哈伊里奇,"阿列克山得拉·巴夫洛夫娜开始说道,"我看出您就是个不怀好意的人;真的,您也不比毕加索夫好多少。我相信您所说的全都真实,您并没有捏造什么,可是您把一切都渲染得多么坏啊!可怜的老母亲呀,对儿子的热爱呀,她的孤孤零零的死呀,还有位什么女士呀……这都算什么意思呢?……您可知道,哪怕是对

---

① 米佳,德米特里的爱称。
② 毕巧林,莱蒙托夫小说《当代英雄》中的主人公,属于"多余人"形象。

一个最好的好人,也是可以在他的脸上抹上那样的一些色彩——并且,请您注意,这完全用不着加油加醋——来叫任何人看了都会毛骨悚然的。但是,要知道,这也就是一种诽谤啊!"

列兹涅夫又站起身来,在室内走着。

"我可一点也不想叫您毛骨悚然,阿列克山得拉·巴夫洛夫娜,"他终于说道,"我并不是一个爱诽谤人的人。可是,"他想了想,又继续说道,"的确,您所说的也有一部分真理。我可也没有诽谤罗亭;但是——谁知道!——很可能,他从那以后已经有了转变——很可能,是我错怪了他。"

"啊!您到底明白过来啦……那么您就该答应我跟他恢复旧交,好好地去了解他,然后把您对他的最后的意见告诉我。"

"遵命……可是你怎么一声不响呢,谢尔盖·巴夫里奇?"

伏玲采夫一怔,抬起头来,好像刚醒过来一样。

"我有什么可说的?我并不清楚他。况且,我今天头痛。"

"真的,今天你的脸色好像有点发青,"阿列克山得拉·巴夫洛夫娜说,"你不舒服么?"

"我头痛。"伏玲采夫又说了一遍,就走掉了。

阿列克山得拉·巴夫洛夫娜和列兹涅夫望着他的背影,彼此交换了一下眼色,但什么也没有说。在伏玲采夫心里究竟有了什么心事,无论对他或对她,也都不是什么秘密了。

6

两个多月的时间过去了。在这整段时间里,罗亭几乎从未离开过达里雅·米哈伊洛夫娜的家。她离了他就过不了日子。跟他谈谈自己,听听他的议论,对她已经成了一种必需。有一次,罗亭说要走,说是他的钱都用光了,她就给了他五百卢布。他又向伏玲采夫借了两百卢布。毕加索夫来看达里雅·米哈伊洛夫娜的次数比先前少得多;有罗亭在场,就把他压倒了。其实,感到这种威压的也不仅毕加索夫一人。

"我不喜欢这位才子,"毕加索夫时常这样说,"他说起话来矫揉造作,活像我们小说里的英雄。他先说一声'我',于是就无限感动地顿上一顿……老是'我'呀'我'的。用的一些字眼总是拖沓累赘。假如你打个喷嚏,他当场就会给你发一通议论,为什么你硬是要打喷嚏而不咳嗽。假如他称赞你,那就好像他是在给你封官……他一自责起来,就把自己骂得粪土不如——叫别人以为从今以后他恐怕不会再在光天化日之下露面了吧?满不是那么回事!他反而更神气了,好像灌了一杯烈性的烧酒一样。"

庞达列夫斯基有点害怕罗亭,只是小心翼翼地试图博得他的欢心。伏玲采夫和罗亭之间则形成了一种奇特的关系。罗亭称他为骑士,无论当面或背后都很恭维他;但是伏玲采夫却总也无法喜欢他,每一次当罗亭当他的面着手来分析他的优点的时候,他总是感到一种不由自主的不耐烦和讨厌。"他莫不是在开我的玩笑吧。"他想道,于是心中便涌出了一股敌意。伏玲采夫也想对自己的感情加以抑制;但是因为娜达丽亚的缘故,他却不由自主地嫉恨他。罗亭自己呢,他虽则总是热热闹闹地欢迎伏玲采夫,虽则称他为骑士,向他借钱,对他其实也并不真正亲热。当他们像朋友般互相握手道好,眼睛彼此对望着的时候,他们两人心中的真正感受确实是很难分辨的。

巴西斯托夫继续崇拜着罗亭,对他所说的每一句话都不敢遗漏。罗亭却很少注意到他。有一次他和他谈了一整个早晨,讨论着人世间最重大的问题和任务,唤起了他的无限蓬勃的热情,但是此后他就一直把他扔开了。……很显然,他之所谓要寻找纯洁的、热诚的灵魂,只不过是一句空话罢了。列兹涅夫近来也常到达里雅·米哈伊洛夫娜家来,但罗亭却很少和他争论,甚至好像在规避他。列兹涅夫对罗亭也很冷淡,可是也并没有把他关于罗亭最后的结论告诉阿列克山得拉·巴夫洛夫娜,这可使她很有几分迷惘。她崇拜罗亭;但是她信任列兹涅夫。达里雅·米哈伊洛夫娜家中的每一个人都顺着罗亭的好恶;对他的极微细的愿望也全都照做。每天的日程都由他来决定。任何游乐少了他都是不行的。可是他也并不十分喜欢各种兴之所至的出游和奇想,只好像大人参加孩子们的游戏一样,带着一种和蔼而又觉得有些无聊的神气来迁就一下罢了。但另一方面,他对任何事务也都参加:和达里雅·米哈伊洛夫娜讨论她的田庄的经营,孩子们的教育,家务的处理,以及各种事情;他听着她的各种计划,甚至不以最琐屑的细节为苦,他还提出了一些建议和改进的方案。达里雅·米哈伊洛夫娜在口头上对他的意见都极表赞同,但只是口头赞同而已。在经营管理上,她是以她的管家的意见为准的,这位管家是一个年老的独眼小俄罗斯人,一个和善而又狡猾的老家伙。"新姜嫩,老姜辣。"他时常这样说,安详地一笑,眨着他那只独眼。

除了达里雅·米哈伊洛夫娜以外,罗亭只和娜达丽亚谈得最多,最长。他时常偷偷地给她书看,把自己的打算和她密谈,把他想写的论文和著作的头几页念给她听。娜达丽亚往往不能完全捉摸到其中的意义。但是罗亭并不在乎她懂不懂,只要她听着便好。他和娜达丽亚的亲近并不太令达里雅·米哈伊洛夫娜欢喜。"好吧,"她想,"在乡间让她和他去胡扯吧。她还像个小姑娘似的,使他感到好玩。这也没有大害处,她倒反可以从他那里学些见识。回彼得堡以后,就可以把一切都改变过来的。"

达里雅·米哈伊洛夫娜错了。娜达丽亚并不像女孩子似的和罗亭胡扯:她如饥似渴地倾听着他的言语,极力探索它们的意义,把自己的思想,自己的怀疑,都交给他来判断;他成了她的导师,她的领袖。直到这时为止,还只是她的头脑沸腾起来了……但是年轻人是不会长久地只有头脑沸腾的啊!在花园的凳子上,在梣木的透明轻影里,当罗亭给她朗诵着歌德的《浮士德》,或霍夫曼①,或贝蒂娜②《书简》,或诺瓦利斯③,并且屡屡停下来,为她解释那些对她似乎费解之处的时候,她体验过的该是多么甜美的时刻!像几乎所有的俄国贵族小姐们一样,她德语说得不行,但却很善于理解,而罗亭则是沉醉于德国诗歌、德国浪漫主义作品和德国哲学的天地中的,他把娜

---

① 霍夫曼(1776—1822),德国小说家。
② 贝蒂娜(1785—1859),德国女散文作家。
③ 诺瓦利斯(1772—1801),德国诗人。

达丽亚带进这个禁苑里来了。神奇的、美丽的世界,在她的无限期待的眼睛之前展示开来;从罗亭手中的书的篇页里,奇妙的憧憬,新的、光辉灿烂的思想,如淙淙的流泉一般地流入了她的灵魂,而在她那受伟大感情的崇高喜悦所鼓舞的心灵里,圣洁的热情的火花就静静地燃成烈焰了……

"告诉我,德米特里·尼古拉耶维奇,"有一天,坐在靠窗口的绣花架旁,她开始说道,"冬天您会到彼得堡去的,是么?"

"我不知道,"罗亭回答,让正在浏览的书本跌在膝上,"要是能找到钱,我是会去的。"

他说话无精打采;他感到疲倦,从清早起就觉得懒懒散散的。

"我想,您怎么也会找得到的。"

罗亭摇摇头。

"您这样想么?"

于是,他似含无限深意地把眼睛转到一边。

娜达丽亚还想说些什么,但又抑制了自己。

"您瞧,"罗亭说着,指向窗外,"您可看见那棵苹果树?它被自己丰富果实的重量压断了。它是天才的真实象征……"

"因为它没有得到支持,所以它断了。"娜达丽亚回答。

"我了解您的意思,娜达丽亚·阿列克谢耶夫娜;但是一个人要找这种支持,是不容易的。"

"依我看,别人的同情……无论怎么说,孤独……"

娜达丽亚有点迷乱了,脸面微微一红。

"冬天您在乡间要干什么呢?"她匆匆问道。

"要干什么？我可以完成我的长篇论文——您知道的——关于生活中与艺术中的悲剧——前天我已经把大纲给您说过了——将来我还会送给您看的。"

"还要付印出版的么？"

"不。"

"为什么不？那么您是为谁工作的呢？"

"就算是为您吧。"

娜达丽亚垂下了眼睑。

"那我可领当不起了。"

"对不起，请再说说，论文的主题是关于什么的？"巴西斯托夫是坐在稍远地方的，这时很谦恭地问道。

"关于生活中与艺术中的悲剧，"罗亭重述了一遍，"巴西斯托夫先生也可以读到它的。可是我还没有完全确定论文的基本思想。直到此刻，我自己也还没有十分弄清楚爱情的悲剧的意义。"

罗亭很喜欢谈到，也时常谈到爱情。起先，一听到爱情这个字眼彭果小姐就会一怔，好像老战马听到号声就会竖起耳朵一样，但是到后来她却渐渐听惯了，于是，就只噘起嘴唇，不时闻闻鼻烟罢了。

"在我看来，"娜达丽亚胆怯地说，"爱情的悲剧就是不幸的爱情。"

"完全不！"罗亭回答，"这倒不如说是爱情的喜剧的一方面……对这个问题应当有完全另外的一种看法……应当更深入地挖掘它……爱情！"他继续说道，"爱情的一切：它怎样产生，怎样发展，怎样消灭，都是神秘的。有时它突然来了，毫不犹豫，像白昼那样光明愉快；有时它又像槁灰之下未熄的余烬,只是冒烟,而在一切都已毁灭之后,却在灵魂深处突然爆出烈焰来;有时它又有如一条蛇钻进你的心里,而突然之间,溜了出去……是的,是的;这是重大的问题。但是在我们的时代,有谁在爱?又有谁敢爱?"

罗亭坠入沉思了。

"怎么这么许久没有看见谢尔盖·巴夫里奇?"他突然问道。

娜达丽亚的脸红了,把头低向了绣花架上。

"我不知道。"她喃喃地说。

"他是个多么好,多么高尚的人啊!"罗亭说着,站了起来,"他真是俄国贵族的一个最优秀的典型……"

彭果小姐用她的细小的法兰西式的眼睛斜瞟了他一眼。

罗亭在房间里来回踱着。

"您可注意到,"他说着,脚跟急遽地一转,"在槲树上——槲树是一种坚强的树木——只是在新叶开始萌发的时候,旧叶才会脱落的。"

"是的,"娜达丽亚缓慢地回答,"我注意到的。"

"在一颗坚强的心里,旧的爱情也正是这样;它已经枯萎,但依然恋着故枝;只有等到新的爱情萌芽,那时它才会凋落。"

娜达丽亚没有回答。

"这是什么意思呢?"她想。

罗亭站住不动,于是把头发往脑后一甩,就走开了。

娜达丽亚回到自己的房里。她久久困惑地坐在她的小床上,久久思索着罗亭的最后一句话,于是,突然握紧双手,伤心痛哭了。她哭的什么——谁知道呢!她自己也不知道,眼泪为什么要这么急遽地淌了下来。她拭掉它们,但它们却像久壅顿开的泉水,又重新涌流出来了。

就在同一天,阿列克山得拉·巴夫洛夫娜和列兹涅夫之间也进行了一次关于罗亭的谈话。起初,他只是一直默不作声;但是她已经下了决心,一定要问个水落石出。

"我看得见,"她对他说,"您是不喜欢罗亭的,正跟从前一样。直到此刻,我是故意熬着不来问您的;可是现在,您已经尽有时间来看准他是不是有了转变了,所以我现在一定要知道您究竟为什么不喜欢他。"

"好吧,"列兹涅夫用他那惯常的冷腔冷调回答,"既然您已经熬不住了,那我就谈吧;不过,请注意,可别生气……"

"好吧,开始吧,谈起来吧。"

"可得让我谈完。"

"行,行,您倒是谈啊!"

"是的,好太太,"列兹涅夫说,懒洋洋地歪在沙发上,"我承认,我的确不喜欢罗亭。他是个聪明人……"

"对呀!"

"他是个非常聪明的人,不过,实际上也很浅薄……"

"说别人是容易的。"

"不过实际上也很浅薄,"列兹涅夫重复说道,"但这也还不算太坏;咱们大家都很浅薄。我甚至也不想责备他内心是个暴君,懒惰,学问也并不怎么样……"

阿列克山得拉·巴夫洛夫娜互握了两手。

"罗亭!学问还并不怎么样!"她喊道。

"学问也并不怎么样,"列兹涅夫用完全同样的声调又重复了一次,"他喜欢沾别人的光,摆空架子,如此等等……这也不算稀奇。坏的就是,他冷得像块冰。"

"他!这个火一般热的灵魂,还冷!"阿列克山得拉·巴夫洛夫娜截断了他的话。

"是的,冷得像块冰,他自己也知道,可是还装作火热的样子。最坏的是,"列兹涅夫接着说,渐渐变得兴奋起来,"他在玩一种危险的把戏——当然,对他自己是毫不危险的;他不费一文,不损一毛——但是别人却把灵魂都押上了……"

"您说的什么?说的谁呀?我不懂。"阿列克山得拉·巴夫洛夫娜说。

"坏的就是,他不诚实。他不是个聪明人吗?那么,他就应该知道自己的话能值几文;可是当他高谈阔论的时候,倒好像他真花了本钱似的。他有口才,这我并不争辩,但这种口才却不是俄国式的。真的,说漂亮话,在一个青年人,当然是可以原谅的,但是在他这种年纪,说话只是为了自己听着怪好听,只是为了炫耀自己,那就可耻了!"

"我想,米哈伊罗·米哈伊里奇,炫耀也罢,不炫耀也罢,在听的人是不会有什么两样的……"

"对不起,阿列克山得拉·巴夫洛夫娜,并不是没有什么两样。有人说一句话,可以使我衷心感动;另一个人说同样的话,也许说得更漂亮些——可是我连耳朵一动也不动。这是什么缘故?"

"那是说您一动也不动。"阿列克山得拉·巴夫洛夫娜插了一句。

"是的,一动也不动,"列兹涅夫回答道,"虽然我的耳朵也许不算不长。主要之点就在这里,罗亭的话始终只是一句话,永远也不会变成行动——而同时,就是这些空话,它们也会扰乱一颗年轻的心,也会把它毁了的。"

"可是您说的,您指的,究竟是谁呀,米哈伊罗·米哈伊里奇?"

列兹涅夫停了一下。

"您想要知道我指的是谁吗?就是娜达丽亚·阿列克谢耶夫娜。"

阿列克山得拉·巴夫洛夫娜当场一怔,但马上就笑起来了。

"天哪!"她开始说道,"您的想法总是这么古怪!娜达丽亚还是一个孩子呢;再说,要真有像您说的什么,难道您以为达里雅·米哈伊洛夫娜……"

"第一,达里雅·米哈伊洛夫娜是个自我主义者,她只是为自己而生活的;其次,她深信自己教育孩子的本领,根本就没有想到要为他们操心。呸!这怎么可能呢!只要她一挥手,一瞪眼,就百事如意,天下太平了。这位太太就是这样想的;她自以为是个女梅西纳斯①,是个女学者,这个那个的;事实上,她不过是个俗不可耐的老太婆罢了。但是娜达丽亚可不是一个小孩子;请相信我,她比你我想得更多,更深刻。像她这样一个诚实、真挚而又热情的灵魂,偏偏碰上了这样一个戏子,一个卖俏的娘儿们!但是,这种事情也不算稀奇。"

"卖俏的娘儿们!您管他叫作卖俏的娘儿们?"

"当然,就是他……您自己说说吧,阿列克山得拉·巴夫洛夫娜,他在达里雅·米哈伊洛夫娜家里,究竟算个什么?成

---

① 梅西纳斯(约公元前70—前8),罗马政治家,"文艺保护者"。

了个玩偶,家庭的巫师。什么家务呀,造谣呀,拌嘴呀,他都插一手——难道这还成个男人体统么?"

阿列克山得拉·巴夫洛夫娜愕然望着列兹涅夫。

"我都认不出您来了,米哈伊罗·米哈伊里奇,"她说道,"您脸都涨红了,激动起来了。我相信这中间一定还别有隐情。"

"咳,正是这么一回事。你按自己所确信的,给女人去谈一桩事情;除非她捏造出一些毫不相干的琐屑的因由,来解释你为什么正是这样说而不是那样说,她是怎么也不会甘心的。"

阿列克山得拉·巴夫洛夫娜生气了。

"好哇,列兹涅夫先生!您也跟毕加索夫先生一样,拼命攻击起女人来了;这都听便吧。不过,不管您有多么能干,我总难得相信,您在这么短短的时间里就能了解每一个人,每一桩事。我看,您错了。照您这种看法,罗亭就是个达尔丢夫①一流的人物了。"

"成问题的是,他连达尔丢夫还够不上。达尔丢夫至少还知道他所追求的目标是什么;可是这一位,尽管满腹才学……"

"又怎样,又怎样呢?把您的话说完吧,你这个不公平的,讨厌的人!"

列兹涅夫站了起来。

"您听我说,阿列克山得拉·巴夫洛夫娜,"他开始说道,"不公平的是您,可不是我。您为了我对罗亭的看法有些苛

---

① 达尔丢夫,莫里哀所作喜剧《伪君子》中的主角。

刻,就生我的气,可是我是有权利比较苛刻地说到他的。我可以说,为这权利我付过相当高的代价。我很了解他:我和他一同生活过一段很长的时间。您可记得,我曾经答应过您,将来有一天会把我们在莫斯科的生活跟您谈谈。看样子,我现在就非谈不可了。可是,您有没有耐性听完?"

"谈吧,谈吧!"

"好吧,遵命。"

列兹涅夫开始在室内踱着,有时停立一会,低下头来。

"您也许知道,"他开始说,"可也许不知道,我从小就成了孤儿,从十七岁起就没人管束我了。我住在莫斯科我姑母家里,爱怎么样就怎么样。小时候,我也相当轻浮而且自负的,喜欢说大话,夸本领。进了大学以后,我还是像个小学生似的随随便便,所以就搞出麻烦来了。我不想跟您谈这个;这值不得一提。我只是告诉您,我说了个谎,一个相当恶劣的谎……事情给拆穿了,证实了。我受到了公开的羞辱……我急了,像孩子般哭了起来。事情是在一位朋友的房间里发生的,当着一大群同学的面。他们都笑话我,只有一个同学例外,而这个同学,请您注意,在我坚不吐实的当儿,原是比任何人都还要气愤的。不知道为什么,现在他反而替我难过起来了;总之,他牵了我的手,把我带到了他的房间里去。"

"这就是罗亭么?"阿列克山得拉·巴夫洛夫娜问。

"不,这不是罗亭……这是另一个人……他现在已经去世了……他是一个非常的人。他的名字叫做波科尔斯基。要用几句话把他描写出来,我的能力还办不到,但是只要一开始谈起他来,我就不高兴再谈别人了。他有一颗崇高的、纯洁的心,和我从来也没有见过的绝顶智慧。波科尔斯基住在一间小小的、低矮的房间里,在一间木屋的顶楼上。他很穷,靠教课之类来勉强维持生活。有时候,对来访的客人,他甚至连一杯茶也招待不起;他的唯一的一个沙发,已经坍得像一只破船。但是,尽管有这些不安适,还是有很多人常去看他。大家都爱他;他牵住了每一个人的心。您简直想象不出,坐在他那贫困的斗室里该有多么甜蜜,多么愉快!就是在他那里,我认识了罗亭。那时候,他已经把他的小公爵甩了。"

"在这位波科尔斯基身上,有什么特别的地方呢?"阿列克山得拉·巴夫洛夫娜问。

"我该跟您怎么说呢?诗和真实——这就是他吸引了我们大家的地方。他虽然头脑清醒,知识广博,但还是和孩子一样可爱和有趣。直到此刻,我耳朵里还响着他那愉快爽朗的笑声,而同时,他就

> 在善美的神殿
> 燃起了夜半的明灯……

正和我们小组里如痴如狂的可爱的诗人所说的那样。"

"他的谈吐怎样?"阿列克山得拉·巴夫洛夫娜又问。

"在他高兴谈的时候,他谈得很好,但也不太出色。就是在那个时候,罗亭的口才也要比他好上二十倍。"

列兹涅夫停下来,交叠着两手。

"波科尔斯基和罗亭是不相同的。罗亭谈得漂亮得多,堂皇得多,会唱高调,看来也许更热情。他的天赋也好像比波科尔斯基高得多,但实际上,两相比较起来,他却显得贫乏极了。发挥别人的思想,罗亭是擅长不过的,在辩论上他也是个好手;但是他的思想不是从他自己的脑里生长出来的:他只是

剽窃别人的思想，尤其是剽窃波科尔斯基。波科尔斯基看来很恬静温和，甚至有几分文弱——但他发狂似的喜欢女人，爱热闹，从来也不肯受人家的委屈。罗亭看来就像一团火，充满了勇敢和生命，但内心却是冷的，几乎是怯懦的，除非损伤了他的自尊心；只有在这种时候，他才会勃然大怒的。他总想千方百计抓住人，但是所凭借的只是一些一般的原则和思想。对很多人他也的确发生过有力的影响。说老实话，没有一个人爱他；只有我也许是唯一喜欢他的人。人们只是忍受着他的支配……但对于波科尔斯基却是倾心相从的。不过罗亭也从来没有拒绝过和任何初见面的人谈话或者争辩……他书读得不算太多，但无论如何远远超过波科尔斯基和我们每一个人；此外，他还有个系统的头脑，异常的记忆力，这些对于青年都是能起作用的啊！他们要的是论证，结论，哪怕是错的也罢，只要是结论就行！这对于一个完全老老实实的人，是办不到的。试一试对青年人说，你无法给他们一个完整的真理，因为你自己也没有，那么，他们就不会来听你的了。但是你也不能骗他们。你至少要一半相信你自己已经掌握那个真理了……正是这样，所以罗亭才对我们这一伙发生了那么强烈的影响。您瞧，刚才我已经告诉过您，他书读得也不太多，但是他读了些哲学书，他的头脑又是生就的能把所读过的马上抽出要点来，抓住事物的根底，于是从这里向各方面演绎开去，连贯成鲜明坚实的思想线索，展开广阔的精神天地。那时候，我们的小组成员，老实说，都是些孩子，还是些学识浅陋的孩子。什么哲学呀，艺术呀，科学呀，以至生活本身——所有这一切，对于我们只不过是一大堆词汇，也可以说，只是一堆概念，迷人的、美丽的概念，但是，都是不连贯的，孤立的。这些概念的总的联系,宇宙的总的法则,我们一点都不理解,也毫无感触,虽则我们也糊里糊涂地讨论它们,也想要探究其中的奥秘。听了罗亭的话以后,我们才第一次觉得我们仿佛到底把这个总的联系掌握住了,而帷幕也仿佛终于揭开来了!就算他所说的不是他自己的话,那又有什么关系!于是,我们所认识的一切,都确立了和谐的秩序;一切原来没有联系的,忽然间形成了整体,取得了定形,像一座大厦一般在我们面前矗立起来了,一切都是光明灿烂,到处都是生气蓬勃……再也没有什么是无意义的、偶然的了,一切都显示出一种合理的必然性和美,一切都获得了一种明晰而又神秘的意义;每一种孤立的生活现象都融入了普遍的和谐,而我们自己,也怀着一种神圣的敬畏之情,一种愉快的心灵的悸动,觉得自己就是永恒真理的活的容器,活的工具,注定要发生一种伟大的作用了……这一切在您听来不觉得很可笑么?"

"一点也不!"阿列克山得拉·巴夫洛夫娜缓缓地回答说,"您为什么这么想呢?虽然我不能完全听懂您说的话,可是我一点也不觉得可笑。"

"往后,我们当然也变得聪明一点了,"列兹涅夫继续说道,"这一切,咱们今天看来可能显得孩子气……但是,我得重复一次,在当时,我们大家从罗亭那里是受益匪浅的。波科尔斯基当然是不可比拟地在他之上,这是无可争辩的。波科尔斯基把火和力嘘给了我们大家,但是他有时也很颓唐,沉默。他有些神经质,身体也不很好;但是,当他一旦展翼的时候——天哪!那真是一飞冲天啊!一直飞到蓝天深处!可是罗亭这个仪表堂堂的小伙子,实际上却很有些琐琐碎碎,叽叽喳喳;他像有这样一口瘾,事事都想插一手,事事都要发议论,讲道理。他的这种乱哄劲儿一辈子也没有个完——是个天生的政客喽,太太。我说的是那时我所认识的他。可是,他,不幸还没有改变。但是,话说回来,到了三十五岁的年龄,他的信念也还没有改变!……这可不是任何人都能自吹自擂的啊!"

"请坐下吧,"阿列克山得拉·巴夫洛夫娜说道,"您怎么老像个钟摆似的,在屋里摆来摆去啊?"

"我觉得这样好些,"列兹涅夫回答,"且说,太太,自从我加入了波科尔斯基的小组以后,我可以告诉您,阿列克山得拉·巴夫洛夫娜,我就完全变了另一个人:我变得谦虚起来,热心学问,勤勉读书,衷心欢喜,满怀崇敬——一句话,就仿佛走进了一个什么神圣的殿堂一般。真的,回想起我们的集会,我敢发誓,这中间该有多少优美的,甚至动人的记忆啊!您想象一下吧,五六个青年人聚集在一起,燃着一支蜡烛,喝的是劣等茶,吃的是陈年饼;可是,只要您看看我们的脸,听听我们的谈话啊!每个人的眼睛都发出光辉,两颊红着,心跳着,我们谈上帝,谈真理,谈人类的将来,谈诗——我们有时简直是胡聊,为一些莫名其妙的事情高兴得了不得;可是,这又有什么不好呢?……波科尔斯基盘腿坐着,苍白的脸托在手里,眼睛里闪放着光芒。罗亭站在房间中央,高谈阔论,谈得非常漂亮,恰似年轻的德摩斯西尼①站在澎湃的海滨;蓬头乱发的诗人苏波金,不时好像从梦中突然发出一声感叹;而谢列尔,四十岁的老学生,一位德国牧师的儿子,由于他那永恒不破的沉默,在我们中间享有深刻思想家的称誉,此时就带着分外的庄

---

① 德摩斯西尼(公元前384—前322),古希腊政治家,长于演说。

严,三缄其口;就是爱逗笑的施托夫,我们集会中的阿里斯多芬①,也安静了,仅仅露出微笑;此外,就是两三个新人,怀着狂热的欢欣,一心倾听着……而长夜就好像驾着轻翼似的,静悄悄地,不知不觉地飞过去了。只是在灰白的曙光已经来临的时候,我们这才分手,满心的感动和高兴,纯洁而且清醒(那时候,闹酒的事,我们想也没有想过),灵魂里带着一种愉快的疲倦……想起来,走过那空无一人的街道,我们是多么衷心感激啊,就是仰睇晨星,好像都有一种新的信心,好像它们都更亲近,更知己了……啊,这是多么光荣的日子啊,我怎么也不能相信它们是白白浪费的! 不,并没有白费——就是对于此后在生活里变得鄙吝不堪的人们,也没有白费……有多少次我恰巧碰到这样的一些人,我以前的老同学们! 一个人,好像已经完全堕入畜生道了,但是,只要你在他的面前一提起波科尔斯基的名字,所有高贵的感情的遗留就会马上在他的心头骚动起来,正好像在什么暗黑肮脏的屋子里打开了一瓶被遗忘的香水的瓶塞一样。"②

列兹涅夫又停下来了;他的无血色的脸泛红了。

"可是您究竟为什么,在什么时候跟罗亭吵翻的呢?"阿列克山得拉·巴夫洛夫娜说着,惊讶地望着列兹涅夫。

"我并没有跟他吵闹;我在国外最后认清了他的底蕴,就

---

① 阿里斯多芬(约公元前446—前385),古希腊喜剧家。
② 屠格涅夫在这里描写的波科尔斯基小组,系以三十年代的斯坦克维奇(1813—1840)小组为原型:波科尔斯基指小组领袖斯坦克维奇;苏波金指诗人克拉索夫(1810—1855);施托夫指诗人克留希尼科夫(1811—1895);谢列尔指莎士比亚翻译者凯特切尔(1809—1886)。至于罗亭,则系以后成为无政府主义者的巴枯宁(1814—1876)为原型。

和他分手了。但是早先在莫斯科的时候,我倒是很可能跟他吵一架的。那时候,他就已经让我上了一次大当。"

"怎么回事?"

"是这么回事。我……该怎么跟您说呢?……和我的这副仪表似乎不大相称,我倒也曾经是很容易钟情的。"

"您!"

"就是我。有点奇怪,对吗?可是,事情就是这样……对啦,太太,当时我爱上了一位很可爱的姑娘……您怎么这么望着我呢?我还可以告诉您比这奇怪得多的关于我的事情呢!"

"是什么事情,我可以知道吗?"

"比方说,有这么回事。在莫斯科的那些日子里,我每晚都有个约会……跟谁,您猜猜?跟我的花园尽头的一棵小菩提树。我拥抱着它那苗条整齐的躯干,就仿佛拥抱了整个自然似的;我的心扩张了,心花怒放,恍如整个自然都流入了我的怀中。那时候我就是这样的一个人哪,太太……还有呢!也许,您以为我从来没有写过诗么?写过,太太,甚至还模仿《曼弗雷德》[①]写过一整本戏剧。人物里有一个幽灵,胸前染着鲜血,请注意,并不是他自己的血,而是全人类的血……是的,太太,是的,您用不着这么奇怪……可是我要继续给您讲我的恋爱故事了。我认识了一个女孩子……"

"您就终止和菩提树夜会了么?"阿列克山得拉·巴夫洛夫娜问。

"对。这女孩子是个十分善良美丽的姑娘,有一对活泼

---

① 《曼弗雷德》,拜伦所作长诗。

清秀的小眼睛和银铃一般的声音。"

"您的描写能力很不坏呢。"阿列克山得拉·巴夫洛夫娜带着微笑打趣说。

"可您也是个不含糊的批评家啊,"列兹涅夫回答说,"好啦,太太。那女孩子跟她的老父亲住在一起……可是,详情我也不想多说。我只要告诉您,那个女孩子的心地实在是十分善良的:您只向她要半杯茶,她准会给您斟上大半杯的!在和她初次会见的第三天,我就火热地爱上了她,在第七天,我就再也忍不住,把底底细细都向罗亭倾吐了。年轻人一旦落到情网里,是不可能闷声不响的;而我就向罗亭倾吐了一切。在那时候,我是完全在他的影响之下的,而他的影响,平心而论,在许多方面都是对我有益的。他是第一个不轻视我,想把我培植成材的人。我热爱波科尔斯基,但在他的纯洁的灵魂面前我不免感到有些畏惧,而罗亭却好像离我近些似的。当他听到我在恋爱的时候,他显得有说不出的高兴:他祝贺我,拥抱我,马上就着手来教诲我,来给我解说我的新的处境有多么重大的意义。我真是竖起耳朵来听的……您当然知道,他该多么会说话。他的话对我发生了非常的影响。我忽然觉得自己真是惊人的了不起,于是装出俨然不可犯的样子来,连笑也不笑了。我记得,我那时候甚至于连走路也谨慎起来了,好像怀里揣着一个宝瓶,里面满装着无价的液体,生怕它洒出来似的……我很幸福,尤其是当我看见她显然很喜欢我的时候。罗亭想和我的爱人认识;而我自己几乎是坚持着要给他介绍的。"

"啊,我明白了,现在我明白到底是怎么一回事了,"阿列克山得拉·巴夫洛夫娜打断了他的话,"罗亭抢走了您的爱

83

人,所以您直到今天也还不能原谅他……不会错的,我简直可以跟您打赌!"

"您会赌输的,阿列克山得拉·巴夫洛夫娜:您错了。罗亭并没有抢走我的爱人,他也并没有想抢,但是,他还是照样断送了我的幸福;不过,冷静地想想之后,我现在还打算为这一点来感激他呢。但在当时,我几乎发狂了。罗亭一点也没有想损害我的意思——完全相反!但是,由于他那该死的习性,喜欢用空话来钉死活生生的感情——无论是他自己的或别人的——像钉蝴蝶标本一样,他于是就着手来替我们剖析我们自己,剖析我们的关系以及我们应该怎样待人接物;他暴君似的硬要我们去弄清我们的感情和思想;他称赞我们,责备我们,甚至给我们写起信来——您想想看!……好家伙,结果把我们完全搞糊涂了!就是在那时候,我大概也不会和这位姑娘结婚(我多少还剩有那么一点清醒的头脑),但是至少,我们可以甜蜜地过它几个月保罗与薇尔日尼①式的生活;可是,实际上,我们中间却发生了各色各样的误会和别扭——一句话:一团糟!到头来,在一个美丽的早晨,罗亭大发了一通议论,说他自己确信,作为一个朋友,他有最神圣的义务把一切事情都去告诉她的年老的父亲——他就这样做了。"

"真的吗?"阿列克山得拉·巴夫洛夫娜喊道。

"真的,而且,请注意,是我同意他这样做的——妙就妙在这里!……到现在我还记得,当时我的头脑该是多么昏乱;一切都简直是天旋地转,好像在摄影机的暗箱里一样:白的变

---

① 法国贝那丹·德·圣彼得(1737—1814)所作小说《保罗与薇尔日尼》中的人物。

黑,黑的变白;假的像真的,妄想反而成为义务……啊,就是现在回忆起来,都还觉得可耻!可是罗亭——他倒毫不在乎……无所谓!他照旧从各种各样的误会和麻烦中间一掠而过,好像燕子掠过池塘一样。"

"您就这样离开了您那位姑娘么?"阿列克山得拉·巴夫洛夫娜问,天真地把头歪在一边,掀了掀眉毛。

"离开了……这是个很糟的离别——令人屈辱地狼狈、公开,完全不必要地公开……我自己哭了,她也哭了,鬼才知道是怎么一回事……好像是结上了这么一个'戈登结'①——是该砍断它,但是那是痛苦的!可是,世界上的一切都是安排得挺好的,她嫁了一个很好的男人,现在很幸福……"

"可是,您得承认,您还是怎么也不会原谅罗亭的……"阿列克山得拉·巴夫洛夫娜说。

"那可不然!"列兹涅夫打断了她的话,"在送他出国去的时候,我小孩子似的哭了。只是,说实在的,种子也就在那时候埋在了我的心里。后来,当我在外国碰见他的时候……是的,那时候我已经老练一些了……罗亭的本来面目也就给我看出来了。"

"您从他身上究竟看出了一些什么呢?"

"就是我在一小时以前告诉您的那些。但是,说他已经说得够了。也许,事情会变好的。我只是想要向您证明,假如我对他的评判不免苛刻一些,那并不是由于我不了解他……关于娜达丽亚·阿列克谢耶夫娜,我不想多费口舌;但是您得

---

① 相传菲里基国王戈登作一固结,并预言能解此结者将为全亚细亚君主。后亚历山大拔剑斩之,遂应此预言。

多多留心您的弟弟。"

"我的弟弟！为什么？"

"为什么,您瞧瞧他吧！难道您真的什么也没有注意到么？"

阿列克山得拉·巴夫洛夫娜垂下了眼睑。

"您说的对,"她说道,"是的……我的弟弟……近来他真是大大改变了。……但是,您真的以为……"

"小声点！好像是他来了,"列兹涅夫轻声说,"但是,请相信我,娜达丽亚并不是一个小孩子,虽则,不幸得很,和小孩子一样没有经验。您将来会看到,这个女孩子会使你我大吃一惊的。"

"那是怎么的呢？"

"是这样的……您可知道,正是这样的女孩子才会去投水,服毒,等等！……您别看她外表上是那么平静:她的感情是强烈的,她的性格也同样强烈！"

"得啦！照我看,您简直诗意盎然了。也许,在您那样冷淡的人看来,连我都像是一座火山呢。"

"哦,不！"列兹涅夫微笑地回答……"说到性格的话——谢谢上帝！您根本没有性格。"

"您怎么敢这么放肆？"

"放肆？请原谅……这是最高的崇敬。"

伏玲采夫进来了,疑惑地望着列兹涅夫和他的姐姐。他近来瘦了。他们两人开始和他谈话;但是他对于他们的打趣,却连笑意都难得有,他脸上的表情,正如毕加索夫有一次所说的一样,就好像一只忧郁的兔子。但是,一生之中,哪怕只有一次,看来不比忧郁的兔子还要忧郁的人,在世界上大概是从来也不会有的。伏玲采夫觉得娜达丽亚已经从他身边溜走，而同她一起，他脚下的土地好像也在崩陷了。

7

第二天是星期天，娜达丽亚起身很迟。昨天，直到晚间，她都非常缄默；她暗自对自己的眼泪感到惭愧，晚上也睡得很不好。她半披着衣服，坐在她的小钢琴前面，一时轻弹几声和弦，声音微弱得几乎听不见，怕的是惊醒了彭果小姐，一时又把前额贴在冰冷的琴键上，久久地在那儿发呆。她一直想着，并不是想着罗亭本人，而是想着他所说的某些话，完全陷入自己的沉思中了。有时，伏玲采夫浮上她的心头。她知道他是爱她的，但是她的思想却马上就将他撇开了……她感到一种异样的激动。晨间，她匆匆穿好衣服，跑下楼来，向母亲问安以后，找一个机会就独自到花园里去了。……这是炎热、晴朗、阳光灿烂的一天，虽则时有阵雨。低矮的、如烟的浮云流过晴空，并没有遮住太阳，偶有一阵倾盆急雨落向田间。大而耀眼的雨点以一种干燥的响声，如珠落玉盘一般，倾注而下；阳光就从这闪耀的雨网中透射出来；草不再在风中摇曳了，静了下来，渴饮着水分；在雨淋的树上，所有细小的叶子全都懒洋洋地颤动着；鸟不住地唱着，这欢愉的啁啾应和着新过的阵雨的潺湲，听来是悦耳的。多尘的路上冒出烟来，急骤的雨点将尘土打得点点斑斑。于是云收雾散，微风吹拂，草上开始显出了翠绿和金黄的颜色……潮湿的树叶子粘在一起，变得更为透明……四周各处，全都发出一股浓厚的香味。

当娜达丽亚走进花园里来的时候,天空几无片云。花园里散发着清鲜与宁静的气息——那种柔和的、幸福的宁静,在人的心里引起秘密的同情和模糊的欲望,使人感到一种甜蜜的慵懒。

娜达丽亚沿着池旁,向一行长长的白杨道上走去;突然,好像从地底下钻出来似的,罗亭站在了她的面前。

她迷乱了。他直望着她的脸。

"您一个人么?"他问。

"是的,我一个人,"娜达丽亚回答,"可是我马上就得回去。这是我回家的时候了。"

"我陪您。"

他在她的身边走着。

"您好像有点忧郁。"他说。

"我?……可我也正想告诉您,我觉得您好像有些不高兴呢。"

"也许……我时常是这样的。在我,比起您来,这是更可原谅的。"

"为什么?您以为我就没有什么可以忧郁的么?"

"在您的年龄,您应当享受生活的快乐。"

娜达丽亚默默地走了几步。

"德米特里·尼古拉耶维奇!"她说。

"嗯?"

"您可记得……昨天您打的那个比方……你记得么……您说那槲树?"

"是的,我记得。怎么样?"

娜达丽亚偷瞥了罗亭一眼。

"为什么您……您打这个比方是什么意思?"

罗亭低了头,眼睛望着远处。

"娜达丽亚·阿列克谢耶夫娜!"他用一种他所特有的、压抑的、意味深长的声调说,这种声调时常会使听者以为罗亭还没有倾吐出那萦集在他心头的感情的十分之一来,"娜达丽亚·阿列克谢耶夫娜!您也许已经注意到,我很少说起我的过去。有几条弦我是怎么也不去拨动的。我的心……谁有必要知道我心里有什么感受呢?把它示众似的给别人披露出来,在我总觉得是一种冒渎。但是对您,我是可以把矜持撇在一边的:您鼓舞了我的信任……我不能向您隐瞒:我也跟所有的人一样,爱过,也苦恼过……是在什么时候,是怎么样的?这些就不必说了;但是我的心是体验过许多的欢乐,也体验过许多的痛苦的……"

罗亭略停了一下。

"昨天我对您说的,"他继续说道,"在某种程度上也可以适用于我自己,我目前的处境。但是这些也还是不必说吧。这一方面的生活,在我是早已消逝了。留下来给我的只是烦劳的旅途,坐在颠簸的驿车里,沿着灼热的尘封的道路,从一个驿站去到另一个驿站……什么时候才走到,究竟能不能走到——只有上帝知道……咱们还是谈谈您的事吧。"

"难道说,德米特里·尼古拉耶维奇,"娜达丽亚打断了他的话,"在生活里您就什么也不期待了么?"

"哦,不!我所期待的很多,但不是为我自己的。……活动,从活动中所得到的慰藉,我永远也不会放弃;可是享受,我就只好放弃了。我的希望,我的梦想,跟我自己的幸福是毫无共同之点的。爱情(说到这个字眼时,他耸了耸肩膀)……爱情不是为我而存在的;我……配它不上;一个女人爱男人,她有权利要求他的一切,而我却已经不能献出我的一切来了。其次,爱,这是青年的事情:我却太老了。我哪里还能搅乱别人的头脑呢?上帝赐福,还是让我把自己的头脑保全在自己的肩上吧!"

"我明白,"娜达丽亚说道,"一个抱定崇高目标的人,是不应该再想到自己的;但是,难道一个女人就不能够看重这样的一个男人么?反之,我倒认为,一个女人是会很快就抛弃一个自私的人的……所有的年轻人,就是您所说的青年,都是一些自私的人,他们都是只顾自己,甚至在他们恋爱的时候也是这样。请相信我,一个女人不但能够懂得自我牺牲的价值,而且她也能牺牲自己的。"

娜达丽亚的双颊微红了,眼睛里发出了光彩。在她没有和罗亭认识以前,她从来也没有说过这样长、这样热烈的话。

"您曾经不止一次地听到过我关于女性的使命的见解,"罗亭回答,带着一种宽厚的微笑,"您知道,在我看来,是只有贞德①才能拯救法国的……但是问题不在这里。我想要谈的是您。您正站在人生的门槛上……谈谈您的将来,是令人高兴的,同时也不会无益……听我说:您知道我是您的朋友;我几乎像家人似的关心着您。所以,我希望您不要认为我所提的问题是有些唐突的:请告诉我,您的心一直都是完全平静的么?"

娜达丽亚满脸通红,什么也没有说。罗亭站住了,她也

---

① 贞德(1412—1431),法国女英雄。英法战争时奋解奥伦之围,拯法国于濒亡,后为英军焚死。

站住。

"您不生我的气么?"他问。

"不,"她回答说,"但是我没有料想到……"

"可是,"他继续说,"您也可以不用回答我。我已经知道了您的秘密。"

娜达丽亚几乎是惊恐地望着他。

"是的……是的;我知道您喜欢什么人。我应当告诉您——您是不可能有更好的选择了。他是个极好的人;他会知道怎样来尊重您;生活还没有把他磨损——他的心灵是纯洁的,清白的……他会使您幸福……"

"您指的是谁呀,德米特里·尼古拉耶维奇?"

"我指的是谁,好像您还不懂似的! 当然是伏玲采夫呀!怎么样? 难道不对吗?"

娜达丽亚稍稍从罗亭那边背过脸去。她是完全茫然失措了。

"难道他不爱您么? 得啦! 他的眼睛一直不离开您,注意着您的每一个动作;再说,难道爱情是瞒得住的么? 难道您自己不也是喜欢他的么? 据我观察,您的母亲也高兴他的。……您的选择……"

"德米特里·尼古拉耶维奇!"娜达丽亚打断了他的话,在迷乱中把手向近旁的树丛伸去,"在我,真的,我是很难谈这话的;可是我向您保证……您错了。"

"我错了?"罗亭重复说了一句,"我想不会的……我认识您虽不久,但是我已经很了解您了。我所眼见的,清清楚楚地看见的您身上的变化,那又该怎么解释呢? 难道说,您还是和六星期以前我初次看见您的时候完全一样么? ……不,娜达丽亚·阿列克谢耶夫娜,您的心是不平静的。"

"也许,"娜达丽亚回答,声音小得几乎听不见,"可是您终究是错了。"

"为什么?"罗亭问。

"请让我去吧!别问我!"娜达丽亚回答着,用急速的脚步朝着屋子走去。

她心里突然感到的那一切,不禁令她自己惊惧起来。

罗亭追上她,把她拦住了。

"娜达丽亚·阿列克谢耶夫娜!"他开始说道,"这次谈话是不能像这样结束的;它对我太重要了……我该怎样来了解您呢?"

"请让我去吧!"娜达丽亚重复道。

"娜达丽亚·阿列克谢耶夫娜,看在上帝的分上!"

罗亭的脸显得激动起来,变得苍白了。

"您什么都了解的,您对我也该了解!"娜达丽亚说着,挣脱了他的手,头也不回地走开了。

"只要一句话!"罗亭在她后面喊着。

她停下了,但并不回过头来。

"您问我,我昨天打的比方是什么意思。让我来告诉您,我不想欺骗您。我说的是我自己,我的过去——和您。"

"什么?我?"

"是的,您;我再重复一遍,我不想欺骗您。现在,您总知道我当时所说的是一种什么感情,一种什么新的感情……不到今天,我还不敢决定……"

娜达丽亚突然两手掩面,向屋子里跑去了。

和罗亭谈话的意料不到的结局使她这样激动,甚至当她跑过伏玲采夫身边的时候,她都没有注意到他。他一动不动地站着,背靠在一棵树上。他是一刻钟之前来到达里雅·米哈伊洛夫娜家的,在客厅里和女主人谈了几句话之后,就暗暗溜了出来,去寻找娜达丽亚。被热恋的人所特有的本能所导引,他一直走进了花园,恰好碰上娜达丽亚正在挣脱罗亭的手。伏玲采夫眼前似乎一阵漆黑。他目送着娜达丽亚的背影,离开树干,迈了两步,但自己也不知道要到哪里去,为什么要去。罗亭走上前来,看见了他。大家面对面望了一望,一点头就默默地分开了。

"这是不能像这样结束的。"两人都这样想。

伏玲采夫走向花园的尽头。他感到痛苦,难堪;他的心头如荷重负,血液不时凶猛地沸腾起来。阵雨又降了。罗亭回到了自己的房间。他的心也不平静:种种思想旋风般在他的脑里旋转着。和一颗年轻的、纯洁的心,发生这样真挚的、意想不到的接触,任何人都会激动起来的。

餐桌上的情形很有几分不妙。娜达丽亚,满面苍白,几乎坐不稳,也不曾抬起眼睛来。伏玲采夫和平时一样坐在她的身旁,有时很勉强地和她谈一两句话。这一天恰好毕加索夫也在达里雅·米哈伊洛夫娜家里吃饭。在桌上他比任何人都谈得多。除了许多别的话以外,他也谈论到,人像狗一样,也可以分成短尾巴的和长尾巴的两种。"短尾巴的人,"他说,"或者是天生成,或者是自作孽。短尾巴的人都很惨;他们一事无成——对自己也没有自信。可是有了毛茸茸的长尾巴的人,却是幸福的。他也许比短尾巴的更糟糕一些,更虚弱一些;但是他相信自己;他把尾巴一翘,于是乎人人啧啧称羡。这不是咄咄怪事吗:尾巴,谁都承认是身体上完全没有用的一部分;尾巴能有什么用呢?可是大家竟都凭尾巴来判断一个人的才能。"

"我嘛,"他叹了一口气,添说道,"就是属于短尾巴一类的,而最可恼的是,我自己剁掉了自己的尾巴。"

"那就是说,您所说的,"罗亭随口说道,"不过是拉·罗舍甫戈①老早已经说过的罢了:先相信你自己,然后别人才会相信你。这跟尾巴有什么相干呢,我不懂。"

"让每一个人,"伏玲采夫尖锐地说道,眼睛闪着光,"让每一个人随自己的高兴来表达自己的意思吧。就说专横吧……照我看,没有什么比那种所谓聪明人的专横还要坏的了。让他们见鬼去吧!"

伏玲采夫的突然发作使得大家愕然了,全都沉默下来。罗亭试想盯他一眼,但是他的目光却不肯听命,终于只得转过头去,微微一笑,并没有张口。

"哈!原来你也是个短尾巴的呀!"毕加索夫想着。娜达丽亚的心由于恐怖而沉陷了。达里雅·米哈伊洛夫娜茫然不解地看了伏玲采夫好一会,终于首先打破沉默:她开始描述起她的朋友某某大臣的一只了不起的狗来了。

饭后,伏玲采夫很快就走了。当他向娜达丽亚告辞的时候,他禁不住向她说道:

"您怎么这么迷惘失神,好像对不起谁似的?谁都不会认为您会错待他的!"

娜达丽亚完全茫然,只是呆呆地目送着他。在喝茶前,罗亭走到她跟前,身子俯向桌面,好像在察看报纸似的,低声

───────
① 拉·罗舍甫戈(1613—1680),法国作家。

说道：

"一切都像一个梦,是么? 我一定要单独会见您……哪怕一分钟也好。"他转向彭果小姐。"哪,"他对她说道,"这就是您要找的那篇小品文,"然后转向娜达丽亚,轻轻地加上一句:"请在十点钟左右到紫丁香花亭附近的露台上来:我在那里等您……"

毕加索夫成了今晚的英雄。罗亭把地盘让给他了。他使得达里雅·米哈伊洛夫娜十分开心;起先他说起他的一个邻人,三十年来在老婆的调教之下,性情变得像个娘儿们似的,有一天,毕加索夫看见他在跳过一个水潭的时候,竟抄手撩起他的后襟,活像个女人撩起裙子来一样。然后他又说起另一个地主,起先是个共济会会员,后来成了个忧郁病患者,最后却想做个银行家。

"您是怎样做共济会会员的呢,菲利普·斯捷潘尼奇?"毕加索夫问他。

"这谁都知道的呀:我在小指头上留了长指甲。"

但是,最使达里雅·米哈伊洛夫娜发笑的还是在毕加索夫高谈爱情的时候,他保证说,就是他也曾经使女人颠倒过的,他说有一位热情的德国妇人甚至还管他叫她的"心肝宝贝阿夫利康,呱呱呱的小乌鸦"呢。达里雅·米哈伊洛夫娜格格笑了,但毕加索夫可也没有撒谎;他真的是有权利夸耀自己的胜利的。他断言,要使一个女人,任何一个女人爱上你,没有比这更容易的事了:你只要接连十天反复向她说,天堂就在她的唇上,幸福就在她的眼中,别的女人和她一比就不如粪土,那么,在第十一天,她自己就会说天堂就在她的唇上,幸福就在她的眼中,于是,她就会爱上你了。世界上也的确是什么事都能发生的。谁知道呢？也许毕加索夫的话是对的。

九点半钟时，罗亭已经在花亭里了。小小的星星从遥远的、苍白的天空深处刚刚闪现；在西方，还留着残霞——在那里，地平线显得更清楚更明晰了；半圆的月亮从一株如泣如诉的白杨树的黑网里露出了金黄色的脸。其他的树木好似狰狞的巨人站着，枝叶上的罅隙好像几千几百双小眼睛，或者错叠成一堆堆浓密的黑影。没有一片树叶颤动；紫丁香和刺槐树的最高枝在温暖的空气中向上伸展着，好像在谛听什么。附近的房屋成了一团黑影；从点着灯火的长窗里露出来一条条的红光。这是温柔而寂静的夜，但在这寂静里却微微感到有一种压抑的热情的叹息。

罗亭站着，双手交叠在胸口，以紧张的注意倾听着。他的心跳得厉害，他不由自主地屏住了呼吸。终于，他听到了轻轻的急促的脚步声，娜达丽亚来到花亭里了。

罗亭急忙迎上前去，握住了她的手。她的手冷得像冰一样。

"娜达丽亚·阿列克谢耶夫娜！"他以激动的低声说，"我要看见您……我不能等到明天。我一定要告诉您，我从来都没有想到，就是在今天早晨我都没有觉察到：我爱您。"

娜达丽亚的手在他的手里微微颤动了。

"我爱您，"他重复说道，"我怎么能这么久都一直欺瞒着自己，怎么老早没有发觉我爱您！……您呢？……娜达丽亚·阿列克谢耶夫娜，告诉我，您呢？……"

娜达丽亚几乎连气都透不过来了。

"您看得见，我到这儿来了。"她终于说。

"不，告诉我，您爱我吗？"

"我觉得……是的……"她低声说。

罗亭更紧地握住了她的手,想把她拉到他身边来。

娜达丽亚很快地向四周一看。

"让我去吧,我怕——我觉得有人在偷听我们……看在上帝面上,您得小心点。伏玲采夫已经看出来了。"

"别管他!您看见的,今天我就没有搭理他。……啊!娜达丽亚·阿列克谢耶夫娜,我是多么幸福啊!现在,再也没有什么能把咱们分开了!"

娜达丽亚望着他的眼睛。

"让我去吧,"她低声说道,"我该走了。"

"再等一刻。"罗亭说。

"不,让我,让我去吧……"

"您好像有些怕我。"

"不;可是我该走了……"

"那么,至少,再说一次……"

"您是说,您幸福么?"娜达丽亚问。

"我?世界上再也没有比我更幸福的人了!难道您还不相信么?"

娜达丽亚抬起头来。她的苍白的、高贵的、青春的、热情的脸,在这花亭的神秘的阴影中,在这暮空投下的微弱的光辉下,是多么美丽啊。

"那么,我告诉您,"她说,"我会是您的了。"

"哦,上帝啊!"罗亭叫了。

但是娜达丽亚却闪开了他,走掉了。罗亭又站了一会儿,于是慢慢地走出花亭来。月光明亮地照在他的脸上,他的唇上浮出了一丝微笑。

"我是幸福的,"他低声说道,"是的,我幸福。"他又重说了一次,好像要使自己确信似的。

他伸直了身子,摇了摇头发,很快地跑进了花园里来,快乐地摆动着手臂。

而同时,丁香花亭的花丛悄悄地分开了,庞达列夫斯基走了出来。他小心翼翼地向四周望了望,摇了摇头,抿了抿嘴唇,郑重其事地喃喃道:"原来如此啊,好家伙。一定得报告达里雅·米哈伊洛夫娜去。"——于是,隐没不见了。

8

伏玲采夫回得家来,是那么抑郁,沮丧,那么不耐烦地回答姐姐的问话,又那么快就把自己关闭在房里,这使得他的姐姐不得不派个急差去请列兹涅夫快来。每逢为难的时候,她总是要求助于他的。列兹涅夫回报她说:第二天来。

到第二天早晨,伏玲采夫仍然不见高兴。早茶过后,他原想出去料理田庄工作的,但却留在家里,躺在沙发上,开始读起一本书来,这在他真是少有的事情。伏玲采夫对文学是没有什么缘分的,而诗歌则简直使他头痛。"这就和诗一样的不可理解。"他惯常这样说,而为要证明自己的话,还时常引用诗人艾布拉特[①]下面的诗句,作为实例:

　　直到悲伤的日子完结,

---

① 艾布拉特,俄国诗人罗申(1800—1860)的笔名。所引诗句摘自其诗篇《两个问题》。

无论骄傲的考验和理智,
都将不能用手捻碎
生命的血染勿忘我花。

　　阿列克山得拉·巴夫洛夫娜不安地打量着自己的弟弟,但是并不用问讯来烦扰他。一辆马车驰近门前。"好啦,"她想道,"谢天谢地,列兹涅夫可来了!"进来的却是一个仆人,报告着罗亭的来到。
　　伏玲采夫把书抛在地板上,抬起头来。
　　"谁来了?"他问。
　　"罗亭——德米特里·尼古拉耶维奇。"仆人重复说。
　　伏玲采夫站了起来。
　　"请他进来,"他说,"你,姐姐,"他转向阿列克山得拉·巴夫洛夫娜,添说道,"请你回避一下,单留下我们。"
　　"那为什么?"她正要开始说。
　　"我自然知道为什么,"他急躁地打断了她的话,"我求你躲开。"
　　罗亭进来了。伏玲采夫站在房间当中,只冷冷地点了点头,没有向他伸出手去。
　　"您想不到我会来的吧,对吗?"罗亭开始说,把帽子放在窗上。
　　他的嘴唇微微有一点痉挛。他有点不自在,但是想极力隐藏自己的局促不安。
　　"对,我并没有想到您会来,"伏玲采夫回答,"在昨天的事情以后,我倒是想着会有什么人——受您的委托到我这里来的。"①

"我懂得您话里的意思,"罗亭说着,坐了下来,"我很高兴您的爽直。这就更好了。我亲自到您这里来,是因为我把您当作一个有身份的人。"

"可不可以免掉这些客套?"伏玲采夫说。

"我想给您解释一下,我是为什么来的。"

"您跟我原就相熟,您为什么不可以上我家里来?再说,您也并不是初次光临。"

"我到您这里来,是作为一个有身份的人来找另一个有身份的人的,"罗亭重复说,"现在我想请您对我加以评判……我完全信任您……"

"评判什么?"伏玲采夫说道,仍然一直站在原处,悻悻然望着罗亭,不时捋一捋自己的短髭。

"请您容许……我来,当然是为了要有所解释;可是,这终究不能一下子就说得明白的。"

"为什么不能?"

"这里面还牵连着一个第三者……"

"谁是第三者?"

"谢尔盖·巴夫里奇,您明白我的意思。"

"德米特里·尼古拉耶维奇,我就是不明白您的意思。"

"您高兴……"

"我高兴您别这么吞吞吐吐!"伏玲采夫插了一句。

他认真地开始发火了。

罗亭皱了皱眉。

---

① 指罗亭应该为了伏玲采夫在席间的不礼貌而要求决斗。

"好吧……目前只有咱们俩……我得告诉您——不过,您大概早就看出来了(伏玲采夫不耐烦地耸了耸肩膀)——我得告诉您,我爱娜达丽亚·阿列克谢耶夫娜,并且有权利可以相信她也爱我。"

伏玲采夫的脸发白了,但是没有说什么,只是走到窗边,转过身去。

"您懂得,谢尔盖·巴夫里奇,"罗亭继续说,"假如我没有这种自信……"

"得啦!"伏玲采夫急急打断了他的话,"我一点也不怀疑……这就行啦!祝您幸运!只是我真奇怪,是什么鬼主意让您想着偏要照顾我,来给我报这个喜信?这与我何干?您爱谁,谁爱您,关我什么事?我简直不懂。"

伏玲采夫继续望着窗外。他的声音有点喑哑。

罗亭站了起来。

"我要告诉您,谢尔盖·巴夫里奇,为什么我决定上您这儿来,为什么我认为我并没有权利把我们的……我们的相互感情瞒住您。我是深深地尊敬您的——正是为了这个,我才来的;我不愿意……我们俩都不愿意在您的面前表演喜剧。您对娜达丽亚·阿列克谢耶夫娜的感情我是早知道的。……相信我,我还有自知之明:我知道我是多么不配在她的心里代替您的地位;但是,如果命运已经这样安排,难道说狡诈、虚伪、欺骗,会更好一些么?难道说任凭彼此误会,甚至可能弄出像昨天晚餐席上的那种局面,会更好一些么?谢尔盖·巴夫里奇,您自己说吧,对不对?"

伏玲采夫把双手交叠在胸前,好像在用力按捺住自己似的。

"谢尔盖·巴夫里奇!"罗亭继续说道,"我使您痛苦,这我也知道……但是请了解我们……了解我们没有别的办法来证明我们对您的尊敬,来证明我们能够珍重您的正直和高贵。坦白,完全完全的坦白,对任何别的人也许不合适;但是对您,这却成了一种义务。我们很高兴地想到,我们的秘密都在您的手里。"

伏玲采夫勉强地笑了。

"谢谢您的信任!"他大声叫道,"不过,请您注意,我并不想知道您的秘密,也不想把我的秘密告诉您,可您已经把它当作自己的财产似的动用起来了。但是,对不起,听您的口气,好像您是代表两个人似的。那么,我是不是可以这样设想:您的光临和您此行的目的,娜达丽亚·阿列克谢耶夫娜都是知情的喽?"

罗亭有点慌乱了。

"不,我没有把我的主意告诉娜达丽亚·阿列克谢耶夫娜;但是,我知道她会赞成我的想法的。"

"这统统都好极了,"伏玲采夫停了一会以后说,一面用手指敲着窗户,"可是,我得告诉您,您对我少几分尊敬倒好得多。说句老实话,我一星半点也不稀罕您的尊敬。说吧,您现在要我做什么?"

"我什么也不要……啊,不!我只要一件:我只要您别把我看作一个阴险狡诈的人,要您了解我……我希望您现在总不至于怀疑我的诚意……我希望,谢尔盖·巴夫里奇,咱们能像朋友般地分手……您能跟从前一样,把您的手伸给我……"

罗亭说着,就跨进一步,来到伏玲采夫跟前。

"对不起,我的好先生,"伏玲采夫说着,转过身来,后退了几步,"我可以承认您的来意光明正大,这一切都是很好的,甚至可以说,很崇高的,但是我们是些平平常常的人,我们吃的是普普通通的姜饼,我们跟不上像您那样的大思想家的迅飞疾驰……在您看来是真诚的,在我们却觉得无礼,放肆……对您说来是简单明了的,对我们说来却复杂隐晦……我们要讳莫如深的,而您却偏要大吹大擂……那叫我们怎样能了解您呢!对不起,我既不能把您当作我的朋友,也不能把手伸给您……也许,这是很小气的,但是我就是个小气的人。"

罗亭从窗上拿起了帽子。

"谢尔盖·巴夫里奇!"他悲哀地说道,"再会;我的初衷落空了。我的拜访确实也显得相当唐突……但是我曾经希望,您……(伏玲采夫做了个不耐烦的手势)……请原谅,我不再提起这些了。仔细想一想,我看得见,正是这样:您是对的,您也没有别的办法。再会,并请容许我至少再一次地,最后一次地,向您保证我的来意的纯真……我信任您的谦虚……"

"这就尽够了!"伏玲采夫喊了起来,气得发抖,"我从来没有要求过您的信任,因此,您也就没有任何权利来指靠我的谦虚!"

罗亭还想说些什么,但只是摊开了双手,一鞠躬,走掉了,而伏玲采夫则往沙发上一倒,把脸朝向了墙壁。

"我可以进来么?"门口传来了阿列克山得拉·巴夫洛夫娜的声音。

伏玲采夫没有即时回答,只偷偷地把手摸了摸脸。

"不,萨莎①,"他回答说,声音有点变样了,"再等一会儿。"

半点钟后,阿列克山得拉·巴夫洛夫娜又来到门边。

"米哈伊罗·米哈伊里奇来了,"她说,"你要见他么?"

"好,"伏玲采夫回答,"请他进来。"

列兹涅夫走了进来。

"怎么,你不舒服么?"他问,在沙发旁边的一张椅子上坐了下来。

伏玲采夫欠身起来,斜靠在肘上,对他的朋友的脸久久地凝望了一会儿,于是一字不漏地把他和罗亭的谈话全部告诉了列兹涅夫。在这以前他从来连提也没有对列兹涅夫提过他对于娜达丽亚的感情,虽则他早知道这对他也并不是什么秘密。

"好兄弟,这可大大出乎我的意料,"当伏玲采夫一说完这故事时,列兹涅夫说道,"我意料到他会做出种种出奇的事来,但这一件却未免太……然而,就在这里面也仍旧可以看出他来。"

"哎,天哪!"伏玲采夫兴奋地叫道,"这真是一种不折不扣的侮辱!我差点没有把他扔出窗口去。他是向我示威呢,还是讨饶?这都为了什么?他怎么竟能打定主意跑到别人……"

伏玲采夫把手抱在头上,不说话了。

"不,兄弟,不是这么回事,"列兹涅夫平静地回答,"你尽可以不相信,可是他的动机倒的确是好的。真的……你看得

---

① 萨莎,阿列克山得拉的爱称。

出来,这样才显得又崇高又磊落,才能捞一个讲话的机会,露一露漂亮的口才;须知道,这正是咱们需要的,没有这咱们就不能活呀。啊,他的舌头就是他的仇敌……可同时,也是他的仆人。"

"你想也想不出,他跑进来,高谈阔论,那神气是多么严肃!"

"对,他不这样就是不行。他还要把衣纽子都扣得整整齐齐的,好像在尽一种神圣的义务。我真想把他送到一个荒岛上去,躲在远远的角落里看他要玩些什么把戏。而他还老是高谈什么单纯朴素呢。"

"看在上帝的分上,老兄,你告诉我,"伏玲采夫问道,"这究竟算个啥?是哲学还是什么?"

"我怎么跟你说呢?一方面,可以说,这正是哲学;另一方面,又完全不是。把什么乱七八糟都往哲学上扯,这也是不行的。"

伏玲采夫望着他。

"那么,照你看,他是在撒谎?"

"不,我的孩子,他没有撒谎。可是,你知道,关于这件事咱们已经谈得够了。老弟,咱们点起烟斗,把阿列克山得拉·巴夫洛夫娜请进来吧……她跟咱们一起,咱们说说话也愉快些,不说话也轻松些。她会给咱们预备一点茶的。"

"好的,"伏玲采夫回答,"萨莎,请进来!"他高声喊。

阿列克山得拉·巴夫洛夫娜进来了。他握住她的手,紧紧地把它贴在自己的唇上。

罗亭转回家去,心绪十分烦乱不宁。他对自己很着恼,他责备自己的不可原谅的鲁莽,孩子气的冲动。有人说得好:没有什么比意识到自己做了一桩傻事还要痛苦的了。

罗亭被悔恨噬啮着。

"真见鬼,"他在齿缝里喃喃道,"去会见这么个地主老爷!真是想入非非!简直是自讨没趣!"

而在达里雅·米哈伊洛夫娜家里,情形也有点异样。女主人整个早晨都不见露面,也没有出来午餐:据唯一进过她房间的庞达列夫斯基传言,她有点头痛。娜达丽亚呢,罗亭也很难得见到她:她只和彭果小姐一起坐在自己的房里……当她在餐室里看见罗亭时,她也是那么悲哀地看着他,使得他的心都战栗了。她的脸容改变了,好像从昨天起有一种不幸笼罩了她。一种模糊的不祥的预感使罗亭开始感到不安。为了多少可以排遣他的愁绪,他便去找巴西斯托夫,和他谈了很多,他发现他是一个热情的、生气勃勃的小伙子,满怀着热烈的希望和锐气。向晚时候,达里雅·米哈伊洛夫娜在客厅里出现了大约两个钟头。她对罗亭仍然是和颜悦色,但有几分疏远,一会儿微笑,一会儿皱眉,打鼻孔里说话,话说得比平时更含蓄。她已经是彻头彻尾地宫廷贵妇人的神气了。总之,她对罗亭似乎有些冷淡。"这个谜怎么解法呢?"他想,斜眼望着她那骄傲地昂着的头。

他等不了多久便得到这谜的解答了。晚上十二点,当他正经过黑暗的走廊回到自己房里去时,有什么人突然把一张纸条塞到了他的手里。他转身一望:一个女孩子,看来好像娜达丽亚的女婢,正从他身边走过。他回到自己房里,把用人遣开,展开短简,读着娜达丽亚手书的这样几行:

请在明晨,至迟不过七点,到槲树林后的阿夫杜馨池来。别的时间都不可能。这将是我们最后的会面,一切都会完结,除非……请来吧。我们必须做出决定。

又及:假如我没有来,那就是说我们将不会再见了;那时我会通知您。

罗亭堕入了沉思;将信在手里翻来覆去,把它塞在枕下,脱了衣服,睡下去,但很久不能入睡。他只睡了一忽儿,还不到五点钟就醒了。

9

阿夫杜馨池,娜达丽亚指定和罗亭相会的地点,很久以来就不成其为一个池了。三十年前,堤岸崩了,它从此便被废弃。只有那原是一片淤泥的平坦的洼底和堤岸的残迹,才令人想起这里曾经有过一个池子。池畔原有一所庄园,也久已不复存在了,只留下了巨松两株,引起人们的记忆,风永远在它们那憔悴的高枝上凄然号啸。在乡民中间流传着神秘的传说,说是在松树脚下曾经发生过可怕的犯罪;人们还说,这两株松树无论哪一株倒下,一定会死人的;据说,从前还有一株,在一次暴风雨里倒了,压死了一个女孩子。这古池附近一带,据说是常常闹鬼的;这里总是满目荒凉,就在天气晴朗的时候,也显得阴森惨淡,而附近还有一座早已枯萎的老椈树林,这就使得景象更加阴惨了。这几株大树从那些低矮的灌木丛中耸出它们那枯槁的灰色躯架来,就好像一些倦怠的幽灵。这种光景看起来是令人恐怖的:恰似有一些阴险的老家伙正聚在一起,商量着什么害人的诡计。一条几乎难以辨认的小径从这近旁迤逦而过。假如没有特别紧急的事由,人们是不走阿夫杜馨池这条路的。娜达丽亚故意选择了这样一个幽僻的地方。它离达里雅·米哈伊洛夫娜的家约有半俄里。

罗亭来到阿夫杜馨池附近的时候,太阳早已出来了;但这并不是一个令人愉快的早晨。乳白色的浓云遮满了整个天空;风呼啸着,悲号着,卷着云头。罗亭沿着长满牵裳的牛蒡草和斑黑的野荨麻的堤岸,走来走去。他的心忐忑不安。这些个约会,这些新的感情,使他感兴趣,但又使他感到激动,尤其是读了昨晚那封信之后。他预感到收场的日子快临近了,心上暗暗感到惶惑,虽则看着他那双手交叉胸前、眼睛望着四周、凝神结想、十分坚决的样子,谁也不会想到他会这样。毕加索夫有一次说得真对,他说罗亭正像一个中国泥人,总是头重脚轻。但是一个人只凭着个头,无论它多么大,却是连自己心里究竟在想些什么也难弄清楚的……罗亭,聪明的、洞察一切的罗亭,自己也很难肯定自己是否真爱娜达丽亚,是否真在苦恼,假如离开了她,他是否真会感到苦痛。既然他决没有存心玩弄女性——这一层是应当为他主持公道的——那么,为什么他要去挑动那可怜的少女的心呢?为什么他又怀着秘密的战栗等待着她呢?唯一的解答只能是:没有比缺少热情的人更容易不能自持的了。

他在堤上踱着步,而娜达丽亚则正径直越过田野,踏着湿草,急急地向他奔来。

"小姐!小姐!您会把脚给弄湿了!"她的女婢玛莎说着,几乎赶不上她。

娜达丽亚没有理她,只是头也不回地向前跑着。

"啊,别叫人瞧见咱们才好啊!"玛莎一个劲说着,"真奇怪,咱们是怎么从屋子里溜出来的啊……彭果小姐要是醒了,那怎么办……谢天谢地,幸亏还不远……啊,那位先生已经在等着啦,"她突然看到罗亭高大的身躯以可以入画的姿态站在堤上,就添说道,"哎,他站在这高墩子上干什么——他该站到底下去呀。"

娜达丽亚停下了。

"在这儿等着,玛莎,就在这松树旁边。"她说着,下到池边来。

罗亭迎上她,又突然惊愕地站住了。在她的脸上他从来没看见过这样的表情。她的眉蹙拢了,嘴唇紧闭着,眼睛严肃地一直望着前面。

"德米特里·尼古拉耶维奇,"她开始说道,"咱们没有时间可以浪费。我来只能耽搁五分钟。我得告诉您:我妈妈什么都知道了。前天是庞达列夫斯基先生在盯着咱们,他把咱们的约会告诉妈妈了。他向来就是妈妈的侦探。昨天妈妈叫了我去。"

"天哪!"罗亭喊道,"这真可怕……您妈妈说什么?"

"她并没有生我的气,也没有骂我,只是责备我太轻率。"

"就是这么?"

"是的,她还向我声明:她宁愿看到我死,也不能让我做您的妻子!"

"她真是这样说的么?"

"是的;她还说您其实一点也不真想跟我结婚,她说您只是因为无聊,所以才跟我闹着玩儿,她说她料不到您竟是这样的人;可是她又说,她自己也有不好,不该让我跟您常在一起……她说她相信我是懂事的,又说这一回我使她大大吃了一惊……还有许多,我现在已经记不得了。"

娜达丽亚用一种平板的,几乎是没有表情的声音说完了这些话。

"可您,娜达丽亚·阿列克谢耶夫娜,您是怎么回答的呢?"罗亭问。

"我怎么回答的?"娜达丽亚重复了一遍,"您现在打算怎么办?"

"天哪!天哪!"罗亭回答,"这真够残酷的啦!这么快……这么突然的打击!……您妈妈真是那么生气么?"

"是的……是的,她听也不要听到说起您。"

"这真可怕!那么,没有希望了?"

"没有。"

"为什么咱们是这么不幸!这个该死的庞达列夫斯基!……您问我,娜达丽亚·阿列克谢耶夫娜,我打算怎么办?我的头在打旋了——我什么办法都想不出……我只是感到我的不幸……我真奇怪您怎么还能这么镇静!"

"您以为我心里好受么?"娜达丽亚说。

罗亭开始在堤上来回走着。娜达丽亚的眼睛紧跟着他。

"您妈妈没问您什么?"他终于说道。

"她问我,我是不是爱您。"

"唔……您怎么回答?"

娜达丽亚沉默了一刻。

"我没有向她说谎。"

罗亭握住了她的手。

"不论在什么时候,不论对什么事情,都是这么高洁,宽厚!哦,少女的心——这是纯金!但是您妈妈当真是这么决绝地宣布了她的决心,说咱们结婚绝对不可能么?"

"是,绝对的。我已经告诉过您,她深信您根本就不是真想跟我结婚。"

"那么说,她是把我看作一个撒谎拆白的人了!我做了什么,要受这种猜疑呢?"

罗亭将自己的头紧紧抱在手里。

"德米特里·尼古拉耶维奇!"娜达丽亚说道,"咱们把时间白白浪费掉了。请记住,这是我最后一次来见您。我到这里来不是为了哭,也不是为了诉苦的——您瞧,我并没有哭——我是来找您拿主意的。"

"我有什么主意可以拿给您呢,娜达丽亚·阿列克谢耶夫娜?"

"有什么主意?您是个男人;我已经信任了您,我还要信任您到底。请告诉我,您打算怎么办?"

"我打算怎么办?您妈妈,多一半,会把我撵出去的。"

"也许。昨天她已经向我宣布,要我跟您断绝关系……但是您还没有回答我的问题。"

"什么问题?"

"您看,咱们现在该怎么办?"

"咱们怎么办?"罗亭回答,"当然,只有屈服。"

"屈服。"娜达丽亚慢慢地重复了一句,她的嘴唇发白了。

"只有向命运屈服,"罗亭继续说,"还能怎么办!我深深知道这有多么酸辛,多么痛苦,多么难受。但是,您自己冷静地想想吧,娜达丽亚·阿列克谢耶夫娜;我是个穷人……固然,我可以工作;但是,就算我是一个有钱的人,您又能够忍受跟您的家庭断然决裂,又能够忍受您母亲的愤怒么?……不,娜达丽亚·阿列克谢耶夫娜;这连想都不用想。显然,咱们是命里注定不能生活在一起的,我所梦想的幸福不是为了我而存在的!"

突然,娜达丽亚用手掩住了脸面,放声哭了。罗亭向她走了过去。

"娜达丽亚·阿列克谢耶夫娜!亲爱的娜达丽亚!"他热情地说,"别哭啦,看在上帝的面上,别折磨我,别伤心……"

娜达丽亚抬起头来。

"您要我别伤心,"她说着,她的眼睛在泪花中闪着光,"我并不是为了您所想的那些才哭的……我并不为那些事情伤心;我伤心的是我错认了您……什么!我来求您的主意,而且在这种时刻,可您的第一句话就是屈服……屈服!原来您就是像这样来实践您所高谈的什么自由呀,牺牲呀……"

她的声音哽咽了。

"可是,娜达丽亚·阿列克谢耶夫娜,"罗亭不知所措地说道,"请您记住……我并不是背弃了我的话……只是……"

"您问我,"她以新的力量继续说道,"当我母亲声明她宁愿看见我死也不同意把我嫁给您的时候,我是怎样回答她来的:我回答她说,我宁死也不嫁给旁人……可您说什么来着:屈服!看起来她倒是对的了:您就是因为没有事做,闲着无聊,才跟我闹着玩儿的……"

"我向您发誓,娜达丽亚·阿列克谢耶夫娜……我向您担保……"罗亭分辩着。

但是她根本不要听。

"为什么您没有阻止我?为什么您自己反而……难道说,您一点也没有料想到会有什么阻碍?我说这些话实在惭愧……但是,好在这一切都已经完了。"

"您安静安静吧,娜达丽亚·阿列克谢耶夫娜,"罗亭还要说下去,"咱们得从长考虑有什么办法……"

"您经常高谈什么自我牺牲,"她打断了他的话,"但是,您知道吗,假使在今天,就在刚才,您跟我说:'我爱你,但是我不能跟你结婚,我不能对将来负责;把你的手给我,跟我来!'您知道吗,我就会跟您来的,您知道吗,我已经下了决心,不顾一切!但是,当然啊,空谈和行动还相差很大一段呢,于是,您就退缩起来了,正跟前天在晚餐席上您在伏玲采夫面前缩头一样。"

罗亭面红耳赤了。娜达丽亚突如其来的热情使他感动,但是她最后的一句话却伤了他的自尊心。

"您现在是太激动了,娜达丽亚·阿列克谢耶夫娜,"他说,"您不明白您是多么残酷地伤了我的心。我希望有一天您会平心静气;您会懂得,我放弃了这样一种——像您自己所说的——对我并不附加任何义务的幸福,我自己也够多么难受。但是,您的安静比世上的一切对我更宝贵,而且,我会成为人间最卑鄙的人了,假如我要趁机……"

"也许吧,也许吧,"娜达丽亚打断了他的话,"也许您是对的;也许我不知道我在说些什么。但是,直到现在,我是相信了您的,相信了您说的每一句话。……往后,请您务必先掂掂您的话的分量,不要只顾嘴巴痛快。当我对您说我爱您的时候,我是知道这句话的意义的:我准备了迎接任何困难……现在,什么都完了,我只有谢谢您给了我一个教训。咱们从此永别了吧。"

"看在上帝面上,别说下去,娜达丽亚·阿列克谢夫娜,我恳求您。我向您发誓,我是不应分受到轻蔑的。您设身处地替我想一想。我是要对您和我自己负责任的。如果我不是以最忠实的爱来爱您——天哪!我是大可以马上提议让您跟着我私奔的……迟早有一天,您妈妈总会原谅我们……那时候……但是,在想到我自己的幸福之前……"

他停下来了。娜达丽亚的眼睛一直盯住他,使他迷乱。

"您是在努力向我证明您是个诚实的人,德米特里·尼古拉耶维奇,"她说,"您诚实,我并不怀疑。您决不是那种只会盘算自己的利害得失的人;但是,难道我是为了要证明这一点,难道我是为了这个才到这里来的么……"

"我真没料到,娜达丽亚·阿列克谢耶夫娜……"

"啊!您终究说出真情来了!是的,这一切都是您没料到的——您根本不了解我。不要不安……您并不爱我,我也决不勉强任何人。"

"我爱您!"罗亭喊道。

娜达丽亚挺直了身子。

"也许吧;但是您是怎样爱我的呢?我记得您的每一句话,德米特里·尼古拉耶维奇。您记得吗,您跟我说过:没有完全的平等,就没有爱。……您,对我说来,是太高了,我配不上您……我是活该受到惩罚的。在您面前,有的是更值得您去做的事业呢。我永远也不会忘记今天。……再见。"

"娜达丽亚·阿列克谢耶夫娜,您就走了么?难道咱们就像这样就分开了么?"

他将手向她伸去。她站住了。他的恳求的声音好像使她犹豫起来。

"不,"她终于说了,"我觉得在我的心里有什么东西碎了……我像个害了热病的人似的跑到这里来,跟您说话;我得清醒清醒。是您自己说的,这不应当,这不可能。天哪,当我来到此地的时候,我心里已经跟我的家庭告别,跟我的过去告别——可是,结果呢?我在这里遇见了什么人呢?——一个懦夫。……您怎么知道我不能忍受跟我的家庭决裂呢?'您妈妈不会答应……这真可怕!'这就是我从您口里听到的一切。难道这就是您,这就是您,这就是罗亭吗?……不!永别了……啊!假如您真的爱过我,我是不能不在现在、在此刻感觉到的……不,不,永别了!……"

她很快地转过身来,向玛莎跑去。玛莎是早已不安起来,一直在向她做着手势的。

"是您在退缩,不是我!"罗亭在娜达丽亚背后喊着。

她没有理他,只是急忙穿过田野,回家去了。她平安无事回到了自己的卧室;但刚一跨进门槛,便精疲力竭,晕倒在玛莎怀里了。

而罗亭则还在堤岸上站了许久。终于他浑身一怔,于是以迟缓的脚步踏上了那条小径,静静地沿着它走去。他感到深深的羞惭……伤心……"是怎样的女孩子呀!"他想着,"还只有十七岁!……不,我实在不了解她……她真是一个奇特的女孩子。多么坚强的意志力!……她是对的;她应分得到的不能是我在她身上感到过的那种爱情。……感到过?……"他自己问自己。"难道说我已经不再能感受爱情了么?那就难怪所有一切只好这样结束了!在她的面前,我是多么可怜而又渺小啊!"

一辆竞赛马车的轻微的辚辚声使罗亭抬起了眼睛。列兹涅夫赶着他那匹永不变换的小快马迎面而来。罗亭向他默默地点了点头,于是,好像突然想起似的转到一边,朝着达里雅·米哈伊洛夫娜家的方向急急走去了。

列兹涅夫让他走开,望着他的背影,略想一想,也拨转了马头,赶回伏玲采夫家里。他昨晚就在那里过夜的。他见他还睡着,便吩咐不要把他惊醒,在等着喝茶的当儿,自己就在走廊上坐了下来,点着了烟斗。

10

伏玲采夫大约在十点钟才起来,一听到列兹涅夫坐在走廊上,感到十分惊讶,便叫把他请进房里来。

"有什么事?"他问,"你不是赶着车子要回家去的吗?"

"是的,我原想回去的,可是我碰见了罗亭……他一个人在田野里走着,脸色很苦恼。所以我又想着回来了。"

"你是碰到了罗亭所以才回来的么?"

"所以喽,老实说,我自己也不知道我为什么又回来了;多一半,是为了惦记着你:我想陪你坐坐。回家嘛,那用不着忙。"

伏玲采夫苦笑了。

"是啊,这会儿一想到罗亭就不能不想到我了……来人哪!"他大声喊道,"给拿茶来。"

两位朋友开始喝着茶。列兹涅夫讲起了农业经营上的事情,讲到一种用纸料盖造仓顶的新方法……

突然,伏玲采夫从椅子上跳了起来,拳头狠命往桌上一擂,打得杯子碟子都琅琅响了。

"不!"他喊道,"我不能再忍下去了! 我要找那个聪明家伙决斗去,让他一枪打死我,要不就让我来一颗子弹打穿他那博学的脑袋!"

"你怎么,你怎么哪,我的天!"列兹涅夫咕哝道,"怎么可以这样大嚷大叫的! 把我的烟斗都吓掉了……你是怎么回事呀!"

"就是这么回事:我不能满不在乎地听到他的名字,我的血都要沸腾了!"

"得啦,老弟,得啦吧! 你怎么不害臊!"列兹涅夫接着说,从地上拾起烟斗来,"算了! 管他呢……"

"他侮辱了我,"伏玲采夫继续说道,在室内来回走着,"是的,他侮辱了我。这一点你也得承认。起先我还没有悟过来:他来得太突然;谁能够料得到他有这一手呢? 但是我要让他知道,他是不能把我当傻子耍的……我要把他,把这个该死的哲学家,像打死一只鹌鹑似的给枪毙掉!"

"这又有多少好处呢,呃? 姑且撇开你姐姐不谈……当然,你现在一肚子火气……哪里还会想到什么姐姐! 但是,牵涉到那另外的一位——怎么样? 你以为你把哲学家杀了,就能够把你的事情弄得好些么?"

伏玲采夫跌坐在椅子上。

"那么,我就得到什么地方走走去! 在此地我的心就要被苦痛压毁了;我简直是走投无路。"

"出去走走……这可是另一回事! 这我倒赞成。你可知道我还要给你个什么提议? 咱们一起走——到高加索,或者简直就到小俄罗斯,去吃面疙瘩。好兄弟,这想法倒是顶不错!"

"对。可是谁留在这里陪我姐姐呢?"

"难道阿列克山得拉·巴夫洛夫娜就不能跟我们一起去? 天哪! 这可是最美不过的事情了。说到伺候她——那就让我担当起来吧! 决不会委屈她;只要她高兴,我每天晚上都可以在她的窗下安排一支小夜曲;我会把香水洒遍在马夫身上,把鲜花插满在道路上。而你和我,兄弟,咱们简直就是重新做人了;咱们会好好享受一番,到咱们回来的时候,就已经是大腹便便,抵得住任何爱情的冷箭了!"

"你就爱说笑话,米沙①!"

"这决不是笑话。这可是你想出来的一个绝妙的想头。"

"不,废话!"伏玲采夫又喊了起来,"我要和他决斗,我要和他决斗!……"

"又来了! 你呀,兄弟,你今儿火气可真不小!……"

一个仆人走了进来,手里拿着一封信。

"谁来的?"列兹涅夫问。

"罗亭——德米特里·尼古拉耶维奇的信。拉松斯卡雅家的用人送来的。"

"罗亭的?"伏玲采夫重说一句,"给谁的?"

"给您的。"

"给我! ……拿来。"

伏玲采夫抢过信来,很快地扯开,开始读着。列兹涅夫聚精会神地望着他;一种奇异的,几乎是快乐的惊讶的表情浮到了伏玲采夫的脸上;他的手垂下来了。

"写的什么?"列兹涅夫问。

---

① 米沙,米哈伊罗的爱称。

"看吧。"伏玲采夫低声说着,把信递给了他。

列兹涅夫开始读着。这就是罗亭所写的:

亲爱的先生——谢尔盖·巴夫里奇!

今天我就要离开达里雅·米哈伊洛夫娜的家了,永远离开。这大概会使您感到惊奇,尤其是经过昨天发生的事情之后。我不能向您解释究竟为什么我要这样做;但是我觉得,我还是理应让您知道我的离开。您不喜欢我,甚至把我当作一个小人。我并不想替自己分辩,时间会替我分辩的。在我看来,向一个怀有成见的人去证明他的成见的不公,是一个男子所不屑为的,而且也是毫无益处的。愿意了解我的,自会原谅我;不愿或不能了解我的,他的责备又于我何有?我看错了您。在我的心目中您依然是和从前一样的一位高贵正直的人,但是我曾经以为您是会比您长育其间的环境高出一头的……但我错了。有什么办法呢?这样的事情于我既不是初次,也不会是最后一次。我再向您说一遍,我走了。我祝您幸福。您会同意这祝望是完全无私的,我希望您现在就会幸福。也许随着时间的进程,您会改变您对我的看法。我们能否再相见,我不知道,但是不管怎样,我始终是您的忠实的、对您极钦敬的。

德·罗

附启①:我欠您的两百卢布,我一回到 T 省我的田庄时,即当奉还。还有,我请求您万勿对达里雅·米哈伊洛

---

① 原文是拉丁文。

夫娜提及此信。

　　又附启①：还有一个最后的、但是重要的请求；既然我现在走了,我相信您在娜达丽亚·阿列克谢耶夫娜面前将不会提起上次我对您的拜访……

　　"唔,你怎么说法?"列兹涅夫读完信后,伏玲采夫马上问道。

　　"有什么说的呢?"列兹涅夫回答,"只能像东方人那样高喊'阿拉!阿拉!'②张口结舌,把手指伸到口里去——只好这样罢了。他走了……好,走得好! 但是奇怪的是:你看,他是作为他的义务来写这封信给你的,他到你这里来,也是为了一种义务感……这些先生们每步都不忘义务,他们总是负着什么义务——不然就负着债务③!"列兹涅夫说着,带着讽刺的微笑指了指信后的附言。

　　"他说得多么漂亮!"伏玲采夫喊道,"他看错了我了。他原来以为我会比我的环境高出一头。天哪,这是什么胡说! 比诗还要糟!"

　　列兹涅夫没有回答;但是他的眼睛在眯笑着。伏玲采夫站了起来。

　　"我这就到达里雅·米哈伊洛夫娜家去,"他说道,"我要去看看这究竟是怎么回事……"

　　"等一等,老弟:让他从从容容地走吧。何苦又跑去和他碰?要知道,他已经快不存在了——你还要怎么样? 还是去

---

① 原文是拉丁文。
② 阿拉,伊斯兰教的真神。
③ "义务"和"债务"在俄语中是同一个词,此处是双关。

躺一躺,睡一睡的好;昨晚你少不得辗转了一整夜。可是现在,你的事情好转起来了。"

"怎么见得?"

"我觉得这样罢了。真的,去睡睡吧,我到你姐姐那儿去,陪她坐坐。"

"我一点也不想睡。我干吗要睡! 我宁可到地里看看去。"伏玲采夫说着,整了整衣襟。

"也好。去吧,兄弟,快去,到地里看看去……"

而列兹涅夫就到阿列克山得拉·巴夫洛夫娜这边来了。他在客厅里找见了她。她亲切地接待了他。他的到来总是使她高兴的;但是她的脸色仍然有点忧愁。罗亭昨天的拜访令她感到不安。

"您从我弟弟那边来的么?"她问列兹涅夫,"他今天怎样?"

"很好,他到地里瞧瞧去了。"

阿列克山得拉·巴夫洛夫娜沉默了一会儿。

"请您告诉我,"她开始说,眼睛凝望着手帕的花边,"您可知道,为什么……"

"为什么罗亭上这儿来?"列兹涅夫接了上去,"我知道,他是来告辞的。"

阿列克山得拉·巴夫洛夫娜抬起头来。

"什么? 来告辞?"

"对。难道您没听到? 他要离开达里雅·米哈伊洛夫娜的家了。"

"离开?"

"永远离开;至少他是这样说的。"

"哎呀,这叫人怎么能明白呢,既然发生过这么些个事情……"

"这可是另外一回事!确实叫人不能明白,但事情就是这样。他们中间一定发生了什么事情。他把弦拉得太紧——结果,它就迸断了。"

"米哈伊罗·米哈伊里奇!"阿列克山得拉·巴夫洛夫娜说,"我什么都不明白;我看,您是在跟我开玩笑。"

"天晓得,我决不是开玩笑……我告诉您,他要走了,甚至还写了信通知熟人呢。从某一种观点看来,这倒不是坏事;但是他这一走,却把我刚和您弟弟谈起的一桩惊人的计划给耽误了。"

"怎么回事?什么计划?"

"是这么回事。我给您弟弟提议出去走走,散散心,您也一道去。由我自己负责来伺候您……"

"这可好极了!"阿列克山得拉·巴夫洛夫娜喊道,"我可以想象出您会怎样伺候我来的。您准会把我饿死。"

"您这么说,阿列克山得拉·巴夫洛夫娜,只是因为您还不了解我。您以为我就是一个笨伯,完完全全的笨伯,简直是一块木头。但是您可知道,我也可以像糖一样地溶化,可以整天跪在地上呢!"

"老实说,我倒真想看看您的这副样子呢!"

列兹涅夫突然站了起来。

"那么,您就嫁给我吧,阿列克山得拉·巴夫洛夫娜,那您就准能看到了。"

阿列克山得拉·巴夫洛夫娜的脸红到了耳根。

"您这是在说什么,米哈伊罗·米哈伊里奇?"她在迷乱中喃喃地说。

"我说的是我老早老早就想说的,"列兹涅夫回答,"它在我的舌尖上转过一千遍了。现在我终于说出来了,您看着办吧。为了不让您作难,我现在就走开。假使您愿意做我的妻子……我这就出去……假使您不讨厌的话,您就叫人去喊我好了;我会懂得的……"

阿列克山得拉·巴夫洛夫娜想把列兹涅夫留住,但是他已经急急忙忙跑出去了,帽子都没戴就跑到了花园里去,斜依在一扇小门上,眼睛看着远处。

"米哈伊罗·米哈伊里奇!"婢女的声音在他后面喊着,"太太请您。她让我请您回去。"

米哈伊罗·米哈伊里奇回过头来,双手捧住了女孩子的头,大大地出乎她的意料之外,吻了一下她的前额,于是跑到阿列克山得拉·巴夫洛夫娜那里去了。

11

罗亭在碰见列兹涅夫之后就立即回来,把自己关在房里,写了两封信:一封给伏玲采夫(读者已经见到了),另一封给娜达丽亚。他在第二封信上费了不少时间,涂了很多,改了很多,然后,仔仔细细地抄在一张精美的信笺上,折得很小很小,把它放在衣袋里。他脸上带着苦痛,在房间里来回走了几次,于是坐在窗前的一张椅子上,用手臂支着下颚;几滴眼泪从他的眼眶里慢慢地渗了出来……他站了起来,把衣纽扣好,喊了个仆人来,叫他去问一问达里雅·米哈伊洛夫娜,他能不能去看她。

仆人很快地回来,回报说达里雅·米哈伊洛夫娜请他过去。罗亭便到她那里去了。

她在自己的私室里接见了他,正跟两个月以前她第一次接见他的时候一样。但现在却不是她一个人了;她身旁坐着庞达列夫斯基,永远是那么谦逊,整洁,满面春风,而且自作多情。

达里雅·米哈伊洛夫娜很客气地接见了罗亭,罗亭也很客气地向她行礼,但是看一看他们两人的笑脸,就是缺少经验的人也会看出在他们中间是发生过什么不愉快的事情了,即使没有说出口来。罗亭知道达里雅·米哈伊洛夫娜是在恼他。达里雅·米哈伊洛夫娜也猜疑到,他对一切已经都清清楚楚的了。

庞达列夫斯基的密告确曾使她大为不满。门第的骄矜使她不能平静。罗亭这个穷困的、毫无名位的、默默无闻的人,竟敢和她的女儿——达里雅·米哈伊洛夫娜·拉松斯卡雅的女儿——秘密约会!!

"就算他是个聪明人,是个天才!"她说道,"又算得什么呢?难道说,随便是个什么人都可以妄想做我的女婿么?"

"我很久很久都不敢相信我自己的眼睛,"庞达列夫斯基还插上了一句,"我很奇怪,他怎么就不明白自己的地位!"

达里雅·米哈伊洛夫娜非常激动,而娜达丽亚就受罪不起了。

她请罗亭坐下。他坐了下来,但是不再像往日那个几乎是屋子里的主人的罗亭,甚至于也不像一个好朋友,而只是一位客人。这一切都是在一霎时之间发生的……正和水在突然之间变成了坚冰一样。

"我到您这儿来,达里雅·米哈伊洛夫娜,"罗亭开始说道,"是为了要谢谢您的盛情的款待。今天我接到了敝庄的来信,要我一定在今天就动身回去。"

达里雅·米哈伊洛夫娜注意地端详着罗亭。

"他倒先发制人呢,这一定是他已经看清了风色,"她想,"他让我省得来一番麻烦的解释。再好也没有了。啊!上帝祝福聪明人吧!"

"真的吗?"她高声回答,"啊!多么叫人扫兴呀!唔,这有什么办法呢?我希望冬天能在莫斯科再见到您。我们不久也要离开此地的。"

"我不知道,达里雅·米哈伊洛夫娜,我能不能有办法到莫斯科去;但是假如我办得到的话,我一定会专诚来拜见您的。"

"啊哈,好家伙!"庞达列夫斯基不禁想道,"不久以前你在这儿还俨然像个老爷,可现在你也得低声下气了啊!"

"那么说,也许您从贵庄得到了什么不满意的消息么?"他用他那惯常的腔调说道。

"是的。"罗亭干涩地回答。

"也许是,收成不大好?"

"不……是别的事……请相信我,达里雅·米哈伊洛夫娜,"罗亭继续说道,"我永远也不会忘记在您府上度过的这些日子。"

"我,德米特里·尼古拉耶维奇,也会时常愉快地回忆起咱们之间的友谊……您什么时候动身?"

"今天,午饭以后。"

"这么匆促!……好,我祝您一路平安。可是,假使您的事务不用逗留太久,也说不定您还可以在这儿再见到我们。"

"那恐怕很难了,"罗亭回答着,站了起来,"请原谅我,"他又添说道,"我现在还不能归还我欠您的款子,可是我一到家……"

"得啦,德米特里·尼古拉耶维奇!"达里雅·米哈伊洛夫娜打断了他的话,"您怎么好意思说这个!……现在几点钟了?"她问。

庞达列夫斯基从背心口袋里掏出了一只镶有珐琅瓷面的金表来,把他那红润的下巴向他那坚挺雪白的硬领上极力弯下去,仔细地看了一看。

"两点三十三分。"他报告说。

"是我梳妆的时候了,"达里雅·米哈伊洛夫娜说,"咱们再见吧,德米特里·尼古拉耶维奇!"

罗亭站了起来。他和达里雅·米哈伊洛夫娜的全部谈话都带有一种特殊的味道。演员们就是像这样来复习他们的台词,外交官在会谈时就是像这样来交换他们预先斟酌好了的文句的。

罗亭走了出来。现在他由经验知道,这些场面上的男女,对于他们再也不需要的人,甚至不是甩掉,而干脆是随手抛掉,好像随手抛掉舞会后的手套,抛掉糖果的纸包或者没有中彩的彩票似的。

他很快地已把行李收拾起来,不耐烦地等待着动身的时刻。知道他的打算以后,一屋人都感到奇怪;连仆人们也以迷惑的神气看着他。巴西斯托夫并不隐藏自己的悲伤。娜达丽亚显然是在闪避罗亭。她极力避开他的眼睛;可是他终于找到机会，把信塞到了她的手里。午饭后，达里雅·米哈伊洛夫娜又一次说起她希望在她们动身去莫斯科之前能够再看到他，但罗亭没有回答。庞达列夫斯基显得特别热心地跟他攀谈。好几次，罗亭真想扑上前去，在他那满面红光的脸上掴他一个耳光。彭果小姐不时用一种狡狯的、奇特的眼神瞟他一瞟：在一只聪明的老猎狗的眼睛里，有时是可以看到这种表情的。"哈！"她好像在对自己说，"这回你可糟了！"

终于，六点钟响了，罗亭的旅行马车来到了门口。他开始和大家匆匆告别。他的心绪极其恶劣。他没有料到竟会像这样离开这个屋子的，就好像被人撵走一样。"这算怎么回事啊！这么匆匆忙忙，究竟为了什么？可是，到头来，终归一样。"当他强带笑容向着各方道别的时候，他是这样想着的。他最后一次看了看娜达丽亚，他的心悸动了：她的目光正落在他的身上，在这分别的时候，她的目光是哀怨的、谴责的。

他急速走下台阶，跳进了马车。巴西斯托夫自愿送他一程，在他的身边坐下了。

"您可记得，"当马车从庭院中走到枞树夹道的大路上的时候，罗亭开始说道，"您可记得唐·吉诃德离开公爵夫人的宫殿的时候对他的随从所说的话么？'自由，'他说，'我的朋友桑丘，自由是人的最宝贵的财产。能有上帝赐给一片面包而不必仰人鼻息的人，有福了！'唐·吉诃德在那时所感到的，现在我也感到了……愿上帝赐福，我亲爱的巴西斯托夫，您也有一天会体验到这种感情的！"

巴西斯托夫紧握着罗亭的手，这个诚实的青年人的心在他那热情的胸腔里强烈地跳动着。罗亭一路谈到了车站，他谈到人的尊严，真正的自由的意义——谈得非常热情、崇高、公正——而在分手的当儿,巴西斯托夫再也忍不住地扑在他的颈上,呜咽起来了。罗亭自己也涕泪交流;但是他并不是因为要和巴西斯托夫分别而落泪,他的眼泪是为了自己的自尊心而流的。

娜达丽亚回到自己的房里,读着罗亭的信。

亲爱的娜达丽亚·阿列克谢耶夫娜:

我决定走了。再也没有别的出路。我决定在还未明明白白地叫我离开之前,自己走掉。我这一走,所有的误会都会了结;大概也不会有什么人来惋惜我。我还能期待什么呢?……事情就是这样的;但是为什么我还要写信给您呢?

我就要离开您了,也许就此永远离开;在您的心上留下一个较我所应得的更为恶劣的记忆,这对于我是太痛苦了。这就是我要写信给您的原因。我既不想替自己分辩,也不想除了自己之外埋怨任何别人;我只想,在可能范围内,解释我自己……最近几天来的事情是这样出乎意料,这样突然……

我们今天的会见对我将是一课永不忘记的教训。是的,您是对的;我其实并不了解您,而自以为了解了您!在我的一生,我曾经交往过各色各样的人,我接近过许多妇人,许多少女;但是只在遇到您以后,我才第一次遇见一个完全真实的、正直的灵魂。这对我是意料以外的事,所以我不知道怎样来珍重您。和您相识的第一天,我就觉得被您吸引住了——这您可能注意到的。我跟您经常相处而并没有了解您,甚至也不想去了解您……但我竟然自以为爱上了您!!为了这个罪孽,我现在是受到惩罚了。

曾有一次我也爱上过一个女人,我对她的感情是很复杂的,她对我的感情也是一样;但是,正因为她自己也并不单纯,所以这样也好。在那时候我不懂什么叫作真实,我不认识它,而现在,当它呈献在我面前的时候……我终于认识它了,但已经太迟了……过去了的,是不能追回的。……我们的生命本来也许能够结合——而现在却永不可能了。我怎么能向您证明我也许是在用真正的爱——衷心的爱而不是想象的爱——来爱您的呢?因为我自己也不知道我究竟有没有这样的一种爱情!

自然禀赋给我的很多。这一点我知道,我不欲以虚伪的羞惭来向您伪作谦逊,尤其在我这样痛苦、这样难堪的时候。……是的,自然禀赋给我的很多;但是我将碌碌而死,连一桩和我的能力相称的事也做不出,在身后任何可以供人感激的痕迹也将不会留下。我所有的财富都将白白地浪费;我将看不到我所播的种子结出果实。我缺少……我自己也说不出我究竟缺少什么……也许,我缺少的是这个:没有它,就既不能打动男子的心,也无法征服女人的心;而仅仅控制人们的头脑,那是既不稳定,也无用处的。我的命运真是奇怪,几乎近于滑稽:我本想献出我的一切,诚诚恳恳地,全心全意地——但我又不能献出。我也许会为了什么连我自己都不会相信的傻事来把自己牺牲掉,就此完结我的一生……天哪!到了三十五岁还在那里奢谈要做出什么事业来呢!……

我从来还没有向什么人这样披露过自己——这是我

的忏悔。

　　但是关于我自己,已经说得够多了。我想要谈谈您,给您贡献一些意见;所有别的一切,对我已经都谈不上了。……您还年轻;但是不管您生活多久,您总应当顺随您的感情的冲动,不要受您自己的或别人的理智的钳驭。请相信我,生活得愈简单,范围愈狭,就愈好;问题不在于去追求人生的新的意义,而在于让生命的各个阶段按时完成。"上帝赐福在青年时代年轻的人。"[1]但是我注意到,这个劝告对于我自己倒比对您还恰当得多。

　　我老实告诉您,娜达丽亚·阿列克谢耶夫娜,我的心情十分沉重。对于我在达里雅·米哈伊洛夫娜心中所引起的感情的性质,我从来也没有存过什么奢望;但是我曾经希望过我至少找到了一个暂时栖身之所。……现在我又要在这世界上漂泊无依了。对于我,还有什么能够代替您的谈话,您的亲近,您的关注而智慧的眼神呢?……我自己果然是该受责备的;但是您也会承认,命运好像是故意要嘲弄我们似的。一星期以前,连我自己也好像没有觉察到我在爱您。前天晚上,在花园里,我才第一次听见您……但是为什么要重提您那时所说的话呢?——既然我今天就要走了,含羞忍诟地走了,在跟您经过一番残酷痛苦的解释之后,并没有携带着任何希望……您还不知道我对您负疚到什么程度……我真是糊涂而且缺少涵养,十分多话……但是提这些干什么呢!既然我要永远离开了。

---

[1] 语出普希金的《叶甫盖尼·奥涅金》。

（在这里，罗亭本来给娜达丽亚写下了他和伏玲采夫的会见，但一转念又把这一整段涂掉了，而在给伏玲采夫的信上添上了那个"又附启"。）

我在这世上仍然只能是孤零零的一个人，去献身于——像您今天早晨以残酷的讥讽向我所说的那样——更值得我去做的事业。哎，假使我真能献身于这些事业，假使我终于能够克服我的惰性，那也好啊……但是不！我始终将是一个半途而废的人，正和从前一样……只要碰到第一个阻碍……我就完全粉碎了；我和您之间的经过就是证明。假如我是为了我将来的事业，为了我的使命而牺牲爱情，那也好；而我却只是为了落在我肩上的责任，畏难胆怯，所以我真是配您不上的。我配不上您真去为了我而和您的环境脱离……也许，这样反而更好。从这次考验，我也许可以变得更纯洁些、更坚强些。

我祝您一切幸福。别了！请有时想到我。我希望您今后仍能听到我的消息。

罗亭

娜达丽亚让罗亭的信落在自己的膝上，很久一动不动地坐着，眼睛望着地下。这封信比任何言语都更清楚地给她证明了她是对的，当今天早晨和罗亭分手的时候她曾经不由自主地喊出了他并不爱她！但这也并不使她宽慰些。她呆呆地坐着；好像有黑暗的波涛向她无声地涌来，淹没了她的头顶，而她则木然无语地沉到底层去了。初恋的幻灭对于任何人都是痛苦的；但对于一个诚实的灵魂，一个不想自欺的、与轻佻和夸大绝缘的灵魂，这几乎是不能忍受的了。娜达丽亚记起了她的儿时,当她在傍晚散步的时候,她总是要朝着晚霞灿烂的光明一方走去的,而回避着那黑暗的一面。现在,生活在她面前变成了一片黑暗,而她则背对着光明了……

眼泪从娜达丽亚的眼睛里渗透出来了。但眼泪也并不总是携来安慰的。当眼泪在心头抽咽了许久之后,终于倾流出来,开始是急遽地,慢慢地变得轻松了,甜蜜了,这种眼泪是令人安慰、令人舒畅的,无言的痛楚因此也就可以消解了……但也有一种眼泪,它们是冷的,只是很吝啬地渗出来,被沉重的、推移不动的苦痛的重压从心头一滴一滴地挤出来,这种眼泪就不会给人安慰,不会使人轻松了。只有真正的伤心人才流这种眼泪;没有流过这种眼泪的人是还不能懂得不幸的。娜达丽亚今天是尝到这种滋味了。

两个钟头过去了,娜达丽亚重新打起精神,站起来,拭干眼泪,点燃了一支蜡烛,把罗亭的信在烛焰中烧光了,将纸灰抛到了窗外。于是她随手翻开一本普希金的诗集,读了那首先映入眼帘的几行(她时常是用普希金来占卜休咎的)。这几行是:

> 曾经有情的人
> 萦怀着往事的幽灵……
> 对他,一切都成了幻影,
> 记忆有如毒蛇,
> 悔恨咬啮着深心。①

她站立了一会儿,带着冷峻的微笑,在镜子里望了自己一

---

① 诗句出自普希金的《叶甫盖尼·奥涅金》。

眼,微微一点头,于是来到了客厅。

达里雅·米哈伊洛夫娜一看到她,就叫她到自己的私室里去,让她坐在自己身边,爱抚地拍了拍她的面颊,同时注意地,几乎是好奇地望着她的眼睛。达里雅·米哈伊洛夫娜暗暗地困惑起来了:第一次她感到她实在并不了解自己的女儿。当她从庞达列夫斯基口里听到娜达丽亚和罗亭约会的时候,她的懂事的女儿竟会采取这种步骤,与其说令她生气,倒不如说使她惊奇。但是当她将女儿喊来,开始责骂她的时候——并不像我们所期待于一个受过欧式教育的贵妇人的骂法,而是一种颇为粗野的叫骂——娜达丽亚的坚决回答和她的眼光中以及动作中的决心,却使达里雅·米哈伊洛夫娜惘然不知所措,甚至于感到胁迫了。

罗亭的突然的、并不是完全可以理解的离开,使她的心头卸去了重负;但是她是期待着一定会有眼泪呀、精神失常呀之类的表现的。但娜达丽亚的外表的镇静又使她莫名其妙了。

"唔,怎么样,孩子,"达里雅·米哈伊洛夫娜开始说,"你今天好么?"

娜达丽亚凝望着自己的母亲。

"瞧,他走了……你的那个好对象。你知道他为什么这么急急忙忙就要走么?"

"妈妈!"娜达丽亚低声说,"我给您担保,假使您不再提起他,您永远也不会听到我提到他的。"

"那么说,你承认你是对不起我了?"

娜达丽亚只是低头复述了一遍:

"您永远也不会听到我提到他的。"

"好,说话算话,"达里雅·米哈伊洛夫娜微笑地回答,

"我相信你。可是前天,你可记得怎么来着……啊,别提了。一切都过去了,解决了,埋葬了。对么?现在我又认出原先的你来了;但是,在那时候,你真把我弄糊涂啦。好,吻吻我,我的懂事的孩子!……"

娜达丽亚把达里雅·米哈伊洛夫娜的手举到唇边,而达里雅·米哈伊洛夫娜则吻了吻女儿的低垂的头。

"总要听我的话。不要忘记你是拉松斯卡雅家的人,是我的女儿,"她添说着,"你将来会幸福的。现在,去吧。"

娜达丽亚默默地走了。达里雅·米哈伊洛夫娜望着她的背影,心想:"她像我——她也容易迷恋的;但是她比较能克制。"而达里雅·米哈伊洛夫娜就不禁想起了她的过去……久远的过去来了……

于是她请了彭果小姐来,和她密谈了好久。在她辞去之后,她又叫了庞达列夫斯基来。她一定要找出罗亭离开的真正原因……庞达列夫斯基终于使她完全安下心来。他在这方面确是出色当行的。

第二天伏玲采夫和他的姐姐同来午餐。达里雅·米哈伊洛夫娜对他总是很和蔼的,而这一次更是特别亲热。娜达丽亚感到难堪地痛苦;但伏玲采夫是那么样尊敬她,那么畏怯地和她说话,使她不能不从心坎里感激他。

那一天过得很平静,甚至很平淡,但在分手的时候,大家都觉得回到了常轨;这就不错了,很不错了。

是的,所有的人都恢复了常轨……所有的人,除了娜达丽亚以外。等到人们终于散去,留下她独自一人的时候,她很困难地挣扎着来到床上,疲倦而乏力地把脸埋到了枕头里。生活对于她好像是这样苦恼,这样可憎可鄙,她对她自己,对她的爱情和她的哀愁,都感到这样耻辱,在这个时候她也许真可以同意不如死掉……以后还有许多悲怆的白昼,无眠的夜晚,和摧心摧肝的激动在伫候着她呢;但是她还年轻——生活在她还刚刚开始,而生活,或迟或早,是会走上自己的道路的。不管一个人受到了怎样沉重的打击,他在当天,至多在第二天——恕我说得粗鄙些——总得吃饭,而这,就是慰藉的第一步了……

娜达丽亚难堪地痛苦着,她第一次地痛苦着……但是最初的苦痛,也像初恋一样,是不会重复的——为了这而感谢上帝吧!

12

约莫两年过去了。五月的最初的日子又来了。阿列克山得拉·巴夫洛夫娜,已经不再姓黎宾娜而姓列兹涅娃了,正坐在屋前的阳台上;她和米哈伊罗·米哈伊里奇结婚已经一年有余。她依然和过去一样妩媚,只是近来出落得更丰盈了。在阳台前面,有一道阶台通到花园里去的,一个保姆正在那里走着,手里抱着一个两颊红润的婴孩,他披着白色的小斗篷,帽上还有白色的羽饰。阿列克山得拉·巴夫洛夫娜的眼睛一直望着孩子。孩子没有哭,只是很庄严地吮着指头,满不在乎地转眼四顾。已经可以看出,他是会成为米哈伊罗·米哈伊里奇的好儿子的。

在阳台上,阿列克山得拉·巴夫洛夫娜的身旁,坐着我们的老朋友毕加索夫。自从我们跟他分手以来,他明显地苍老了,身子佝偻而瘦削,说话带点咝声:他的一颗门牙掉了;这点咝声使他的话语更显得恶毒……他的偏激并不曾随着年龄而减少,但那种锋利劲头却已大不如前,他并且更爱重复一些老话。米哈伊罗·米哈伊里奇不在家;他们正在等他回来喝茶。太阳已经西沉了。在日没的一方,一道暗金色和橙黄色的夕照展开在地平线上;在对面的天空则另有两抹彩霞,下面一抹淡蓝,上面一抹暗紫。浮云在高空渐渐消散。一切都预示着天气已经晴稳。

突然,毕加索夫扑哧笑了。

"您笑什么,阿夫利康·谢妙尼奇?"阿列克山得拉·巴夫洛夫娜问道。

"唔,这么回事……昨天我听一个老乡对他老婆(娘儿们正在叽叽喳喳)说:'别呱呱!'这话可把我乐坏了。别呱呱!说实在的,女人能谈出什么道理来呢?您知道,我是从不讲眼前的人的。咱们的祖先可比咱们聪明得多。在他们的神话里,美人总是坐在窗前,额角上有一颗星星,从来也不哼声的。这才是正理。可您评评看:前天,咱们的贵族长的老婆像往我的脑壳里打进一颗子弹似的,对我说她不喜欢我的倾向!还倾向呢!假如有什么仁慈的自然的法令突然褫夺了她的运用舌头的权利,那对她自己、对所有的人岂不都是更好些么?"

"哦,您还是您那个老德行,阿夫利康·谢妙尼奇,老爱攻击我们可怜的女人……您可知道,这真是一种不幸。我替您可惜。"

"一种不幸?您怎么能这样说呢?第一,据我看,世界上只有三种不幸:冬天住冰冷的房子,夏天穿夹脚的靴子,跟不能用杀虫药粉让他不哭不闹的小孩子同在一个房间睡觉;第二,我现在可以算得最和平的人了。简直可以说是个习字的范本!这就是我的道德准则。"

"您真是好德行,没有什么说的!不过,前不久叶莲娜·安东诺夫娜还跟我抱怨您来着。"

"真的吗?她跟您说什么来着,可以告诉我吗?"

"她说您一整个早晨都不回答她的问话,只是一个劲'啥'呀'啥'的,还故意怪声怪调呢。"

毕加索夫哈哈笑了。

"难道您不以为这倒是一个好主意吗,阿列克山得拉·巴夫洛夫娜……呃?"

"好极啦!可是,难道可以这样无礼地对待一个女人么,阿夫利康·谢妙尼奇?"

"什么!您以为叶莲娜·安东诺夫娜也可以算个女人么?"

"那么您把她算个什么?"

"对不起,就是一面鼓,一面普普通通的、可以用槌子来敲的鼓……"

"哦,这样啊!"阿列克山得拉·巴夫洛夫娜截断了他,想掉转话头,"我听人家说,应该给您道喜呢。"

"道什么喜?"

"听说您的官司赢了。格林诺夫斯基牧场还是断给您了……"

"对,断给我了。"毕加索夫阴郁地回答。

"这是您好多年来就想争取的,可现在到了手您反倒不乐意似的。"

137

"我告诉您,阿列克山得拉·巴夫洛夫娜,"毕加索夫慢吞吞地说道,"没有比来得太迟的幸福还更坏,还更叫人抱屈的了。它并不能给你什么满足,反而把你的骂人的、怨天恨地的权利——一种宝贵的权利——给褫夺了。是的,太太,这种迟暮的幸福真是一种辛酸的、叫人难受的勾当。"

阿列克山得拉·巴夫洛夫娜只耸了耸肩膀。

"保姆,"她说,"我想该是米沙睡觉的时候了。把他抱过来。"

于是阿列克山得拉·巴夫洛夫娜忙着料理自己的孩子去了,而毕加索夫则咕咕噜噜地退到了阳台的一角。

突然间,在不远的地方,绕过花园的路上,米哈伊罗·米哈伊里奇赶着他的跑车出现了。两只高大的守门狗跑在马前,一只黄的,一只灰的;这两条狗是他新近买来的。它们不停地相互追逐着,是一对分不开的伙伴。一只老猎犬从大门里跑出来迎接它们,把口一张,好像要吠的样子,但结果只是打了一个呵欠,转回头来,友好地摇着尾巴。

"你瞧,萨沙,"列兹涅夫老远就对妻子喊道,"瞧我跟谁一块儿来了。"

阿列克山得拉·巴夫洛夫娜一时还认不出坐在她丈夫背后的人。

"啊!巴西斯托夫先生!"她终于喊出来了。

"是他,就是他,"列兹涅夫回答,"他给咱们带了多么好的消息来啦。你等等,我马上来告诉你。"

他把马车赶进了院子。

几分钟以后,他和巴西斯托夫一道在阳台上出现了。

"乌拉!"他高叫着,抱住了妻子,"谢辽沙①要结婚了!"

"跟谁?"阿列克山得拉·巴夫洛夫娜激动地问。

"当然跟娜达丽亚呀……是咱们的这位朋友从莫斯科把喜信带来的,还有给你的一封信。……你听到了么,小米沙,"他把儿子抢在手里,继续说,"你舅舅要结婚啦!咳,瞧你这个满不在乎的小鬼!只会一个劲儿眨眼睛!"

"他困了。"保姆说。

"确实的,太太,"巴西斯托夫说着,走到阿列克山得拉·巴夫洛夫娜跟前,"我今天从莫斯科来,达里雅·米哈伊洛夫娜让我替她查查她田庄的账项。信在这儿。"

阿列克山得拉·巴夫洛夫娜急急地拆开了弟弟的来信。信里只写了很少几行。在第一阵的狂喜中,他告诉姐姐他已向娜达丽亚求婚,且已得到了她本人和达里雅·米哈伊洛夫娜的同意;他答应在下一次信里再写得详细一些,并向各人遥寄他的拥抱和亲吻。很显然,他是在一种欣喜若狂的状态中写下这封信的。

茶来了,巴西斯托夫就座。问题就像雨点般落到了他的身上。每一个人,甚至连毕加索夫也在内,都为了他带来的消息十分高兴。

"请告诉我,"列兹涅夫顺便说道,"我们这里还风传过一位什么科尔查金先生。看起来,这就完全是无稽之谈喽?"

(科尔查金是一个漂亮的青年人,社交界的雄狮,非常倨傲,自以为了不起;他把自己的行止装得异常尊严,好像他并不是一个活人,而是一座由群众集资竖立起来的铜像似的。)

---

① 谢辽沙,谢尔盖的爱称。

"唔,也不完全无稽,"巴西斯托夫带笑地回答,"达里雅·米哈伊洛夫娜倒是很喜欢他的;可是娜达丽亚·阿列克谢耶夫娜连听都不高兴听到他。"

"我可是知道他的,"毕加索夫插了进来,"咳!这可是个双料的笨蛋,呱呱叫的笨蛋!……要是所有的人都像他那样,咳,天哪!……那么,要想人答应活着,得悬赏多少钱啊!"

"也许是这样吧,"巴西斯托夫说道,"可是他在社交界也不算小角色呢。"

"好,别管他!"阿列克山得拉·巴夫洛夫娜喊道,"由他去吧!啊,我是多么替我弟弟高兴啊!娜达丽亚呢,她快活么,幸福么?"

"是的,太太。她还是像往常一样,很平静的——您是知道她的——但是,看起来,她好像也很满意。"

黄昏在愉快活泼的谈话中过去了。他们坐下来吃晚饭。

"哦,说起来,"列兹涅夫替巴西斯托夫斟了一杯红葡萄酒,问道,"您可知道罗亭在什么地方么?"

"现在我也不确实知道。去年冬天他到莫斯科来住了一个很短的时期,以后就同一个家族一起到辛比尔斯克去了;我和他通过一段时期的信:他在最后一次信里告诉我说,他要离开辛比尔斯克了——没有说要到什么地方去——这以后我就没有听到他的消息。"

"他是不会丢失的,"毕加索夫插口说,"也许正安坐在什么地方说教呢。这位先生无论在什么地方总会找到两三个崇拜他的人的,他们会张口结舌地听他吹牛,还借钱给他用。你们注意,他终归会在查列窝科克沙伊斯克或楚赫罗木辽远的一角,死在一个戴假发的老处女的怀里,而她还相信他是世界上最伟大的天才呢……"

"您说得也太刻薄了。"巴西斯托夫不高兴地轻声说。

"一点也不刻薄,"毕加索夫回答,"而且十分公允。据我看,他只不过是一条寄生虫。我还忘了告诉您,"他转向列兹涅夫,继续说道,"我认识一位杰尔拉霍夫,罗亭在国外的时候是同他一起的。哎!哎!他告诉我的罗亭的故事,你们连想都想不到——说起来简直是笑死人!这倒是可以注意的一个事实:所有罗亭的朋友和崇拜者,到时候都成了他的敌人。"

"请您在这些朋友中间把我除开!"巴西斯托夫激烈地插口道。

"哦,您——这可是另一回事!我说的并不是您。"

"杰尔拉霍夫告诉您什么来着?"阿列克山得拉·巴夫洛夫娜问。

"他谈得可多呢:我不完全记得。中间最好的是罗亭的一段趣事。他总在不断地发挥着(这些先生总是在发挥着的;别人,比方说,只是吃和睡;——可是他们却是连吃带睡又发挥的;是这样的么,巴西斯托夫先生?——巴西斯托夫没有回答)……这样,不断地发挥着,罗亭沿着哲学的路线,就得出了一个结论,认为他应当恋爱了。他就开始物色了一个可以配得上他的惊人的结论的对象。幸运向他微笑了。他认识了一个法国女人,一个很漂亮的时装店老板。请注意,事情就发生在莱茵河畔的一个德国小城里。他开始常去看她,给她送去各种各样的书,和她高谈什么大自然和黑格尔。你们能想象一下这位女老板该怎么办好?她把他当作了一个天文学家。可是,你们知道,他的样子生得不坏,又是个外国人,是个俄国人,所以她就看上他了。这么一来,终于,他就和她约会了,是一个饶有诗意的约会,在河上的小艇里。法国女人答应了;她打扮得漂漂亮亮的,和他一起到小艇上去。他们在艇上消磨了两个钟头。你们以为,他在这整整两个小时里干了点什么?他只是摸抚着那个法国女人的头,沉思地望着天空,三番两次地说他对她感到一种父亲般的慈爱。法国女人气得发昏,跑回家来了,后来就把这整个故事告诉了杰尔拉霍夫。这位先生就是这样的!"

毕加索夫高声大笑了。

"您这个老恨世者!"阿列克山得拉·巴夫洛夫娜懊恼地说道,"可是,这样一来,我就更加相信,就是存心诽谤罗亭的人,到底也说不出他真有什么不好。"

"没有什么不好?咳!他一辈子靠别人过活,他借人的钱……米哈伊罗·米哈伊里奇!他也少不了向您借过钱的吧,对吗?"

"听我说,阿夫利康·谢妙尼奇!"列兹涅夫开始说了,脸上现出严肃的表情来,"您听我说:您知道,内人也知道,近年以来,我对罗亭并没有什么特别的好感,甚至还时常责难他。可是,不管怎样(列兹涅夫把各人的杯子斟满了酒)我现在要向你们提议:刚才咱们已经为我们的兄弟和他的未来的夫人的健康干过杯了;现在我向你们提议,咱们为罗亭的健康干杯!"

阿列克山得拉·巴夫洛夫娜和毕加索夫惊奇地望着列兹涅夫,而巴西斯托夫则高兴得浑身震颤起来,红着脸,睁大了眼睛。

"我很了解他,"列兹涅夫继续说道,"也深知他的缺点。

正因为他本人是一个不容小看的人,所以他的缺点也就更是显而易见了。"

"罗亭真有一种天才的性格!"巴西斯托夫喊道。

"天才,也许,他是有的,"列兹涅夫回答道,"至于性格……这正是他的全部的不幸,他根本就没有性格……但问题不在这里。我所要说的,只是他的好的、难得的地方。他有热情;而这正是——请相信我,我自己就是一个够冷淡的人——这正是我们时代的最可宝贵的品质。我们大家都变得不可容忍地理智、淡漠,而且懒惰了;我们沉睡了,僵冷了,所以只要有谁能够唤醒我们,温暖我们,哪怕只是一瞬间,我们也该感谢他的!是时候了!你总还记得,萨沙,有一次我跟你谈起他,我曾经责备他冷。我说对了。同时也错了。这个冷,是在他的血里——这不是他的错处——而不在他的脑里。他并不是一个戏子,像我从前说的那样,也不是一个骗子,也不是一个无赖;他靠别人过活,但即使这样,他也并不狡诈,而是像一个小孩子……是的,他也许真的会在什么地方在穷困潦倒中死去;但是我们能因此就向他下井投石吗?他也许一辈子也干不出什么正经事来,因为他没有性格,没有血;但是谁有权利说他不会,并且从来不曾发生作用?说他的话不曾在青年们的心里播下许多良好的种子?要知道,对于青年们,大自然并没有像对罗亭那样,剥夺了他们行动的力量和实现他们自己的理想的才能。真的,我自己,首先就有过亲身的体验……萨沙知道,罗亭在我的青年时代给了我怎样的影响。我记得,我还断言过罗亭的话不能对人产生什么影响;但是我那时所指的是像我自己,像我这般年纪的人,那些已经生活过、在生活中受过折磨的人。只要话里有一个错误的音符,在我们听来那整个的和声就破坏了;但是对于青年人,幸而他们的耳朵还没有这样熟练,还不会这样挑剔。假如他所听见的在他看来本质上是美的,他还管它是什么声调!他自己就会找到合适的声调的。"

"妙哇!妙哇!"巴西斯托夫喊道,"这才说得公允!要说到罗亭给人的影响,我敢向你们发誓,这个人不但知道怎样激动你,他还会把你高举起来,他不让你停下,还把你连根翻起,让你尽情燃烧!"

"您听见了么?"列兹涅夫继续说着,朝向毕加索夫,"您还需要什么进一步的证明呢?您老爱攻击哲学,一谈到哲学,您再也找不出更刻毒的话来了。我自己也不太爱好哲学,也不大懂它;但是我们主要的灾难并不在哲学!俄国人从来也不会沾染上那种哲学上的狡狯和空谈;他们的常识是够丰富的;但是不能够在哲学的幌子底下,对于任何对真理和理性的诚实的向往,都一概加以攻击。罗亭的不幸在于他不了解俄国,这当然正是一种大大的不幸。俄国可以没有我们中间的任何一个,但我们中间的任何一个却不可以没有俄国!以为可以的,他该倒霉了;真的不要俄国的,该双倍倒霉了!世界主义只是胡说,世界主义者等于零——不,比零更坏;离开了民族性,就既没有艺术,也没有真理,也没有生命,什么都没有。没有自己的面貌,就不可能有一张理想的脸;只有那种庸俗粗鄙的脸才可以没有自己的面貌。但是我再说一遍,这不是罗亭的过错;这是他的命运,一种残酷而不幸的命运,对于这,我们并没有资格来责备他。假如我们要追究一下为什么罗亭们能在我们中间出现,这就离题太远了。但是,让我们感谢他身上的优点吧。这比对他不公平总要容易些,而我们一直是对他不公平的。惩罚他,这不是我们的事,也不需要:他自己已经远远超过他所应受的,严厉地惩罚过自己了……愿上帝能借不幸把他身上的坏处涤除,而只留下他的优美之处吧!我为罗亭的健康,干杯!为我的最美好的年头的老友,干杯!为青春,为青春的希望、憧憬、信念和真诚,干杯!为二十岁时我们的心曾为之跳动的一切,为比我们在生活中已经领略到和将要领略到的还更可贵的一切,干杯!……我为你,黄金时代,干杯!我为罗亭的健康,干杯!"

大家都和列兹涅夫碰杯。巴西斯托夫在狂热中几乎把杯子碰碎了,一口饮干,而阿列克山得拉·巴夫洛夫娜则握紧了列兹涅夫的手。

"我呀,米哈伊罗·米哈伊里奇,我真想不到您也是一位演说家呢,"毕加索夫说道,"简直和罗亭先生不相上下;连我都给感动了。"

"我压根儿不是什么演说家,"列兹涅夫回答,不免有几分愠恼,"可是要感动您,我想是很不容易的。但是,谈罗亭已经谈得够了;咱们还是谈谈别的什么吧……那个……那个什么玩意儿……庞达列夫斯基?他还住在达里雅·米哈伊洛夫娜家里吗?"他添说了,转向巴西斯托夫。

"可不,还在她那里。她替他张罗了一个很肥的差事。"

列兹涅夫冷笑了。

"瞧,这种人是怎么也不会穷死的,我敢打赌。"

晚餐收场了。宾客们散了。当只有阿列克山得拉·巴夫洛夫娜和她的丈夫在一起的时候,她微笑地望着他的脸。

"你今晚多妙呀,米沙!"她说着,一面抚着他的前额,"你说得多么通情达理,正大光明!可是凭良心说,你今天祖护罗亭是有些过分的,正和你从前反对他也有些过分一样。"

"不能墙倒众人推呀。从前,我是怕他会让你也昏了头呢。"

"不会的,"阿列克山得拉·巴夫洛夫娜天真地说,"他在我眼里总是太有学问了。我怕他,在他的面前就不知道说什么的好。可是今晚毕加索夫对他的嘲笑不是太恶毒了一点么,对吗?"

"毕加索夫?"列兹涅夫回答,"正是因为毕加索夫在座,所以我才那么热烈地袒护罗亭的。他胆敢说罗亭是一条寄生虫!据我看哪,他扮的角色,毕加索夫的角色,更坏一百倍!他有独立的地位,目空一切,可是对有钱有势的人却是那么一副阿谀逢迎相!你可知道,就是这个恶毒地骂人恨世,攻击哲学,攻击女人的毕加索夫——你可知道,当他做官的时候,还贪赃受贿,做出种种见不得人的事呢!哎!就是这么回事!"

"真的么?"阿列克山得拉·巴夫洛夫娜喊道,"我可从来也没有想到这一层!……我说,米沙,"她停了一停,继续说道,"我要问问你……"

"什么?"

"我看,我弟弟跟娜达丽亚一起会幸福么?"

"叫我怎么说呢?……从各方面看起来,会幸福的……当然,她会占上风……在咱们中间用不着掩饰这个事实——她比他能干;可是他是个极好的人,并且全心全意爱着她。还要怎么样呢?就说咱们俩,不是彼此相爱而且十分幸福么?"

阿列克山得拉·巴夫洛夫娜微笑了,握紧了他的手。

同一天,就是在阿列克山得拉·巴夫洛夫娜家里发生上面所写的一切的那天,在俄罗斯僻远的一个省份,有一辆破旧的带篷旅行马车,由三匹耕马拖着,在酷热的阳光下沿着驿道徐徐地蠕行着。驭者座上踞坐着一个头发斑白的农民,衣衫褴褛,两只脚斜挂在车辕的横木上;他不住地抖动着驭马的绳子,挥着小鞭子;车里面,一个高大的男子坐在薄薄的行囊上,戴一顶遮阳帽,穿一件积满灰尘的旧外衣。这就是罗亭。他低头坐着,帽舌拉齐了眼际。车子不匀的震动把他左右抛甩着,但他好像一点也没有觉得,仿佛正在打盹。终于他挺直了身子。

"咱们什么时候才能到站?"他问坐在驭者座上的农民。

"喏,小爷,"农民说,更有力地抖动着缰绳,"咱们一爬上坡去,再走两俄里就到了,不会再多……咳,你呀,你在想心思呀……咱教你想吧。"他用尖锐的声音加上了一句,就鞭打起右边的一匹马来了。

"我看,你好像不会赶车,"罗亭说着,"咱们一大早就上路了,这会儿还没到。你还是唱点什么吧。"

"哎,有什么办法呢,小爷? 您自己瞅瞅,马这么瘦……天又热。咱不唱。咱不是驿站里的那些小伙……喂,小羔崽子! 看你这头小羔崽子!"农民突然朝着一个穿着棕色外衣和破木鞋的过路人喊道,"让开,小羔崽子!"

"马车夫……了不起!"那人在他后面喃喃着,停了下来。"好一副莫斯科架子。"他带着充满责备的声音说,摇摇头,一拐一拐地走开了。

"你往哪儿跑?"农民歌唱似的叱喝着,拢了拢辕马,"啊! 你这个狡猾鬼! 真格的,狡猾鬼!"

精疲力竭的马总算挨到驿站了。罗亭从马车里爬了出来,付了钱(农民并没有鞠躬道谢,只是把钱放在手掌里颠了好一会——显然酒钱是给得太少了),于是自己提着行囊,走进了驿站。

我有一位当年曾在俄国各地旅行得很多的朋友,他曾经说过,假使驿站墙壁上挂的是《高加索的俘虏》①中的插画或者是俄罗斯将军们的肖像,你就准定可以很快得到马匹;但是,假如画中画的是著名的赌棍乔治·德·日耳曼尼②的生平,那么,旅行者就不用希望很快离开了;他尽有时间去细细鉴赏那蓬起的鬈发,那白色的开襟背心,以及那位赌棍年轻时候所穿的异常紧窄而短小的裤子,和他到了老年,在一间斜顶草屋里挥起椅子打死他儿子时的疯狂的面部表情。罗亭走进去的这间屋子恰好正是挂着《三十年》,又名《一个赌徒的一生》中的插画的。他喊了一声,驿站管理员应声出现了,还是睡昏昏的样子。(顺带说一句:难道有人见过不是睡昏昏的驿站管理员的么?)他不等罗亭动问,就用带睡的声音宣布说:没有马。

"您怎么可以就说没有马呢?"罗亭说,"连我要到哪儿去您还不知道!我是借老百姓的马来的。"

"哪儿去也没有马,"管理员回答,"您到哪儿?"

"到××斯克。"

"没有马。"管理员重说一句,走掉了。

罗亭愤愤地走到窗边,把帽子扔在桌上。他的样子改变得不多,但是两年来他到底苍黄了些;缕缕银丝已经在他的发

---

① 《高加索的俘虏》,普希金作的长诗。
② 法国闹剧《三十年》(又名《一个赌徒的一生》)中的人物。

上发闪了;他的眼睛依然很美,但好像也有点黯淡了;纤细的皱纹,苦恼和劳思的痕迹,已经爬上了他的嘴角、颊上和鬓间。

他的衣服旧损而破烂,怎么也看不到他的衬衣。他的如花怒放的日子显然已经过去了:他,正如园丁所说,已经是结子的时候了。

他开始读着壁上的题词……这是无聊的旅人们通常的消遣……突然,门咯吱响了,管理员走了进来。

"到××斯克的马没有,很久都不会有,"他说,"但是回××沃夫去的倒有。"

"到××沃夫?"罗亭说,"您得了吧,那跟我完全是两条路。我要到彭查去,可是××沃夫是坐落在唐波夫那个方向上的,对吗?"

"有什么关系?您可以先到唐波夫再转彭查,要不,就从××沃夫岔过去。"

罗亭想了一想。

"唔,好吧,"他终于说道,"告诉他们备马吧。对我反正一样;我就先到唐波夫去。"

马很快就驾好了。罗亭拿起了自己的行囊,爬上车子,坐了下来,和先前一样低垂了头。在他那垂头的姿态里,有一种无可告助的、只好屈服的哀愁的神情……三匹马不慌不忙地小跑起来了,断断续续地发出了一串串丁丁当当的铃声。

尾　　声

又是几年过去了。

是秋凉的一天。一辆旅行马车驰近了省城 C 的一家头等旅馆的阶前;一位绅士微微欠伸,打着呵欠,从车里下来,他还并不算年高,但是身体已经发福得一般可以称为可尊敬的地步了。他走上扶梯,到了二层楼上,在一条宽阔的走廊的入口处站住,看见眼前没有人在,便高声喊说要开一个房间。什么地方的门响了,一个高大的侍者从一架低矮的屏帷后闪了出来,侧着身子急步上前,发亮的背影和他那卷起的衣袖,在半明半暗的走廊中不断闪动。旅客一走进房间之后,立刻就抛下了他的外衣和围巾,往沙发上一坐,两拳拄在膝上,好像刚刚睡醒似的先向四周看了一眼,然后吩咐把他的仆人喊来。侍者一闪,又不见了。这位旅客并非别人,就是列兹涅夫。他是为了兵役的事情从乡间到 C 城来的。

列兹涅夫的仆人,一个鬈头发面颊红润的小伙子,穿一件灰外衣,束着一条蓝腰带,脚上着一双软毡鞋,跑进房来。

"瞧,好小子,咱们不是到了,"列兹涅夫说,"可你还时刻害怕轮上的铁箍会掉。"

"到了,"仆人回答,从外衣的高领子里试想笑一笑,"可是铁箍怎么就不掉呢……"

"这儿有人么?"走廊上一个人的声音响了。

列兹涅夫一怔,谛听着。

"喂!有人么?"又喊了一声。

列兹涅夫站起来,走到门边,很快打开了门。

在他面前站着一个高大、佝偻、头发几乎完全灰白了的男子,穿着一件缀有铜纽扣的旧呢外套。列兹涅夫马上就认出他来了。

"罗亭!"他激动地喊道。

罗亭转过身来。他分辨不出列兹涅夫的形貌来,因为他是背光站着的,因此只是迷惑地望着他。

"您不认识我了么?"列兹涅夫说。

"米哈伊罗·米哈伊里奇!"罗亭喊了一声,伸出手来,但又感到犹豫,正要把手缩回去。

列兹涅夫赶紧把他的手抓过来,握在自己的双手里。

"进来,到我房里来!"他对罗亭说,把他拖进了自己房里。

"您改变多了!"沉默了一会儿之后,列兹涅夫说,不由自主地压低了声音。

"是的,别人也这样说,"罗亭回答,眼睛漫视着室内,"岁月催人……可您,还是老样子。阿列克山得拉……尊夫人,好么?"

"谢谢,她很好。可是您怎么碰巧也上这儿来的?"

"我?这可说来话长。老实说,我是偶然来到此地的。我来找一个熟人。不过,我很高兴……"

"您打算在哪儿午餐?"

"我?不知道。随便什么饭馆里吃一顿吧。我今天一定得离开此地。"

"一定?"

罗亭含意深长地微微一笑。

"是的,一定。我是被遣送回籍去的。"

"跟我一块儿午饭吧。"

罗亭第一次直望着列兹涅夫的眼睛。

"您是邀我跟您一块儿午饭么?"他说。

"是的,罗亭,正跟往常,跟老朋友一样。好吗?我想不到会碰上您,也只有上帝才知道咱们什么时候才能再碰上。咱们是不能像这样分手的。"

"很好,我同意!"

列兹涅夫紧握了罗亭的手,喊他的仆人进来,吩咐备餐,还要了一瓶冰冻的香槟酒。

用餐的时候,列兹涅夫和罗亭仿佛不约而同地一直谈着他们的学生时代,回忆起许多事和许多人——已故的和还活着的。起初,罗亭说话还很勉强,但是喝下几杯酒之后,他的血液却渐渐温暖起来。终于,侍者把最后的菜碟撤去了。列兹涅夫站起来,关上门,又回到桌旁,面对罗亭坐了下来,安静地把下巴托在双手里。

"唔,现在,"他说,"请把咱们别后您的情况全都告诉我吧。"

罗亭望着列兹涅夫。

"天哪,"列兹涅夫不禁又一次想道,"他改变得多么厉害啊,可怜的人!"

其实,罗亭的容貌,特别是和我们上一次在驿站上遇见他的时候比较起来,改变得也并不多,虽则日益逼近的老年已经在他的脸上打下了烙印;但他脸上的表情却大不相同了。他的眼睛的神色也迥异从前;他的全身,他那一时缓慢一时急促的动作,他那无精打采、断断续续的言语,全都表现出一种极端的疲乏,一种隐秘而平寂的悲哀,这和他从前惯于装出的那种半真半假的忧郁是完全不同的,只有那些充满希望、自信和自尊的青年人,一般说来,才会假装忧郁的。

"把我的情况全都告诉您?"他说,"全都告诉,这不可能,也大可不必……我十分疲累,到处漂泊,不仅在肉体上,在精神上也是一样。多少事、多少人令我失望——天哪!跟多少人打过交道啊!是的,多多少少!"罗亭重复一句,注意到列兹涅夫正以一种特别的同情在望着他的脸。"有多少次我自己的话使我自己也觉得可憎——不仅出自我自己的唇边,而且也出自和我同调者的口里!有多少次我从孩子般的任性使气变得像驽马似的鲁钝麻痹,就是痛加鞭笞,却连尾巴也一动不动……有多少次我是空欢喜,空指望,白白地结怨树敌,屈辱自己!有多少次我像苍鹰般疾飞高举——结果却像个碎了壳的蜗牛,爬回原地!……什么地方我不曾到过!什么路我不曾走过!……而路,有一些,是脏的,"罗亭添上一句,稍稍转过头去,"您知道……"他继续说……

"我说,"列兹涅夫打断了他,"咱们曾有一个时候是惯常彼此称'你'的。你看怎么样,咱们恢复那个老习惯吧?……来,咱们为这个'你',干杯!"

罗亭一怔,抬起身来,在他的眼里闪出了一种非言语所能表达的什么。

"来,干杯,"他说,"谢谢你,兄弟,咱们干杯!"

列兹涅夫和罗亭干了杯。

"你知道,"罗亭重新开始,把"你"字说得特别重,脸上带着微笑,"在我的心里有一条什么虫,它啃我,蛀我,永远也不让我安静。它让我撞上许多人——起先是他们受了我的影响,但到后来……"

罗亭在空中挥了挥手。

"自从跟您……跟你分手以后,我尝试过很多,经历过不少……三番五次,重新开始生活,从头做起——而结果,你看!"

"你就是没有恒心。"列兹涅夫好像自言自语地说道。

"正像你所说的,我没有恒心!……我永远也建筑不了什么;可是,兄弟,要建设什么,但脚下没有地基,要自己先打基础,这真不简单。我的各种雄图,更准确地说,我的各种失败,我不想跟你多描写了。我只想告诉你两三件事情……——在我的一生,只有那时候,成功仿佛在向我微笑,啊不,应该说,我开始希望得到成功——这并不完全是一回事啊……"

罗亭把他的已经稀疏的灰白头发往后一掠,那姿式正和他往时惯把他的浓密的黑发向后掠去一样。

"好,你听着吧,"他开始说,"在莫斯科,我碰上了一位够古怪的先生。他很有钱,有很大的产业;没有干差事。他的主要的、唯一的癖好,就是爱好科学,一般的科学。一直到今天,我怎么也想不通为什么他会发生这种癖好。这和他简直是牛头不对马嘴。他拼命想显得高明,几乎连话也不会说,只是神气活现地滚着眼珠,若有其事地晃着脑袋。我,兄弟,从来也没碰到比他还低能,还蠢笨的人了……在斯摩林斯克省,有些地方,除了黄沙和几簇连什么动物也不要吃的草以外,一无所有。同样,事情一沾上他的手,就准会落空——凡事好像都从他的手里溜掉了,溜得无影无踪;可他还是发狂似的要把本来平易的事情弄得十分麻烦。假如要依他的主意,人们就得不用口,倒是要用脚来吃饭了。真的。他不倦地工作呀,写呀,读呀。他以一种固执的不折不挠的精神,一种可怕的耐心爱着科学;他的自尊心极强,有着铁般的意志。他一个人生活着,是个出了名的怪物。我结识了他……唔,他也喜欢我。老实说,我是很快就看透了他的,但是他的狂热感动了我。况且,他广有资财;利用他是可以做许多好事,许多真正有用的事来的……我就住到他那里去,最后,还和他一起来到了他的领地。我的计划呀,兄弟,真是规模庞大:我梦想过各种各色的改善,革新……"

"你可记得,正像在拉松斯卡雅家里一样。"列兹涅夫说着,带着善意的微笑。

"哪里的话!那时候,我心里明明知道我的话是白搭;可这一回……这一回,一种全然不同的天地展开在我的眼前了……我带去了许多农业书籍……说老实话,那些书我一本也没有从头到尾读完……这样,就着手干起来了。起先,事情并不像我自己所预料;但后来,好像也有点进展。我的新朋友一直一言不发,看着我,他没有干预我,那就是说,没有大张旗鼓地反对我。他接受我的意见,并且实行起来,但总是悻悻然,固执己见,心里对我并不信任,对一切都保留他自己的想法。他把自己的每一种想法都看得了不起。他死揪住自己的想法,好像一只瓢虫好不容易爬上一片草叶的尖端,爬上去了以后,它就在上面坐着,坐着,好像要展翅起飞的样子——而突然间,摔了下来,于是又从头爬起……请不要奇怪我的这种比喻。这是当时就在我的心里酝酿着的。这样,我在那儿硬撑了两年。无论我多么苦心孤诣,事情仍然进展得不妙。我开始疲倦了,我的朋友讨厌我,我挖苦他,他好像一床羽毛褥子似的使我气闷;他对我的不信任,变成了一种不出声的忿怨;我们两人之间互相充满了敌意,简直再也不能谈什么事情了;他不声不响地总想给我证明,他是不会受我的影响支配的;我的计划或者是被篡改了,或者就干脆摆在一边。终于,我觉察到,我不过在一位地主老爷家里扮演了一个清客式的食客而已。无谓地浪费了我的时间和精力,这对我是很痛苦的,更痛苦的是,我觉得我的希望是一次再次地受骗了。我很知道,假如我走掉,我会蒙受损失;但是我无法控制自己,于是,有一天,在我亲眼看见一场痛苦而可恶的把戏,照出了我的友人的原形之后,我终于和他闹翻了,走掉了,扔下了这位俄国麦粉和德国蜜糖混合捏成的老爷学究……"

"这就是说,你扔掉了你每天的面包喽。"列兹涅夫说着,把双手搭在罗亭的肩上。

"是的,这样,我就又一次落得一身轻,赤条条,大地茫茫,来去无牵挂了……哎,咱们干一杯!"

"祝你健康!"列兹涅夫说着,站起来吻了罗亭的前额。"为了你的健康,也为了纪念波科尔斯基……他,也知道怎样安贫的。"

"喏,这就是我的第一号冒险记,"罗亭稍停了一刻以后,继续说,"还说下去么?"

"说下去,请。"

"哎,我不想说话了。我真说累了,兄弟……管它,说就说吧。在东闯西荡之后——顺便,我本可以告诉你,我差一点点做了一位大人物的秘书,以及以后的种种,但是这可扯得太远了——在东闯西荡之后,我终于决定要做一个事业家——请不要笑,——一个务实的人了。事情是这样发生的:我结识了一位……你也许听说过他……一位库尔别叶夫……没听说过?"

"哦,没听说过。可是,天哪,罗亭,凭你的聪明,你怎么竟想不到,做个事业家……请原谅我说句双关话……根本就

156

不是你的事业①呢?"

"我知道的,兄弟,根本不是;可是,话说回来,什么又是我的事业呢?只要你见过这个库尔别叶夫一面!请你可别以为他是那种空空洞洞的吹牛大家。人家都说我也曾算得个会说话的。可是跟他一比,我就完全算不得什么了。这人有惊人的才学,知识广博,有头脑,兄弟,对于工商企业,简直有创造性的天才。他的脑里仿佛是汹涌着最大胆、最出人意料的计划。我跟他联合起来,我们决定要把我们的力量用到一种公用事业上去。"

"是什么事业,我可以知道么?"

罗亭低下了眼睛。

"你会笑的。"

"那为什么?不,我不笑。"

"我们决定要疏浚 K 省的一条河道,使它通航。"罗亭说着,带着不好意思的微笑。

"好家伙!那么说,这位库尔别叶夫一定是个资本家喽?"

"他比我还穷。"罗亭回答,默默地低垂了他的灰白的头。

列兹涅夫正要笑开了,但又突然停止,握住了罗亭的手。

"请原谅,兄弟,"他说,"这实在太出乎我的意料以外了。唔,这么说,你们的事业一定只是停留在纸上的啊?"

"也并不完全如此。我们还是开始施工了。我们雇了工人……干了起来。但是立时就碰到种种阻碍。首先,磨坊老板们就根本不赞成我们;此外,我们没有机器就对付不了水

---

① "事情"和"事业"在俄语中是同一个词。

道,但又筹不到足够的买机器的钱。六个月来,我们住在窑洞里。库尔别叶夫经常只吃面包,我也总是饿肚子。可是,我也毫无遗憾:那里的大自然真美极了。我们努力,奋斗,向商人们呼吁,写信,散传单。结果,把我的最后一文钱花光之后,完事。"

"唔!"列兹涅夫说道,"我想,把你的最后一文钱花光,怕不是难事。"

"当然不难。"

罗亭望着窗外。

"可是这计划,老实说,是不坏的,会带来很大的好处。"

"库尔别叶夫后来怎样了呢?"列兹涅夫问。

"他?他现在在西伯利亚,挖金子。你瞧着吧,他终久会发财的;他不会落空的。"

"也许;可是你怎么也发不了财。"

"我?这有什么办法!可是,我知道,在你的眼睛里我永远就是一个百无一用的家伙。"

"你?得了,兄弟!的确,有一个时候,我的眼睛只看到了你的弱的一面;但是现在,相信我,我已经学会了怎样来尊重你。你自己是不会发财的。……真的,就是为了这一点,我才爱你的……真的!"

罗亭淡然一笑。

"真的?"

"就为了这一点我才尊敬你!"列兹涅夫重复说,"你明白我的意思么?"

两人都沉默了一会儿。

"那么,还要往下说第三件么?"罗亭问。

"请赏光。"

"遵命。第三件,也是最后一件。从这一件我才刚刚脱身出来。你不嫌我烦么?"

"说下去,说下去。"

"你瞧,"罗亭开始说,"有一次闲着的时候——闲着的时候在我总是很多的——我忽然想到:我有些知识,我的愿望是善良的……我说,你总不会否认我的愿望是善良的吧?会吗?"

"那怎么会!"

"在别的方面我都多多少少是不及格的……那么为什么我不可以从事教育,或者朴素些说,做一个教书匠呢……与其白白浪费我的生命……"

罗亭停住,叹了一口气。

"与其白白浪费我的生命,那么,想想办法把我所知道的传授给别人,不是更好些么:也许,他们会从我的学识里得到一点好处的。我的能力总不算平常,至少,说话还算我的拿手……所以,我就决心献身于这个新的事业了。找一个位置,可不容易;我不想教私人;教小学,我也毫无办法。最后,总算给我找到了此地一所中学校的教员位置。"

"教什么?"列兹涅夫问。

"教俄国语文。我可以告诉你,我从来也没有像这回一样热心来从事我的工作的。一想到要去教育青年,我就感到了一种鼓舞。为了写第一篇讲稿,我整整花了三个星期。"

"讲稿你还有么?"列兹涅夫插口问。

"没啦:不知丢到什么地方去了。讲得还不坏,很受欢迎。现在我还仿佛看到我的听众们的脸,——善良的、青年的脸,闪着纯洁的、专注的、同情的、几乎是惊愕的表情。我踏上讲台,热情地宣读我的讲稿;我原先以为足够讲一点多钟的,但是二十分钟就念完了。视察员也坐在那里——是一位戴银边眼镜、头戴短假发的枯瘦的老头儿——他不时把头伸向我这一边来。当我讲完了,从座位上站起来的时候,他对我说:'很好,先生,只是有点太深奥了,意思不大显明,关于本题说得少了一点。'但是学生们却满心尊敬地盯着我……真的。你瞧,这就正是青年们可贵的地方!第二次还是事先写好讲稿,第三次也是这样。此后,我就开始即兴演说了。"

"成功么?"列兹涅夫问。

"大大的成功。听讲的十分踊跃。我把我灵魂里所有的一切全都献给了我的听众。他们中间有两三个小伙子真是十分难得;其余的却不大懂得我讲了些什么。可是,我也得承认,就是那几个听懂了的,有时也提出了一些问题使我不能下台。但是我并没泄气。他们倒都是爱我的:在考试的时候我都给他们满分。于是反对我的阴谋就开始了——不!其实也算不了什么阴谋;只是我不守本分罢了。我妨碍了别人,别人也就来妨碍我。我对那些中学生所讲的,就是在大学里也不常听见的;他们从我的讲演里得益不多……我讲的一些事实,我自己也是不大清楚的。再说,我也不满足于指定给我的行动范围——这,你知道,正是我一贯的弱点。我要求根本的改革,这些改革,我可以向你起誓,是既实事求是而又易于实行的。我希望借校长的力量可以把它们实行起来,他是一位善良正直的人,原先是受到我的一些影响的。他的夫人也帮助我。我,兄弟,这辈子从来没有遇见过像她那样的女性。她年纪已经快四十岁了;但她仍然像个十五岁的少女似的,信仰善,热爱美,毫不害怕在任何人的面前说出自己的信念。我永远也不会忘记她那高贵的热情和纯洁。受到她的鼓励,我草拟了一个计划……但是,就在这时候,有人暗算我了,在她的面前进了谗言。损害我特别厉害的是那个数学教师,一个尖刻的、胆汁质的小丈夫,他什么都不相信,正跟毕加索夫一样,不过比他要能干得多……说起来,毕加索夫怎样了?还活着么?"

"活着的;你想象一下吧,他和一个小市民女人结了婚,听人家说,她老是揍他呢。"

"活该!唔,娜达丽亚·阿列克谢耶夫娜好么?"

"好。"

"幸福么?"

"幸福。"

罗亭沉默了一刻。

"我倒是谈到哪儿了?……哦,是的!那个数学教师。他十分恨我:他把我的讲演比作烟火,抓住我的每一句不大清楚的话当作把柄,有一次还为了一个什么十六世纪的纪念碑把我弄得无法应付……而最重要的,就是他根本怀疑我的用心何在;这样,我的最后的肥皂泡碰上了他,就好像碰上了一根尖针一样,破了。那个视察员开头就和我不投机的,他唆使校长也来反对我;一场争吵发生了,我不肯让步,勃然大怒起来;事情传扬到当局的耳里了;他们逼我辞职。我不肯就此甘休;我想要给他们证明:他们是不可以这样对待我的。……但是,他们正是可以这样对待我的,他们爱怎样就可以怎样……现在,我就非得离开此地不可了。"

接着是一阵沉默,两位朋友都低头坐着。

还是罗亭首先开口。

"是的,兄弟,"他开始道,"现在我可以借用科尔卓夫①的诗句来作为自己的写照了,他说:'啊,我的青春,你使我坎坷颠沛,无地容身……'可是,难道我竟是什么事都不相宜,难道在世上我竟无事可做么?我时常把这问题反问自己,但是,尽管我极力把自己看得低微一些,我总不能不感到我有一种并非所有的人都有的才能!为什么我的才能总是不能开花结实?再说:你可记得,当我和你在外国的时候,我是自命不凡的,虚假的……是的,那时我还没有清楚地觉察到我究竟需要什么;我陶醉在空谈中,相信着空中楼阁;可是现在,我可以向你起誓,我是能够向任何人高声说出我所需要的一切来的。我绝对没有什么可以隐瞒;我完完全全地,彻头彻尾地,是一个安善良民了。我贬低我自己,愿意适应任何环境;我的要求极其微小;我只求达到最近的目标,做一点哪怕是极不足道的于人有益的事。但是,不!怎么也不成!这是什么意思?是什么东西使我硬是不能和别人一样生活,一样行动?……现在我所梦想的,也就只有这一点。可是我刚一得到个什么固定的位置,有个什么着落,命运就马上来拨弄我了。我开始怕它了——我的这个命运……这一切都是为什么?请给我解开这个谜!"

"谜!"列兹涅夫重复道,"是的,真是个谜。你,在我看来,从来就是一个谜。就是在你的青年时代,在什么无聊的胡闹之后,你会突然吐出一席惊心动魄的话来,于是又一次……你知道我说的意思……就是在那时候,我已经不了解你了:因

---

① 科尔卓夫(1809—1842),俄国诗人。所引诗句出自其诗篇《歧途》。

此,我才不高兴你。……你的才能是这么丰富,对于理想的追求是这么不屈不挠……"

"只是些空话,全都是空话!什么都没有做!"罗亭插口道。

"什么都没有做!又有什么可做……"

"有什么可做?靠自己的劳动来养活一个瞎眼的老妇人和她的全家,你可记得,就像普里雅申采夫那样……这也算是做了点什么了。"

"是的;但是,说一句好的话——这也算做了点事情啊。"

罗亭默默地望着列兹涅夫,轻轻地摇了摇头。

列兹涅夫还想说些什么,用手抹了抹脸。

"那么,你现在是回田庄去么?"他终于问。

"回田庄去。"

"你难道还留下个田庄么?"

"还留下了那么一点点。两个半农奴。这总算是个葬身之地了。也许,这会儿你正在想:'就是到了这个分上,他还是少不了漂亮话呢!'漂亮话,真的,它毁了我,它吞了我,我这一辈子也离不了它。可是,我现在所说的,却不是漂亮话。这些白发,这些皱纹,兄弟,这可不是漂亮话;这褴褛的衣服——这也不是漂亮话。你对我总是很严峻的,也总是公平的;但是现在却不是严峻的时候,因为一切都已经完了,灯油已干,灯身已破,灯芯也快灭了……当死亡来时,兄弟,一切终会和解的……"

列兹涅夫跳了起来。

"罗亭,"他叫了,"你为什么跟我说这种话?这我能领受得起吗?假如我看到你的低陷的双颊,看到你的满面的皱纹,心里还只是想道:又是漂亮话——那我还谈什么知人论世,还算个什么样的人呢?你想要知道我对你作何感想吗?好!我的想法就是:这里有这么一个人——以他的能力来说,什么地位他会达不到,什么世上的财富他会弄不到手,只要他愿意!……而我现在却看见他,濒于饥饿,漂泊无依……"

"我引起了你的怜悯。"罗亭喃喃地说。

"不,你错了。你引起了我的尊敬——就是这样的。有谁能阻止你跟你那地主朋友一年复一年地混下去呢,他,我完全相信,只要你肯奉承他,他是准能让你一生吃着不尽的。为什么你就不能好好地在中学校里待下去呢,为什么你——奇怪的人!——无论你开始从事什么事业,结果每一次都是无可避免地牺牲自己个人利益,总不肯在不好的土地上生下根来,不管它是多么肥沃?"

"我生来就是无根的浮萍,"罗亭说着,忧郁地苦笑了,"自己也站不住脚跟。"

"这是真的;但是你站不住脚跟,不是因为你心里有条什么虫,像你开头对我所说的那样……这不是什么虫,不是一种无聊的不安静的灵魂——这是爱真理的烈火在你的心里燃烧。很显然,纵然你遭到种种挫折,但是这团火在你的心中,甚至比许多自命为不是自私者而竟敢称你为阴谋家的人,还要烧得热烈得多。假如我处在你的地位,我一定老早就把这条虫安静下来,和所有一切妥协起来了;而你却竟然毫不埋怨,而且,你,我相信,就是在今天,就是在此刻,也还是像一个小伙子似的,准备着随时重新开始新的工作的。"

"不,兄弟,现在我已经疲倦了,"罗亭说,"我已经受够了。"

"你疲倦了！在别的人,也许早就死了。你说,死会把一切和解;但是活着,你以为,就不能把一切和解么?生活过,而不会宽容别人的人,是不配受到别人的宽容的。但是谁能说自己是不需要宽容的呢?你做了你所能做的一切,尽你的可能坚持了下来……还能要你怎么样?我们的路分开了……"

"你跟我,兄弟,是全然不同的人哪。"罗亭说着,叹了一口气。

"我们的路分开了,"列兹涅夫继续说道,"也许正是因为,多谢我的景况,我的冷血,和种种幸运的环境,没有什么来妨碍我安坐在家里,做一个袖手旁观的人;而你却需要跑到大地上去,卷起袖子,要劳苦,要工作。我们的路分开了……但是,请看,咱们彼此又是多么接近。你瞧,我跟你说的几乎是同样的语言,只要半句暗示,彼此就心领神会,我们是在同一种感情中长大起来的。我们的人留下的已经不多了,兄弟,我跟你就是莫希干人①的最后孑遗了!在往时,在我们的面前生活的道路还正广阔的时候,我们尽可以各行其是,甚至互相争吵;但是现在,我们圈子里的人渐渐稀少了,新的一代正在越过我们,趋向着和我们不同的目标,我们就应当紧紧地彼此靠拢。让我们碰杯痛饮吧,兄弟,像往日一样,唱一曲吾侪同欢乐!"②

两位朋友相互碰杯,以真挚的情感,道地的俄罗斯风格,不入调地唱完了从前学生时代的歌曲。

---

① 莫希干人,北美土著民族之一。美国作家古柏(1789—1851)著有小说《最后的莫希干人》。
② 原文是拉丁文。

"那么,你现在就要回到乡下去了,"列兹涅夫又开始说,"我想你决不会在那儿久住的,我也想象不出你会在什么时候,什么地方,怎么样来结束你的一生……但是,请记住,不管你的遭遇如何,你总会有一个地方,有一个可以藏身的窝,那就是我的家……你听见么,老家伙? 思想,也是有它的老弱残兵的:它们也该有一个养老堂。"

罗亭站了起来。

"谢谢你,兄弟,"他说道,"谢谢! 我永世也不会忘记你的这番美意。只是我还不配有一个养老堂。我浪费了我的生命,并没有像我所应该做的那样,为思想服务……"

"别提了吧!"列兹涅夫说道。"每个人都只能尽到自己的本分,怎么能格外要求呢! 你曾自称一个'漂泊的犹太人'……可你怎么知道,也许,你命该终身漂泊,也许,你正因此而在完成着你自己还不知道的崇高的使命;人民的智慧宣说:咱们全是掌握在上帝手里的,这话很有意思……你这就走了吗?"列兹涅夫继续说着,看到罗亭正拿起自己的帽子。"你不在此地过夜么?"

"我走了! 再见。谢谢你……我不会有好的收场的。"

"这就只有上帝知道了……你一定要走了么?"

"要走了。再见。别记着我的坏处。"

"好,你也别记着我的坏处……别忘了我给你说的话。再见……"

两位朋友互相拥抱。罗亭很快地走开了。

列兹涅夫在室内来回踱了好久,终于停在窗前,沉思了一会儿,低声喃喃道:"可怜的人!"——于是,坐在桌前,开始给妻子写信。

而外面，风已经起来了，凶恶地号啸着，沉重地、愤怒地摇撼着格格作响的窗叶。漫长的秋夜降临了。在这样的夜里，能坐在家室的庇荫之下，有温暖的一角的人，是有福的……愿上帝帮助所有无家可归的流浪者吧！

一八四八年六月二十六日的一个酷热的下午，在巴黎，当对于"国立工场"工人们起义①的镇压已近尾声的时候，有一营正规军正在圣安东尼区近郊的一条窄巷里攻占一座街垒。几发炮弹已经把街垒击毁；残存的防御者们已经把它放弃，正在只想各自逃生，突然间，在街垒的高顶，一辆翻转的公共马车的残架上，出现了一个穿着一件旧礼服的高大汉子，腰束红带，灰白蓬乱的头发上戴着一顶草帽。他一手握着一面红旗，另一只手里握着一把缺锋的马刀。紧张而尖锐地喊叫着，一面爬到街垒上来，挥舞着旗帜和马刀。一个芳森的步兵瞄准了他——放了一枪……高大汉子手里的红旗落下来了，他像一只布袋似的扑倒下来，好像在向什么人的脚前致敬一样。子弹贯穿了他的心脏。

"瞧！"一个逃走的起义者对另一个说，"波兰人给打死了！"

"糟糕！"另一个回答，于是两人一同跑进了一间屋子的地下室，这屋子的窗户都是关着的，墙壁上满是枪炮的弹痕。

这个"波兰人"就是——德米特里·罗亭。

---

① 起义开始于六月二十三日，约有五万巴黎工人对五倍于他们的强大敌人坚持抵抗了四天。

贵 族 之 家

丽尼 译

И. С. ТУРГЕНЕВ
ДВОРЯНСКОЕ ГНЕЗДО

根据 Constance Garnett 英译本 A *House of Gentlefolk* (London, William Heinemann, 1906) 转译; 并根据 И. С. ТУРГЕНЕВ. СОБРАНИЕ СОЧИНЕНИЙ, ТОМ II (МОСКВА, ГОСЛИТИЗДАТ, 1954) 校订。

1

一个明媚的春日渐渐向晚了,蔷薇色的小云朵高悬在清澄的天空,好像从不浮动,却不知不觉就没入了蓝天深处。

在O①省首府O市近郊的一条街上,一家美丽邸宅的敞开的窗前(那是在一八四二年),坐着两位妇人:其中一位五十来岁,另一位已是年届七十的老妪了。

第一位名字叫作玛丽亚·德米特里耶夫娜·卡里金娜。她的丈夫,以前作过市检事官,在年轻的时候曾被认为是一个能干的人——敏捷、坚强,但性情刚愎而且固执——早在十年以前故去了。他受过相当优良的教育,大学毕业,可是,因为出身寒微,所以从幼年起就深知开拓前程和挣积家业的必要。玛丽亚·德米特里耶夫娜是和他恋爱结婚的;他面貌既不难看,并且聪明懂事,高兴的时候甚至还善于温存。玛丽亚·德米特里耶夫娜(本姓帕斯托娃),在儿时就丧失了父母,在莫斯科一间女塾住过几年以后,她就回到离开O市五十俄里的家族田庄坡克罗夫斯科耶村来,跟姑姑和哥哥住在一起。不久以后,哥哥调职到彼得堡去了,一直到突来的死亡中断了他的前程为止,他始终勉强地维持着自己的妹妹和姑姑。玛丽亚·德米特里耶夫娜继承了坡克罗夫斯科耶,可是并没有在

---

① O,俄文字母,发音类似于英文字母"O"。

那里长住;和卡里金结婚(他只在几日之内就征服她的心眼儿了)的翌年,坡克罗夫斯科耶就被交换了另一处产业,虽然在实际收益上占了便宜,可是外观不漂亮,也没有堂皇的住宅;而同时,卡里金在O市也购置了房产,于是和妻子在市内定居了下来。屋子是在一所大花园里;从一边可以望见市外的田野。"那么,"完全算不得田舍幽静生活爱好者的卡里金往往说道,"实在也就用不着再往乡间跑了。"玛丽亚·德米特里耶夫娜在心底里还不止一次想着她那美丽的坡克罗夫斯科耶,那欢乐的溪流,平广的草原和青翠的林木,感觉着遗憾;可是,对于丈夫她是从来不会反对的,对于丈夫的智慧和阅历她从来就有着最深的崇敬。而在结婚生活的第十五年,当他留下一儿两女撒手死去的时候,玛丽亚·德米特里耶夫娜对于自己的房屋和城市生活却已十分习惯,再也没有迁离O市的意思了。

在青春时代,玛丽亚·德米特里耶夫娜是享过金发美人之誉的;即使现在到了五十岁的年纪,她的容貌也还没有完全失掉动人的力量,虽然不像从前那么秀丽,而且轮廓也稍觉臃肿。与其说她心地善良,倒不如说她多情善感,甚至在成年以后也还保持着"女塾小姐"特有的习惯;她对自己十分娇惯,爱闹脾气,如果有什么不称心的事情,甚至可以大哭一场;可是,在心满意足、没有人和她别扭的时候,她也能变得十分温柔,而且非常和蔼。她的房屋在市里可以算是最舒适的,家业也颇丰裕,大部分由于丈夫的挣积,她自己继承来的却并不很多。两个女儿伴随在她身边;儿子则正在彼得堡一所最好的公立学校里念书。

和玛丽亚·德米特里耶夫娜同坐在窗前的老妇人是她父

亲的妹妹,就是曾在坡克罗夫斯科耶和她一同度过不少寂寞岁月的姑姑。她的名字叫作玛尔法·季摩费耶夫娜·帕斯托娃。她是个出了名的怪僻老太太,生性倔强,对任何人都爱当面说实话,虽然家境清寒,但举止之间却像家藏百万似的豪放。她很讨厌已故的卡里金,一当她的侄女和他结婚以后,她就回到了自己的小小田庄上去,在农民的烟熏的茅舍里过了整整十年。玛丽亚·德米特里耶夫娜是有些怕她的。身材矮小,鼻子尖突,虽在老年头发仍然漆黑,眼睛仍然锐利,这位玛尔法·季摩费耶夫娜,走动起来非常矫捷,胸部挺直,声音优美响亮,说话也迅速而且清楚。她老是戴着顶绣花边的白帽子,穿着件白色的短外套。

"你怎么回事呀?"她突然问道,"你叹息些什么呀,我的妈?"

"没有什么,"玛丽亚·德米特里耶夫娜回答,"多么可爱的云啊!"

"那么,你是替云彩伤心呀,是吗?"

玛丽亚·德米特里耶夫娜没有回答。

"盖杰奥诺夫斯基怎么还没有来呢?"玛尔法·季摩费耶夫娜说,迅速地舞动着自己的织针(她正在织着一条大的毛绒肩巾)。"他真会帮着你叹气的——要不,也会跟你扯些个无聊的胡说。"

"您对他老是多么苛刻呀!谢尔盖·彼得罗维奇是一个很可尊敬的人呢。"

"可尊敬!"老妇人不满地重复了。

"再说,他对我那过世的丈夫又该多么忠诚啊!"玛丽亚·德米特里耶夫娜继续说,"直到今天,只要一想到他,他是没有不感动的。"

"他应该！难道不是你丈夫把他从污泥里牵着耳朵给牵出来的么？"玛尔法·季摩费耶夫娜喃喃着，手里的织针舞动得更快了。

"你看他，装得倒怪老实的，"一会儿以后，她又继续说，"可是，头发全都灰白了，还是一开口就离不了说谎造谣。还是个什么五品官呢。其实，不过是个牧师儿子罢了。"

"谁又没错儿呢，姑姑？当然，这是他的弱点。老实说，谢尔盖·彼得罗维奇没有受过什么教育，法语是不会说的；可是，无论您怎么说，他总是个逗人喜欢的人吧。"

"当然啰，他会拍你，会舐你的手。法语不会——那算得了什么！我自己的法国'话'也就不高明。他索性什么文都不会，那倒好了：那他也说不了谎。哪，他倒来了——说鬼，鬼就到……"玛尔法·季摩费耶夫娜说着，朝街心望了一眼，"正在那儿大踏步走着呢，你那逗人喜欢的人儿。那么瘦长瘦长的，可真像只鹭鸶！"

玛丽亚·德米特里耶夫娜理了理自己的鬈发。玛尔法·季摩费耶夫娜冷笑地望着她。

"哪哪，那儿可不是一根白头发？那不行呀，我的妈妈！你真得管教管教你那帕拉什卡呀！她的眼睛是怎么长的？"

"姑姑，您真是……"玛丽亚·德米特里耶夫娜愠怒地嗫嚅着，手指敲着坐椅的靠背。

"谢尔盖·彼得罗维奇·盖杰奥诺夫斯基！"一个面颊红润的小厮从门外进来，高声报告。

2

走进来的,是一位身材瘦长的人,穿的整洁的长礼服,未免太短的裤子,戴的灰色的羚羊皮手套,颈上还套着双层围巾——外面一层黑的,里面一层白的。他的全部丰采,从端正的仪容和梳光的鬓发,以至那平跟软底、绝不吱格作响的皮靴,全都显示着彬彬有礼和可敬可钦。他首先对屋子里的主妇鞠躬,对玛尔法·季摩费耶夫娜敬礼,然后慢慢脱下手套,向玛丽亚·德米特里耶夫娜的手弯下腰来。他恭恭敬敬地吻了她的手,连吻两次之后,这才不慌不忙地坐到一把安乐椅上,一面微笑地搓着指尖,开始寒暄起来了:

"叶丽莎维达·米哈伊洛夫娜可好?"

"好,"玛丽亚·德米特里耶夫娜回答,"她在花园里。"

"叶莲娜·米哈伊洛夫娜好?"

"莲诺奇卡①也在花园里。——有什么新闻吗?"

"有的是,太太,有的是啊。"客人慢慢地眨了眨眼,噘了噘嘴唇,"哼……可真是新闻,真的,还是骇人听闻的新闻呢:费阿陀尔·伊凡尼奇·拉夫列茨基回来啦。"

"费嘉②!"玛尔法·季摩费耶夫娜惊叫了。"得啦吧,我的老子!你可又在胡编?"

"一点也不,这可是我亲眼得见的。"

---

① 莲诺奇卡,叶莲娜的爱称。
② 费嘉,费阿陀尔的爱称。

"唔,那也算不得什么证明。"

"他身体好极了,"盖杰奥诺夫斯基继续说,装作没有听见玛尔法·季摩费耶夫娜的批评似的,"肩膀比从前更宽,脸色也比从前更红了。"

"身体好极了,"玛丽亚·德米特里耶夫娜断断续续地说道,"可是,我看,凭什么他长得更好了呢?"

"真的,太太,"盖杰奥诺夫斯基继续说,"要是别人,处在他那种境遇,真会再也露不出脸来啦。"

"那为什么?"玛尔法·季摩费耶夫娜截断了他。"简直是胡说!一个人回到自己家里来啦——您还要他上哪儿去?难道这还有什么不对不成!"

"如果妻子的行为失检,那么,老太太,我敢说,做丈夫的总是不对的。"

"你这么说,我的好先生,不过因为你自己从来没有讨过老婆罢了。"

盖杰奥诺夫斯基的回答只是勉强地笑了笑。

"我可不可以问问,"沉默了一会儿,他又问道,"您那漂亮的披肩是织给谁的呢?"

玛尔法·季摩费耶夫娜扫了他一眼。

"织给谁?"她反攻了,"就织给那不造谣、不使刁、不骗人的人,假如世上真有那种人的话。费嘉,我完全了解他;他有什么错?错就错在他不该惯坏了他那老婆。自然啊,恋爱结婚,从那种恋爱勾当会搞出什么好事情来,"老妇人斜瞟了玛丽亚·德米特里耶夫娜一眼,站了起来,继续说道:"现在,我亲爱的先生,随便你咬谁去吧;就是咬我一口,我也不在乎。我走啦,我再也不妨碍你们啦。"说着,玛尔法·季摩费耶夫娜就走了出去。

"她老是这样的,"玛丽亚·德米特里耶夫娜说着,目送着姑姑的背影,"一辈子都是这样。"

"姑太太上了年纪啦!那有什么办法呢?"盖杰奥诺夫斯基说,"您瞧,她说什么'不骗人'。可是,这年头儿,谁又能不骗人呢?这是时代风气呀!我有个朋友,一位很可尊敬的人,并且,还可以说是一位很有身份的人,他就常说:'这年头儿呀,就是一只母鸡想捞一粒谷,也得使使乖呢——她也得拐上这么好几个弯儿,这才一溜烟儿扑上去。'可是,亲爱的太太,当我一瞧见您,我就看出了您真有天使般的品格;请让我吻吻您那雪白的小手儿吧。"

玛丽亚·德米特里耶夫娜微微一笑,把自己的肥胖的小手伸向了盖杰奥诺夫斯基,小指头还妩媚地张开了来。他把嘴唇凑了上去,接了个吻,而她就把坐椅移得更近一点,略略向他偏过头来,低声问道:

"那么说,您是见过他的了?他真是——没有怎样么?身体好?很高兴?"

"没有怎么样,太太;高兴极啦,太太。"盖杰奥诺夫斯基细声回答。

"您没听说过他妻子现在在哪儿?"

"不久以前还在巴黎,太太;现在,听说,又跑到意大利去了。"

"真可怕呀——费嘉的处境;我真不晓得他是怎么受过来的。当然,谁都会遇到不幸的;可是,他的事情,简直可以说,闹得全欧洲都知道啦。"

盖杰奥诺夫斯基叹息了。

"可不是,太太;正是,太太。哪,听人家说,她尽跟艺术家们、钢琴家们交朋友呢。这些人,时髦话,就叫作狮子呀、猛兽呀!她全然没有一点儿羞耻之心了……"

"我心里真是非常、非常难过,"玛丽亚·德米特里耶夫娜说,"因为,他究竟是我们的一门亲戚。您可知道,谢尔盖·彼得罗维奇,他还是我们的一个远房表弟呢。"

"当然,太太,我当然知道。您家里的事,我还能有什么不知道的呢?我当然知道的,太太。"

"您想,他会来看我们么?"

"大概会的吧;可是,我听说,他预备到他乡下的田庄上去。"

玛丽亚·德米特里耶夫娜把眼睛抬了起来,望着天上。

"哎,谢尔盖·彼得罗维奇,谢尔盖·彼得罗维奇!一想起这些事情来,我就想到,我们女人的行为该要多么谨慎啊!"

"也有各种各样的女人,玛丽亚·德米特里耶夫娜。不幸,有些女人——哎,生性轻浮……并且,年龄也有关系;再说,从幼年起,就没有好根基。"(说到这里,谢尔盖·彼得罗维奇从口袋里掏出了一条折好的蓝格手巾,开始抖开来。)"那种女人,真的,有的是。"(说到这里,谢尔盖·彼得罗维奇把手巾的一角揩了揩左眼,又揩了揩右眼。)"可是,一般说来,假使我们可以这样说,那就是……唉,在市内灰尘真多得出奇。"他这就结束了。

"妈妈,妈妈,"一个十一岁的漂亮小女孩叫着跑进屋来,"弗拉基米尔·尼古拉依奇骑着马上我们家来啦!"

玛丽亚·德米特里耶夫娜站了起来;谢尔盖·彼得罗维

奇也站了起来,并且鞠了一躬:"叶莲娜·米哈伊洛夫娜,您好。"说着,为了礼貌起见,退到一个角落里去擤他那又长又直的鼻子去了。

"他有一匹多可爱的马哟!"小姑娘继续说,"他刚刚在花园门口,告诉丽莎①跟我,说要骑到前门口儿来的。"

马蹄的嘚嘚声临近了;一位轩昂的骑士跨着一匹漂亮的栗色马在街心出现了来,停止在开着的窗口。

3

"您好,玛丽亚·德米特里耶夫娜!"骑士叫着,声音响亮而且愉快,"您可喜欢我这匹新买的马?"

玛丽亚·德米特里耶夫娜走到窗口去。

"您好,弗拉基米尔!啊,多漂亮的马呀!您从谁那儿买来的?"

"从我们的马官那儿买来的。……他可敲了我一竹杠,那个混蛋!"

"它叫什么名字?"

"奥兰多……这可是个蠢名字;我得把它改过来……好啦,好啦,小子。多么不安静的畜牲呀!"

马嘶着,踢着,喷着口沫。

"来摸摸它,莲诺奇卡,别害怕。"

小姑娘把手伸出窗外,但是奥兰多吃惊了,突然竖立起

---

① 丽莎,叶丽莎维达的昵称。

来,跳到了一边去。骑士却并不惊慌,只把膝头一夹,在它的颈上挥了一鞭,不顾它的反抗,又把它逼到窗口来了。

"当心呀!当心呀!"玛丽亚·德米特里耶夫娜不住叫着。

"再来摸吧,莲诺奇卡,"骑士又说了,"我可再不许它撒野啦。"

莲诺奇卡又把手伸了出去,胆怯地摸了摸奥兰多的颤动的鼻子。马还在不安地战抖着,嚼着口铁。

"好极啦!"玛丽亚·德米特里耶夫娜叫了,"现在,下来吧,进里边来。"

骑士巧妙地带转马头,把马刺一蹬,就一阵风似的驰入街心,转过前庭来了。一转眼,他已经穿过了前堂,挥着鞭子,来到了客厅;而同时,在另一房门口上,出现了一个修长、苗条、黑发的十九岁的姑娘——那就是玛丽亚·德米特里耶夫娜的长女,丽莎。

4

那青年人,我们刚刚已经给我们的读者们介绍过的,名叫弗拉基米尔·尼古拉依奇·潘辛。他是彼得堡内务部的官员,干的是一种特殊职务。他到O市来,是为了执行一件临时公务,直接受他的远亲松凌堡总督的指挥。潘辛的父亲,是一位退役的骑兵上尉,有名的赌客,面容消瘦,目光诡媚,嘴唇神经质地痉挛,一生逢迎权贵,经常在两京的英吉利俱乐部里打发生活,被人公认为机警但不甚可靠,然而却也很能凑趣、很得人欢心的角色。可是,空有许多机警,他却几乎无时不是濒于赤贫,对于他的独子,他只留下了一份微薄而且负债累累的家业。可是,在另一方面,对于儿子的教育,他却也颇费了一番张罗:弗拉基米尔·尼古拉依奇法语说得绝妙,英语也很好,德语却很糟。这也是当然的:真正有身份的人要是会说一口很好的德国语,那可不成体统;可是,间或来这么一句半句,特别在玩笑打趣的时候——那却可以容许。这也是很俏皮的,像一般彼得堡的巴黎人们所说的。在十五岁的时候,弗拉基米尔·尼古拉依奇就已经知道怎样大大方方地进入任何华贵的客厅,怎样在一举一动之间都能愉快潇洒,并且,怎样在恰当的时候告辞出来。老潘辛为自己的儿子攀上了许多的交情;在两局之间洗牌的时候,或在一次大获全胜以后,他总不放过一次机会对那些也喜欢赌赌牌的贵人吹嘘吹嘘他的"弗拉基米尔"。而弗拉基米尔·尼古拉依奇自己呢,当他还在大学里,还不曾以学士的学位毕业以前,就已经结识了好几位贵族家的青年,出入豪门了。他到处受人欢迎,因为他面貌既漂亮,举止又潇洒,善于凑趣,往往有着好气色,对任何事情都能应付裕如:该恭敬的地方,就必然十分恭敬,可以大胆的场合,也竟能敢作敢为——总之,是一位绝妙的伙伴,可爱的孩子。广阔的前途是展开在他面前的。潘辛很快地就参透了上流社会的秘密;他知道使自己对于人情世故的典则充满着真实的尊重;他知道怎样用玩世的严肃来对付一些无聊的琐事,而对于严重事情又知道怎样装得满不在乎;他跳舞跳得绝妙,装束正如一个英国人。一个短时期之间,他就名满彼得堡,被誉为最可爱、最能干的青年人之一了。老实说,潘辛实在是非常能干的——不亚于其父;而同时,他又是天生的才子。无论什么事,都能来那么一下子:他唱歌极漂亮,绘画有才能,会写诗,在舞台上戏也演得不错。他才不过二十八岁,可已经是一位侍从官,并且得到了优缺。潘辛对于自己,对于自己的聪明才智、机巧深沉,都有着坚强的自信;他勇敢地、快乐地一往直前,一帆风顺;人生对于他犹如油般平滑。他会使任何人,无论老少,对他都能发生好感;并且,他自以为他是能完全摸透人心的,特别是女人们的心;她们的一般弱点他是真能捉摸得透的。既然是个对艺术全不外行的人,他也时时感觉着内心的热情、灵魂的激动,甚至某种狂放,因此,也就容许了自己的不拘小节:他过着稍稍放浪的生活,间或也和上流社会所不齿的人们交往,总之,是名士风流罢了;可是,在灵魂深处他却是冷酷而且狡猾的,就是在最无节制的放浪里,他那锐利的褐色小眼睛也往往在警戒着、留神着周围发生的事情;这样的一位勇敢的、独来独往的青年,是怎样也不会完全忘形,不会完全感情用事的。但是,平心而论,他也从来不爱夸耀自己的胜利。一到O市,他马上就成了玛丽亚·德米特里耶夫娜家里的座上客;而不久以后,就使自己在这里完全和在家里一样了。至于玛丽亚·德米特里耶夫娜呢,她对他则简直近于崇拜。

潘辛对所有在座的人和蔼地鞠过躬,跟玛丽亚·德米特里耶夫娜和叶丽莎维达·米哈伊洛夫娜握过手,又轻轻地拍了拍盖杰奥诺夫斯基的肩,于是足跟一转,就抱住了莲诺奇卡的头,在她的额上接了一个吻。

"那么烈的马,您骑着不怕吗?"玛丽亚·德米特里耶夫娜问他。

"不,它实在是很驯的;可是,我得告诉您我真的怕什么来:我就怕跟谢尔盖·彼得罗维奇玩牌;昨天,在别列尼岑家里,他简直把我剥得干干净净了。"

盖杰奥诺夫斯基尖声地、谄媚地笑了;他想阿谀一下这位彼得堡来的漂亮的青年官员,而且又是总督的宠儿。在和玛丽亚·德米特里耶夫娜谈话的时候,他就往往提到潘辛的了不起的才能。"哎哎,说实在的,"他往往这样说,"怎么能不夸奖他呢?这么一位青年人,在最上等的社会里大大成功,办起事来,简直可以为人表率,可是一点儿也不自高自大。"真的,就是在彼得堡,潘辛也是被认为一位干员的:在他手里,所有公事如风卷残雪;可是,正和一个通达世情的人所做的一样,对于自己的能力,却不过偶尔打趣似的提提,对于自己的劳绩,也并不特别重视,然而,这却真是一位"干家"。上司们就喜欢这样的下属;他自己也从不怀疑,假使他高兴,将来上大臣也是不成问题的。

"您真说得出呢,我把您剥得干干净净,"盖杰奥诺夫斯基说,"可是,上星期,是谁赢了我十二卢布去啦?还有……"

"岂有此理,岂有此理。"潘辛用一种厮熟的、近于轻蔑的随便态度打断了他,于是,把他扔开,一径走向丽莎来。

"我在这儿找不到《奥伯龙》序曲①,"他开始说了,"别列尼岑娜说她那儿什么古典音乐全有,她这就太言过其实了——其实,除了些波兰舞曲和华尔兹舞曲以外,她什么也没有;可是,我已经写信到莫斯科去了,一星期以后,您就可以得到那个序曲了。啊,我顺便告诉您,"他继续说,"昨儿我写了一首新的浪漫曲;歌词也是我自己的。您可要我唱给您听听?

---

① 《奥伯龙》,德国作曲家韦伯(1786—1826)所作歌剧。

我自己不知道究竟怎么样;别列尼岑娜说是很美,可是她的话算不了数——我倒想听听您的意见。怎么样,我看还是等等吧。"

"为什么要等等呢?"玛丽亚·德米特里耶夫娜叫了,"为什么不现在就唱呢?"

"恭敬不如从命,"潘辛回答着,明朗地、甜蜜地一笑,那笑容来得快,去得也快——于是,用膝头把一把椅子推到了钢琴边上,坐了下来,在键盘上敲了几个音节,就开始唱起下面的罗曼斯来了,每一个字都吐得清清楚楚:

　　寒月浮中天,
　　　白云罩天顶;
　　波涛自沉吟,
　　　幽光映海心。

　　我的心海呀,是如此不宁,
　　你呀,你是我心海的月影,
　　　只为你,我永怀欣幸,
　　　只为你,我满腹酸辛。

　　我心怆痛,
　　　这无言的爱情给我严惩,
　　我心苦闷……
　　　但你呀,你却如幽月清冷。

唱到第二句的时候,潘辛表现了非常强烈的力量和感情;在那汹涌澎湃的伴奏里,简直可以听得见海浪的翻腾。而唱到"我心苦闷"以后,他就轻轻嘘了一口气,把眼睑低垂下来,而歌声也就渐渐低沉——于是,缓缓消逝①。歌唱完毕,丽莎称赞那主题,玛丽亚·德米特里耶夫娜说道:"美极啦!"盖杰奥诺夫斯基则甚至叫了起来:"简直令人销魂——词既美极,曲也绝妙!"莲诺奇卡也以稚气的崇拜盯着歌者。总之,这位青年才子的佳制使得所有在座的人皆大欢喜;可是,在客厅门外的走廊里,却立着一位显然刚刚到来的老人;从他脸上阴郁的表情和肩头的频频耸动判断起来,潘辛的罗曼斯也许很美,但没有给他什么愉快。等了一会儿,用一条粗布手巾打了打脚上的灰尘以后,这人就突然眉毛深锁,嘴唇也阴郁地紧闭起来,已经够伛偻的背更弯了下去,于是缓缓地走进了客厅里来。

"啊!克利斯托弗·费阿陀里奇,您好呀!"潘辛首先叫了,急忙从椅子上跳了起来,"我可没料到您在这儿——不然,我怎么也不敢当着您唱我的罗曼斯的。我知道,您不赞成轻浮音乐。"

"我没有听见。"新来者用很拙劣的俄语回答,于是,对所有的人全都行过礼以后,就局促地站在房间中央。

"您呀,麦歇伦蒙,"玛丽亚·德米特里耶夫娜说道,"您是来给丽莎上音乐课的吧?"

"不;不是给叶丽莎维达·米哈伊洛夫娜,是给叶莲娜·米哈伊洛夫娜。"

"啊!是的,好极啦!莲诺奇卡,跟伦蒙先生上楼去。"

老人正要跟着小姑娘出去,潘辛却拦住了他。

---

① 原文是意大利语。

"教完课可别走啊,克利斯托弗·费阿陀里奇,"他说道,"叶丽莎维达·米哈伊洛夫娜跟我要合弹一曲贝多芬的奏鸣曲①,四手合弹的。"

老人从鼻孔里喃喃了一些什么,可是潘辛却继续用发音糊涂的德语说道:

"您献给叶丽莎维达·米哈伊洛夫娜的那个神圣的呈献曲②,她已经给我瞧了——那玩意儿很美!请您别以为我就不会鉴赏严肃的音乐——完全相反的:那种东西有时不免沉闷一些,可是,另方面,却很有益处。"

老人变得面红耳赤,斜睨了丽莎一眼,就急忙离开了屋子。

玛丽亚·德米特里耶夫娜请求潘辛把他的罗曼斯再唱一回;可是他宣称道,他不想冒犯那位学究气的德国人的耳朵,却提议和丽莎去弹贝多芬的奏鸣曲。这样,玛丽亚·德米特里耶夫娜就只有叹息了,于是,在她这方面就提议要盖杰奥诺夫斯基陪她到花园里散散步去。"我想,"她说道,"还跟您接着谈谈我们那可怜的费嘉,还要请您给我提提意见呢。"盖杰奥诺夫斯基微微一笑,鞠了一躬,用两个指尖把帽子夹了上来,帽檐上还整整齐齐地躺着他那双手套,于是,就和玛丽亚·德米特里耶夫娜一同退出了。只有潘辛和丽莎留在房里;她把奏鸣曲拿来,展开;两个人都默默地坐在钢琴旁边。——同时,微弱的钢琴声从楼上传了下来,那是莲诺奇卡的不熟练的小手在弹着音阶练习。

① 一种规模较大的器乐曲,通常由三个或四个乐章组成。
② 呈献曲,歌乐之一种,规模较大,如器乐中的奏鸣曲,多带宗教性质。

5

克利斯托弗·特阿陀尔·戈特里布·伦蒙,于一七八六年生于萨克逊王国善尼兹市上贫苦乐人的家庭里。父亲吹法国喇叭,母亲弹竖琴;他自己在五岁的时候就已经练习着三种不同的乐器。在八岁上他成了孤儿,到十岁就已经开始用自己的艺术来换取面包了。在很长的时期里,他过着流浪的生活,在各种地方演奏——在酒店里,在市场里,在农民的婚宴席上,或在跳舞会里;终于,他总算参加了一个管弦乐队,慢慢往上升,最后成了乐队指挥。在演奏上他并没有什么大的禀赋;但是,对音乐他却有深邃的理解。在二十八岁的时候,他侨居到俄国来了,是一位大地主把他请来的,这位贵人对音乐虽然本无好感,可是,因为爱好排场,也养了一个乐队。伦蒙在这家里待过七年,作着乐队指挥,临去的时候,还是两手空空:那位地主既把家财完全荡尽,起先还答应过给他一张期票,可是后来连这也不肯给了——总之,是一个大钱也没有给他。别人劝他不如离开这个国家;可是,他不愿意这样就从俄国,伟大的俄国,艺术家的黄金国的俄国,花子似的跑回家去;他决意留下来,试试他的运气。二十年来,这可怜的德国人就这么继续探试着自己的幸运;他找过各种贵族主顾,待过莫斯科,也待过许多外省城市,他耐心地忍受着艰难,备尝着困苦,冰上的鱼似的苦苦挣扎;可是,无论经受着怎样的贫苦,荣归故国的念头也从来不曾离弃过他,这种念头正是他唯一的支柱。然而,命运却连这最后而又最初的祝福也像不想赐给他了:在五十岁的年纪,贫、病、早衰,他浪游到 O 市来,并且只有终老在这里了,以教课来维持可怜的生活——脱离他所诅咒的俄罗斯苦海的一切希望,到这时候就不得不完完全全地化为泡影了。伦蒙的仪表确是于他不利的。他身材矮小,背部伛偻,肩头高耸,胸脯低凹,脚板又大又扁,通红的手上凸着青筋,僵直多骨的手指尖上嵌着暗蓝色的指甲;他满脸皱纹,面颊陷落,紧闭的嘴唇老在牵动,好像常在咀嚼什么,这一切和他的惯常的沉默结合起来,就使他产生出来一种近于凶恶的印象;他的灰白的头发一束一束地挂在低促的额上,小而凝注的眼睛发着幽光,像是刚被湮灭的黑炭;他的行动缓滞,每一起步总使笨拙不灵的身体左右摇晃。他的有些动作使人想起笼里的猫头鹰,当感到有人在看它的时候,它会做出笨拙的抗御来,然而它也只能胆怯地眨眨它那昏沉的大黄眼睛,实际上仍然毫无别的办法的。恒久的、无情的苦难已经在这可怜的音乐家身上打下了不可磨灭的烙印,在那本来得天不厚的身材上面又加上了歪曲和摧残;可是,不管这一切,无论谁,如果能够不抱第一印象的成见,那么,在这半毁的灵魂里,是一定能够发现出善良、诚实、和非凡的品质来的。巴赫①和韩德尔②的热烈崇拜者,艺能精湛,秉有活泼的想象和德意志民族所特有的巨大的魄力,这位伦蒙,如果命运给他安排的是另外的一种境遇,那么,也许有一天——谁能说定呢?——他竟能列入他本国的伟大作曲家之林的吧?但是,他可不是生在福星之下的!在年轻的时候,他作过不少的乐曲,但从来不曾有

---

① 巴赫(1685—1750),德国作曲家,作风庄严浑厚。
② 韩德尔(1685—1759),德国作曲家,所作以《弥赛亚》为最著名。

幸看见他的任何乐曲发表出来;他不会处理事务,更不会谄媚逢迎,周旋应付。有一次,那是许久许久以前,他的一个朋友,同时是他的赞美者,也是一个德国人,也是一个穷汉,确曾自费给他印行过他的两部奏鸣曲,可是它们却全部堆在音乐书店的架子上,一直没有人动过;无声无息地,它们消灭了,一点痕迹也不曾留下,就像有什么人在黑夜之间把它们扔到河里去了一样。终于,伦蒙对于一切都告决绝了;暮年压倒了他;他的心正和他的指头一样也变僵了,硬了。在这O市,他孤孤单单地住在离开卡里金家不远的一间小屋里,除了他从孤老院里领出来的一个老年厨娘以外,再也没有别的人(他从来没有结过婚);他每天走许多路,念《圣经》《新教圣歌集》,或者释勒格耳①所译的莎士比亚。许久以来,他什么也不曾创作过;可是,显然是丽莎,他的最得意的学生,使他振作了起来;就是为她,他作了潘辛所提起的那首呈献曲。歌词大都是从《圣歌》里面选辑的;有几节却也出自他自己的手笔。乐曲分作两个合唱,一个快乐,一个哀愁;结尾则合而为一,一同唱道:"仁慈主上帝,怜悯吾罪人,俾吾等摒除邪思俗虑。"——首页上工工整整地、甚至是艺术地写着的是:"惟义人为善。圣歌。献给吾亲爱的弟子叶丽莎维达·卡里金娜小姐。师克·特·戈·伦蒙作。"在"惟义人为善"和"叶丽莎维达·卡里金娜"周围,还加上了一道光圈。下面附注的是:为您一人②——就是因为这,伦蒙才涨红了脸面,并且谴责地斜睨了丽莎一眼;当潘辛在他面前提到他的呈献曲时,他是感到深深

---

① 释勒格耳(1767—1845),德国批评家、莎士比亚学者及翻译者。
② 原文是德文。

伤心的。

6

潘辛弹了奏鸣曲的开首几节(他弹的是低音部),弹得很响亮,很有把握,可是丽莎却并不开始她的音部。他停了下来,看了看她——丽莎的眼睛正直直地看着他,表示着不快;她的唇间没有笑意,整个面颜也是严厉的,几乎是忧愁的。

"您怎么啦?"他问。

"您为什么不守信约呢?"她说,"我把克利斯托弗·费阿陀里奇的呈献曲给您瞧,是约好过您什么也不跟他说的。"

"原谅我,叶丽莎维达·米哈伊洛夫娜——我是顺口说出来的。"

"您伤了他的心——也使我难过。今后,他会连我也不肯相信了。"

"叫我怎么办呢,叶丽莎维达·米哈伊洛夫娜!从我顶小的时候起,我就见不得一个德国人;见到了就忍不住要捉弄捉弄的。"

"您说的是什么话呀,弗拉基米尔·尼古拉依奇!这个德国人是一个可怜的、寂寞的、伤心的人——您竟对他没有一点同情?您还忍心要捉弄他?"

潘辛有点儿不安起来。

"您是对的,叶丽莎维达·米哈伊洛夫娜,"他说,"全错在我这改不掉的粗心大意。别——别反驳我吧;我有自知之明。我这种粗心浮气给我吃过不少苦头。就为这,别人就把我看作个自私自利的人了。"

潘辛停了一停。无论谈话从什么问题开始,只需几个转弯抹角,他总能把它引到自己身上来,于是,一切的话就好像情不自禁地流涌出来,说得那么漂亮而且温柔,令人心折。

"就说在您家里吧,"他接着说,"您妈妈,实在地,待我真好——她真是好心眼儿的;您呢……嗯,我可说不定您对我怎样想法;说到你们姑太太,她就简直看不惯我。说不定又是我的什么无心的、愚蠢的话冒犯了她。她是不高兴我的,是不是?"

"是的,"踌躇了一会儿以后,丽莎回答说,"您不大逗她喜欢。"

潘辛把手指在键盘上迅速地扫了一过;一抹难以捉摸的微笑掠过了他的唇边。

"可是,您呢?"他说道,"您也认为我是个自私自利的人么?"

"我所知道您的还是这样少,"丽莎回答,"可是,我可不认为您自私;恰好相反,我是应当感激您的……"

"我知道,我知道您要说什么来啦,"潘辛截断了她,又把手指在键盘上掠了过去,"为了我带给您的那些乐谱,那些书,为了我在您的画册上乱涂的那些画,种种,种种。可是,尽管这样,我也照样可以是个自私自利的人呀!我大胆地揣测,您也许并不讨厌我,也并不把我当作坏人;可是,您还是可以觉得我这人——是怎么说的呢——为了说句漂亮话,连自己的朋友,甚至自己的老子也可以贴上的。"

"您就是太随便、大意,跟所有的公子哥儿们一样,"丽莎说道,"不过就是这样罢了。"

潘辛微微地皱了皱眉头。

"好啦,"他说道,"咱们别再谈我了吧;咱们来弹咱们的奏鸣曲。可有一件我得请求您,"他一面说着,一面把架上的乐谱的页子展平;"随您把我当作个什么都行,就是说我自私自利——也行!只是请别把我叫作什么'公子哥儿';那个称呼我可受不了……我也是个画家呀。① 我也是个艺术家呢,不过不很高明罢了;这一点——我是个不高明的艺术家,我马上就可以证明给您看的。我们开始吧。"

"好,开始吧。"丽莎说。

最初的慢板②大致不差,虽然潘辛也弹错了好几处。他自己写的或者他已经练熟的乐曲,他可以弹得很好,可是,如果要看谱视弹,那就糟了。因此,奏鸣曲的第二部分——一个比较快的快板③——就简直弹得很不像样;在第二十小节上,潘辛已经落后了两个小节。他再也不能支持了,于是一笑之下,就把坐椅推开了来。

"不成!"他叫着,"今儿我弹不了;幸好伦蒙听不见,不然,准会把他气昏了。"

丽莎站了起来,关好钢琴,于是转向潘辛。

"那么,我们做点儿什么呢?"她问。

"瞧您这问话多像您的为人!您就不能空着手坐一会儿。那么,好吧,要是您高兴,趁着天还没有全黑,咱们来画点儿什么吧。也许那另一位女神——绘画的女神——她叫什么?我忘啦……也许她会对我多宠爱一点儿吧。您的画册在

---

① 意大利画家科雷纪乔(1494—1534)在拉斐尔(1483—1520)画前的自负语。原文是意大利文。
②③ 原文是意大利文。

哪儿？我好像记得,上回我在上面画的风景还没有画完呢。"

丽莎到隔壁房间里去拿画册去了,而潘辛,当屋子里只有自己的时候,就从口袋掏出了一条细麻纱手巾来,把指甲揩了揩,又斜着眼睛把两手端详了一回。他的手又白又嫩;在左手的大拇指上,还戴着一个螺旋形的金戒指。丽莎回来了;潘辛就在窗前坐下,把画册揭开了来。

"啊!"他叫了起来,"我看见了,您在临我的风景啦。——好。很不错!可是,这儿——给我支笔——这阴影还不够浓。您瞧。"

于是,潘辛就大有气势地加上了几笔长的笔触。他老是画着这唯一的风景:前景,是郁茂杂乱的树木,中景,是一片草原,而地平线上,则是锯齿一般的起伏的群山。丽莎从他的肩后望着他专心工作。

"在绘画上,也和在一般的人生上一样,"潘辛说着,脑袋一会儿向右偏偏,一会儿又向左望望,"轻巧和气魄,都是最要紧的。"

正在这时,伦蒙进房来了,草草鞠过一躬以后,就打算退出;可是潘辛却已经把画册和铅笔扔到了一旁,拦住了他的去路。

"您上哪儿去呀,亲爱的克利斯托弗·费阿陀里奇?干吗不待一会儿,喝喝茶?"

"我家去,"伦蒙回答,声音是阴沉的,"我头痛。"

"得啦吧!别废话!一定得坐一会儿。咱们来谈谈莎士比亚。"

"我头痛。"老人重复说。

"您不在这儿,我们弹了一回贝多芬的奏鸣曲,"潘辛只顾说下去,亲热地抱着老人的腰,满脸堆笑,"可是我们怎么也弄不下去。您相信吧?两个连接音符我就对付不下来了。"

"您顶好再唱唱您那浪漫曲,那很好。"伦蒙回答,于是挣脱了潘辛的拥抱,走掉了。

丽莎赶上前去。她在阶台上追上了他。

"克利斯托弗·费阿陀里奇,您听我说,"她用德语对他说着,伴着他走过庭前的草坪,直到大门,"我对不起您,请您饶恕。"

伦蒙没有回答。

"我把您的呈献曲给弗拉基米尔·尼古拉依奇瞧了;我相信他会鉴赏它的——真的,他看了也非常喜欢。"

伦蒙停了下来。

"没有事,"他用俄语说着,接着就用他的本国话说道:"可是,他是什么也不能懂的;你怎么连这也看不出?他是个万能才子——如是而已,而已!"

"您对他是不公平的,"丽莎回答说,"他什么全懂,并且,他差不多什么都会。"

"是的,全都会——全是半瓶醋,粗制滥造,劣等货色。可是别人高兴那种货,也高兴那种角色,他也就心满意足了——唔,好极啦!可是,我也并不生气;我跟我那个曲子——我们都是老糊涂;我真觉得有点儿羞耻,可是,没有关系。"

"饶恕我吧,克利斯托弗·费阿陀里奇!"丽莎又恳求着。

"没有事,没有事,"他又用俄语说,"你是个好姑娘……看有人来找你们。再见。你是个很好的姑娘。"

伦蒙急忙走向大门口去,从那里,一位他素不认识的来客,穿着灰色外衣,戴着宽边草帽,正走了进来。他向来客恭敬地鞠了一躬(在这O市,他惯于向陌生的面孔鞠躬,在街上碰到熟人却反而掉头——这是他的规矩),就走了过去,隐没在篱墙后面了。来客惊讶地望了望他的背影,又仔细地看了看丽莎,就一直向她走了过来。

7

"您不认得我了吧?"他说着,脱下草帽来,"可是我还认得你,虽然已经八年没看见你了。那时候你还是一个小孩呢。我是拉夫列茨基。妈妈在家么?我可以见到她么?"

"妈会顶高兴的,"丽莎回答说,"她已经听说您来啦。"

"你叫叶丽莎维达,是不是?"拉夫列茨基问着,一面走上了阶台。

"是。"

"我清清楚楚地记得你;就在那时候,你的脸庞儿也不会轻易叫人忘记的;那时候,我常给你带糖果来。"

丽莎的脸红了,心里想道:"多奇怪的人呀!"拉夫列茨基在前厅停了一刻。丽莎进到了客厅里去,从那里面,潘辛的语声和笑声正传了出来;他正在给已经从花园回来的玛丽亚·德米特里耶夫娜和盖杰奥诺夫斯基谈着一件城里的新闻,并且,对于自己所编造的故事,高声大笑起来。一听到拉夫列茨基的名字,玛丽亚·德米特里耶夫娜可简直慌张了,面色一时变得苍白,迎上前去。

"您好,您好呀,我亲爱的表弟!"她用一种颤抖的、几乎含泪的声音叫了出来。"我多高兴见到您呀!"

"您好哇,我的好表姐,"拉夫列茨基回答,热烈地握了她伸出的手,"一切都如意吗?"

"坐下吧,坐下吧,我亲爱的费阿陀尔·伊凡尼奇。啊,我多高兴啊!首先,让我给您介绍我的女儿丽莎吧……"

"我已经把自己介绍给叶丽莎维达·米哈伊洛夫娜了。"拉夫列茨基截断了她。

"麦歇潘辛……谢尔盖·彼得罗维奇·盖杰奥诺夫斯基……请坐下吧!我瞧着您,真不能相信我的眼睛啦。您身体好吗?"

"您看得见:我好极啦。我看您,表姐——要是我的眼睛不会叫您倒霉的话——八年来您也一点儿没有消瘦呢。"

"想想吧,我们分手够多么久啦,"玛丽亚·德米特里耶夫娜梦幻一般地说道,"您从哪儿来?您打哪儿……啊,我是说,"她急忙改正了自己,"我是说,您会在我们这儿长住吗?"

"我刚从柏林来,"拉夫列茨基回答,"明天,就要下乡去——多半,会长住在那边吧。"

"当然,您会住在拉夫里基的吧?"

"不,不是拉夫里基,离这儿二十五俄里,我也有个小庄子,我打算到那边去。"

"就是格拉菲拉·彼得罗夫娜留给您的那个小庄子么?"

"就是那个。"

"哎呀,费阿陀尔·伊凡尼奇!你们那拉夫里基的房屋可真够漂亮呀!"

拉夫列茨基稍稍皱了皱眉。

"是的……可是在那另外的小庄子上,我也有幢小屋子;目前,我用不了许多,那地方对我就很合适了。"

玛丽亚·德米特里耶夫娜又变得狼狈起来,甚至挺直地坐在椅子上,两手做出一种无法可施的姿态来了。幸而潘辛来解了围,和拉夫列茨基接谈了起来。玛丽亚·德米特里耶夫娜这才安静下来,靠在椅上,间或也来参加一两句谈话;可是,她仍然是那么矜怜地望着她的客人,意味深长地叹着气,并且那么悲哀地摇着头,终于,使得她的客人再也不能忍耐了,不得不挺直地问道:"您不大舒服?"

"感谢上帝,我还好,"玛丽亚·德米特里耶夫娜回答,"干吗这么问呢?"

"没有什么。我以为您大概不大舒服呢。"

玛丽亚·德米特里耶夫娜现出一种严重的表情来了,好像是受了侮辱似的。"啊,原来你就是这样的呀,"她想着,"那可一点儿也不关我的事;很明白地,我的好人,什么事你都不在乎的,好像一只鹅不在乎水一样;无论换个别的什么人,早就该苦恼得精瘦,可是,你反而长出膘来啦。"在私下思想的时候,玛丽亚·德米特里耶夫娜是全不讲究礼貌的;可是在出声说话的时候,她却说得非常文雅。

老实说,拉夫列茨基也真不像个命运的牺牲者。他的红润的两颊,典型的俄国式的脸面,宽而白的额,肥大的鼻子,阔而端正的嘴,都好像在呼吸着草原一般的健康,和强韧的、无尽的精力。他的身材雄伟结实,黄发卷曲在头上,正同小孩子的一样。只有在他的蓝色的、微微突出而略嫌呆滞的眼睛里,却显露出来一种难以形容的神色,那也许是愁思,也可能是疲倦,并且,他的声音也稍稍有些单调。

所有这些时候,承当着谈话的重任的,就是潘辛。他把话头转到炼糖的利益,因为他新近看了两本关于这问题的法文小册子,于是就十分谦逊地、不动声色地把那些内容整个公布了出来,可是,关于那宝贵知识的来源却一字也没有提到。

"怎么着,敢情是费嘉来啦!"从邻室里,虚掩的房门后面,玛尔法·季摩费耶夫娜的声音突然高叫了,"哈,可不就是费嘉!"于是老妇人急促地进入了客厅。拉夫列茨基还来不及从椅子上站起来,她就已经把他拥抱着了。"来,让我好好儿瞧瞧你,"她说着,从他面前稍稍退后一步,"哎,长得多好啦!老了一点儿,可是一点儿也不难看,真的,一点儿也不。可是,干吗只吻我的手呀!亲亲我吧,亲亲我的脸,要是你不讨厌我这打了皱的老脸。我怕你连问也没问起我来吧。你可问过:姑姑还活着么?哪,你一生下来,就是我亲手拾起来的呀,小鬼!好吧,得啦吧;你为什么一定得记住我呢?你到底回啦,这就够好的。怎么着,我的妈呀,"她添说着,转向了玛丽亚·德米特里耶夫娜,"你什么也没给他吃?"

"我什么也不要。"拉夫列茨基急忙说。

"至少,也喝点儿茶呀,我的小老子。啊,老天爷!一个人来啦,天知道从多么远的地方来,可是连茶也没人给他一杯!跑一步,丽莎,快去弄点儿茶来。我记得,他从小就是个馋痨,如今,怕还是好吃好喝吧?"

"我跟您请安,玛尔法·季摩费耶夫娜。"冷不提防地,潘辛从背后闪到了那兴奋的老妇人面前,深深地鞠了一躬。

"罪过,罪过,我的好先生,"玛尔法·季摩费耶夫娜回答说,"我只顾高兴,竟把您看漏啦。你长得就像你那可爱的妈妈啦,"她又转向了拉夫列茨基,继续说道,"可是你那鼻子始终还是像你老子。唔,在我们这儿该有好些时候待的吧?"

"我明儿就走,姑姑。"

"哪儿去?"

"老家去——华西列夫斯科耶。"

"明儿?"

"明儿。"

"好吧,要明儿,就是明儿吧。上帝祝福你!自家的事情也只有自家知道。可是,记着,走的时候一定再来望望。"老妇人轻轻地拍了拍他的面颊。"真想不到我还能活着看见你;并不是我怕我快死——不,不,我至少也能再活十年:我们帕斯托夫家全是些长寿星;你那过世的祖父就老是管我们叫作两世人的;可是,天知道你还会在外国流浪多久呢?哎,你到底长成人,长成个漂亮小子啦;你还跟往常一样,一只手就能举起十普特来吧?你那过世的老子糊涂了一辈子——啊,罪过,罪过——可就做对了一桩,那就是给你请来了那个瑞士教师;你可记得你跟他比拳的那股劲儿?那你们叫作什么呀?是叫作体操吧?——哎,我干吗这么唠唠叨叨呢?不过是妨碍了我们的潘雄先生(她老是叫不准潘辛的)发表议论罢了。我看我们还是喝茶去吧;对啦,我的小老子,就到平台上喝去;我们的乳酪可真鲜呀,那可不是你们的什么伦敦呀、巴黎呀的那种货色。走吧,走吧……你呀,费吉乌沙①,搀着我走吧。哈,你的胳膊多粗!有了你,我就不怕摔跤啦。"

全体都站了起来,走到平台上去,只有盖杰奥诺夫斯基,他却偷偷溜掉了。当拉夫列茨基和屋子里的主妇、和潘辛、和

---

① 费吉乌沙,费阿陀尔的另一爱称。

玛尔法·季摩费耶夫娜谈话的时候,他一直就坐在屋角里,一时眨眨眼睛,一时噘噘嘴唇,用孩子似的好奇心一字不漏地听着;现在,他就抢先跑出,给全市传播关于这位新来的客人的新闻去了。

当天,在晚间十一时的时候,卡里金娜太太的家里有着如下的情形:楼下,客厅门口,弗拉基米尔·尼古拉依奇抓紧了一个适当的机会正跟丽莎告辞;他握着她的手,给她说道:"您知道是谁把我吸引到这儿来的;您知道我是为了什么老是到你们家来;一切都已经这样明白,言语还有什么用呢?"丽莎并没有回答,甚至连笑容也没有,只是把眉毛微微掀了一掀,脸红了起来,眼睛一直凝注着地下,然而也不曾把手缩回;而同时,在楼上,在玛尔法·季摩费耶夫娜的房里,在暗淡的、古老神像面前的幽微灯光下面,拉夫列茨基正坐在一张靠椅里,手肘撑在膝上,脸埋在手掌中间;老妇人站在他的身前,不时默默地抚抚他的头发。在告辞了主妇之后,他还在这里待过一点多钟;对他的这位慈爱的老友,他几乎什么也没有说,而她,也什么没有问……其实,他有什么可说,她又有什么可问呢?所有一切,她既然已经十分明白,而对于他心里所充溢着的一切苦恼,她也有着十分的同感。

8

费阿陀尔·伊凡尼奇·拉夫列茨基(在这里,我们得请求读者们原谅,把故事的线索中断一时)出身于古老的贵族世家。这家族的建立者,远在瞎眼的华西里王朝①之时就从普鲁士迁移过来,并且在别热茨克高原曾被赐予二百俄顷②的封地。他的后裔们多曾任过各种官职,在边远地区的王公们和权贵们手下当过差,可是,其中没有一个曾经任过御筵监以上的官职或者发过大财。在拉夫列茨基家族里,最豪富、最显赫的就是费阿陀尔·伊凡尼奇的曾祖父安得烈,一位残忍、暴戾、机智而且狡猾的人。直到今天,他的专横、暴躁、疯狂的慷慨和难餍的贪欲,还是为人不绝地传说的。他身材高大魁伟,面黑无须,口齿不清,好像老在睡觉;可是,他说话的声音愈低,他身边的人也就发抖得更紧。他为自己选择的妻子也正好和他一对:圆圆的黄脸,突出的大眼睛,鹰嘴鼻子,生来就有着茨冈人的血液,性情刚烈而且爱记仇恨,对于自己的丈夫她是从来不肯相让的;虽然在他生前她和他不断打闹,几乎是一对死对头,但是,当他一死之后,她也不能忍心独活了。安得烈的儿子,也就是费阿陀尔的祖父彼得,可一点也不像自己的父亲:他只是个平平常常的草原地主,头脑糊涂,言语暴躁,行动懒散、粗野,可也并不凶恶,爱养客,也爱养狗。在三十多岁的时候,他就从他父亲继承了二千个上等的农奴,可是,不久以后有许多就不知下落了;一部分产业他卖掉了;所有的仆人们也被他姑息坏了。他的宽大的、温暖的然而肮脏的邸宅里,老是挤满了各种各色的小人物,无论识与不识一概欢迎;这班人就偷油虫一般从四方八面闻风而来,见着可吃的就吃,吃个大饱,见着可喝的就喝,喝个烂醉,并且,凡是能拿的也就

---

① 在十五世纪。
② 一俄顷约合 5462.7 平方米。

拿,拿回家去,一面歌颂着、祝福着宽宏大量的主人;至于主人呢,当他心烦的时候,他也称赞他的客人们——称他们为寄生虫、无赖汉,可是,一少了他们,他又感觉无聊起来了。彼得·安得烈依奇的妻子是一个温柔和顺的女人,是他依着父亲的选择和命令从一个邻近的家族娶来的,名字叫作安娜·巴弗洛夫娜。她什么事也不闻不问,热心地招待客人,自己也高兴出去做客,虽然在头发上还得扑粉,用她自己的话来说,那就"要人的命"。"您想想吧,"在老年的时候她还老是这样说,"人们在你的脑袋上给套上个毛包头,把你的头发全给梳上去,涂上油,又扑上粉,还插些个钢针呢——往后连洗都洗不掉;可是,出去拜望人家,要是不扑粉,就不行呀,别人就要见怪。这可多受罪呀!"她喜欢用快马拉着马车飞跑,在牌桌上从早坐到晚也能对付;当丈夫走近牌桌的时候,她总是把手扪在面前的不值一文的筹码上,可是,自己的嫁奁和所有的金钱她却毫无保留地交给了他,让他全权处理。她给他生了两个孩子:一个男孩叫作伊凡,就是费阿陀尔的父亲,另一个女孩叫作格拉菲拉。伊凡不是在家里长大的,从小就寄养在一个有钱的老姑姑库本斯卡雅公爵夫人的家里;她指定了他作为她的继承人(如果不是为了这,他父亲也不会让他去的);她把他装扮得好像一个洋娃娃,给他聘请了各种教师和一个法国师傅——一位退职的修道院长,让·雅各·卢梭的信徒,麦歇古尔登·德·福赛——是一位机警巧妙的阴谋家,可是,照她自己的说法,却是"移民中的优异的花朵";而结果,当她快到七十岁的高龄,就跟这位"优异的花朵"结婚了,把自己的全部财产全都转移到他的名下。而不久之后,涂上胭脂,抹上黎雪留式的龙涎香,在许多小黑奴、巴儿狗和喧噪的鹦哥儿们的环绕之中,手里还拿着个伯第多①精制的珐琅瓷的鼻烟壶,她就死在一张路易十五式的弯曲的丝绒躺椅上了——死掉了,早被她的丈夫遗弃了:那位口蜜腹剑的古尔登先生早已盘算好了,不如带着她的钱财,一溜烟回巴黎去的好。当这个不意的灾难(我们说的是公爵夫人的结婚,不是她的死)降临下来的时候,伊凡正是二十岁;在姑姑家里,由高贵的继承人一旦变成了可怜的食客,他是不愿继续待下去的;在彼得堡,以前所交往的上流社会现在全对他白眼相看了;去干小差事,工作既繁重,而且也难有出息,这也是他所不屑做的(所有这些全发生在亚历山大皇朝的初年),因此,由不得自己做主,他只好回到乡下他父亲家里来了。老家对于他只是显得污秽、贫乏、破落;田舍生活的沉闷和寂寞,每一步都使他反感;他给无聊苦坏了;另一方面,家里的每一个人,除了母亲以外,谁都给他冷眼。他父亲就讨厌他那城里人派头;讨厌他的大礼服、他的饰边的衬衫、他的书、他的笛、他的洁癖,所有这种种,都可以显见他是瞧不起人的;因此,他就时时刻刻抱怨着、嘀咕着自己的儿子。"我们这儿呀,"他时常说道,"他什么都看不中。一上桌子,就愁眉苦脸的,什么也不吃;人们的气味、屋子里的空气,他受不了;看到吃醉的人他就皱眉;要想在他面前打人呀,您真没那个胆量!他又不出去当差:瞧,多娇嫩啦;呸!真他妈的娘儿们气!全是叫那满脑子伏尔泰②害的呀!"老头子就特别恨伏尔泰,还有那"疯狂的"狄德罗③,虽然他们的著作他连一个字也没有读过:读书是跟他很无缘的。然而,

---

① 伯第多(1607—1691),瑞士瓷彩画家。
② 伏尔泰(1694—1778),与卢梭齐名的法国哲学家和文学家。
③ 狄德罗(1713—1784),法国哲学家,百科全书的主编。

彼得·安得烈依奇却也并没有说错:他的儿子确是满脑子狄德罗和伏尔泰,而且,还不止这两位——还有卢梭,还有雷那尔①,还有爱尔维修②,和许多同派的作家,也全在他的脑子里——不过,只是在他的脑子里而已。伊凡·彼得罗维奇的师傅,那退职的修道院长和百科全书家,很得意地把十八世纪的各种学问一股脑儿地灌到了他的学生的脑子里,而学生也就把这些一股脑儿地装了进去:装倒是装得满满的,却并没有注入他的血液里,没有沉到他的灵魂里,没有变成一种坚决的信念……然而,就是在今天,我们也还谈不上什么坚决的信念,那么,我们能硬向一个五十年前的青年要求信念么?伊凡·彼得罗维奇也使得他父亲家里的客人们狼狈不安:他瞧不起他们;他们怕他。对于比他年长十二岁的姐姐格拉菲拉,他也简直合不拢来。这位格拉菲拉是一个怪物:丑脸,驼背,精瘦,一对又大又凶的眼睛,还加上薄而紧闭的嘴唇;在面貌上、声音上、急促而有角度的动作上,都使人不自主地记起她的祖母,那个茨冈女人,安得烈的妻子。固执,并且喜爱权柄,出嫁的话她是听也不能听的。伊凡·彼得罗维奇的回家完全不合她的意;当他寄养在库本斯卡雅公爵夫人家里的时候,她曾经抱过希望,至少可以得到她父亲的遗产的一半;在贪婪上,她也正像她的祖母。此外,格拉菲拉对于弟弟也是心怀嫉妒的:他受过那么好的教育,法语说得那么好,简直有巴黎味儿,而她自己,则连"日安!"和"您好?"也几乎是不会说的。老实说,她的父母就完全不懂法语,可是,这也不能令她甘心。

---

① 雷那尔(1713—1796),法国史学家、哲学家。
② 爱尔维修(1715—1771),法国哲学家。

伊凡·彼得罗维奇无法排遣生活的无聊和厌倦，在乡下还没有过到一年，可是对于他却好像过了十载。只有跟母亲在一块儿的时候，他心里才能稍稍感到轻松：他时常一连几小时坐在她那低矮的屋子里，听着那善良的妇人的单纯的冗谈，一面饱啖着母亲所藏的零食。恰好，在安娜·巴弗洛夫娜的婢女中间有一个很漂亮的姑娘，有着明澈的、温存的眼睛和秀丽的容颜，名字叫作玛拉尼雅，既聪明又贤淑。一开始，伊凡·彼得罗维奇就对她感兴趣；不久之后就爱上她了：他爱她那胆怯的步态，她那娇羞的回答，她那温柔的声音，和她那文静的微笑。在他的眼里，她一天比一天显得更可爱了，而她也以整个心灵的力量，像只有俄罗斯少女所能爱的那样爱着他——终于献身给他了。在一个乡下地主的村邸里，没有什么秘密是能够长久保持的；不久以后，谁都知道小主人和玛拉尼雅的关系了，而最后，彼得·安得烈依奇自己也听到了消息。在无论什么别的时候，对于这种毛细的事情，他多半理也不会理；可是，对于儿子既然怀恨已久，他当然乐得有这么一个机会把那彼得堡来的学者和纨绔子羞辱一场。吵闹、叫喊、辱骂，霎时勃发了；玛拉尼雅被关进了下房；伊凡·彼得罗维奇被传进了父亲房里去。听见叫喊，安娜·巴弗洛夫娜也奔了过来。她极力劝解着丈夫，可是彼得·安得烈依奇却什么话也不要听。他老鹰一样地扑到了儿子面前，骂他不道德、不信神、虚伪，并且把多年以来对于库本斯卡雅公爵夫人的积怨，也趁这机会痛痛快快地发泄了出来，对于儿子，把所有辱骂的字句一个个全都用尽。最初，伊凡·彼得罗维奇还能镇静、矜持，可是，当他的父亲威吓他，要用一种刑罚来羞辱他的时候，他再也忍耐不住了。"疯狂的狄德罗又要出场了吧，"他想道，"那么，您等等吧,我就把他给您实行起来;我会把您吓一大跳的!"于是,用一种平和镇静的声音,虽然心里是在不住颤抖,伊凡·彼得罗维奇就给他的父亲宣称起来,说他骂他无道德是毫无根据的;他说,虽然他并不想辩护自己的过错,但是,他正在力谋补救,而且,正因为他感到自己原来就超乎一切门户的偏见之上,所以,这样的补救也正是出自本心——明白些说,就是他打算跟玛拉尼雅结婚。说出这种话来,伊凡·彼得罗维奇无疑地达到自己所想达到的目的了:彼得·安得烈依奇可真吓了一大跳,登时口噤目呆,半晌说不出话来;可是,立刻他就恢复过来了,就是随身那种打扮,松鼠皮饰边的寝衣、赤脚、拖鞋,他就把拳头一捏,一头向着伊凡·彼得罗维奇撞去了;儿子呢,这一天却好像早有预感似的,头发梳的是第杜①式,穿的是新制的英国式的蓝色燕尾服,饰着缨子的长统靴和时髦的鹿皮紧短裤。安娜·巴弗洛夫娜锐叫了一声,用手扪着脸,而她的儿子则已经跑出了屋子,跳到了庭院,冲过了菜园,跨过了花圃,一直向着大道逃走了;他拼命跑着,跑着,一次也不回头,直到最后他听不见追来的父亲的沉重的足音和那暴烈的、喘息的咆哮:"你停下来,流氓!停下来,要不老子咒你!"伊凡·彼得罗维奇在附近一个农民家里躲了起来,而彼得·安得烈依奇则筋疲力尽、浑身大汗地跑了回来,几乎等不及喘过气来,就立刻宣布他给他儿子的一切祝福全都取消,他的那些混蛋书籍都得烧毁,并且,立即把婢女玛拉尼雅打发到一个遥远的村子里去,不许延迟。有几个好心的人找到了伊凡·彼得罗维奇藏身的地方,告诉了他所有的事情。含着满心的

----

① 第杜(40—81),古罗马皇帝。

羞辱和愤怒,他发誓要向他父亲复仇;就在那一晚,拦劫了送玛拉尼雅的小车以后,他就和她急急逃到了附近的一个小镇上,在那里和她结了婚。所有的用度全由一个邻人,一个永在醉乡却遇事极为热心的退职海员,代为供给;这位好心肠的人,对于所有种种——用他自己的话来说——"悲壮的历史",是无不热心赞助的。第二天,伊凡·彼得罗维奇给他父亲写了一封讥讽而又冷淡的有礼貌的信,于是就投奔到他的表兄德米特里·帕斯托夫和表姐玛尔法·季摩费耶夫娜的村庄上来了(这后一位是我们已经认识的)。他把发生的一切告诉了他们,宣称他打算到彼得堡去谋一个位置,并且请求他们,就是暂时也罢,给他的妻子一个容身的地方。说到"妻子"的时候,他忍不住地痛哭了,并且,顾不得自己的城市教养和哲学,竟谦卑地、就像个俄国乞丐似的,在亲戚脚前跪下了,甚至把脑袋碰着地板。帕斯托夫兄妹原是慈悲心肠的好人,欣然接受了他的请求;他在他们那里待了三个星期,私心希望着父亲的回音;可是,回音竟没有来——也不可能来。彼得·安得烈依奇一听到儿子的结婚消息就气病了,并且禁止任何人在他面前提起伊凡·彼得罗维奇的名字;可是他的母亲却瞒着丈夫从主教那里借了五百卢布,同着一个赐给他妻子的小神像①给他捎去了;她不敢写信,可是却嘱咐她的使者,一个一天工夫能走六十俄里的瘦小农民,叫他告诉伊凡·彼得罗维奇不要过于苦恼;她说,如果上帝见怜,一切事情都会好起来的,父亲的盛怒说不定也能变成怜爱;她说,她自己本来也没有祝望过这么一个儿媳,可是,很显然,上帝的意旨

---

① 俄国习俗,表示承认儿媳身份,并且给她祝福的意思。

既是这么安排,她也给玛拉尼雅·谢尔盖耶夫娜送上她为母者的祝福。那瘦小的农民得到了一卢布的赏赐,并且请求见一见新的主妇,因为在洗礼的时候他是做过她的教父的;他吻过她的手以后,就匆匆回家去了。

于是,怀着轻快的心情,伊凡·彼得罗维奇向着彼得堡出发了。一种不可知的未来在等待着他;威胁着他的,也许就是贫困,可是,他到底摆脱了讨厌的乡村生活,而最要紧的,就是他总算无愧于他的导师们,他真的把卢骚、狄德罗和《人权宣言》的理想"见诸实行",而且用行动来捍卫着了。一种完成了一件义务的满足,一种胜利的、骄傲的自感,充满了他的心灵;至于和妻子分别,倒也并不怎样使他难受;老实说,要是和她不断厮守下去,反会使他烦恼的。那一事情已经完了,现在该着手别的事情。在彼得堡,反乎自己的预料,他却很幸运:库本斯卡雅公爵夫人——麦歇古尔登已经把她扔掉,可是死神却还没有将她迎接——为了至少补偿一点以前她对于侄儿的忽尤,就把他介绍给她所有的朋友,给了他五千卢布(这几乎是她仅存的钱财),还给了他一只莱皮科夫斯基型的表,在表背后,在一圈爱神的环绕中,还刻上了他的简名。不到三个月,他就在驻伦敦的俄国使馆里得到了职位,于是,趁着即期出发英伦的船只挂帆而去(在那时候,汽船连说也还没有人说起)。几月以后,他接到了帕斯托夫的来信。那善心的地主祝贺伊凡·彼得罗维奇生了儿子,是在一八〇七年八月二十日出生于坡克罗夫斯科耶村,为了纪念殉道的圣者费阿陀尔·斯特拉吉拉特,命名为费阿陀尔。因为身体极度软弱,玛拉尼雅·谢尔盖耶夫娜只附上了几行;但是只这寥寥的几行也够使伊凡·彼得罗维奇惊奇:他并不知道玛尔法·季摩费耶夫娜已经教导他的妻子能念能写了。不过,父爱的甜蜜感情并没有在伊凡·彼得罗维奇的心里支持很久:他正在给那时候最出名的菲里尼们和拉绮思们①(古典的名称在那时候还是很流行的)献着殷勤;加之,推尔西特②和平条约刚刚缔结,大家都在忙着行乐,一切都已卷入狂欢;伊凡·彼得罗维奇的头脑也给一位大胆的美人的黑眼睛搅昏了。他并没有什么钱,可是在赌博上却总是幸运;他交结朋友,参加一切的欢乐,总之,是一帆风顺,向前突进罢了。

9

许久许久,老拉夫列茨基对于儿子的婚姻还是不能原谅;可是,假如在这么半年以后儿子会低声下气地跑回来,并且跪到他的脚下求饶,老头子也许竟会饶恕他,虽然起先总得好好地骂他一通,并且聊示威吓地用拐杖敲他几下;然而,伊凡·彼得罗维奇却逍遥在外国,并且竟好像满不在乎。"住嘴!你敢再提!"每当安娜·巴弗洛夫娜想要开口讲情的时候,他就这么嚷了起来,"我没有诅咒他,就够他一辈子为我祈祷上帝啦,畜生!这种没出息的东西,要是落到我那先父手里,准会亲手把他揍掉,揍得他够呛的啦!"听到这样可怕的言语,安娜·巴弗洛夫娜只有暗暗地画着十字。至于儿子媳妇,彼得·安得烈依奇在最初是提也不许提的,在回复好心的帕斯

---

① 菲里尼和拉绮思,均为著名的雅典艺妓。
② 推尔西特,一八〇七年拿破仑与亚历山大的缔约地。

托夫提到他的儿媳的一封信的时候,他甚至声明说,他可从来不知道他有个什么儿媳,并且他觉得他有义务提出警告:窝藏别人家逃走的女奴是犯王法的;可是后来,当他知道添了个孙儿,他的心也稍稍软下去了;他叫人秘密地去给年轻的母亲问好,并且还给她送去了一点钱,但是也要装作不是他送去的。费嘉还不到周岁的时候,安娜·巴弗洛夫娜就病重垂危了。在死前的几日,当她已经不能起床的时候,她暗淡的眼里闪着战栗的眼泪,当着神父面,告诉丈夫说她想见一见她的儿媳,和她告别,并且为她的孙儿祝福。苦恼的老人安慰了她,立即把自己的马车派去接他的儿媳来,第一次称她为玛拉尼雅·谢尔盖耶夫娜①。她同着她的儿子,被玛尔法·季摩费耶夫娜护送着来了,那善心的女人无论如何也不肯让她独自前来,不许她受到任何侮辱。吓得个半死,玛拉尼雅·谢尔盖耶夫娜走进了彼得·安得烈依奇的书房,保姆抱着费嘉,跟在后面。彼得·安得烈依奇望着她,一言不发;她挨上前去,拿起他的手来;她的战栗的嘴唇在那手上几乎不曾接上那么一个无声的吻。

"哎,新贵的少奶奶,"他终于说了,"你好!我们到太太房里去吧。"

他站起来,弯身看了看费嘉;小婴孩微微笑了,把白白的小手向他伸了过来。老头子从心坎上感动了。

"啊,啊,"他嗫嚅着说,"我的孤儿!你跟你爸爸求情来的;我不会丢弃你的,我的小鸟儿!"

---

① 地主对于农奴向来只呼其教名,以示上下有别。这里以名字和父称称呼,表示尊敬。

玛拉尼雅·谢尔盖耶夫娜一走进安娜·巴弗洛夫娜的寝室,就在门口屈下膝来。安娜·巴弗洛夫娜做了个手势,要她来到床边,拥抱了她,并且祝福了她的儿子;于是,把那被病魔折磨得异常消瘦的脸面转向了丈夫;她想要说话……

"我知道啦,我知道你要说什么啦,"彼得·安得烈依奇说,"别着急:她会留在我们这儿的,为了她的缘故,我也会饶恕凡卡①。"

安娜·巴弗洛夫娜使了很大的气力,这才把丈夫的手抓住,贴在自己的唇上。就在那天晚上,她去世了。

彼得·安得烈依奇实行了自己的诺言。他通知他的儿子,为了尊重他母亲的遗念,并且为了小费阿陀尔的缘故,他恢复了给儿子的祝福,并且,也会把玛拉尼雅·谢尔盖耶夫娜收留在他的家里。他给她拨出了楼上的两间小房来,并让她见了他的最尊贵的客人,独眼的斯库列亨旅长和旅长太太,还给了她两名婢女和一名小厮,供她使唤。玛尔法·季摩费耶夫娜告辞去了:她简直看不来那个格拉菲拉,一天之内就和她吵了三次。

在最初,可怜的玛拉尼雅·谢尔盖耶夫娜发觉她的地位是痛苦而且难处的;可是,不久以后,她也学会了忍耐,对公公也渐渐习惯了起来。而他也渐渐习惯了她,甚至变得有点喜欢她了,虽然他几乎从不和她讲话,并且,就是在他的慈爱里也不知不觉地流露着轻蔑。然而,最使玛拉尼雅·谢尔盖耶夫娜受苦的,还是她的那位大姑子格拉菲拉。就是当母亲在世的时候,格拉菲拉就已经把家里的大权渐渐地独揽在手里

---

① 凡卡,伊凡的贱称。

了:无论谁,从老头子算起,都得听她的;没有她的许可,就是想拿出一撮糖也绝不可能;她宁可死掉,也不肯让别的主妇来分割她的权柄一分一毫——何况还是这么一位主妇!对于弟弟的婚姻,她甚至比彼得·安得烈依奇还要痛恨:她决心要让这个爬得高的也跌得个惨,而玛拉尼雅·谢尔盖耶夫娜从起始就成为她的奴隶了。温厚,病弱,而且心里往往担忧恐惧的她,又怎么能对抗那悍泼而又骄纵的格拉菲拉呢?没有一天格拉菲拉不给她提醒她以往的出身,没有一天她不夸奖她的不忘身份。对于这所有的提醒和夸赞,无论是多么尖刻,玛拉尼雅·谢尔盖耶夫娜都还能逆来顺受……只是,他们还把她的费嘉也夺去了,这却是使她摧心摧肝的。以她不够资格处理孩子的教育为口实,他们简直不大让她和他见面;格拉菲拉自己担任了教育的工作;孩子就完全落到她的掌握之中了。在悲愁里,玛拉尼雅·谢尔盖耶夫娜开始在信里恳求伊凡·彼得罗维奇赶快回来,同时,彼得·安得烈依奇也惦念着自己的儿子;可是,回答却只是一些空信,在信里他感激他父亲荫庇了他的妻子,多谢他寄给他的钱;并且应许着很快就回——然而却总不见到。一八一二年①终于把他从国外召回了。六年离别,一旦重逢,父子们拥抱了,对于以往的争执连一个字也不提及;的确这也不是算旧账的时候:全俄国都已奋起抗敌,他们父子也感觉着俄罗斯的血液在他们的血管里奔腾。彼得·安得烈依奇捐献了一整团所需的被服。然而,战争完结了,危险过去了;伊凡·彼得罗维奇又感觉厌倦了,他的心又飞向了远方,飞向了那个他所习惯的、所感觉适意的世界。

---

① 一八一二年发生了拿破仑侵俄之役。

玛拉尼雅·谢尔盖耶夫娜不能留住他;在他的眼里她是太渺小的。甚至她的最迫切的希望也不能实现:她自己的丈夫也觉得把费嘉的教育信托给格拉菲拉确是更为相宜的。伊凡·彼得罗维奇的可怜的妻子再也受不了这个新的打击,再也经不起这第二次的别离:一点呻吟也没有,不过几日之间,她就寂然与世长辞了。在她的整整一生,她从来不曾反抗什么,对于她的疾病她也全无挣扎。当她已经不能言语,当坟墓的阴影已经落到她的脸上来的时候,她的面容也仍和往昔一样,一直表现着忍辱的困惑和无言的柔顺。以她的惯常的沉默的谦卑,她眼望着格拉菲拉,并且,正和安娜·巴弗洛夫娜在死床上吻过彼得·安得烈依奇的手一样,她也把她的嘴唇贴在格拉菲拉的手上,将她唯一的儿子交给了格拉菲拉。一个好心的、纯善的人儿,这样就完结她的人世之旅了,像一根幼芽似的,不知道为什么被人从地母的怀里连根拔了起来,扔到了一边,给太阳摧残,而枯萎,而消灭了,任何痕迹不曾留下,也没有任何人来给它悼念。悼念玛拉尼雅·谢尔盖耶夫娜的只有她的婢女,还有彼得·安得烈依奇。那老年人悼念着她的沉默的容态。"饶恕吧——永别了,我沉静的人儿!"他喃喃着,当他在教堂给她最后敬礼的时候。当他扔着一撮土到她的坟上去的时候,他甚至哭了。

他也并没有比他的儿媳多活几年——不过五年。一八一九年冬天,同着格拉菲拉和他的孙儿到了莫斯科以后,他就安安静静地死在那里了。在遗嘱里,他要求把他埋在安娜·巴弗洛夫娜和"玛拉霞"①的旁边。彼时,伊凡·彼得罗维奇正

---

① 玛拉霞,玛拉尼雅的昵称。

在巴黎享乐;他在一八一五年不久以后就已经辞职了。接到父亲的死讯之后,他就决定回到俄国来。他得安排一下他的产业的管理,并且,费嘉,依据格拉菲拉的来信,已经过了十二岁,关于孩子的教育,也正是应该加以严重注意的时候。

10

伊凡·彼得罗维奇完全变成一个英国人回到俄国来了。他的短剃的头发,浆硬的衬胸,饰有许多披领的豆绿色的长裾大衣;他脸上酸涩的表情,又像粗暴又像冷淡的态度,从牙齿缝儿里说话的声音,木然的、短促的干笑,生铁一般的面孔;他的除了政治和政治经济学别的不谈的习惯,对于半生的牛肉和黑葡萄酒的嗜好——总之,所有一切,无一不充满着大不列颠的气息;他几乎是浑身英国精神了。可是,说也奇怪!伊凡·彼得罗维奇虽然完全变成了一个英国人,同时却也变成了一个爱国者,至少,他是自称为爱国者的,虽然他对于俄国的了解非常有限,没有保存一样俄国的习惯,连说起俄国话来也说得非常奇怪:在日常谈话里他的言语笨拙无味,堆满了法国成语;可是,当谈话转到了严重的题目,那么,像这样的一套马上就来了,好比:"为了给这种自我热情一种新的考验",或者,"这和事情的本质完全矛盾",以及其他等等。伊凡·彼得罗维奇带回了几种关于国家的组织和改造的草案;对于所见的一切他是大不满意的,制度的缺乏尤其令他愤怒。他一见到他的姐姐,第一件事就是宣布他决心要在他的产业上实施激烈的改造,自今以后,一切事情都要依着崭新的制度进行。格拉菲拉·彼得罗夫娜并没有回答伊凡·彼得罗维奇,只是咬了咬牙,自己想道:"那么,把我怎么办呢?"可是,当她和她的弟弟和侄儿回到田庄以后,她马上就安心了。老实说,屋子里也的确实施了好几条改造:男女食客和寄生虫们立刻被逐出境,在这批灾民里面有两个年老的女人,一个是瞎子,一个是瘫子,还有一位直从阿察科夫时代①遗留下来的残废少校,这位少校,因为他那真正惊人的食量,是只能给他黑面包和扁豆吃的。新的法令颁布了,所有从前的客人概不招待:代替他们的地位的,是一位远方的邻居,一位头发金黄的患瘰病的男爵,是个很有教养的角色,同时也是个第一号的傻货。新的家具从莫斯科运来了;痰盂、铃铛、洗脸架,全都应用起来了;吃饭也顿异旧观;洋酒代替了俄国烧酒和家酿的甜酒;新的工服也给仆人们穿起来了;并且,家族纹章上面也加上了新的格言:"守法务德②……"然而,实际上,格拉菲拉的大权却毫未减削:所有一切的收支,还是和从前一样,完全由她做主;一个从外国带回的、原籍阿尔萨斯的管家想要跟她竞争一下,结果却失掉了自己的位置,虽然主人是袒护他的。所有关于家政和关于产业管理的一切(这些事务格拉菲拉·彼得罗夫娜也都要参与的),尽管伊凡·彼得罗维奇三番两次宣称要在混乱里注入新的生命,但是,一切仍然照旧,只是租金加多了,劳役加重了,农民们也不许直接晋见家主而已:原来这位爱国者是非常藐视自己的同胞的。只有在费嘉身上,伊凡·彼得罗维奇的制度才是充分贯彻着的:这孩子的教育

---

① 指一七八八年第二次俄土战争中俄军占领阿察科夫要塞。
② 原文是拉丁文。

倒实在是经过了"激烈的改造";他父亲亲自把这任务一手担当了下来。

11

在伊凡·彼得罗维奇出国期间,我们知道,费嘉是一直落在格拉菲拉·彼得罗夫娜手里的。母亲死的时候他还不到八岁,他并不能每天见到她,可是却热烈地爱着她:对于她的记忆,尤其是她那沉静而苍白的脸面,那忧郁的眼神,和那胆怯的爱抚,都不可磨灭地铭刻在他的心上;但他也能模糊地理解到她在这家庭里的地位;他意识到在他和她之间有着一道篱墙,这篱墙她是不敢、也不能打破的。他畏怯他的父亲,而伊凡·彼得罗维奇也从来不大爱抚他;祖父间或还摸摸他的脑袋,有时也让他吻吻自己的手,可是,只把他当作一个小傻瓜,并且叫他野小子。在玛拉尼雅·谢尔盖耶夫娜故世以后,他就完全落到姑姑的掌握里了。费嘉害怕她,害怕她那闪烁的、锐利的眼睛和她那刺耳的声音;在她面前,他连小声也不敢出;哪怕他在椅子上只稍稍动了一下,立刻就可以听见她那刺耳的声音喝道:"往哪儿跑?好好坐下!"临到星期日,做过弥撒以后,他就可以游戏了,那就是说,给他一本厚厚的书,一本莫名其妙的书,是一位玛克西摩维奇·安波吉克先生的大作,名为《象征与图谱》。书里约有一千幅图画,其中绝大多数都非常深奥,并附有五种文字所写的同样深奥的说明。裸体的、肥肥胖胖的爱神,在这些图画里演着重要的角色。其中的一幅标题是"番红花与虹",而解说则是"其力至伟";对面的一幅画题是"白鹭口衔紫罗兰",而解说则是"君之所知",再一幅画的是"扣彼特与舐犊之熊",而解说却为"点点滴滴"。费嘉老是反复研究着这些图画;对于它们的一笔一画他都清楚;其中有几幅,老是那相同的几幅,使他沉思起来,并且刺激着他的想象:别的消遣,他是一点也没有的。到了应该学习语言和音乐的时候,格拉菲拉·彼得罗夫娜就贱价给他聘来了一位长着兔子眼的瑞典老处女,这位女教师的法文和德文都很不高明,钢琴也不过如是如是,可是腌起黄瓜来却不同凡响。就在这么一位女教师、他的姑姑、一个叫华西里耶夫娜的老女婢的陪伴之下,费嘉一直过了整整四个年头。他老抱着他的"图谱"坐在墙角——坐着……坐着;低矮的房屋里散发着天竺葵的气味,一只孤零零的羊脂烛暗淡地烧着,蟋蟀在单调地鸣奏,好像感觉着无限厌倦,小钟在墙上匆忙滴答着,一只耗子躲在帷后偷偷地爬着,并且狠狠地啃着齿;而三位老处女,就像三位命运女神①一样,默默地而且迅速地舞动着织针,她们的手的黑影在薄暗里一会儿飞逝了,一会儿又神秘地颤动起来,而离奇的、同样灰暗的思想也就爬到那孩子的脑子里来了。没有一个人把费嘉看作一个有趣的小孩:他面色苍白,然而却很肥壮、粗大、拙笨——"简直是个乡下人,"像格拉菲拉·彼得罗夫娜所常说的;但是,如果能让他多见点太阳,他的面颊也许很快就会红润起来的。他读书很不坏,可是常爱发呆;他从来不哭;只是,当那横蛮的固执劲儿发作的时候,那就谁也奈何他不得。周围的人他一个也不爱。……在幼年的

---

① 希腊神话:命运三女神,一执线竿,一执纺锤,决定人生祸福;另一则手执剪刀,以剪生命之线。

时候就不知道爱情的心,是可悲的呀!

伊凡·彼得罗维奇回国来的时候,他的儿子就是处在这样的状况下的;于是,毫不迟疑,他立刻就着手实行他的制度了。"首先,最要紧的,我要把他造就成一个人——人,"他对格拉菲拉·彼得罗夫娜宣布;"不仅仅是一个人,而且还是一个斯巴达人①。"伊凡·彼得罗维奇的第一条办法就是把儿子改扮起来,扮成苏格兰高原装束;这个十二岁的少年于是就得裸着半截腿子到处跑,帽子上还得插上一根羽毛;瑞典的老处女也换成了一位瑞士的年轻人,一位体操专家;音乐,本是男子汉所不屑于学习的勾当,于是就根本取消;自然科学、国际法、数学以及工艺(这是依着让·雅各·卢梭的遗训而选择的),还有纹章学(这是为了激励高尚的情感)——这些,就是这未来的"人"所要用心学习的科目;早晨四点钟他就得爬起来,马上给凉水一浇,于是就绕着一根高杆,抓住一条索子,拼命奔跑;他每天只能吃一餐,菜仅一肴;他得骑马,练习射箭;在每一个适宜的机会,他还得依着他父亲的榜样,锻炼意志的力量;并且,每晚得在一个特备的本子上记下一天的经过和他的感想;而伊凡·彼得罗维奇在他这方面也用法文给儿子写下各种家训,呼他为"我儿",并且称他为"您",费嘉则用俄文称他的父亲为"你",可是,在父亲面前他却是不敢坐下的。"制度"把孩子的思想弄混乱了,头脑弄糊涂了,心灵也弄得狭隘了;可是,单就身体的健康来说,这种新方式的生活却确实收了强效:在起初,他得了一场热病,可是,不久就恢复过来,变成一个精壮的小伙子了。父亲不禁得意非常,用他那奇

---

① 在古希腊,雅典以文风著称,而斯巴达人则崇尚坚毅勇敢。

怪的语言称他道:"自然之子,我的杰作。"当费嘉到了十六岁的时候,伊凡·彼得罗维奇就认为应该趁早给他灌输对于女性的轻蔑——于是,这位青年的斯巴达人,虽然心灵里还是胆怯,嘴唇上还刚刚冒出微髭,身体正满储着血气、精力和热情,然而,却已经在勉强装起冷淡、冷酷和粗暴来了。

　　同时,时间过着,过着。伊凡·彼得罗维奇一年里多半的时间住在拉夫里基,这是他祖传的主要的田庄;到冬天,就一个人到莫斯科去,住在旅馆里,勤勉地出席俱乐部,在各家客厅里滔滔地发表演说,解释着他的计划,更把自己表现成一个英国派,不平鸣者,政治活动家。可是,一八二五年①来了,并且随着带来了许多的灾难。伊凡·彼得罗维奇的好友和知交们多半受到了严重的考验。伊凡·彼得罗维奇于是赶紧逃回乡间来,把自己关在自己的屋子里。又一年过去了,伊凡·彼得罗维奇忽然就变得衰弱了,颓唐了,走下坡路了;他的健康已经抛弃了他。以前的自由思想家,现在却进起教堂,做起功德来了;以前的欧化人物——现在却洗起蒸汽浴,变得两点钟午膳,九点钟就寝,由一个老家人说着闲话来催眠了;以前的政治活动家——现在却毁掉了自己所有的方案和所有的通信,变得在县长面前战栗,在警长面前惶恐了;以前有着铁的意志的人——现在却因为生了脓泡就可以痛哭,因为汤冷了就可以诉冤了。格拉菲拉·彼得罗夫娜又成了屋子里的至高威权;账房们、管家们和普通农民们,又开始从后门出出进进,来向"老鬼"——仆人们是这样称呼她的——回话了。伊凡·彼得罗维奇的改变在他儿子的心上留下了强烈的印象;他

---

① 一八二五年发生了有名的十二月党起义。

已经快十九岁,已经开始要来自己思考,要来摆脱以往加在他的头上的压力了。就是在这以前,他已经留意到了父亲的言行不一:空口说着宽大的、自由主义的学说,却实行着狭隘的、专制主义的实际;然而,他却不曾料到竟会来了这么一种奇突的转变。这十足的自私主义者一下子就一丝不漏地显出他的原形来了。年轻的拉夫列茨基那时正要到莫斯科去,准备进大学——可是,一种新的、不测的灾殃又临到了伊凡·彼得罗维奇头上:只在一天之间,他就双目失明了,无可救药地瞎了。

不信任俄国医生的技术,他想尽方法申请出国就医。他的请求被批驳了。于是,他带着儿子,在整个俄国整整漫游了三年之久,试了一个又一个医生,到过一处又一处城市,由于他的畏缩和没有耐性,简直使得所有的医生、他的儿子和仆人们全都一筹莫展。回到拉夫里基来,他已经变成了一个完全的废物,一个哭闹无常的孩子了。悲惨的日子还在后面呢,每个人都在他的手下遭殃。伊凡·彼得罗维奇只有在塞住嘴的时候才能安静下来;他从来没有吃得那么多,也从来不像那样贪馋;在所有其他的时间里,他自己不能安静下来,别人也就莫想安静了。他祈祷,怨命运,咒自己,骂政治,骂自己的制度,骂所有他曾经吹嘘过、骄傲过、并且标为儿子的榜样的一切事情;他宣称他什么也不相信,于是,又继续祈祷起来;他不能忍耐一刻的孤独,他要家人们不分昼夜一直陪伴着坐在他的椅边,给他讲故事,可是,在故事中间他又不断打搅,高声叫道:"你们完全撒谎! ——简直瞎说!"

格拉菲拉·彼得罗夫娜的负担尤其沉重:他简直少不了她——她一直顺应着病人的各种离奇古怪的要求,虽然有时她也不能立刻回答他的问话,怕的是自己的声音会露出难以遏止的愤怒来。就像这样,他再拖了两年,而终于,在五月出头的一天,他死去了。那一天,他被抬到露台上来,放在太阳下面。"格拉莎!格拉什卡!① 肉汤,肉汤呀,你这老糊……"他的僵硬的舌头纠结了,最后的一个字还不曾叫完,他就永远沉默了。格拉菲拉·彼得罗夫娜正把一杯肉汤从仆人手里抓了过来,忽然呆住,把弟弟的脸瞪了一眼,就缓慢地给自己画了个大十字,默默地走掉了;他的儿子当时也正在场,也并没有说出一个字来,只是倚在露台栏杆上,凝望着花园,很久很久;花园里,一切全都芳香、青绿,在灿烂的春天的阳光之下,一切全都散发着光辉。他已经是二十三岁了;多么悲惨地、多么迅速地、那二十三年的光阴不知不觉地就飞过了呀!……现在,人生正在他的眼前展开着。

12

把父亲埋葬了,把家业的管理和管家们的监督拜托给那不变的格拉菲拉·彼得罗夫娜以后,年轻的拉夫列茨基就到莫斯科去了,心里怀着一种模糊的、然而有力的憧憬。他明白自己所受的教育的缺点,决心要尽力来弥补这些过去的缺欠。在过去五年间,他读过许多,也见过一些事情;许多思想在他的脑子里盘旋;任何教授在某些方面的修养也许还应当对他羡慕,然而,同时,每一个中学生久已熟知的事情,在他却完全茫然。拉夫列茨基自知他是有些怪僻的;他私心也感觉到他

---

① 格拉莎和格拉什卡,均为格拉菲拉的变称。

自己和旁人有些不很一样。那位英国派对于自己的儿子可以说玩了一套残酷的把戏；他的异想天开的教育已经结出果子来了。许多年来，他只是全无异议地听着他父亲的调摆；等到他终于看清了父亲的真相，恶果却早已木已成舟，一定的习惯已经根深蒂固了。他不知道怎样和旁人交往；在这样的二十三岁的年龄，虽然在羞怯的心里燃烧着不可控制的爱情的饥渴，然而对于任何女人他却也不敢正视一眼。以他那清楚、踏实、虽然也有些迟钝的智慧，以他那固执的性格，沉思和不爱活动的趋向，他早就该给扔进生活的漩流里去，然而，事实上他却竟被关闭在人为的藩篱里……而现在，虽然迷魂阵般的圈套已经撤除，可是他却仍然站在原来的地方，与世隔绝，被关在自己的世界里了。在他那样的年纪还穿着大学生的制服，无论如何也是可笑的；可是他就不怕人笑：他的斯巴达式的教育至少在这一点上成功了，他对于世人的议论一点也不顾及——于是，他全无羞窘地穿上了大学生制服，进了数理系。身体健壮、面颊赤红、长着一脸初生的胡须而且沉默寡言的他，在同学们中间产生了一种奇特的印象；他们真料不到在这外表严厉、准时坐着宽大的乡村双马雪车前来听讲的人，在内心里却几乎像一个小孩呢。他们以为他不过是个怪僻的迂夫子罢了；他们不需要和他往来，用他不到，而他则更回避着他们。在初进大学的两年间，他仅仅结识了一位给他补习拉丁文的同学。这位同学名字叫米哈莱维奇，是一位热情家，也是一位诗人，对于拉夫列茨基一向非常热心爱护，并且，完全在无意之中成了拉夫列茨基的命运的严重转变的原因。

有一天,在戏院里(那时,摩查洛夫①的名望正是如日中天,拉夫列茨基是从不肯漏过他的一次表演的),他看见在前排包厢里有一个年轻姑娘;虽然在那时候无论什么女人走过他的粗壮的身旁都会使他的心神颤荡,但是,他的心却从来没有跳得像现在这样厉害的。那年轻的姑娘把手肘撑在丝绒的包厢边上,安静地坐着;在她那健康的、圆圆的、美丽的脸上,每一处都闪发着青春的光彩;她的眼睛是可爱的,从淡淡的眉毛下面含情凝注;一丝微笑掠过她富于表情的唇际;她的头、她的手臂、她的颈项,全都姿态美丽——所有这一切全都显示着优美的情操;她的装束尤其雅致。在她身旁坐着一个约莫四十五岁的面皮黄瘦的妇人,穿着敞领上衣,戴着黑色的帽子,空洞的脸上现出一种紧张的注意来,露着没有牙齿的微笑;而在包厢里面,则可以看见一个年老的男子,衣服宽大,高领巾,脸上显着愚蠢的自傲,小眼睛里含着近似谄媚的怀疑,长着染色的唇须和面髯,大而无当的前额和瘦削的面颊——从各种表征看来,可以断定是一位退役的将军。拉夫列茨基怎么也不能把眼睛从那深深吸引了他的少女身上移开来;突然,包厢门开了,米哈莱维奇进来了。这位他在整个莫斯科的几乎唯一的知交的出现,而且还出现在那个吸引了他的全部注意的少女身边,在拉夫列茨基想来是奇怪的,而且有着非常的因缘的。当他继续向那包厢望去的时候,他看出里面所有的人都把米哈莱维奇当作一个很老的朋友。台上的表演对于拉夫列茨基再也没有兴趣了;就是摩查洛夫自己,那晚上虽然

---

① 摩查洛夫(1800—1848),俄罗斯著名悲剧演员,十九世纪俄国舞台革命的浪漫主义者的代表。

"非常卖力",也并不能像往常一样在他心上产生强烈的印象。当台上表演到一个非常令人感动的场面的时候,拉夫列茨基不自主地又盯着那美丽的姑娘了:她正全身前倾,两颊燃烧着红晕;她的眼睛本来是一直看着台上的,但是,在他的不断的闪视影响之下,它们却慢慢地转了过来,落到了他的身上。……那一整晚,那一对眼睛不断地在他眼前闪着。人为的堤防终于完完全全地崩溃了:他战栗着,又燃烧着,第二天就去找米哈莱维奇去了。从他那里他知道,那个可爱的女郎名字叫作华尔华拉·巴弗洛夫娜·科罗宾娜。和她同在包厢里的那年老的男人和女人就是她的父母;而米哈莱维奇自己认识他们则是在一年以前,当他还在莫斯科近郊 H 伯爵家里当"教习"的时候。一说到华尔华拉·巴弗洛夫娜,那位热情家几乎把世间最好的赞美之词全都用上了。"那位姑娘呀,我的好兄弟,"他用他所特有的唱歌似的促音叫道,"可真是非凡的人物,天才,道地的艺术家,并且,还是一百二十分和蔼可亲呢。"从拉夫列茨基的问询里他看出了华尔华拉·巴弗洛夫娜在这青年身上留下了多么深刻的印象,于是就自告奋勇要给他们尽介绍的责任,还说,他和这个家庭是极有交情的,并且,那位将军一点儿也不骄傲,至于那位母亲,则是要多么糊涂就有多么糊涂的,只差没有把抹布当奶吃。拉夫列茨基脸红了,不清楚地喃喃了一些什么,就逃掉了。五个整天,他一直和自己的胆怯角着力;到了第六天,这年轻的斯巴达就穿上了一件新制服,把自己完完全全地交给米哈莱维奇去摆布了;而米哈莱维奇自己,则因为向来就和这家庭不算外人,只把头发掠了掠——两位同伴就一同向着科罗宾家出发了。

13

华尔华拉·巴弗洛夫娜的父亲巴威尔·彼得罗维奇·科罗宾,退役的少将,差不多一生里全在彼得堡服役,在青年时就有着第一流的跳舞家和丰仪家的美誉,但是,因为家非素封,就不得不接连给两三位不甚走运的将军当副官,其中一位把女儿嫁给了他,从这里他得到了两万五千卢布的陪嫁。既然对于所有操演和阅兵的学问,无论巨细,全都娴熟,加之又能不断埋头钻进,经之营之,终于,经过了二十年的服役,到底也弄到了一个将军的头衔,得到了团长的实缺。到了这样的地步,将军就应该不必躁进,只是乘时巩固自己的荣达就好;的确,他自己也正是这样打算的,然而,他对于事情的处理却不免有些欠缺周密:他发明了一种侵吞公款的好方法,这方法看起来也果真绝妙不过,可是他一定是做得过于节省,打点不曾周到,于是,就被检举了,而一种不仅是不愉快的、甚至是有点丑的事件就发生了。将军也曾设法奔走,虽然把自己开脱了,可是前程终于断送,上头还示意要他自动退役。他还在彼得堡又混了两年,希望也许有什么闲差竟会撞到他的头上来;然而,闲差竟不撞他,而女儿又出了女塾,家用一天一天地大了起来。……于是,万般无奈,为了节省一点,他决计迁家到莫斯科来了,在老厩街租下了一幢矮小的屋子,屋顶上还竖着高凡七呎的家族纹章,就仗着每年二千七百五十卢布的进项,开始像所有退役的将军们一样,作起莫斯科寓公来了。莫斯科是一个爱客的都城,只要不是横鼻子竖眼睛,它都一律欢迎,何况还是一位将军;巴威尔·彼得罗维奇的虽则笨重却仍然不乏军人威仪的尊容,很快就在莫斯科最漂亮的客厅里出现了。他的肥秃的后脑,他那几根染色的头毛,他那老鸦色的领巾和领上挂着的圣安娜勋章的油腻的绶带,马上就被所有那些神情倦怠、面色苍白、当别人跳舞自己却满腔抑郁地挤到牌桌上来的青年人们所熟识了。在社交界,巴弗尔·彼得罗维奇很知道保持自己的身份;他很少说话,如果要说,也由于往日的习惯,从鼻孔里哼了出来——当然,对于比自己地位高的人他是不用这种腔调的;他打牌打得谨慎,在自己家里吃得十分节省,可是在别人家里赴宴,那却可以一以当六。关于将军夫人,实在没有什么可说的;只好说她的名字叫作卡辽帕·卡尔洛夫娜;一滴眼泪老挂在她的左眼上,仗着这一点,那位德国产的卡辽帕·卡尔洛夫娜就以为自己是一个多愁善感的女人;她老像在焦虑着什么,老像没有吃得够,穿的是一件紧绷绷的天鹅绒外衣,戴一顶头巾,和一对暗淡无光的空心手镯。华尔华拉·巴弗洛夫娜是将军和将军夫人唯一的女儿,当离开女塾的时候,她不过刚刚十七岁;在女塾里,如果算不得最美丽的,无论如何也可以算得最聪明的姑娘,并且还是一位最优秀的音乐家,得过优学奖章。当拉夫列茨基第一次见到她的时候,她还不到十九岁。

14

当米哈莱维奇把拉夫列茨基引到了科罗宾家并不十分堂皇的客厅,并且把他介绍给了主人和主妇以后,他那斯巴达的腿子不由自主地抖战起来了。可是,那不知所措的胆怯却马上就消灭了:将军有着所有俄国人通有的殷勤,更加上那种名誉上曾有污点的人特有的客气;将军夫人不一会儿就好像自然消逝了;至于华尔华拉·巴弗洛夫娜,她却是那么平静,那么从容而又娴雅,使得无论谁只要一见到她,马上就可以感觉自在;况且,从她那整个迷人的身体,那含笑的眼睛,那无邪地下垂的肩膀和微带蔷薇色的手臂,她那轻盈而又娇懒的步态,以至那迂缓而又甜蜜的声音——全可以呼吸到一种诱人的魅力,好像幽香般地微妙而不可捉摸,既是温柔娴静,又像娇怯慵懒,似乎是难以用言语形容,然而却刺激人的想象,勾引人的心灵。当然,所勾引起来的决然不是胆怯一类的感觉。拉夫列茨基谈到了戏剧和前晚的表演,于是她也接着谈起了摩查洛夫,并不只是一味称赞或者叹息,而且对于摩查洛夫的演技作了几处中肯的、只有女性才能有的细致的批评。米哈莱维奇提起了音乐;于是她就全无矫饰地走到钢琴旁边,很老练地弹了几曲那时刚刚风行起来的肖邦①的玛祖卡舞曲②。晚餐的时间到了,拉夫列茨基起身告辞,但是被留下了;在席上,将军用上好的红葡萄酒款待了他,为了这将军的仆人特地雇车赶到德勃尔酒厂去了一遭。直到夜深,拉夫列茨基才回家来,衣服也不脱,只用手掩着眼睛,呆坐了很久,沉在无言的迷醉里了。好像是直到现在他才恍然明悟了人生的价值;所有他的决心和抱负,所有那些在往日他认为颇有价值的一切胡思乱想,顷刻之间全都烟消云散了;沉浸在他的整个灵魂里

---

① 肖邦(1809—1840),著名的波兰作曲家。
② 玛祖卡舞曲,波兰舞曲之一种。

的,只有一种感情,一种欲望,那就是——幸福、占有、爱情,女人的甜蜜的爱情。从那一天起,他就常常往来于科罗宾家了。六个月以后,他向华尔华拉·巴弗洛夫娜表示了自己的爱情,并且向她求婚。他的求婚被接受了;许久许久以前,也许竟在那最初拜访的当晚,将军就会问过米哈莱维奇他的朋友有多少个农奴;就说华尔华拉·巴弗洛夫娜吧,在那青年人求爱的整个时期,甚至于在他求婚的当时,她的确都是保持着她那惯常的平静和温柔的,然而,就是这位华尔华拉·巴弗洛夫娜,她可也明明白白地知道她的未婚夫是个有钱的人;而卡辽帕·卡尔洛夫娜简直就对自己说道:"我的女儿找到一个好主了。"①——于是就给自己买了一顶新帽子。

15

这样,他的求婚是被接受了,可是却附有一定的条件。第一,拉夫列茨基马上得离开大学。想想,谁会和一个大学生结婚呢?况且,那么有钱的一位地主,又到了二十六岁那么大的年纪,还像学生子一样地去上课,这该多么叫人奇怪!第二,华尔华拉·巴弗洛夫娜得亲自担任采购新娘的一切妆奁的烦劳,并且,她甚至还得选择新郎给她的礼物。她有着许多实际的知识和很高的审美能力,很爱舒适,而对于为自己寻找舒适又有着惊人的才能。这种才能尤其使得拉夫列茨基深深叹服,当他和妻子在婚礼之后,坐着她所购买的舒适的马车到拉

---

① 原文是德文。

夫里基去的时候。所有一切,华尔华拉·巴弗洛夫娜都设想得多么周到,备办得多么齐全,多么有预见呀! 从各个隐秘的角落里,跑出了些个多么可爱的旅行必备的小玩意儿呀! 多么迷人的妆盒,多么精致的咖啡罐呀! 而每个清早华尔华拉·巴弗洛夫娜亲自烧咖啡的姿态,那又是多么妩媚呀! 然而,拉夫列茨基那时是没有留心观察的心情的:他迷在欢乐里了,他醉在幸福里了;他像孩子一般,完全任幸福把自己卷走了……而他,这年轻的阿尔西德①,也的确天真得像一个孩子。他的年轻的娇妻难道不是浑身散发着不可抵抗的魅力么? 在她身上,不是应许着不可言说的神秘的快感么? 她所给予的比她所应许的更多。当他们到达拉夫里基的时候,那正在夏天最热的季节,她觉得那屋子是污秽的、黑暗的,仆人们也是可笑的、古老的,然而她认为所有这些,连提也可以不必跟丈夫提起。假如她决定长住在拉夫里基,那么,她一定会把所有一切全都改变过来,当然,就从屋子里面入手;可是,长住在这种上帝所遗弃的穷乡僻壤里的念头,却连一刻也不曾来到她的心里;她住在这里,不过像是来露一次营,她温柔地忍耐着一切的不便,对于所有的不适只是有趣地笑笑而已。玛尔法·季摩费耶夫娜也来看她亲手养大的孩子;华尔华拉·巴弗洛夫娜对她表示着大的好感,可是她对华尔华拉·巴弗洛夫娜却全无兴趣。新主妇和格拉菲拉·彼得罗夫娜也无法合拍;她本来是可以跟这位姑娘相安无事的,但是老将军对于女婿的家事却颇想插一插手:"哪怕是个将军吧,"他说道,"跟这样的骨肉之亲管管产业,也并不是什么丢脸的事

---

① 阿尔西德,即有名的大力士赫拉克勒斯。

呀!"当然,在巴威尔·彼得罗维奇,就是跟一个完全陌路的人管管产业,大概也并不认为有失身份的。于是,华尔华拉·巴弗洛夫娜就非常巧妙地进攻起来了:她完全不动声色地,在外表上好像完完全全沉醉在蜜月的甜蜜里,在乡村的静寂生活里,在音乐和书籍里,然而,却终于一步步地把格拉菲拉进逼得无路可逃,使得那位老姑娘在一天早晨发疯一般地冲进了拉夫列茨基的书房,把一束钥匙往桌上一扔,宣称道,这个家她再也管不了,她再也不愿意在这地方继续待下去了。拉夫列茨基对于这次事变本来是已有准备的,就立时答应了她的离开。这一着却是格拉菲拉·彼得罗夫娜始料不及的。"很好,"她说着,目光暗淡了,"看起来,我在这儿是多余的!我知道是谁把我赶跑的,从我的老家里给赶跑的。可是,侄儿,你记住我的话吧:无论在哪儿你都建立不起一个家来;你的命运是一生漂泊。这就是我给你的临别赠言。"当天,她就去到她自己的那个小小田庄去了,而一星期以后,科罗宾将军的大驾就光临了,用一种既得意而又无可如何的神气,把整个产业的管理权全部抓到了手里去。

在九月里,华尔华拉·巴弗洛夫娜带着丈夫到了彼得堡。新婚夫妇在那里住了两个冬天,住在华丽的、光线充足、陈设精美的公寓里;到夏天,就到皇村去避暑;他们结交了无数中等社会的、甚至高等社会的朋友,时常出外交际,也时常在家招待客人,举行最美的音乐晚会和舞会。华尔华拉·巴弗洛夫娜吸引着客人,如同灯焰吸引着飞蛾一般。然而,这种放佚的生活却并不完全符合费阿陀尔·伊凡尼奇的趣味。他的妻子劝他加入政界,然而,一方面由于他父亲的记忆,一方面由于不合自己的理想,他完全无意于此,虽然为了让妻子高兴还继续留在彼得堡。而不久之后,他就发觉了并没有人要来妨害他的孤立,他的书室在全个彼得堡是最清静、最舒适的一间,也并不是没有缘由的,他的善于体贴的妻子甚至就是鼓励他孤独起来的一人——从那时候起,一切就进行得非常如意。他又专心于他的自以为尚未完成的学业了,他又开始读书,甚至着手了英语的学习。看着他那魁伟的、宽肩的身材永远伏在书案上面,他那丰满的、红润的、毛茸茸的脸面半掩在字典或者抄本的页子中间,那样子真够奇妙的了。每天早晨,他埋头于工作;午后,就坐下来,享受极其精美的午餐(华尔华拉·巴弗洛夫娜在家务方面也是极可称赞的能手);而到了晚间,他就进入一个芳香的、灿烂的、梦幻似的世界里来了,所有在座的全是欢乐的青春的脸——而作为这世界的中心的,就正是他的妻子,那位殷勤的主妇。她为他生了一个儿子,这使他非常高兴;然而,那可怜的孩子却并没有长命:在春天,孩子死了,入夏以后,依着医生的劝告,拉夫列茨基就和妻子出国,去到有温泉的地方。在那样的不幸之后,散散心对于她是绝对必要的,并且,她的健康也需要温暖的气候。他们在德国和瑞士过完了夏天和秋天,到了冬天,正如可以预料到的,他们就到了巴黎。在巴黎,华尔华拉·巴弗洛夫娜出落得好像一朵盛开的蔷薇;她跟在彼得堡一样迅速而又巧妙地为自己建筑了一个舒适的小巢。在巴黎一条幽静而又时髦的街上,她找到了一处十分美丽的住宅;她给丈夫做了一件他从来不曾穿过的寝衣;她雇了一个妖艳的侍女,一个超等的厨娘和一个能干的男仆;她买了一辆漂亮的马车和一架十分精致的钢琴。还不到一个星期,她就会穿街过市,披肩巾,撑阳伞,戴手套,无异于一个道道地地的巴黎女人了。不久,交游也广阔起来。

最初只有俄国人来到她的家里,后来法国人也开始出现了,全是些可亲可近的单身汉,翩翩年少,温文尔雅,姓字也全是非常好听,铿铿锵锵;他们全都善于言谈,全会优雅地鞠躬,愉快地闪眼;他们全是唇红齿白,全都笑得多么好看!他们牵朋引类,络绎不绝而来,曾几何时,美丽的拉夫列茨基夫人的芳名就从安敦路直到李尔街,传遍全城了。在那种时候(那是一八三六年),现在多如蚁塚之蚁的报人和小报记者们的族类还不曾开始繁殖;然而,就是在那时候,出入华尔华拉·巴弗洛夫娜的客厅的有一位舒尔先生,这位先生,外表既不堂皇,名誉尤其糟糕,性格既暴戾如斗牛人,而卑劣则如落水狗。华尔华拉·巴弗洛夫娜本是非常讨厌这位舒尔先生的,可是,她却到底欢迎了他,因为他在好几家报上撰着稿,并且时时提到她的名字,一时称她为拉××茨基夫人;一时又称她为住在P街的、绝艳的俄国美人××夫人向全世界,那就是,向几百个和拉××茨基夫人全无关涉的订户,宣传着她是位多么可爱的、美丽的夫人,简直是一位真正的、彻头彻尾的法兰西妇人——在法国可以说没有比这更高的称赞了——说她是一位多么杰出的音乐家,说她跳舞跳得多么神妙(老实说,华尔华拉·巴弗洛夫娜跳起舞来,是真能使任何人都迷醉在她那轻飘的裙裾下面的)……总之,他把她的芳名传遍了全世界——无疑地,不管是谁,都会感觉愉快的。那时节,玛尔斯①小姐已经脱离了舞台,拉舍尔②小姐还不曾出台;可是,华尔华拉·巴弗洛夫娜却照样殷勤地拜访各个剧场。意大利

---

① 玛尔斯(1779—1847),法国喜剧演员。
② 拉舍尔(1820—1858),法国悲剧演员。

音乐使她狂喜,阿德利①的遗风使她大笑,她在法兰西剧场里婉曼地打着呵欠,可是多法尔②夫人演着极端浪漫派的闹剧的时候却能使她流出泪来;尤其值得一说的,就是李斯特③还在她家里表演过两回,并且是那么可亲,那么自然——简直迷人!就在那种爽心的欢乐里,冬天过去了;在冬末,华尔华拉·巴弗洛夫娜甚至还进过宫廷。至于费阿陀尔·伊凡尼奇呢,他也并不一定感觉厌倦,可是,这种生活有时候却使他的肩头感到沉重——其所以沉重,就是因为空虚。他读报纸,在索尔朋纳和法兰西大学旁听,留意着议院里面的辩论,并且,还已经着手翻译一本有名的关于水利的科学著作。"我也并没有荒废我的时日呀,"他自己想着,"这全会有用的。可是,下年冬天,我怎么也得回俄国,去进行我的事业了。"他所谓的事业到底是什么,很难说他自己有没有一种明确的概念,并且,也只有上帝才知道在冬天里他到底回不回得了俄国;同时,他正准备着和他的妻子同到巴顿·巴顿去……然而,一种不测的风云却把他的全部计划推翻了。

16

一天,当华尔华拉·巴弗洛夫娜不在家的时候,拉夫列茨基偶然走进她的私室,在地板上看见了一张细心地折叠起来

---

① 阿德利(1781—1858),法国喜剧演员。
② 多法尔(1798—1849),法国女演员。
③ 李斯特(1811—1886),匈牙利名钢琴家及作曲家。

的小纸条。他无心地把它拾了起来,无心地展开来,看到了是用法文写的这样的话:

  亲爱的安琪儿贝特茜!(我真没有法子称你为巴尔巴或者巴尔巴拉——华尔华拉)我在大街角上等你,却不见你来;明儿一点半钟到我们的小房子里来吧。在那时候,你那最好不过的胖丈夫(胖丈夫)多半是埋头在他的书本里的;我们可以再唱一回你教给我的你们的诗人普四根①(你们的**诗人普四根**)的诗歌:"老的丈夫,残酷的丈夫呀!"②——一千个吻吻在你的小手和小脚上。我等着你。

爱奈斯特

  拉夫列茨基在最初完全不明白他念的到底是什么意思;他再念了一次——他的头昏乱了,地板在他的脚下颠簸起来了,好像他是站在暴风雨中的船只的甲板上。他叫了一声,呻吟着,同时哭出来了。

  他完全昏迷了。他是那么盲目地相信了他的妻子;她的欺骗和不忠,他是从来连做梦也不曾想到过的。这个爱奈斯特,他妻子的情人,就是那个黄头发、狮子鼻、小胡子的小白脸,约莫二十三岁,在他妻子的相识中间也许是个最不足道的角色。几分钟过去了,半点钟过去了,拉夫列茨基仍然呆立着,手里抓着那个致命的纸条,失神地望着地板;黑暗的旋风似乎向他扑过来了,在那里面,他好像模糊地看见了无数苍白的面影;悲痛的感觉使他的心沉下了;他感到他好像是在沉落着,沉落着……沉向了无底的深渊。一阵轻快的、熟识的丝质

---

① 普四根,指普希金。
② 见普希金所作《茨冈》。

衣裳的窸窸窣窣声把他从麻痹里惊醒了过来;华尔华拉·巴弗洛夫娜戴着软帽、披着肩巾,匆忙地从外面跑进来了。拉夫列茨基全身颤抖,冲出房去;他感到在那一刹那他简直可以把她撕成碎片,简直可以把她打死,像个农民般地,亲手把她掐死。华尔华拉·巴弗洛夫娜惊呆了,想来拦住他;可是他却只能迷糊地说出一声"贝特茜",就从屋子里冲出去了。

  拉夫列茨基叫了一辆马车,告诉车夫赶到市外去。那整个下午和整个长夜,他一直乱跑着,时时突然停止,并且绝望地摊开两手:一会儿他感到发狂般的愤怒,一会儿他又觉得这些事情也真可笑得很,他甚至觉得很有趣味。在黎明的时候,他冻得半僵了,就走进了一个破落的近郊旅店,要了一个房间,在靠窗的椅上坐了下来。一阵痉挛性的呵欠捉住了他。他简直不能撑持,他的精力已经完全消耗了,但是不曾意识着疲倦——然而,疲倦却有着它自己的要求:他坐在那里,茫然瞪视着,什么也不能了解;他不明白他是遭遇了什么事情,他为什么一个人独坐在这空洞的、陌生的房里,四肢麻木,口里有着苦味,心头压着一块大石头;他不能明白究竟是什么东西使得她,他的华丽雅①,竟肯委身给那么一个法国人,并且,明明知道自己对他不忠,她怎么竟能还和从前一样,还是那么镇静,还是对他那么温柔而且亲热!"我不明白,"他的干燥的嘴唇自语着,"现在想起来,谁能说得定就是在彼得堡的时节……"他还没有说完这个问题,一个新的呵欠又打过来了,他感觉了全身的战栗和瑟缩。光明的和黑暗的记忆同样苦恼着他;他猛然记了起来,只在几天以前,当着他,也当着那个爱

---

① 华丽雅,华尔华拉的爱称。

奈斯特,她就坐在钢琴前面唱过:"老的丈夫,残酷的丈夫呀!"他记起了她脸上的表情,她眼里的奇异的光彩,和她颊上的红晕——他从他的椅上站起来了,他要去对他们喝道:"你们跟我玩这么一套就大错特错啦!我的曾祖父就惯常用钩子穿着农民们的肋骨,把他们吊了起来,我的祖父自己就是一个农民。"——于是,就把他们双双杀死。然而,突然之间,一切对于他又好像不过是一场噩梦罢了,甚至不是梦,而只是完全无稽的幻想;只要他把自己抖一抖,向周围望一望,一切就会……他果真向周围望了望,而深深的苦痛,就好像鹰爪抓小鸡儿似的,更深更深地刺到他的心底去了。更难堪的是,拉夫列茨基正希望着,在几个月以后,他就可以重做父亲……他的过去,他的未来,他的整个的生命,全给毁了!终于,他回到了巴黎,投奔了一家旅馆,就把那位爱奈斯特先生的纸条送给了华尔华拉·巴弗洛夫娜,连同这样的一封信:

　　附来的纸片会给您解释一切的事情。附带,我得跟您说一说,我真想不到:您,平素那么细心的角色,怎么这回竟会随便丢了那么重要的文件!(可怜的拉夫列茨基,为了这么一个警句,推敲了够几个钟头。)我不能再见您,我想您也不会想再见我。我每年拨给您一万五千法郎;我不能多给。把您的通信处送给我的账房去。现在,您高兴做什么,高兴住到什么地方去,一切听便。我祝您幸福。回信是不必要的。

在信上,拉夫列茨基给妻子写的是不要回信……可是,他心里却期待着、甚至渴望着一封回信,一种关于这奇怪的、难以理解的事情的解释。华尔华拉·巴弗洛夫娜在当天就回了他一封法文的长信。一切都完结了:连最后的怀疑也消灭了——他甚至惭愧他曾有过任何怀疑。华尔华拉·巴弗洛夫娜一点也不为自己辩护:她只是想要见他;她请求他不要无可挽回地决定了她的命运。那信是冷酷的、矜持的,虽然在上面,这里和那里,也可以看出泪痕。拉夫列茨基苦笑了,对来人说了一声很好。三天后,他离开巴黎了,但是,并不是回到俄国,却是到意大利去。他自己也不知道,他为什么特别选中了意大利;老实说,无论到什么地方去,对他都是没有分别的——只要不是回家。他把他妻子的赡养额通知了他的管家,同时,命令立刻把产业的管理权从科罗宾将军手里全部收回,不等结账,就把那位老爷从拉夫里基遣走;他出神地想象着那位被逐的将军的狼狈神态和他勉强装出的自尊的神情,这样,虽然在自己的万分懊恼中间,他也不自主地感到了一种恶意的满足。同时,他写信给格拉菲拉·彼得罗夫娜,请她回到拉夫里基来,并且给了她一张全权的委托状;可是格拉菲拉·彼得罗夫娜却一定不肯回来,甚至还在报上登了启事,声明委托状完全无效,这实在是完全多余的。拉夫列茨基把自己藏在一个意大利小城里,可是,许久许久,还不能不暗地追踪着他妻子的踪迹。从报纸上,他知道她已经离开巴黎,如所计划的,到巴顿·巴顿去了;而不久之后,她的名字就在我们所知道的那位舒尔先生的文章里出现了。这篇文章,在那惯常的轻薄后面还可以发觉一种友谊似的怜悯,在费阿陀尔·伊凡尼奇的心里留下了一种非常恶劣的印象。再后,他知道他有了一个女儿;两个月以后,从管家的报告里他知道华尔华拉·巴弗洛夫娜已经支取了第一季的赡养金。于是,不名誉的消息接二连三地来了,一次比一次更其不堪入耳;而终于,由她主演的一幕无足羡艳的悲喜剧就载满了各个报纸,产生了极大的热闹。一切都完结了:华尔华拉·巴弗洛夫娜已经成了"名人"。

拉夫列茨基不再追踪她的行动了,然而,也并不能马上就控制了自己的感情。有时候,对于妻子他是充满了那么深的渴慕,这使他想着,只要他能再听到她的甜蜜的声音,再摸到她的温柔的手臂,那么,他就什么也可以不必坚持了,就是饶恕她也可以。然而,时间也并没有空过。他并不是生来受罪的:他的健康的天性要求着它自己的权利。许多事他已经看清楚了;甚至那个突来的打击,他也看清了并不是过于奇突的;现在,他已经了解他的妻子了——对于我们终日接近的人,我们反而只有在离开以后这才能够充分了解的。他又能继续他的学业,开始他的工作了,虽然已经远没有从前那样的热情:他的人生经历和教养给他带来的怀疑主义,终于决定地攫住了他的心灵。他对于所有一切全都变得非常淡漠。四年过去了,他这才感觉到足够坚强,回到他的祖国,来会见他的家人。在彼得堡和莫斯科都不曾停留,他一直来到了 O 市——在这里,我们曾经和他暂别,那么,也从这里,我们请我们的好心的读者们一同回转吧。

17

在我们前面说过的第二天的早晨九点钟,拉夫列茨基正走上卡里金家的台阶。他碰见丽莎,戴着帽子和手套,准备出去。

"你上哪儿去?"他问她。

"去做弥撒。今儿是礼拜天呢。"

"你也去做弥撒吗?"

丽莎没有回答,却惊奇地望着他。

"啊,对不起,"拉夫列茨基说,"我……我是随便说的。我是来和你们告辞的,一个钟头以后我就动身回乡下去了。"

"离这儿不多远,对吗?"丽莎问。

"大约二十五俄里。"

这时候,莲诺奇卡在门边出现了,一个女仆陪伴着她。

"好吧,记着别忘了我们。"丽莎说着,就走下了台阶。

"你可也记着别忘了我。啊,听我说,"他加说道,"你是往教堂去的,祈祷的时候也请替我祈祷吧。"

丽莎忽然停止下来,转身向他。

"要是您高兴,"她说着,眼睛直直地望着他的脸,"我也会替您祈祷的。来,莲诺奇卡!"

拉夫列茨基发现玛丽亚·德米特里耶夫娜独自坐在客厅里。从她身上,科伦香水和薄荷的香味一阵阵散发出来。据她说,她的头痛一夜不曾安宁。她用她那惯常的慵懒的亲切接待着他,而渐渐地就扯谈起来了。

"据您看,"她问他,"弗拉基米尔·尼古拉依奇可不是个很可爱的青年人么?"

"什么弗拉基米尔·尼古拉依奇?"

"怎么着,就是昨晚在这儿的那个潘辛呀!他对您的印象好极啦。我跟您,亲爱的表弟,咱们俩私下谈谈吧,他对我们家丽莎简直要爱得发狂了。您觉得怎样？他是世家子弟，前途远大，人又聪明，喏，已经是一位侍从官呢；假使上帝的旨意是那样的话……在我这做母亲的，也就够乐意的了。当然啊，那是个大责任；当然哪，儿女的幸福，您知道，无论怎么样，都是靠着做父母的人的；直到现在，无论什么事情，是好是坏，您瞧，我都一手担当了下来；我亲自料理、亲自教养我的孩子们，什么事都仗着我自己……刚刚，我还写了信给波留斯太太，请介绍个保姆来……"

玛丽亚·德米特里耶夫娜于是一连串地描写起来她的种种辛劳、种种操心和她的种种母爱。拉夫列茨基默默地听着，把手里的帽子扭来扭去。他的冷淡的、难受的目光终于使得那位唠叨不休的太太困恼起来了。

"您觉得丽莎怎么样呢？"她问。

"叶丽莎维达·米哈伊洛夫娜当然是个极好的姑娘，"拉夫列茨基回答着，站了起来，鞠过躬，就到玛尔法·季摩费耶夫娜那边去了。玛丽亚·德米特里耶夫娜怏怏地目送着他，心里想道："真是个海豹！乡下人！唔，现在我才知道你老婆怎么会对你不忠实来的。"

玛尔法·季摩费耶夫娜正坐在她自己的房里，身旁环侍着她的整个家族。这一共有五位，每一位在她的心里几乎都同等亲爱：一位是一只灵巧的、肿颈子的黄莺儿，自从它不会唱歌也不会吸水以后，她就更爱它了；一位是一只非常沉静的、胆怯的小狗，叫罗斯卡；一位是一头暴躁的猫，叫玛特罗斯；一位是一个黑皮肤、大眼睛、小尖鼻子、刚刚九岁的伶俐小姑娘，叫苏罗奇卡；再一位就是一个五十来岁的老妇人，老是蒙着白头巾、黑长衣上罩着淡褐色短衫的，名字叫拿斯塔霞·

卡尔坡夫娜·阿加尔可娃。苏罗奇卡是一个无父无母的孤儿,出生于贫穷人家。玛尔法·季摩费耶夫娜收养她,正和收养罗斯卡一样,完全出于怜惜:她是在街上把那小狗和那小姑娘拾回来的;两个都很瘦弱而且饥饿,两个都被秋雨淋得浸湿;从来没有人找过罗斯卡,至于苏罗奇卡,她的叔父,一个做鞋匠的酒徒,甚至很高兴地把她送给了玛尔法·季摩费耶夫娜——他既然连自己也吃不饱,就更没有什么给他的侄女儿吃的了,除了用鞋楦敲她的脑袋以外。说到拿斯塔霞·卡尔坡夫娜,那是玛尔法·季摩费耶夫娜在一次巡礼的时候,在一个寺院里面结识的;在礼拜堂里,她自动地走到她面前去自动地和她谈起话来,并且请她到她家里来喝一杯茶。玛尔法·季摩费耶夫娜之所以喜欢她,就是因为,用她自己的话来说,"她祈祷得挺够味儿。"从那一天起,她就再也不曾离开她了。拿斯塔霞·卡尔坡夫娜出身于已经式微的贵族,是一个无儿无女的孀妇,性情愉快而且温和;她有个圆圆的脑袋,头发已经灰白,两手既白且软;她的脸面也是温软的,除了那相当可笑的狮子鼻以外,五官全都生得大方、慈蔼。她很尊敬玛尔法·季摩费耶夫娜,而玛尔法·季摩费耶夫娜也非常喜欢她,虽然对于她那易于感动的心也爱时常打趣。拿斯塔霞·卡尔坡夫娜对于所有的青年人们全都心软,对于最无邪的玩笑也要不自主地少女似的红起脸来的。她的全部财产共计一千二百纸卢布;她做着玛尔法·季摩费耶夫娜的食客,然而却跟她处于完全平等的地位——玛尔法·季摩费耶夫娜是绝对不能容忍奴役之类的事情的。

"啊,费嘉!"她一见到他,就叫了起来,"昨儿晚间你还没有见到我的家属,现在来观光观光吧。我们这会儿全到齐啦;

这是我们的第二次节日茶会。你可以拥抱他们每一个；只有苏罗奇卡可不会让你抱，猫也会抓你。你今儿就走吗？"

"是的，"拉夫列茨基说着，坐到一把矮小的椅子上，"我刚跟玛丽亚·德米特里耶夫娜告辞来。我也见过了叶丽莎维达·米哈伊洛夫娜。"

"就管她叫丽莎吧，我的老爷，她从几时起能把尊称米哈伊洛夫娜用到你的头上来的呀！可是，安静点儿坐吧，要不你会把苏罗奇卡的椅子给坐垮了。"

"她正要做弥撒去，"拉夫列茨基继续说，"她真是很虔诚的么？"

"是的，费嘉，很虔诚。比你我都虔诚，费嘉！"

"您自家还不虔诚吗？"拿斯塔霞·卡尔坡夫娜细声说，"就说今儿，早晨的弥撒您不去，晚间您一定得去的。"

"不，不——你一个人去吧；我变懒啦，我的妈妈，"玛尔法·季摩费耶夫娜回答说，"我已经上了茶瘾了。"她和拿斯塔霞·卡尔坡夫娜虽然处在绝对平等的地位，然而称呼她却用"你"——她毕竟是属于帕斯托夫家族的：在伊凡雷帝的贵族表①上就有三个帕斯托夫；这事实玛尔法·季摩费耶夫娜是心里有数的。

"请您告诉我，"拉夫列茨基又开始了，"玛丽亚·德米特里耶夫娜刚刚给我谈到那个……那个什么呢……那个潘辛。那位先生是怎么个人哪？"

"天哪！你看她真是怎样的个长舌鬼呀！"玛尔法·季摩费耶夫娜咕噜着，"我想她一定还偷偷地告诉了你，说她物色

---

① 伊凡雷帝为了建立统一的封建帝国，曾杀戮破坏统一的大贵族多人。

到了一位多么漂亮的求婚人吧?她光跟她那牧师儿子叽叽咕咕还不够,还要到处麻烦人呢。可是,谢天谢地,还什么影儿都没有呢!可是,她早就瞎扯起来了。"

"您怎么说'谢天谢地'呢?"拉夫列茨基问。

"怎么啦?因为那个漂亮小子不逗人喜欢!又有什么可以喜欢的呢,呃?"

"您不喜欢他?"

"是的,他什么人也勾引不了。只要我们的拿斯塔霞·卡尔坡夫娜瞧上了他,就够他受用的啦!"

可怜的寡妇简直窘极了。

"您怎么能这么说呢,玛尔法·季摩费耶夫娜?难道您不怕上帝!"她叫着,立刻,她的脸和颈子全都红遍了。

"那流氓也真晓得拍她呢,"玛尔法·季摩费耶夫娜不顾别人,继续说道,"他晓得怎样抓住她的心眼儿:他送了她一个鼻烟壶儿。费嘉,求她给你一撮闻闻吧;你可以看得见是多么漂亮的鼻烟壶儿呀:盖子上还画着个骑马的骠骑兵呢。你干脆不用辩吧,我的妈妈!"

拿斯塔霞·卡尔坡夫娜只能毫无办法地摆了摆手。

"那么,丽莎呢?"拉夫列茨基又问了,"她也还喜欢他吗?"

"她好像也还喜欢他——可是,说到别的,就只有上帝知道吧!别人的心眼儿,你知道,那就像一个黑暗的树林;一个女孩儿的心,那更看不透。就说我们的苏罗奇卡吧——你来猜猜她的心眼儿!为什么自从你来她就躲了起来,可是又不跑开呢?"

苏罗奇卡忍不住地笑了出来,跑出室外去了,同时拉夫列茨基也从座位上站了起来。

"是的,"他缓慢地说道,"一个少女的心是难得猜透的。"
于是,他开始告辞。

"怎么样,我们不久就可以再见么?"玛尔法·季摩费耶夫娜说。

"也许,姑姑;横竖我的地方离这儿也并不远。"

"是的;当然,你是到华西列夫斯科耶去的。你不会住在拉夫里基——唔,那是你自己的事情。只是,到了那边,记着到你母亲的坟上,还有你祖母的坟上,去望望吧。你在外国学了那么许多学问回来,也许,谁知道呢,就是在她们的坟墓里,她们也竟能感觉到你去看过她们来的。也别忘啦,费嘉,要给格拉菲拉·彼得罗夫娜做做安魂法事;这儿我给你一个银卢布。接着吧,接着吧,我本来就要给她念次安魂经的。在她生前我并不太喜欢她,可是,平心说一句,她倒是个有血性的姑娘。她聪明能干,也没亏待过你。现在,走吧,上帝祝福你,要不,你会讨厌起我来啦。"

于是,玛尔法·季摩费耶夫娜拥抱了她的侄儿。

"丽莎嘛,她是不会嫁给潘辛的,别担心事吧;他那种角色,可配她不上。"

"是的,我一点儿也不担心呢。"拉夫列茨基回答着,就退了出来。

18

四个钟头以后,拉夫列茨基已就归道了。他的旅行马车在柔软的村道上迅速滚动着。两星期以来,不曾下过一滴雨;乳白色的轻雾弥漫在空气里,笼罩着远处的林木;从那里,散发着燃烧似的气息。许多灰暗的、轮廓朦胧的云片,悠闲地浮在苍蓝的天上,缓缓地爬了过去;强劲的枯风不断吹拂着,但不能驱走暑热。拉夫列茨基把头倚着软靠,两手叠在胸前,凝望着田野成扇形地在眼前展开,柳林缓慢地从车前掠过;他凝望着那些用蠢笨的怀疑来斜睨着过客的乌鸦和白嘴鸦,凝望着那些丛生在田界上面的山艾、苦蓬和野菊;他凝望着……那新鲜而肥沃的原野,那无边的寂静,无尽的苍翠,那横亘的丘岗和植满了低矮槲树的山谷,那灰色的村庄,那细长的白桦——所有这整个的俄罗斯风景,他许久不曾见过的,给他的灵魂带来了一种甜蜜的、同时又几乎是悲痛的感觉,使他的心头感觉了一种愉快的压迫。他的思想缓慢地飘浮着,正和那些也在天空飘浮着的云片一样杂乱,一样朦胧。他回忆到他的儿时,他的母亲;他记得在她弥留的时际,人们怎样把他带到她的床前,而她,怎样把他的头抱在自己的胸前,就开始低声呜咽了,于是,她抬起头来,望了望格拉菲拉·彼得罗夫娜——就永远沉默了。他又想起他的父亲,在最初是那么兴高采烈,声似铜钟,对一切都怀不满,后来却瞎了眼睛,哭笑无常,灰白的胡子多半是蓬松凌乱;他还记得,有一天,在吃午饭的时候,那老人多喝了一杯,把肉汁滴满了食巾,突然哈哈大笑了,就开始数说着他的各种胜利,还不时眨着他那无光的眼睛,把脸涨得通红;他也记起了华尔华拉·巴弗洛夫娜——而他就不自主地战栗了,好像有人忽然触动了他的隐痛,于是,他重重地摇了摇头。而不久之后,他的思想就停留在丽莎身上了。

"那儿,"他想着,"一个新的生命正要踏上人生的道路了。一个好孩子呢!将来会变得怎样呢?她是美的。苍白的、新鲜的面颜,那么庄严的眼睛和嘴唇,表情是那么诚挚而且天真。可惜的是,心地有点儿太热忱了吧?她的身材也是优美的,步态是那么轻盈,声音也是那么沉静。我最喜欢看她突然停止下来,一笑也不笑,那么注意地、庄严地听着你的说话,于是,就把头发甩到脑后,开始沉思起来了。的确,我也同意,潘辛是配不上她的。不过,他又有什么顶坏的地方呢?况且,我又何苦来担这些心事呢?别人走的路,她也同样得走的。我还是不如睡一睡吧。"而拉夫列茨基就闭上了眼睛。

他并不能入睡,不过是沉入了旅人的白日梦里。过去日子的幻影,正和先前一样,仍然缓慢地浮现了出来,落在他的心上,和所有其他的回忆错杂起来,混乱起来了。拉夫列茨基,天知道为什么,忽然想起了罗伯特·皮尔①……想起了法国史……想起了如果他是一个将军他会怎样打一个胜仗;他几乎听见了枪声和叫声在他的耳边震响。……他把头偏过一边,把眼睛睁开了来……仍然是同样的田野,同样的草原景物;胁马的光亮的铁蹄更替地在翻飞的尘阵里闪耀;车夫的黄色的、在腋下衬着红色补片的衬衫,在风里鼓胀起来……"我就是像这样重归我的家园来啦,"这样的思想忽然闪过了拉夫列茨基的脑际,于是他喊了一声"快!"就把自己裹在大衣里面,更紧地靠拢着靠垫了。马车震了一震:拉夫列茨基正坐起来,睁大了眼睛。在前途,小丘上面,一个小小的村落铺展着:微微向右,可以看见一座不大的古旧的地主邸宅,门窗全

---

① 罗伯特·皮尔(1788—1850),英国政治家。

关着,小小的门廊已经倾斜了;在那宽大的庭院里,从大门起始,全长着荨麻,绿而且密,正和大麻一般;在那里,也立着一间槲树做成的仓屋,虽然旧,却仍是坚实的。这就是华西列夫斯科耶。

车夫把马车转向了大门,停住了马;拉夫列茨基的小厮从座位上站了起来,做出了一个就要跳下的姿势,叫道:"咳!"一声粗哑的、沉闷的狗叫传了出来,然而,什么也没有看见,甚至连狗也没有出来;小厮又做出了要跳的样子,又喊了一声"咳!"那衰老的狗叫声又传出来了,接着,不知从什么地方,就冒出一个穿紫花布长袍、头发雪白的老人,跑到庭院里来了;他用手遮住阳光望了望那马车,忽然两手在腿上拍了起来,慌慌张张地忙乱了一会儿以后,就一直跑来开启大门。马车进了前庭,车轮辗着荨麻,发出轧轧的声响,停在台阶前面。白发的老人,看来还是非常灵敏的,已经把两条腿弯曲地、古怪地分开着,站在最低的门阶上了;他颤巍巍地把车门打开,把皮套子扔到了一边,就扶着主人落下车来,接着,吻了主人的手。

"好呀,好呀,兄弟!"拉夫列茨基说道,"你的名字是叫——安东?你还健在呀?"

老人默默地鞠了躬,就跑去取钥匙来。当他跑去的时候,车夫仍然一动不动地坐着,偏着头端详着那些紧闭的门户;拉夫列茨基的小厮,一从车上跳下来以后,就以入画的姿势,像生了根似的站在那里,一只手扶着车厢。老人把钥匙取来了,把那套着锁门的手肘高高举着,同时,完全不必要地、蛇似的扭动着身体;把门打开之后,他就站在一旁,再一次一躬到地。

"这儿,我到底到家啦;这儿,我到底回来啦。"拉夫列茨基想着,就走进了那小小的前厅;同时,所有门窗,一个一个全

247

都砰砰地开启了,白昼的光亮于是又射进了这个久经荒凉的房屋。

19

拉夫列茨基刚刚到达的,也就是两年以前格拉菲拉·彼得罗夫娜在里面作了最后的呼吸的那座小屋,是在前世纪里用坚实的松材造成的;外表虽然好像已经老旧,其实是,再过五十年或者更多的年代,也还不会坏的。拉夫列茨基到所有的房间里巡视了一周,吩咐把所有窗户开启,这使得那些背上负着白色的灰尘、修行似的挂在墙角和门檐上的衰老而又疲惫的苍蝇大大地不安起来:自从格拉菲拉·彼得罗夫娜故世以后,这些窗户就从来没有开过。屋里的一切还是一如往昔,毫无变动:在客厅里,罩着亮灰色布套的那些细腿的小沙发全都破旧了,陷坍了,活活地使人记起了叶卡杰琳娜的时代;也是在客厅里,还立着那已故的女主人常坐的靠椅,那高而挺直的靠背,女主人就是在她的老年也从来不曾靠过。正墙上面,挂的是费阿陀尔的曾祖父、安得烈·拉夫列茨基的古老的画像;从那皱裂而暗淡的背景里,他那黝黑的、胆汁的脸面几乎难以辨认出来;他的细小的、凶狠的眼睛,从那低垂的、好像有点儿肿起的眼睑之下严厉地望了出来;他那不曾敷粉的黑头发在那紧蹙的浓眉上面遒然上翘。在画像的一角,挂着一束落满灰尘的长春草。"格拉菲拉·彼得罗夫娜她老人家自己给扎的呢。"安东解释说。在卧室里,立着一架窄小的床,上面罩着有条纹的帐幔,虽然已经老旧,但质料却是极其坚牢的;床上,是一堆褪了色的靠枕,和一条单薄破旧的盖被;在床头,挂着的是一幅"圣母入殿"图,也就是在这幅图上,那孤独的、被人遗忘的老处女,在她弥留的时际,曾以自己的已将冰冷的嘴唇最后一次地接了吻的。靠着窗边,是一座嵌木的妆台,饰着红铜做成的饰物,和一架镜框的镀金已经变黑的歪镜子。和卧室紧连的,是神像室,一间四壁空悬的小房,在一个角落里,立着笨重的装着圣像的神龛;地板上,是一块破旧的拜垫,上面滴有无数的蜡油污点;格拉菲拉·彼得罗夫娜在祈祷的时候老是俯伏在这上面的。安东去帮忙拉夫列茨基的小厮开启马房和车房去了;代替他的,冒出了一个几乎和他同样年老的妇人,头巾一直缠到了眉际;她的头颤动着,眼睛暗淡,然而表现着勤恳习惯的、沉默的服顺,同时,也表现着一种恭谨的哀怜。她吻了吻拉夫列茨基的手,于是默默地站在门边,等候吩咐。他怎么也记不起她的名姓,甚至不记得他是否曾经看见过她;原来她的名字叫作阿勃拉克霞;四十年前,格拉菲拉·彼得罗夫娜把她从邸宅里革除了,命令她来料理鸡场。她很少说话,似乎已经老糊涂,只能默默地望着他。除了这一对老者和安东的曾孙们——三个穿着长衬衫的鼓肚子孩子以外,住在这地主府邸里的还有一个独手的不服劳役的老农民,他说话有如山鹬的咯鸣,什么事也不能做了;并不比这残废的农民更有许多用处的,是一条残废的、曾以自己的嘶哑的吠声欢迎了拉夫列茨基的归来的老狗;十年以来,它一直被一条依着格拉菲拉·彼得罗夫娜的命令而买来的粗链锁着,在这重负之下,几乎变得连动也不能动了。检阅了屋子以后,拉夫列茨基就来到

249

花园,对于这座花园他感到非常满意。花园里面,长满了丰茂的野草、牛蒡子、草莓子和覆盆子的草丛;然而,也有着大量的树荫,许多身干高大、繁枝支离的老菩提树立在那里,互相拥挤着,似乎至少有一百年不曾加过修剪。花园的一端,是一个明净的小湖,四周生着细长的、红色的芦苇。人间生活的遗迹很快就在这里消逝了:格拉菲拉·彼得罗夫娜的庄园虽然还不曾完全荒芜,然而,却已经沉入了宁谧的深梦,在这里,似乎一切都已安眠,所有人间的熙攘在这里也都不存在了。费阿陀尔·伊凡尼奇也到村里各处走了一转;农妇们站在自己茅舍的门边,手支着颊,注视着他;农民们远远地向他敬礼;孩子们跑开去;狗们也无精打采地吠叫着。最后,他感觉饿了,可是,他料想在黄昏以前他的厨子和别的仆人们是不会来的;到拉夫里基去装运食物的马车还没有到——这就不得不和安东商量了。安东立刻张罗了起来:他抓来了一只老母鸡,宰了,拔了毛;阿勃拉克霞就把它仔细地搓着,揉着,像擦洗衣服似的,搓揉许久以后,这才下了锅;终于,老母鸡煮好了,安东就来铺上台布,摆上刀叉,还在那佳肴前面放上一只三条腿的、污旧的盐碟和一只细颈的、有着圆球玻璃塞子的小巧玲珑的酒壶;于是,就用歌唱一般的声音向着拉夫列茨基报告餐已齐备——他自己则右手缠着一条餐巾,站在主人的椅后,身上散发出一种强烈的、古老的、柏树似的古怪气味来。拉夫列茨基尝了尝汤的味道,于是开始对付母鸡;鸡皮上布满了粗大的疱子,两腿各有一条扭也扭不断的粗筋,鸡肉发出木炭和灰水似的味道。食事完毕以后,拉夫列茨基说道,他很想喝点儿茶,如果……"马上就给您拿来。"老人抢着说。他果真没有失信。一撮茶叶被搜索了出来,包在一片红纸里面;一尊小小的,然而却非常热烈地喧哗着的小茶炊,也找出来了,还找到了一些碎块的糖,好像马上就会溶掉似的。拉夫列茨基用一只大杯喝着茶;这杯子是他从顶小的时候就记得的:上面描有纸牌的花纹,在当时,是只有客人才能用的——而现在他也用了,正和一个客人一样。傍晚时分,仆人们到了;拉夫列茨基不喜欢睡在他姑姑的床上,所以就吩咐在餐厅里给他另搭一个来。吹灭了蜡烛以后,他还许久许久环视着周围,默想着一些并不愉快的思想;他经历着每一个在一间久无生人的房间里过夜的人皆所熟知的感觉;他感觉着那从四周对他压迫下来的黑暗对于新的主人似乎还有一点儿怯生,连屋子里的墙壁对他也好像表示着惊讶似的。终于,他叹息了,把被盖拽了上来,就入睡了。屋子里所有的人全都入睡了,只有安东却还不曾上床;他和阿勒拉克霞细声谈了很久,间或低低地叹息;还对自己画了两次十字;两个老仆人都想不透他们的主人,在近边既有那么美丽的庄园和那么堂皇的邸宅,怎么竟会住到这华西列夫斯科耶来的;他们怎么想得到那个拉夫里基对于它的主人正是可憎的呢;他们怎么料得到就是那堂皇的邸宅正能在主人的心里唤起痛苦的回忆!他们两个私语够了以后,安东就拿起一根棒子来,敲了几记那个挂在仓房上面的沉寂已久的守夜人的木板。于是,在他那雪白的头上连什么也不曾盖上,他就躺在庭院里了。五月的夜是平静的、温柔的——老人甜蜜地入了睡乡。

20

次日,拉夫列茨基起得很早,和村长谈过话,就来到禾场,叫人把那条家犬的锁链给解了;那狗只懒懒地叫了两声,竟不能从自己的狗舍里走出来——于是,他就走回家来,沉到一种和平的白日梦里了,并且在那一整天里不曾振拔出来。"那么,这儿是我,我是沉在河流的底层了。"不止一次,他这么自语着。他坐在窗前,一动也不动,好像是在谛听周围的寂静生活的流动,听着那从冷落的村里传来的稀少的声息。在那边,在荨麻背后,有人用尖细的嗓音低声歌唱了;一只牛蝇嗡鸣着,似乎在跟歌声应和。歌声停止了,然而,牛蝇却仍然继续嗡鸣;在那单调的、固执而悲怆的蝇鸣中间,可以听见一只肥大土蜂的嘶叫,它叫着,并且不断把脑袋触着天花板;路上,一只雄鸡开始啼叫了,嘶哑地拖长着尾音;一辆小车隆隆而过;谁家的大门又发出了吱格的锐响。"怎么啦?"突地一个女人的声音划然传来。"啊哈,我亲爱的小心儿!"是安东在和自己怀里的一个两岁大小的小女孩说话。"拿克瓦斯来呀。"那同一个女人的声音又叫了——于是,又是死样的静寂蓦然来到;没有声音,没有任何响动;没有风吹着树叶;燕子低低地掠过地上,一个一个地,全都没有声息,它们的寂寞的飞翔带来了哀愁,落在旁观者的灵魂上了。"那么,这儿是我,我是沉在河流的底层了。"拉夫列茨基又自语了。"在这儿,生活总是这么平静,这么悠闲,"他想着,"无论谁,落到了这样的生活里面,就得顺从自己的命运;这儿无需激动,用不着烦恼;在这儿,只要安静地埋头前进,正如耕夫追随着自己的犁路,那就行了。在这四周,全有着怎样的活力;在这不动的沉寂里,全都藏着多么茁壮的生命!在这儿,就在这窗下,倔强的牛蒡子从茂密的草丛里冒出了头来;在上面,独活草伸出了它那多汁的茎;更上面,圣母泪①也扬起了它们的蔷薇色的触须;而那边,在那广阔的田野里,成熟的黑麦正发着光,燕麦正抽着穗,树上的每一片叶,草上的每一根梗,也全都欣欣向荣,得时伸展呢。为了一个女人的爱,我的最好的岁月全给消磨完啦!"拉夫列茨基继续沉思着,"那么,愿这儿的单调生活来安定我,愿它来抚慰我吧;让它来教育我,使我也能不慌不忙地干点儿事业出来吧。"于是,他又开始谛听着那无边的沉寂;他听着,并不希望听到什么——同时,却又像在不断期冀什么;静穆从四面把他包围起来;太阳静静地滑过了平寂而蔚蓝的天空;天上,云头恬静地浮着,好像它们竟能知道自己是为着什么、向着什么地方流去。在世界的别的部分,就在那一刹那间,生活正在沸腾着,熙攘着,喧噪着;然而,在这里,生活却无声地流过,正如流水流过平静的草原;这种无声地流来却又静寂地逝去的生活,拉夫列茨基一直沉思着,直到黄昏已深的时候;过去的哀愁犹如春日的积雪一样,在他心里消溶了。而且,说来奇怪——对于家乡的情爱,在他的心里也从来没有像这样深沉、像这样强烈的!

---

① 圣母泪,草本植物,结实浑圆,通常用作念珠。

21

　　两星期之间,费阿陀尔·伊凡尼奇才把格拉菲拉·彼得罗夫娜的小屋子理出一个头绪来;清扫了庭院和后园;从拉夫里基搬来了舒适的家具;从城里运来了酒、书籍和报纸;马房里也有了马匹;总之,费阿陀尔·伊凡尼奇已把所需要的一切全都备齐,开始一种既不全像乡村地主,也不全像正规隐士的生活了。他刻板似的过着单调的日子:虽然整天不见人来,但也不觉得厌倦;他勤谨地、专一地料理田庄的事务;他骑马周游田野,也读读书。但是,他读书的时间并不多,却更高兴听老安东给他讲故事。通常,总是拉夫列茨基坐在窗前,手里一斗烟,面前一杯凉茶;而安东则站在门边,两手叉在背后,悠悠然讲起他那古代的、神话似的时代的故事:在那时候,燕麦和黑麦全不用斗量,却用大袋装,两三戈比就能买一袋;在那时候,无论东南西北,甚至直到城边,全是通也通不过的森林和人手从来不曾动过的草原。"可是这如今哪,"头上已经过去了八十春秋的老人就开始埋怨起来了,"什么全给砍了,犁了,要赶车也不知道往哪儿赶去。"安东也时常长篇大论地叙述已故的女主人格拉菲拉·彼得罗夫娜的故事,说她多么有见识,多么节省;他说,那时候,有那么一位老爷,她的一位青年邻居,想得到她的好感,常常跑来看望她,而她,甚至还特地为他戴过她的有紫红缎带的大礼冠和穿过她的黄绸大礼服;可是,不久以后,只为那位邻居先生发出了这样难听的问题:"姑娘,您手头究竟有多大的产业呀?"——于是,她就大怒起来,吩咐下人再也不让他进屋里来,并且当时就发下了命令,在她死后,无论什么,连一片顶小的破布,也都得传给费阿陀尔·伊凡尼奇。这也的确不假,拉夫列茨基就发现姑姑所有的产业是完全没人动过的,就连那紫红缎带的大礼冠和黄绸大礼服也全在。至于旧的报纸和有趣的文件,拉夫列茨基本来以为可以发现许多的,然而,却竟然什么也没有,除了一本破旧的册子,在那上面他的祖父彼得·安得烈依奇曾经不三不四地记上了一些什么;比方,有一处是:"亚历山大·亚历山德罗维奇·勃罗索罗夫斯基亲王麾下与土耳其帝国缔结和约①,圣彼得堡全城欢腾。"而另一处则是一剂胸痛药的方单,附注是:"此方盖为众生之源三位一体圣教大长老费阿陀尔·亚夫克生切维奇授予勃拉斯科维雅·费阿陀罗夫娜·沙尔蒂科娃将军夫人者。"有时,也忽然冒出了一条政治新闻,例如:"关于法兰西之虎②,巷议渐稀矣。"——而附近,又是这么一段:"据《莫斯科新闻报》载,米哈依耳·彼得罗维奇·科黎契夫一等少校逝矣。此人得勿为彼得·华西列维奇·科黎契夫之子乎?"拉夫列茨基也找出了几本古老的历书和圆梦术的书,甚至也找到了安波吉克先生的那部神秘的著作;许多的记忆被那久已忘却然而还是十分熟悉的"象征与图谱"引回他的心里来了。在格拉菲拉·彼得罗夫娜的妆台里,拉夫列茨基也发现了一个小包,系着黑色的丝带,用黑蜡紧封着,被扔在那抽屉的最深处。在那小包里,面对面放着两幅肖像,一幅用五色彩粉画的,是青年时代的他的父亲,柔和的鬈发披

---

① 指第一次俄土战争(1769—1774)。
② 指十八世纪末法国资产阶级革命。

在他的前额,杏子眼睛有些困倦,嘴唇半启;另一幅几乎已经模糊,是一个手拈白玫瑰花的白衣妇人,面颜也现苍白——这就是他的母亲。至于格拉菲拉·彼得罗夫娜自己,她却从来不让谁给自己画像。"亲爱的少爷,费阿陀尔·伊凡尼奇,"安东常对拉夫列茨基说,"虽然那时候我没有住在府里,可是您那曾祖父安得烈·阿番那西奇我倒是记得的:他老人家过世的时候,我正十八岁。有一回,我在花园里碰到了老太爷,我浑身可哆嗦呢,可是,他老人家也并没有怎么样,只问了问我的名字,就叫我到他房里去拿条手绢儿。他老人家才真像个大贵人呀,哎真个的——谁也比他不了。这就是因为,我告诉您,您那曾祖父有那么一道神符;那是一个亚陀斯山的和尚给他的。'尊贵的庄主,'和尚跟他老人家说,'我给你这个,报答你的豪情;你佩着它——什么审判你都全不用怕。'自然呀,亲爱的少爷,您知道,那时候是什么时候;咱们家老爷子想要怎么做就怎么做啦。无论谁,哪怕是个贵人吧,要是敢跟他老人家别扭那么一下子,他老人家只需把那人望上那么一眼,就喝道:'你这个浮在浅滩里的!'——他是顶爱说这句话的。他老人家(您那曾祖父的在天之灵!)住的是小木屋;可是留下了多么多的产业,多少银子,数不完的积蓄呀!所有的仓窖全给塞满啦!他老人家才真是个置业手呢。您常说您喜欢的那个小酒壶,那就是他的:他一生就用它喝烧酒。可是,您瞧,您祖父彼得·安得烈依奇呢,倒是做了石屋子,可就没有积下产业来;什么都弄得乱七八糟,过得比老一辈可差远了,自己也没有快乐得——只是把所有的钱都浪费光了,什么纪念也没有留下,连一把银匙子也没有传下来,所有剩下的产业,还全靠格拉菲拉·彼得罗夫娜操心,才给维持下来的呢。"

"可是,"拉夫列茨基插口问道,"别人当真管她叫作老鬼么?"

"哎,谁那么叫她来着呀!"安东满不高兴地抗议说。

"怎么着,少爷,"一天,老人鼓着勇气问道,"我们少奶奶怎么啦?她老人家打算住在哪儿?"

"我跟我妻子离开了,"拉夫列茨基吃力地说,"请你不要问她。"

"是,少爷。"老人悲哀地回答。

三个星期以后,拉夫列茨基骑马到O市去,拜访卡里金家,并在那里过夜。伦蒙也在那儿;拉夫列茨基对他很觉相投。虽然多谢他那古怪父亲的调摆,他什么乐器也不会,然而,他却热烈地爱好音乐,严肃的、古典的音乐。潘辛那晚不在卡里金家。县长派他出城办差去了。丽莎独自弹着钢琴,弹得非常正确;伦蒙变得兴奋起来,活泼起来了,他卷了一个纸筒,指挥着音乐。玛丽亚·德米特里耶夫娜望着他,先是笑笑,后来却走去睡觉了;据她自己说,贝多芬对于她的神经是过于刺激的。半夜的时候,拉夫列茨基伴着伦蒙回寓,并在他那里一直坐到晨前三点钟。伦蒙谈了许多话;他的伛偻的背脊伸直了,他的眼睛睁大了,放着光辉;连他的头发也直直地竖在他的额上。多年以来就没有人同情过他,而拉夫列茨基则显然是关心着他的,殷勤而且关切地询问着他。这使得老人深深感动了;他终于把他的作品展示了在他的来客面前,他弹着琴,甚至用嘶哑的喉咙唱了他自己作品的若干断片,其中之一就是他自己所谱的席勒①的歌谣曲《弗里多令》的全部。

~~~~~~~~~~

① 席勒(1759—1805),德国伟大戏剧家、诗人。

拉夫列茨基高声赞美着,请他重唱了其中的几节,在临走的时候,还请求他到自己的庄上同住几天。伦蒙正送他到门口,马上就答应了,并且热烈地握了他的手;可是,当他独自一人被留在那黎明以前的新鲜而潮湿的空气里的时候,他却望望四围,挤挤眼睛,蜷曲了起来,于是,像一个罪人似的,爬回他的简陋的卧室里去了。"我一定傻了。"①他喃喃着,就躺到了他的窄小的、僵硬的床上。几日以后,当拉夫列茨基坐着马车来接他的时候,他推说有病;可是,费阿陀尔·伊凡尼奇却一直走进他的房里,劝诱着他。比一切的言语更有力量的,就是拉夫列茨基特地为了伦蒙从城里要了一架钢琴,送到了乡间。于是,两个人一同来到卡里金家,并且在那里过夜,然而,情形却并不像前一次那样愉快。潘辛也正在那里,他滔滔不绝地叙述着他的下乡旅行,非常滑稽地模拟着他所碰到的每一个乡下地主的动作和他们的言谈;拉夫列茨基笑了,可是伦蒙却硬不肯从他的角落里爬出来,只是默默地不发一言,蜷曲的身体蜘蛛似的无声颤动着,现出一副阴沉而苦恼的脸相来;直到拉夫列茨基起身告辞的时候,他这才稍微有些活跃。甚至在坐上马车以后,老人在最初还是沉默的、不可亲近的;然而,那平静的、温暖的空气,那柔和的微风,那朦胧的暗影,那青草和白桦的芳香,那无月的星天的平和的光闪,那和谐的蹄声和马的嘶叫——所有这旅途、这春天、这静夜的一切魅力,全都落到那可怜的德国人的心灵上了,而他就首先和拉夫列茨基谈起话来。

① 原文是德文。

22

　　伦蒙开始谈到音乐,谈到丽莎,又谈到音乐。在谈到丽莎的时候,他的话似乎说得特别慢。拉夫列茨基把话题转到他的作曲,并且半玩笑地提议给他写一部歌剧脚本。

　　"哼!一部歌剧!"伦蒙回答说,"不啊,这我已经不成啦:歌剧少不了的那份活力,那份想象,我已经没啦;我的魄力已经衰落啦。……可是,如果我还能做点儿什么,那么,我就写几首罗曼斯也就得啦;当然,有合适的好词儿,我也会高兴的……"

　　他沉默了,许久许久默坐着,眼望着天空。

　　"比方,"他终于说道,"像这么样的:'啊,星星呀,你纯洁的星星!……'"

　　拉夫列茨基稍稍转过脸来,注视着他。

　　"'啊,星星呀,你纯洁的星星!'"伦蒙又重复说,"'你们同样俯视着善人和不善的人……可是,只有那无邪的心,'大概像这么样的吧……'才知道了解你们,'……那就是说,啊,不……'才知道爱你们。'可是,我并不是诗人,我怎么配呢?不过,大概是像那么样的吧——崇高的。"

　　伦蒙把自己的礼帽推到了脑后去;在那静夜的幽光下面,他的脸似乎变得苍白和年轻起来了。

　　"'只有你们,'"他继续说,声音更其低沉了,"'只有你们才知道谁有爱情,只有你们才知道谁能爱恋,因为你们是这般纯洁,只有你们才带来温存。'……啊,不,这还是不对!我不是诗人，"他说，"不过，就算是那么一回事吧……"

"我惭愧我也不是诗人呢。"拉夫列茨基说。

"空虚的幻梦呀！"伦蒙说着，就沉到了马车的角落里。于是，他闭起眼睛来，好像决意要养神睡觉似的。

几分钟过去了……拉夫列茨基仍然静听着……"星星呀，你纯洁的星星……爱情。"老人仍在自语。

"爱情。"拉夫列茨基也自语了，就坠入了深思——心里也不由得沉重起来了。

"您那《弗里多令》谱得真美呀，克利斯托弗·费阿陀里奇，"他忽然高声说了，"可是，您觉得怎样呢？这个弗里多令，当他被伯爵带到伯爵夫人跟前以后，他是不是马上就成了她的情人呢，呃？"

"您是那么想的吧，"伦蒙回答说，"因为，多半您有过经验……"他突然沉默了，慌乱地把头掉了过去。拉夫列茨基勉强笑了笑，于是也把头掉到了一边，开始望着路旁。

星星已经开始变得苍白，天色已经转成银灰，当马车驰抵华西列夫斯科耶的小屋阶前的时候。拉夫列茨基把客人引到了预定的房间里，于是回到自己的书房，坐在窗边。外面，在花园里，一只夜莺正在啼啭着它的黎明前的最后的歌曲。拉夫列茨基记得，在卡里金家的后园里，也有那么一只夜莺曾经唱过；他也记起了丽莎的眼睛，当她听见莺声初啭的时候，她的眼睛就多么温柔地转向了黑暗的窗棂。他开始想到她，他的心就变得平静了。"纯洁的姑娘，"他低低地微语着，"啊，你纯洁的星星。"他又增加了一句，脸上浮着微笑，就静静地躺了下来。

然而，伦蒙却在自己的床边坐了许久，膝上摊开着一张誊写乐谱的稿纸。他好像感到了一个甜美的、从未听见过的旋律的临近:他的心在燃烧、在激动,他已经感到了那神奇的临近所带来的愉快和慵倦……然而,他到底无法捉住它……

"不是诗人,也不是音乐家!"他终于喃喃了……

而他的疲倦的头就颓然倒到了枕上。

23

次晨,主客都在花园里的老菩提树下,一同喝茶。

"大师,"拉夫列茨基忽然说道,"您马上就得作一首凯旋曲啦。"

"为什么事?"

"庆祝潘辛先生跟丽莎的婚礼呀!您可留意到,昨儿晚间他对她该多么殷勤?看起来,他们俩弄得很好呢。"

"没有的事!"伦蒙叫了。

"为什么?"

"就因为那不可能。不过,"停了一停,他又加说道,"在这世界什么全都可能。尤其在贵国,在你们俄罗斯。"

"咱们暂且撇下俄罗斯吧;可是,您看这婚姻有什么不对的呢?"

"什么都不对,一切都不对。叶丽莎维达·米哈伊洛夫娜是个正直的、严肃的姑娘,有着高贵的情感;可是他……一句话说完,一个一知半解的人。"

"可是,她不是爱他吗?"

伦蒙从椅上站了起来。

"不,她并不爱他,那就是说,她的心地太纯洁,她还不知道'爱'是什么意思。卡里金太太告诉她,说他是个很好的青年,她就顺着她妈妈的意思,因为她还完全是一个小孩呢,虽说她已经十九岁。她每早祈祷,每晚祈祷——那都很好;可是,她并不爱他。她只能爱那美丽的,可是,他并不美,那就是说,他的灵魂不美。"

伦蒙流利地、热情地说完了他的话,在茶桌面前缓慢地踱着步,同时,把眼睛扫着地面。

"我最亲爱的大师,"拉夫列茨基忽然叫了,"我看您自己倒是爱着我的表侄女儿的吧。"

伦蒙突然停止下来。

"请别跟我开玩笑吧,"他开始说,声音是激动的,"我并没有疯:我所瞻望的是黑暗的坟墓,不是蔷薇色的未来。"

拉夫列茨基为老人深深感到悲哀,请他原谅。在早茶完毕以后,伦蒙弹奏了自己的呈献曲,在午餐的时候,在拉夫列茨基的怂恿之下,他又谈起丽莎来了。拉夫列茨基注意地、好奇地听着他。

"您觉得怎样,克利斯托弗·费阿陀里奇,"他终于说道,"您瞧,这儿一切全有点头绪了,花园里的花,也都盛开了……为什么不把她接到我们这儿来玩一天呢,呃?自然,还有她的母亲,和我那年老的姑姑。您赞成么?"

伦蒙把头埋在自己的盘子里。

"接她来。"他用一种几乎听不见的声音说了。

"可是,不要潘辛,好吗?"

"是的,不要。"老人回答,现出了孩子似的微笑。

两天以后,费阿陀尔·伊凡尼奇就来到市内,到了卡里金家。

24

他发现她们全在家里,可是他没有马上就说出他的来意;他想先和丽莎单独谈谈。机缘成全了他:恰好只有他和她留在客厅里。他们开始谈了起来;这时,她已经习惯了他——事实上,她对任何人一般也并不怯生的。他听着她,望着她的脸面,不禁在心底里重复着伦蒙的话,感觉着那话说得真对。有时候是有这样的事的:两个人早已互相认识,然而,并不能算得亲密,可是,忽然之间,在几分钟之内,却一下子互相感觉亲近了——而这种亲近的感觉就立刻表现在他们的目光里,在他们的亲切的、沉静的微笑里,甚至在他们的每一动作里。拉夫列茨基和丽莎的情形,恰好和这仿佛。"啊,那么,您就是那样的呀,"她想着,温柔地望着他;"啊,那么,你就是那样的呀,"他也这么想着。因此,当她微带畏缩地告诉他,说她老早就想和他说件事情,可是却不敢说,怕会使他烦恼,那时候他也并不怎样感觉惊异。

"不用怕,说吧。"他说着,直直地站在她的面前。

丽莎把她的晶莹的眼睛抬了起来,望着他。

"您是那么善良,"她开始了——同时,心里暗自想道:"是的,他真好呢……"——"我希望您会原谅我。我本来不应该这么冒昧地跟您说的……可是,您怎么能……您为什么要离开您的妻子呢?"

拉夫列茨基感觉到一股寒栗,望了望丽莎,于是坐在她的身旁。

"我的孩子,"他开始说道,"我请你不要碰那伤痕吧;你的手是温柔的,可是,仍然叫我痛苦。"

"我知道,"丽莎继续说,好像没有听见他的话似的,"她是对您不起的,我并不想替她辩护。可是,上帝给结合在一起的人怎么能够分开呢?"

"在那一点上,我们的看法是相差得太远了,叶丽莎维达·米哈伊洛夫娜,"拉夫列茨基相当高声地回答,"我怕我们不会互相了解。"

丽莎的面色苍白了;她的全身微颤着,可是她并没有沉默下去。

"您得饶恕别人,"她轻轻地说,"假如您也希望得到别人的饶恕。"

"饶恕!"拉夫列茨基叫了,"你不应该先知道知道你给辩护的是怎样的人么?饶恕那么个女人,把她接回我家里来,她,那么个空虚的、没有灵魂的妇人!谁又告诉你说她要回到我这儿来呢?我敢说,她正十分满足她现在的地位呢!……可是我们为什么要谈她呢?她的名字是不应当从你的口里说出来的。你太纯洁了,你甚至没有办法了解她是个什么东西。"

"为什么这样侮辱她呢?"丽莎说着,用力地;她的手开始明显地战栗起来了,"是您自己丢弃她的呀,费阿陀尔·伊凡尼奇。"

"可是我告诉你,"拉夫列茨基反驳着,不自主地露出了烦躁,"你简直不了解她是个什么东西!"

"那么,您为什么要跟她结婚?"丽莎低声说,眼睛也低垂了。

拉夫列茨基急忙从椅上跳了起来。

"我为什么跟她结婚？那时候我年轻，没有经验；我给骗啦，我给一个美丽的外表迷惑啦。那时节我不了解女人，我什么也不懂。上帝祝福你会有一个美满的婚姻吧！可是，请相信我吧，无论什么，全都不能靠得太稳的。"

"也许我也会同样不幸，"丽莎说着，声音开始颤动起来，"可是，如果那样，我就只能听天。我不知道怎么说才对，可是，如果我们不听天……"

拉夫列茨基握着拳，顿着脚。

"请别恼吧；请您原谅我！"丽莎急促地说。

正在这时，玛丽亚·德米特里耶夫娜来到客厅里了。丽莎站了起来，正想出去。

"等一会儿，"拉夫列茨基却突然唤住了她，"我想请你母亲跟你赏光，到我家里去玩玩，去看看我的新家。你知道，我那边弄来了一架钢琴；伦蒙正住在我那儿；丁香花也盛开了。你可以去呼吸点儿乡村的空气，当天就可以回来的——肯吗？"

丽莎望望母亲，可是，玛丽亚·德米特里耶夫娜却装出了一种难受的神气来；然而，拉夫列茨基不等她有机会开口，就马上跑上前去握住了她的手，吻了起来。玛丽亚·德米特里耶夫娜原来就是多情善感的，想也想不到这个"海豹"也竟有这么一分温存，不禁衷心感动，当时就答应了。在她正考虑着行期的时候，拉夫列茨基就走到丽莎跟前，依然非常兴奋地、偷偷地对她低语道："谢谢你。你是个好孩子。是我错啦……"她的苍白的脸面绯红了，闪耀着一抹娇羞的，然而快乐的微笑;她的眼睛也笑了——直到此刻,她一直害怕着她会使得拉夫列茨基懊恼的。

"弗拉基米尔·尼古拉依奇也可以跟我们一块儿去么?"玛丽亚·德米特里耶夫娜问。

"当然,"拉夫列茨基回答,"可是,只是我们自己家族团聚一下,不更好么?"

"是的,当然,可是,我看……"玛丽亚·德米特里耶夫娜开始说。"好吧,随您吧。"她又加上了这么一句。

决定下来,莲诺奇卡和苏罗奇卡可以一道儿带去。玛尔法·季摩费耶夫娜却谢绝了参加旅行。

"受不了啦,我亲爱的,"她说,"骨头老僵啦;况且,据我想,你们家里也没地方给我过夜;陌生的床,我是睡不惯的。让年轻孩子们去乐乐吧。"

拉夫列茨基没有机会再和丽莎单独谈话;但是,他却那样望着她,使她觉得愉快,同时又使她有点羞怯。她深深为他感到悲哀。在告辞的时候,他紧紧地握了她的手;而当她独自的时候,她就立刻坠入沉思了。

25

拉夫列茨基回家里来,正要进入客厅的时候,在门槛上却碰到了一个瘦长的人,穿着破旧的蓝色外套,脸上虽有皱纹,然而极有元气,蓬乱的灰色面髯,长而直的鼻子,一对小而充血的眼睛:这就是米哈莱维奇,他旧时的大学同学。拉夫列茨基最初认不出他来,可是,当来客自己报过名后,他就立刻热烈地把他抱住了。自从莫斯科一别,他们就不曾再见过面。惊叹和询问阵雨般地袭了过来;湮没许久的回忆也涌到了人间。匆忙地抽着一斗一斗的烟,有时也呷一口茶,并且不断地摇晃着他那长的手臂,米哈莱维奇给拉夫列茨基叙述着自己的惊人的经历;其实,里面也并无了不起的可以告慰的事,在他的各种事业里面,也并无许多成功史可供夸耀——然而,他却不断发出一种嘶哑的、神经质的大笑。大约一个月以前,他在一个有钱的酒税承包商的私人账房里找到了一个位置,离开O市大约有三百俄里;可是,听说拉夫列茨基已从国外归来,他就绕道过来,专忱拜访他的老友。米哈莱维奇说起话来仍然和年轻的时候一样急,也和往常一样喧嚷,一样兴奋。拉夫列茨基正要开始说到自己的景况,可是米哈莱维奇却阻止了他,抢着说道:"我知道,我知道,兄弟,我听说过。谁能料得到呢?"——于是,马上就把谈话转到了一般的题目上去。

"我,兄弟,"他说道,"我明儿就得走;今儿,原谅我一回吧,我们得晚点儿睡觉。我无论如何得了解了解你如今变成了怎样的人,你有些什么见解,有些什么信念,人生给了你一些什么教训。"(米哈莱维奇仍然习用着三十年代的流行语。)"说到我,兄弟,在许多方面我都改变了:'人生的波澜扫过了我的心胸'——这是谁的名句呀?——可是,在重要的、基本的方面,我却完全没有改变;我还是相信善,相信真;我不只是相信,而且有坚决的信念——对的,信念!信念!听我说:你知道,我也写点儿诗的;我的诗也许没有诗意,可是,有真理。我给你念念我最近的一首:在这首诗里我表现了我心坎儿上的最忠实的信念。听。"于是米哈莱维奇开始朗诵起他的诗来;那是一首相当长的诗,结尾是这样的几行:

>我衷心将自己献给新的感情,
>
>　　在心灵上我正如婴儿又新生;
>
>我素所膜拜的我今皆销毁,
>
>　　我昔所销毁的我今又崇钦。

当读着那最后两行的时候,米哈莱维奇几乎是淌下眼泪来了;微微的痉挛——强烈感动的表现——横过了他的宽阔的嘴唇;他的丑陋的脸面竟然放出光辉来了。拉夫列茨基听着,听着……一种反感在他的心里骚动起来了:这位莫斯科大学生的永远准备着、不断沸腾着的热情,使他受不了。一刻钟还没有过完,两位好朋友就开起火来了,开始了一种只有俄国人才能有的无尽无休的辩论。这么两位,经过了多年的分别,多年以来过的是各不相谋的生活,谁也并不真正清楚对方的、甚至自己的思想,马上就咬文嚼字地来辩论一些无可再抽象的问题了——他们那么热烈地争辩着,就好像那就是他们的生死关头似的;他们那么高声地叫嚷着、咆哮着,使得屋子里所有的人全都吃了一惊,而可怜的伦蒙,自从米哈莱维奇来到以后就把自己关在自己房里的,这时也莫名其妙了,甚至开始惶恐起来。

"可是,你到底是个什么呀?幻灭者吗?"半夜一时以后,米哈莱维奇叫起来了。

"可有像我这样儿的幻灭者么?"拉夫列茨基回答,"幻灭者该是苍白的、病态的——可是我,试试吧,一只手就够把你扔到一边去。"

"好的,就算不是个幻灭者,至少也得是个滑泥主义者①,

---

① 其实是"怀疑主义者"。

(米哈莱维奇的发音说明着他是小俄罗斯人)那就更糟!况且,你有什么权利自以为是个滑泥主义者呀,呃?你的遭遇不好,我承认;可是,那能怪你?你生来就有一个多情的、热烈的灵魂,可是,你却被外力阻隔着,不许接近女人:那么,你第一回碰到的女人,自然就会骗你啦。"

"她也骗了你呢。"拉夫列茨基指明着,阴郁地。

"承认,承认。那是我做了命运的工具——咳,我说话多糊涂——还是这种说话不精确的老毛病——这和命运毫不相干。可是,那又能证明什么呢?"

"那就证明,我从小就给歪曲了。"

"那你就自己伸直得啦!那才算个人,算个男子汉;既然是个人,你就用不着借外力!可是,无论怎样,你就能从这么一个孤立的事实来建立一个一般的法则,一个不变的定律么?这是可能的么?是可以容许的么?"

"什么定律呀?"拉夫列茨基截断了他,"我可不承认……"

"哪哪,那就是你的定律,你的定律。"米哈莱维奇叫着,反过来截断了他。

"对啦,你是个自私自利的家伙,正对!"一小时以后,他又吼叫起来了,"你只想自己享乐;你只追求自己的幸福;你只想为自己生活……"

"什么叫自己享乐呀?"

"可是,什么都使你失望,什么都在你的脚下崩溃……"

"我问你,什么叫自己享乐呀!"

"又怎么能够不崩溃呢?因为你到没有的地方去找支柱;因为你在浮沙上面造房子……"

"说明白点儿吧,别跟我打哑谜呀,因为我听不懂你。"

"因为——你尽管笑吧——因为你没有信念,因为你没有热情;你的理智不过是值得一个小钱的理智……你简直是个可怜虫,是个落伍的伏尔泰信徒——那就是你!"

"谁?我是个伏尔泰信徒?"

"就是你,正跟你父亲一样的角色;并且,你自己连想也没有想到过。"

"那么,"拉夫列茨基也叫了,"我也就有权利说你简直是个狂热家了!"

"啊啊,可怜,"米哈莱维奇几乎是有些惭愧地回答,"不幸,我还够不上那么伟大的头衔呢……"

"这一回我可真发现你是个什么啦!"晨前三时,那个米哈莱维奇又大叫起来了,"你不是个滑泥主义者,也不是个幻灭者,也不是个伏尔泰信徒;你只是个游惰汉,一个无耻的游惰汉,一个自鸣得意的游惰汉,还不是一个本色的游惰汉。一个本色的游惰汉只是躺在炕上,什么也不做,因为他什么也不会做,他甚至什么也不能想;你可是一个有思想的人,可你偏要困在这儿;你本来是可以做点事情的,可是你偏偏什么也不肯动手;你只是那么仰天长睡,把你那吃得饱饱的肚皮挺着,口里嚷道:'这么躺着,也是应该的呀;人们熙熙攘攘,那真无聊透啦,结果不过是一场空。'"

"你从哪儿看出我在躺着呀?"拉夫列茨基追问着,"你怎么断定我有那么些个想法?"

"除此以外,所有你们这一班人,所有你们的哥哥弟弟,"米哈莱维奇不顾一切地继续嚷道,"全是些博而又雅的游惰汉。你们全知道德国人在什么地方蹩脚,你们全知道英国人和法国人有哪些不行——你们的这些可怜的知识就是你们的护符,保障了你们的可耻的游荡,可憎的懒惰。你们中间甚至还有人把这种懒惰当作光荣的吧。他们说道:'哼哼,瞧我多聪明!我就这么躺着。那些忙忙碌碌的才真是傻瓜啦!'是的!就是像这样的老爷在我们中间也真有的——请注意,我这可不是指你呀——他们的一生就在这种无聊的昏倦里睡过去,安之若素,在那里面昏睡着,就好像……好像酸奶酪里泡的蘑菇。"(米哈莱维奇对于自己的妙喻也忍不住笑了。)"啊,这种无聊的昏倦就是我们俄国人的灾殃!那般可耻的游惰汉们,逍遥一世,却又口称要下决心工作……"

"得啦!你指东骂西干什么?"这回拉夫列茨基也叫了,"工作!干!这都好极了……可是,你先别骂,到底给我说说该干什么的,那不更好吗?我的坡尔塔瓦的提摩斯绥尼斯①呀!"

"瞧,你要我说这个吗?不,兄弟,我才不告诉你这个;无论谁,自己总该知道自己该干什么,"提摩斯绥尼斯先生讽刺地回答。"那么一位大地主,大贵族——难道不知道自己该干什么!你没有信念,所以你就不知道该干什么。没有信念,也就找不到启发。"

"你至少得让我喘一口气呀,鬼;至少也得让我看看周围的情况呀!"拉夫列茨基请求说。

"不,一分钟也不能耽搁,一秒钟也不能耽搁!"米哈莱维奇回答着,做出了一种命令的姿势。"一秒钟也不能!死亡

---

① 坡尔塔瓦在帝俄为乌克兰的大学区,提摩斯绥尼斯为雅典著名演说家。此句意为"乌克兰的雄辩家"。

不等人,生活也不能等人。"

"这是什么时候,又是什么地方呀,可是人们却想着要把自己变成游惰汉!"晨前四点钟的时候,他又叫嚷起来了,可是他的嗓子已经有些嘶哑;"就是在我们这儿!就是在现在!在我们俄国!在这时候,我们每一个,无论对上帝、对人民、对自己,都有一种义务,一种伟大的责任!我们睡觉,可是时间却溜过去了;我们睡觉……"

"喂,请让我提醒你,"拉夫列茨基截断了他,"我们可简直没有睡觉呀,毋宁说,还在妨碍别人睡觉呢。我们公鸡似的扯长着喉咙叫。听,鸡叫三遍啦。"

这奇警的突击使得米哈莱维奇也发笑了,并且使他安静了下来。"明天见。"他微笑着说,把烟斗插进了烟囊。"明天见。"拉夫列茨基也照样说。可是,两位朋友却继续闲谈了一点多钟之久……然而,他们的声音却不再提高,他们的谈话也是沉静的、忧郁的、平和的。

第二天,不顾拉夫列茨基多方的挽留,米哈莱维奇到底走了。费阿陀尔·伊凡尼奇虽然没有留住他,却和他谈了一个痛快。看起来,米哈莱维奇是一文莫名,境况非常困窘。在昨晚,拉夫列茨基就已经以矜怜的心情在自己朋友身上看出了长时期贫困的特征和习惯:他的鞋跟已经磨平了,外衣背带上缺了一只纽扣,手和手套从来无缘,发上还沾着一两片绒毛;当他来到的时候,他也没有要求梳洗梳洗,晚餐的时候,他好像一条鲨鱼似的狂咽着,用手指把牛肉撕成片片,并用他那坚强的、失色的牙齿大声啃着骨头。看起来,虽然做了一任文官,但他还是两袖清风,目前他把他所有的希望全都寄托在那个承包酒税的商人身上,可是,那个商人所以雇用了他,不过为了在自己的账房里可以有这么一位"有教养的人"而已。然而,虽则如此如此,米哈莱维奇却仍然并不丧气,他淡泊自甘,过着犬儒式的、理想家的、诗人的生活,全心全意地为着全人类的命运和自己的人生天职而忧喜,乐天下之乐,忧天下之忧,至于自己会不会饿死,却并不怎样介意。米哈莱维奇没有结过婚,可是恋过无数次爱,还为他所有的恋爱对象写过诗;他以特殊的热情歌颂的是一位神秘的、黑发的"潘娜"[①]……的确,据传闻,这位"潘娜"原来不过是个普通的犹太妇人,在骑兵军官们中间是很有名气的……可是,细想一想,这又有什么要紧呢?

米哈莱维奇和伦蒙简直合不上来:他的嚷叫似的言谈和粗犷的态度全使那德国人吃惊,觉得稀奇……不幸者对于不幸者本该老远就可以辨认出来的,然而,在他们的老年,他们却无意成为朋友。这也没有什么可以奇怪的:他和他没有什么可以相通的——甚至连希望也彼此不同。

在分手以前,米哈莱维奇还和拉夫列茨基作了一次长谈,对他预言着,如果他不振作起来他就简直完了;他请求他严重地注意他的农民们的生活;他把他自己当作一个榜样,宣称他已经在苦难的熔炉里净化过了——并且连声称自己为一个幸福的人,自比为空中的鸟和谷中的百合花……

"无论如何,也是一朵风尘里的百合花吧。"拉夫列茨基调笑地说。

"得啦,兄弟,别来你那贵族调调儿,"米哈莱维奇和善地回答,"可真得感谢上帝,在你的血管里也流着诚实的、平民

[①] 波兰语,意思是"闺秀"。

的血液①。可是,我看你正需要一个纯洁的、天使般的人儿,来把你从这种不死不活里拯救出来才好。"

"劳您驾,老兄,"拉夫列茨基回答说,"就是您那天使般的人儿把我闹得够苦啦!"

"住嘴,穿窬!"米哈莱维奇叫了。

"犬儒。"拉夫列茨基改正他。

"正是,穿窬!"米哈莱维奇又重复说,满不在乎地。

甚至当他的黄色的轻得出奇的空行囊已经被安置到车上,自己也坐上了马车以后,他还继续不断地议论着;把自己裹在一件领子已经油腻、钉着狮爪绊子的西班牙风的斗篷里,他还一直发表着关于俄罗斯的命运的意见,把黝黑的手在空中不停挥着,好像是在撒着未来繁荣的种子。而终于,马车启行了。……"记着我最后的三个词吧,"他把整个身子全从车里倾斜出来,几乎不曾摔倒,"宗教,进步,人类!……再见!"他的被帽子罩齐眉梢的头终于消失了。拉夫列茨基独自站在阶前,凝望着大道,直到马车已经望不见了的时候。"也许他说对了吧?"当他回到屋里的时候,他想,"也许我真是个游惰汉。"米哈莱维奇的许多言语全都不可抗拒地沉到了他的心灵深处,虽然在当时他曾和他争论,并且不同意他。只要一个人能够完全诚恳,无论什么人也都无法对他抗拒的。

---

① 拉夫列茨基的母亲是农民。

26

　　两天以后,玛丽亚·德米特里耶夫娜,依着自己的诺言,在青年人们的拥戴之下,驾临华西列夫斯科耶了。小姑娘们马上就跑进了花园,可是玛丽亚·德米特里耶夫娜却懒懒地走过屋子,懒懒地称赞着所看见的一切。在她看来,她来拜望拉夫列茨基,可以说受了多大委屈,几乎是做善事。当安东和阿勃拉克霞依着家人的古礼来吻她的手的时候,她和蔼地微笑了,并且从鼻孔里低低地哼了几个字,说她想要喝茶。使得安东(他那天特地戴上了白色的绒手套)大为气愤的,就是献茶给这位贵宾的并不是他,却是拉夫列茨基雇来的当差的,那小子,据老头儿看来,就简直不懂规矩。可是,在午餐的时候,安东却坚持着自己的权利:他牢牢地站在玛丽亚·德米特里耶夫娜的椅后,再也不肯让谁把自己的地位夺去了。贵客们到华西列夫斯科耶来的景象已经多年不见了,这次的嘉宾莅临使得老人既是激动,又是欢喜:主人和上等人也有交往,使得老人非常高兴。可是,在那天兴奋起来的也不只安东一个:伦蒙也很激动。他穿了一件短短的、鼻烟色的燕尾服,戴着硬领,领带结得很紧,他不断清着嗓子,愉快地、和蔼可亲地逊让着每一位。拉夫列茨基也高兴地注意到,丽莎和他之间所产生的亲密的感情仍然继续着:她一进门来,就亲热地向他伸出了自己的手。午餐以后,伦蒙从他不断探索着的大礼服口袋里掏出了一小卷乐谱,于是,闭起嘴来,把乐谱默默地摊到钢琴上去。那是一首罗曼斯,他昨晚依着一篇德国古词谱出来的,那歌词里面说的是天上的星星。丽莎马上坐到钢琴面前,开始试弹了起来。……很不幸,那音乐好像有些混乱,并且因为刻意求工,反而显得拘谨;显然,作者原来想努力表现一种深邃的、热烈的情绪,可是,却没有结果;努力,不过只是努力而已。拉夫列茨基和丽莎都感到了这一点——伦蒙自己也心里明白:他什么也没有说,只把乐谱又放回了自己的口袋。丽莎提议再试一回,可是他却只摇了摇头,若有所思地说道:"在目前——得了吧!"于是,低下头来,耸耸肩,就走出去了。

傍晚的时候,大家都一同出去钓鱼。在花园尽头的小湖里,有不少的鲤鱼和鲈鱼。玛丽亚·德米特里耶夫娜被安置在湖畔树荫下面的一张椅上,脚下铺着地毯,并且配备了最好的钓竿;安东以有经验的老渔翁的资格来为她代劳。他热心地挂上鱼饵,还用手拍它们,吐上唾沫,甚至还姿势优美地全身伛下来,把线抛了出去。那一天,玛丽亚·德米特里耶夫娜在说到安东的时候,就曾用女塾式的法语这么对费阿陀尔·伊凡尼奇说道:"不像从前,这样的人现在是再也没有了。"伦蒙和两个小姑娘跑到远远的那边,湖端的堤上去了;拉夫列茨基则坐在丽莎的身旁。鱼不断地蚕食着虫饵,每当一尾鲤鱼钓了上来的时候,空中就闪耀着金黄的或者银白的鳞鳍;小姑娘们不住地欢呼着,连玛丽亚·德米特里耶夫娜也禁不住细着嗓子叫了两次。拉夫列茨基和丽莎所钓的鱼最少,也许这是由于他们并没有专心钓鱼,只是任凭浮子在岸边自由飘动。红色的细长芦苇在他们身边温柔地私语,平静的湖水在他们面前温柔地闪射,他们谈话的声音也是温柔的。丽莎站在一个小埠头上,拉夫列茨基则在一株垂柳的斜干上坐着。丽莎穿的是一件白色的外衣,腰际围着宽大的、也是纯白的丝带;

她的草帽挂在一只手上,另一只手则稍稍吃力地支持着弯曲的钓竿。拉夫列茨基凝望着她那纯洁的、略带严肃的侧影,她那掠过耳后的鬓发和她那映着晚霞的、小孩子似的温柔的面颊,不禁想道:"啊,你站在我的湖畔的,你是多么美丽呀!"丽莎并不曾望他,只是凝视着湖水,半蹙着眉,又似乎有一丝微笑挂在她的眼角。附近的一株菩提树用阴影荫蔽了他们两个。

"你可知道,"拉夫列茨基开始说,"我们上次的谈话,我想过许久。我的结论是:你真是非常好的。"

"啊,我自然不是有了那种存心,所以才……"丽莎想回答,却不自主地害羞起来了。

"你真太好了,"拉夫列茨基重复道,"我是一个粗心人,可是,连我也可以感觉到,无论谁都会喜欢你的。比方说,就是伦蒙吧,他简直就爱着你了。"

丽莎并没有真正地皱眉,可是她的眉毛却掀动了;她听到不愿意听的话的时候往往是这样的。

"今儿他的曲子失败了,我心里替他很难受,"拉夫列茨基急忙继续说,"年轻,却缺乏能力——那是可以忍受的;可是,年老,而又精力衰弱——那却是令人悲哀的了。最令人伤心的就是在自己不知不觉之间,精力已经一天比一天衰竭。对于一个老年人,那样的打击真是受不住的。……留神!你那儿有鱼上钩啦。……我听说,"停了一停,拉夫列茨基继续道,"弗拉基米尔·尼古拉依奇写了一首很漂亮的罗曼斯。"

"是的,"丽莎回答,"不过是个小玩意儿,可是也并不坏。"

"你觉得他怎样?"拉夫列茨基问,"他是个好音乐家么?"

"我觉得,他很有音乐才能;可是,直到目前他还没有认真地培养它。"

"啊。可是,他是一个好人么?"

丽莎笑了,迅速地瞟了费阿陀尔·伊凡尼奇一眼。

"多么奇怪的问题呀!"她叫着,把线从水里拽了上来,又远远抛了出去。

"为什么奇怪呢?我向你问问他,不过因为我是新近才回来的,也因为我是你的亲戚。"

"亲戚?"

"是的。我相信我可以算得你的一个舅舅。"

"弗拉基米尔·尼古拉依奇有一颗善良的心,"丽莎说道,"他聪明;妈妈很喜欢他。"

"可是你喜欢他么?"

"他是个好人。我为什么该不喜欢他呢?"

"啊!"拉夫列茨基嗫嚅着,就沉默了。一种半忧愁、半嘲笑的表情掠过了他的脸面。他的固执的凝视使得丽莎不安起来,可是她仍然微笑着。"啊,愿上帝赐给他们幸福吧!"他终于喃喃地说了,好像是对自己说的似的,于是,把头转了过去。

丽莎的脸红了。

"您错啦,费阿陀尔·伊凡尼奇,"她说道,"您可别以为……可是,难道您不喜欢弗拉基米尔·尼古拉依奇?"她突然问道。

"不喜欢。"

"那为什么?"

"据我看,他恰恰就没有心。"

微笑从丽莎的脸上消逝了。

"您是惯于苛责别人的。"沉默许久以后,丽莎说了。

"我并不这样想。我自己还正需要溺爱,天哪,我有什么权利苛责别人呢?也许你忘了,只有懒惰得对什么都不感兴趣的人才不会讥笑我么?……可是,告诉我,"他加说道,"你可履行了你的诺言?"

"什么诺言?"

"你可为我祈祷过?"

"是的,我为您祈祷过的,我每天都为您祈祷的。可是,请您不要轻视地说到这样的事情吧。"

拉夫列茨基于是给丽莎保证,说他做梦也不曾有过轻视的念头——他说他对一切的信仰全都有着极深的尊敬;于是,他开始谈到宗教,谈到宗教在人类历史上的意义,谈到基督教的意义。

"一个人总应当是个基督教徒,"丽莎说着,不是不用力地,"不只是为了明白什么是天上……或者什么是人间……而且,因为凡人都有一死。"

拉夫列茨基以一种不自主的惊讶抬起眼来,望了望丽莎,触到了她的视线。

"你说什么话呀?"他说道。

"那不是我的话。"她回答。

"不是你的……可是你为什么说到死呢?"

"我不知道。我常常想到死。"

"常常?"

"是。"

"看你现在的样儿,无论谁也不会相信那样的话。你的脸面是那么幸福、光明,你正在微笑……"

279

"是的,我现在觉得很幸福。"丽莎天真地回答。

拉夫列茨基真想跑过去抓过她的手来,把它们紧紧握住……

"丽莎,丽莎!"玛丽亚·德米特里耶夫娜叫了,"这儿来呀!瞧我钓上了一个多么大的鲤鱼!"

"就来了,妈妈。"丽莎应着,就走去了,留下了拉夫列茨基独自坐在柳树脚下。"我跟她谈着话,好像我还不是一个生趣已经断绝的人呢。"他自语着。丽莎在临去的时候,曾把自己的帽子挂在树丫上;望着那帽子,那长而微皱的飘带,拉夫列茨基不自主地生出了一种奇异的、几乎近于温存的感情。丽莎很快地又回来了,仍旧站在那小埠头上。

"您怎么想着弗拉基米尔·尼古拉依奇没有心呢?"片刻以后,她问。

"我已经告诉过你,也许我错了;可是,时间会把一切显露出来的。"

丽莎变得沉思起来了。拉夫列茨基开始谈到他在华西列夫斯科耶的生活,谈到米哈莱维奇,谈到安东;他感觉得不由自主地要和丽莎谈话,要把心里的一切话全都告诉她:她是那么温柔地、那么注意地倾听着;她所发出的少许讯问和插入的少许观察,在他看来都是那么纯洁、那么聪明。他甚至这样告诉了她。

丽莎惊异了。

"真的吗?"她说,"我自己可时常想着,我正跟我的婢女拿斯嘉一样,是没有自己的言语的。一天,她跟她的未婚夫说:'你一定会讨厌我的;你跟我说着那么漂亮的话,可是我却没有我自己的言语呢。'"

"可赞美的上帝呀!"拉夫列茨基想。

27

同时,黄昏已经降临了,玛丽亚·德米特里耶夫娜表示了归意。好容易才把小姑娘们从湖畔拖了回来,把一切准备停当。拉夫列茨基宣称他要送客送到中途,吩咐给他备马。等玛丽亚·德米特里耶夫娜被安置到马车里以后,他这才发现伦蒙不在,可是,无论怎样也无法找出那位老人来。钓鱼一经完毕以后,他就不见了。安东用他那样年纪所罕有的气力把车门砰然关上,俨乎其然地叫了一声:"赶车啦,车夫!"而马车就转动起来了。玛丽亚·德米特里耶夫娜和丽莎坐在后座;两位小姑娘和婢女坐在车前。夜是温暖的、静谧的,两边的车窗全都开着。拉夫列茨基骑在马上,靠近丽莎那面的车旁,缓缓而行,把一只手搭在车门上面——他已经把缰绳扔到了那安闲地缓驰着的马的颈上——不时和那少女交换两三句言语。晚霞已经消逝;夜幕低垂了,然而,夜气却变得更为温暖。玛丽亚·德米特里耶夫娜不久就打起盹来;小姑娘们和婢女也都睡着了。马车迅速地、平稳地转动着;丽莎俯身向前;初升的月亮照耀着她的脸面,芬芳的夜气抚弄着她的眼睛和面颊。她心里感觉着幸福。她把手搁在车门上面,和拉夫列茨基的手并列着。他也感觉着他是幸福的:他浮游着在那平静的夜的温暖里,不转睛地望着那温柔的、青春的脸面,听着那虽在私语的时候也是清脆的、年轻的声音所说出的纯洁的、温良的语言;这样,甚至已经走过了中途,他还全不知觉。

他并不想惊动玛丽亚·德米特里耶夫娜,只是轻轻地握住了丽莎的手,说道:"现在,我们就是朋友啦,对吗?"她点了点头;他勒住了马。而马车,就平静地摇摆着,颠动着,滚向前途去了。拉夫列茨基缓缓驰着,转回家来。夏夜的魅力沉入了他的灵魂,周围一切全都变得那么意料不到地神奇,同时又是那么熟识,那么亲切;远远近近,全都是一片静谧——一切都是那么明显,老远就可以看见,同时却又都是那么朦胧,什么也不能认清;就在那无涯的静谧里面,青春的、如花初放的生命,正在呼吸着自己的气息呢。拉夫列茨基的坐骑愉快地前进着,有节奏地左右摇晃;它的庞大的黑影随在它的身旁,一同前进;在马蹄的嘚嘚声里,有着神秘的魅惑;在鹌鹑的鸣叫声里,浮着奇妙的欢欣。星星隐在透明的轻雾里了;上弦月泻着永恒的光辉;清光如同蔚蓝的溪流,流过天幕,而在那浮荡的薄薄云空之上,则又幻为一抹淡淡的金黄;鲜洁的夜气在眼里带来了些微的潮润,在肢体上作着温情的摸抚,而终于成为奔流,涌入了心胸。拉夫列茨基满怀着欢喜,并且高兴着自己的喜悦。"来呀,生命还在我们面前哪,"他想着,"我们还没有全给毁掉……"可是,他并不曾说完:是给谁或者给什么毁掉……于是,他想起了丽莎:他想着,她不会爱潘辛;他想着,如果他自己是在另外的情况之下逢到了她——天知道会有怎样的结果;他想着,他现在才了解了伦蒙对于她的说法,虽然她没有"她自己的"言语。然而,那也不对;她确有她自己的言语……"请您不要轻视地说到这样的事情吧。"这样的话又回到拉夫列茨基的记忆里来了。他在马上许久许久地低着头,然后抬起头来,缓缓地低吟道:

> 我素所膜拜的我今皆销毁,

> 我昔所销毁的我今又崇钦……

于是,突然策马加鞭,急驰回家了。

下马之后,拉夫列茨基最后一次审视了他的四周,一种感谢的微笑不自主地掠过了他的唇边。夜,沉默的、爱抚的夜,躺在山丘和溪谷;从远远的地方,从夜的芬芳的深处,天知道从什么地方——也许是天上,也许是人间——散发着柔和的、静谧的温馨。拉夫列茨基给丽莎默祝了最后的晚安,就急忙走上台阶。

第二天是非常无聊地过去的。从清早起,雨就落着。伦蒙蹙着眉,嘴唇闭得更紧更紧,好像发过誓再也不张开口来。晚间,当拉夫列茨基上床睡觉的时候,他随带了一大束法国报纸到床上去,这些报纸躺在他的桌上不曾开封已经有两三个星期了。他信手扯着封套,大略地掠过那些新闻的内容,这些新闻其实早已不新了。他正要把它们扔过一边,却忽然之间从床上跳了出来,好像有什么刺痛了他。在一张报纸的某篇文章里,我们的老相识舒尔先生给自己的读者们报告了"一件悲惨的消息":"美丽的、妖艳的莫斯科美人,"——他写道——"有名的交际皇后,巴黎沙龙的装饰,拉夫列茨基夫人,几乎是意料不到地突然死了。"这消息,不幸是太确实了,是他舒尔先生刚刚听到的。他——他继续写道——也可以说,是死者的一位友人……

拉夫列茨基把衣披好,走到了花园,在同一个林荫道里来回踱着,直到黎明时分。

28

次晨喝茶的时候,伦蒙请拉夫列茨基给他预备马匹,好让他回市里去。"我得回去干事情,那就是,回去教课去,"老人叽咕着,"我在这里只是无聊地荒废时间。"拉夫列茨基并没有立刻回答,他似乎沉在深思里了。"好吧,"他终于回答道,"我陪你一道去。"拒绝着仆人的帮助,伦蒙愤怒地、叽叽咕咕地把自己的小小行囊清好,又把几张乐谱扯碎,点火烧了。马车已经套好了。从房间出来的时候,拉夫列茨基把昨晚看过的那张报纸塞进了自己的衣袋。在整个旅途上,拉夫列茨基和伦蒙都不大交谈,各人都沉浸在自己的思想里了,互相欣幸着谁也不曾扰乱谁。他们冷冷淡淡地分手了——这在俄国朋友中间倒也是很普通的。拉夫列茨基把老人送到了他那微小的居室;老人落下车来,拿起了自己的行囊,对他的朋友连手也不伸(他的两只手全都抱住了他的小箱),看也不看一眼,只是用俄语说了一声:"再会!"——"再会。"拉夫列茨基回了一句,就告诉车夫把车赶到自己的寓所去了。他已在 O 市租下了寓所,以备不时之需。写过几封信,匆匆用过午餐之后,他就一直往卡里金家去。在客厅里,他只见到潘辛一个人;潘辛告诉他,玛丽亚·德米特里耶夫娜一会儿就会下来,于是,马上就和他接谈起来,态度是那么和蔼,而且极其亲热。在这一天以前,潘辛对于拉夫列茨基虽然不一定就是倨傲,但总有点儿折节下交的神气;可是,丽莎和潘辛谈起她前天的旅行的时候,竟说拉夫列茨基可是一个极好的、极聪明的人;这就够了:既是"极好"的人,那就非得把他抓牢不可。潘辛于是就用对于拉夫列茨基的恭维开起场来,用自己的话描写了一番玛丽亚·德米特里耶夫娜的全家在说到华西列夫斯科耶的时候该有多么高兴,接着,就按照他的老规矩,巧妙地把谈话转移到自己身上来了,开始说到他的事业,高谈他的人生观、世界观和政治观;关于俄国的将来他也说了几句,认为对于地方官们必须严加管束;在这里他得意地自嘲了一回,并且说道,在彼得堡他也竟被委任过土地登记宣传员。他滔滔不绝地谈着,以一种满不在意的自负解决着各种各样的困难,将一切极有分量的行政上的和政治上的问题玩之于手掌,正和一个魔术师玩弄着自己的珠球一般。像这样的话:"假如我是当局,我就得这么办。"或者:"您,作为一位有识之士,当然会同意我的。"——就老在他的舌尖上打转。拉夫列茨基冷淡地听着潘辛的演说:这位漂亮的、聪明的、爱卖弄的青年人,他那灿烂的微笑、他那腻人的声音、他那炯炯逼人的目光,全不能引起拉夫列茨基的好感。潘辛以他所特有的察言观色的本领,马上就看出了自己的谈话并没有引起对方的特殊满足,于是就借了非常正大的口实脱身走了,在心下断定着拉夫列茨基也许是个"极好"的人,可是却有些麻木不仁,苛刻,并且,总之,有些令人可笑。盖杰奥诺夫斯基陪着玛丽亚·德米特里耶夫娜出现了,随后是玛尔法·季摩费耶夫娜和丽莎,接着是家里所有的其他的人,稍后是音乐爱好者别列尼岑娜,一位瘦小的妇人,有着孩子似的娇小的然而过度疲乏的脸庞儿,穿着习习作响的黑色长衣,手拿一把花花绿绿的小扇,还戴着一对沉甸甸的金钏子,她的丈夫也来了,那是一位满面红光的胖子,大手大脚,白睫毛,厚嘴唇上在呆呆微笑。在交际场所里,他的太太从来不和他谈话,可是在家的时候,当她撒起娇来,却惯常称他为"我的吃奶的小猪儿"。潘辛也回来了。于是,屋子里顿时变得热闹而且喧噪起来。这么许多的人挤在一起,是不合拉夫列茨基的意的;别列尼岑娜老是从她的眼镜里盯他,尤其使他愠恼。如果不是为了丽莎,他真会马上走掉;他想和她单独谈两句话,可是许久不能得到机会,那么,就只有用眼睛追随着她,而感到秘密的愉快了;她的脸面好像从来也没有像今天这样高贵,像今天这样温柔。和别列尼岑娜对比起来,她就显得尤其出色了。那位太太老在椅上扭动着,耸着她那又窄又小的肩膀,假意地大笑着,一双眼睛不是一下子挤得太小,就是忽然间睁得太大。丽莎却沉静地坐着,目光那么大方,一次也不大笑。主妇坐了下来,跟玛尔法·季摩费耶夫娜、别列尼岑娜、盖杰奥诺夫斯基玩牌,这最后的一位打牌打得非常之慢,时时弄错,还不断地眨眼睛,用手绢揩脸。潘辛做出了一副抑郁不堪的神气,说话短简,情调忧愁,满怀心事似的,完完全全像个不得志的艺术家;虽有那位和他大卖风流的别列尼岑娜多次的请求,他还是不肯把他的罗曼斯表演表演:拉夫列茨基的在场使他感到狼狈。而费阿陀尔·伊凡尼奇自己也没有说什么话,可是自从他一进屋子里来,他脸上的特殊表情就使得丽莎惊讶了:她立刻就感觉到他有什么事情要告诉她,可是,不知道为什么,她也不敢向他发问。终于,当她到大厅里去斟茶的时候,她不自主地回头望了望他。他立刻就跟着她去了。

"您怎么啦?"她把茶杯放到茶炊上面,这样问了。

"你也注意到了什么吗?"他说。

"您今儿跟平素有点儿两样呢。"

拉夫列茨基把身体倚在桌上。

"我想要,"他开始道,"告诉你一件消息,但现在不可能。可是,把这小品栏里用铅笔圈出的一段看看吧,"他加说着,把带来的那张报纸交给了她,"我请你保守秘密;明儿早晨我再来看你。"

丽莎完全迷惘了。……潘辛忽然出现在门边;她把报纸塞进了自己的口袋。

"您可念过《奥伯曼》①么,叶丽莎维达·米哈伊洛夫娜?"潘辛用一种很有深意的神气问她。

丽莎模糊地应了一声,就走出大厅,上楼去了。拉夫列茨基回到客厅里来,走近了牌桌。玛尔法·季摩费耶夫娜正满脸气得通红,帽带全解了,第一句话就对他埋怨起她的对手盖杰奥诺夫斯基来,这位对手据她看来简直连打牌的初步常识也没有的。

"打牌,"她说道,"这可真比不得滥造谣言呀!"

可是她的对手却只是一味眨着眼睛,揩着脸。丽莎不久也回到客厅来了,坐在一个角落里;拉夫列茨基望着她,她也望着他——痛苦的感觉同时落到了两人的心里。在她的脸上他可以看出惶惑和一种隐秘的遣责。虽然他极想和她谈话,但是不可能;而跟她同处一室,只是好像众位来客之中的一位似的,那又使他感觉苦恼;他决定走了。当他跟她告别的时候,他设法和她再说了一次他在次日还会再来,并且说他信任她的友情。

"来吧。"她回答说,脸上仍然保留着那同样惶惑的表情。

---

① 《奥伯曼》,法国作家赛南古(1770—1846)的一部感伤小说。

拉夫列茨基一走,潘辛马上就活跃起来了;他开始给盖杰奥诺夫斯基出主意,和别列尼岑娜玩笑地调情,最后还表演了他的罗曼斯。可是,当他看到丽莎或者和她谈话的时候,他的表情却还是正和先前一样:是颇有深意的,甚至有点儿悲哀。

在那一整晚,拉夫列茨基又不曾入睡。他并不悲哀,也并不激动,反之,他是完全平静的,可是他不能入睡。他甚至不曾回忆过去;他只是凝望着自己的生活:他的心沉重地、均匀地跳动着;一点钟一点钟过去了,可是他连睡觉的意思也没有。只是,有时候,这样的思想浮到了他的脑里来:"这一定不是真的,这全是胡说。"——于是他就突然停止,低下头来,又一次来凝望他的生活之流了。

29

第二天,当拉夫列茨基到卡里金家去的时候,玛丽亚·德米特里耶夫娜可并不怎样特别欢迎了。"哈,他简直来成习惯啦。"她想着。她自己对他本来就无所谓大的好感,加之潘辛昨晚在对他的称赞中竟又隐隐约约地含着轻蔑,这对她也有影响。她既然没有把他看作贵客,还觉得对于这么一位亲眷,几乎是家族的一员,是用不着怎样麻烦的,那么,半点钟还没有过,他就和丽莎徘徊在花园里的林荫路上了。莲诺奇卡和苏罗奇卡则在相离不几步的花圃旁边玩耍。

丽莎和素日一般安详,可是,脸面却较之往常更苍白了。她把折好的那张报纸从口袋里拿了出来,交给了拉夫列茨基。

"这是可怕的!"她说。

拉夫列茨基没有回答。

"可是,也许并不确实。"丽莎加说道。

"所以我就请你不要告诉旁人。"

丽莎稍稍上前了一步。

"告诉我,"她开始道,"您不伤心么?一点儿也不?"

"我自己也不知道我的感觉是什么。"拉夫列茨基回答。

"可是,您不是曾经爱过她的么?"

"我爱过。"

"很爱?"

"很爱。"

"那么,您竟不为她的死而伤心么?"

"她不是从现在起才在我的心里死去的。"

"您说着作孽的话啦!……别恼我。您说我是您的朋友:朋友是什么话都能说的。真的,我真觉得可怕。昨儿您的脸色多难看。……您可记得,不过不久以前,您还多么残酷地骂过她?——也许在那时候她已经就不在世间了吧。这真可怕!这真好像给您带来的惩罚似的。"

拉夫列茨基苦笑了。

"你以为是这样吗?……至少,我现在自由了。"

丽莎微微地战栗了。

"住口!别再那么说了!您的自由对您有什么用?您现在不能想到那些,您应当想到饶恕……"

"我老早饶恕过她了。"拉夫列茨基截断了她,摆了一摆手。

"不,不是那个,"丽莎回答说,脸红了,"您没有懂我的意思。应当求得饶恕的,是您……"

"要谁来饶恕我呢?"

"谁?上帝呀!除了上帝,还有谁能饶恕我们?"

拉夫列茨基抓住了她的手。

"啊!叶丽莎维达·米哈伊洛夫娜!相信我,"他叫了,"我已经给惩罚得够啦!相信我,我已经赎完了我一切的罪。"

"您不能那么说,"丽莎低声说,"您忘啦,只在不久以前您跟我谈话的时候,您还不肯饶恕她的。"

他们两个在林荫道上沉默地走着。

"您的女儿怎么办呢?"丽莎突然问了,停止下来。

拉夫列茨基一怔。

"啊,请不要担心吧。我已经给各方面去了信。我的女儿的将来,正像你……像你所说的……是有保障的。你用不着担心。"

丽莎忧愁地微笑了。

"可是,你说得对,"拉夫列茨基继续说,"我要自由做什么?自由对我有什么用?"

"您什么时候收到那份报纸的?"丽莎问,并不理会他的问题。

"你到我那儿去的第二天。"

"难道您竟没有……竟没有流一滴眼泪么?"

"没有。我呆了,可是眼泪能从哪儿来呢?为着过去哭泣?——我的过去在我的心里岂不是早已完全烧毁了么?……她的堕落没有毁掉我的幸福,那只是给我证明,对于我幸福根本就没有存在过罢了。那么,我有什么可哭的呢?可是,谁知道?如果我早两星期知道了这消息,也许我会比现在更伤心一些的……"

"两星期?"丽莎反问,"这两星期间发生了什么事情呢?"

拉夫列茨基没有回答,而丽莎的脸就忽地变得更红了。

"是的,是的,你猜得正对!"拉夫列茨基突然紧接着说,"在这两星期之间,我知道了一个纯洁的女性的灵魂的价值,这样,我的过去就离开我愈觉遥远了。"

丽莎变得有点烦乱,就慢慢地折向了莲诺奇卡和苏罗奇卡正在玩耍的花坛。

"可是,我把那张报纸给你瞧了,我是高兴的,"拉夫列茨基说着,一面跟随着她,"我已经成了习惯似的,什么事都不愿瞒你了,我希望你也能回报我同样的信任。"

"您这样想吗?"丽莎说着,突然站住,"那么,我就应该……可是,不!那是不可以的!……"

"是什么?告诉我,告诉我吧!"

"真的,我想着我不应该……可是,"丽莎加说着,含笑转向了拉夫列茨基,"一半的坦白又算什么呢?——您可知道,今儿我接到了一封信。"

"潘辛的?"

"是的,是他的。……您怎么就知道啦?"

"他向你求婚?"

"是的。"丽莎回答说,庄严地正视着拉夫列茨基的眼睛。

拉夫列茨基也同样庄严地看着丽莎。

"唔,你是怎样回答他的?"他终于说了。

"我就不知道该怎么回答。"丽莎回答说,把交叠着的手垂了下来。

"怎么呢?你可不是喜欢他?"

"是的,我喜欢他;我看他是个好人。"

"正跟三天以前你告诉过我的一样,一个字也没有变。可是,我想要知道的是你可爱他?用那种我们通常叫做'恋爱'的热烈的、强有力的情感来爱他?"

"像您所说的那样,——并不。"

"你并不爱他?"

"不爱。可是那是必要的么?"

"怎么说?"

"妈妈喜欢他,"丽莎继续说,"他也好;我在他身上找不出错儿来。"

"可是,你还在犹豫?"

"是的。……也许,您,您的话,就是这犹豫的原因。您可记得您前天说的话?可是,这全是软弱……"

"啊,我的孩子!"拉夫列茨基突然叫了,声音不自主地战栗起来,"别眈着眼睛骗自己吧——别把不愿无爱而委身的心声派作软弱吧!对于一个你并不爱而只是遵命归属的男子,不要在自己的肩上负担那么可怕的责任吧!……"

"我只有顺从;我自己什么责任也不负。"丽莎开始说。

"那么,就顺从你自己的心声吧;只有它才能告诉你什么是真的,"拉夫列茨基截断了她,"经验,理智——全都是空虚、愚妄!请不要自己把世上最美的、唯一的幸福剥夺了吧。"

"您也那么说么,费阿陀尔·伊凡尼奇?您自己难道不是恋爱结婚的么?可是您得到了幸福么?"

拉夫列茨基紧握了自己的手。

"啊,请别提我吧!你简直想象不出,一个年轻的、没有经验的、糊涂地教养大的孩子会把爱情误认成什么!……可是,说回来,一个人为什么要菲薄自己呢?我刚才告诉你,说我根本不曾有过幸福。……这是不对的。我幸福过。"

"据我看,费阿陀尔·伊凡尼奇,"丽莎说着,声音低了下来(当她和谈话的对方有了不同的意见的时候,她往往爱把声音低下来;并且这时她的感情已经非常激动),"世上的幸福并不能由我们自己做主……"

"相信我,正是由我们自己,由我们自己做主,"他把她的两手捉住了;丽莎的脸面变得苍白,几乎是恐怖地,同时又是恳切地望着他,"只要我们自己不把我们的一生毁掉。对于有些人,恋爱结婚,结果也许竟会不幸;可是对于你却决不会,因为你有安静的性格,你有纯洁的灵魂!我求你不要只是由于一种义务感,由于一种自我牺牲或者类似的感情,就没有爱情地随便结婚吧。……那并不比不忠实好些,那跟门第婚姻一样坏——也许更坏。相信我——我是有权利说这样的话的;为了这权利,我付过珍贵的代价了。假如你的上帝……"

这时候,拉夫列茨基才发觉莲诺奇卡和苏罗奇卡已经来到了丽莎身边,正以哑口的惊讶注视着他。他把丽莎的手放开,匆忙地说了一声"对不起",就朝着屋子走去了。

"我只请求你一件事情,"他说着,又回到了丽莎面前,"不要马上就决定,等一等,想一想我给你说的话。哪怕你不相信我的话吧,哪怕你决定要凭理智结婚吧——就是那样,你也不该和潘辛先生结婚:他不配做你的丈夫。……你答应我不会匆忙地决定下来么?答应么?"

丽莎想回答拉夫列茨基,可是一个字也说不出来,并不是由于她决心要"匆忙",只是因为她的心跳得太猛烈了,而且一种近于恐怖的感觉扼住了她的呼吸。

30

正走出卡里金家的时候,拉夫列茨基遇见了潘辛;他们两人交换了一个冷淡的敬礼。拉夫列茨基回到寓所,把自己关在自己的房里。他所经验的感情是他以前从来没有经历过的。不多久以前,他岂不是还沉在"平和的麻痹"里的么?不多久以前,他岂不是感觉得,如他自己所说,"沉在河流的底层"里的么?那么,是什么改变了他的地位呢?是什么把他从底层拖了出来,拖到表层来的呢?难道是那最平常的、不可避免的、然而往往难以预料的事故——死么?是的。可是他也并不怎样想到他的妻子的死,或者他自己的自由——他所想的倒是,丽莎到底会怎样回答潘辛?他感觉得,在最近两三天来他已经开始用另外的眼睛来看丽莎了;他记起来,在那静寂的夜晚,在归途上,当他想到丽莎的时候,他曾经自语过:"如果……"——那个在当时原来指着过去、指着全不可能的事情的"如果",现在却竟发生了,虽然发生得完全出乎意料以外——而且他纵有自由也算不了什么。"她会听从她的母亲,"他想道,"她会嫁给潘辛的;可是,就是她拒绝了他——于我岂不是同样不相干的么?"当他走过镜子前面的时候,他把自己的脸瞥了一眼,不禁耸起肩来。

沉在这样的思想里,一天很快地过去了。夜晚来了。拉夫列茨基又走向了卡里金家。他走得很急,直到临近了目的地,才把脚步缓慢下来。潘辛的马车停在门口。"来吧,"拉夫列茨基想着,"我可不会自私自利的。"于是走进了屋子。他什么人也没有遇见,客厅里也好像是完全静寂的;他推开门,却发现了玛丽亚·德米特里耶夫娜和潘辛在玩着皮克①。潘辛默默地和他点了点头,主妇却尖声叫道:"这真想不到呀!"于是,微微皱起眉来。拉夫列茨基在她身边落坐下来,看她打牌。

"啊,您也会玩皮克吗?"她问着,声音里隐含着不大高兴的意思,于是,马上宣称她出错牌了。

潘辛喊了个九十,就开始把他的赢牌镇定地、有礼貌地聚了拢来,脸上的表情既庄重又尊严。外交家们就该像这样打牌的;在彼得堡和大人物们打牌的时候,为了给他们一种老成持重的印象,他大约也是这样打法的吧?"百零一,百零二,心儿,百零三。"他用很有韵律的声音数着,可是拉夫列茨基总也听不出那是个什么调调儿:是骂人? 或者是自满?

"我可以见到玛尔法·季摩费耶夫娜么?"拉夫列茨基问,他看见潘辛装出了更其凛然不可犯的神气,正要开始洗牌。这时节,在他身上是连一丝艺术家的气味也嗅不出来的。

"我想可以的吧。她在楼上,她自己的房里,"玛丽亚·德米特里耶夫娜回答,"您先问问看。"

拉夫列茨基上楼去了。原来玛尔法·季摩费耶夫娜也在玩牌;她正和拿斯塔霞·卡尔坡夫娜在玩傻大姐②。罗斯卡对他吠着,可是两位老妇人对他全都热烈欢迎,玛尔法·季摩费耶夫娜的兴致尤其好。

---

① 皮克,一种由两人对玩的纸牌。
② 傻大姐,一种纸牌游戏,最后丢牌的人被称为"傻大姐"。

"啊,费嘉!欢迎呀,"她叫了,"请坐吧,小老爷。我们马上就完事啦。吃点果子酱吗?苏罗奇卡,给他把草莓子罐拿来呀!一点儿也不想吃?那么,就坐着吧。可是,抽烟可不行啊。你那强烈的烟草我可受不了;再说,也会叫玛特罗斯打喷嚏。"

拉夫列茨基连忙告诉她,说他一点儿也不想抽烟。

"到楼下去过么?"老妇人继续说,"那儿有谁呀?潘辛还老缠在那儿?看见过丽莎吗?她说过要到这儿来的。……哪,她就来啦,刚说到她……"

丽莎走进房来,一见到拉夫列茨基脸就红了。

"我一会儿就走的,玛尔法·季摩费耶夫娜。"她开始说。……

"干吗一会儿就走呀?"老妇人问,"你们这些小丫头们干吗老是这么不安静?你瞧瞧,我有客人在这儿呢。跟他说会儿话,陪他玩玩儿。"

丽莎坐在一张椅子边上,抬起眼睛来望了望拉夫列茨基——她马上觉得她没有办法不让他知道她和潘辛会面的结果了。可是她该怎么说法呢?她感觉很窘,同时又觉害羞。她不是才认识这人不久么?这不是一个既不常上教堂、而对于自己的妻子的死耗又那么处之泰然的男子么?然而,她却竟要把自己的秘密信托给他……他关心她,那是实在的;而她自己,对于他也信任,并且感觉得被他吸引;可是,不管这一切,她还是感觉着一种少女的羞愧,好像有陌生的男人闯入了她的纯洁的、处女的私室。

玛尔法·季摩费耶夫娜来救援她了。

"哪,如果你不陪陪他,"她说,"谁陪他这可怜的人儿呢?

我比他,我是太老啦;他比我,他是太聪明啦;至于他和拿斯塔霞·卡尔坡夫娜相比,他又太老啦;她是只喜欢那些顶顶年轻的人的。"

"叫我怎么陪费阿陀尔·伊凡尼奇呢?"丽莎说,"要是他高兴,我还是到钢琴上给他弹点儿什么吧。"她不决地继续说。

"好极啦!这才是聪明孩子,"玛尔法·季摩费耶夫娜回答,"下楼去吧,我亲爱的孩子们。弹完了,回头再来。瞧!这回该我做傻大姐啦。真丢人。我得报仇。"

丽莎站了起来。拉夫列茨基跟随着她。当他们下着楼梯的时候,丽莎忽然停了下来。

"古话真说得对,"她开始道,"人心真是充满矛盾的。您的榜样应该把我吓退,应该叫我不会相信恋爱结婚的,可是我……"

"你拒绝了他?"拉夫列茨基插言道。

"不;可我也没答应他。我把一切的事都告诉了他,把我所感觉的全告诉了他,请他等等。您满意吗?"她问着,突地微微一笑;于是,把手轻盈地掠过栏杆,一直跑下楼来。

"我给您弹点儿什么呢?"她问着,把琴盖揭开。

"随你高兴。"拉夫列茨基回答,坐到她的身旁来,好看着她。

丽莎开始弹了,好一会儿眼睛不曾从手指上抬起来。终于,她突然停止,注视了拉夫列茨基:他的脸面的表情在她看来是那么不可思议、不可理解。

"您怎么啦?"她问。

"没有什么,"他回答,"我很好。我为你快乐;望着你,我心里高兴。弹下去吧。"

"我想,"一会儿以后,丽莎说道,"如果他真爱我,他就不会写那封信;他应该可以感觉到我是不能马上回答他的。"

"那没有关系,"拉夫列茨基说,"要紧的是,你并不爱他。"

"住口!我们怎么能这么说话!你死去的妻子的影子不断地追逐着我,我害怕你!"

"我们丽莎弹得可好,涡德玛尔①?"正在这时,玛丽亚·德米特里耶夫娜问着潘辛。

"好,"潘辛回答,"好极啦!"

玛丽亚·德米特里耶夫娜温柔地望着她的年轻的对手;可是那位对手却做出了一种更了不起的、聚精会神的神气,大声喊了十四个"老王"。

31

拉夫列茨基已经不是很年轻的人了。对于丽莎在他心里所引起的到底是怎样的情感,他不能长久地假装聋痴;在那一天他终于确定他是爱着她了。这一确定并不曾给他很多愉快。"那是可能的么?"他想,"到了三十五岁的年龄,我还没有别的事情好做,只是把我的灵魂再一次地交到一个女人的手里么?可是,丽莎是不比那一个的;她不会向我要求屈辱的牺牲;她不会使我荒废我的事业;她自己就会鼓舞我去从事诚

---

① 涡德玛尔,弗拉基米尔的法语发音。

实的、严肃的努力;我们两个是会携着手向着伟大的目标前进的。是的,"他说着,把他的冥想结束起来,"什么全都很好;不好的是,她一点也不想跟我一起走。她不是说她害怕我么?可是,她也不爱潘辛……那也不过是一种可怜的慰藉罢了。"

拉夫列茨基回到华西列夫斯科耶去;可是怎么也不能在那里住上四天——那里的一切都使他感觉无聊。同时,他心里也充满着悬虑:舒尔先生所宣布的消息须待证实,可是,从什么地方也没有信来。他又回到市内去,在卡里金家度着夜晚。他不难看出,玛丽亚·德米特里耶夫娜对他已经生了反感,在打皮克的时候他输给了她十五卢布,这才把她稍稍缓和下来。他也得到机会和丽莎单独过了将近半个小时,虽然她母亲在前晚还警告过她,对于一个闹过大笑话的人不要太亲密了才好。他发觉她改变了:她好像变得比以前更沉思;她责备他不该许久不来,并且问他次日去不去做弥撒。(次日正是星期日。)

"一定去吧,"不等他回答,她继续说,"我们要一道儿去为她的灵魂祈祷安宁。"于是,她说到她不知道应该怎么办,她不知道她有没有权利要潘辛继续等待她的决定。

"为什么?"拉夫列茨基问。

"因为,"她说道,"这会儿我已经开始怀疑到那会是怎样的一种决定了。"

她说她头痛,于是把指尖犹豫地伸给了拉夫列茨基,就回到楼上她自己的小房里去了。

第二天,拉夫列茨基去做弥撒。当他进入教堂的时候,丽莎已经先在。她已经注意到他,可是并没有向他转过头来。她热情地祈祷着;她的眼里发出着沉静的光彩,她的头沉静地低下,又沉静地抬了起来。他感觉到她也在为他祈祷——而一种不可言说的柔情就充溢着他的心了。他感觉着幸福,同时又有些惆怅。那些静穆地站着的会众,熟识的脸孔,和谐的合唱,香烟的缭绕,从窗口斜射进来的长长的光线,墙壁上和穹隆的屋顶上的幽暗——所有这一切全都使得他的心灵深深感动。他许久没有进过教堂,许久没有对上帝诉过他的心曲了,就是在现在他也不曾说出一句祈祷的话语,甚至不曾无言地默祷——可是,有一会儿,如果不是在肉体上,至少是在全心灵上,他却俯伏地上,卑微地屈膝了。他记了起来,在他的幼年每一次他是怎样在教堂里长久地祈祷着,直到他好像在额上感觉了微寒的摸抚;那时他时常想道,这就是我的护命的天使临到了我,在我的额上加上了选民的烙印吧。他望了望丽莎……"啊,你把我带到了这里来,"他想着,"你也摸抚我,摸抚我的灵魂吧!"她仍在那么平静地继续祈祷着,她的脸面也好像充满着愉快;他再一次深深地感动了,于是就为那另外的一个灵魂也祈祷着安宁,而为他自己,请求着宽恕……

他们在教堂门外相遇了;她用亲切的、快乐的庄严祝福了他。太阳灿烂地照着教堂前院的茂密的青草和女人们的美丽的衣裙和头巾;附近各教堂的钟声在天空谐鸣,麻雀也在篱边唧啾。拉夫列茨基站在一旁,光着头,脸上浮着微笑;微风吹动着他的头发和丽莎帽上的飘带。他把丽莎和伴她同来的莲诺奇卡搀到了车里,把身边的零钱全给了乞丐,就平静地缓步回家来了。

32

　　费阿陀尔·伊凡尼奇的痛苦的日子到了。他感觉他在不断地发热。每天早晨他到邮局去,躁急地扯开他的信函和报纸——可是,无论怎样,既无法证实也不能推翻那决定着他的命运的谣言。有时,他甚至憎恨起自己来:"我成了个什么呀,"他自语道,"等在这里,像兀鹰等血似的,等着我妻子的确实的死讯!"他每天到卡里金家去;可是就是在那里他也并不感觉轻松;屋子里的主妇对他显然很不耐烦,勉强地接待着他;潘辛对他表现着夸张的客气;伦蒙变得好像一个愤世主义者,甚至不大理他,——而最难堪的是:连丽莎似乎也回避他了。就是当她偶然和他单独相对的时候,代替着以前的信任和坦白的,是一种显明的惶乱和窘惑;她不知道和他说什么,他自己也感觉非常困窘。几天之内,丽莎已经变得和他所熟知的她完全不同了——在她的动作、她的声音、甚至她的笑貌上,都不自主地露出了隐秘的不安和震颤,这她在以前是从来不曾有过的。玛丽亚·德米特里耶夫娜正和一个十足的唯我主义者一样,什么也没有觉察到;可是,玛尔法·季摩费耶夫娜却开始留意着她的宠儿了。拉夫列茨基不止一次后悔不该把那报纸给丽莎看见:他不能不承认,他自己的心情一定在那纯洁的心灵里引起了厌憎。然而,他又想着,也许丽莎的改变是由于她自己的内心矛盾,由于她自己的怀疑到底该给潘辛怎样的回答。一天,她还他一本书,一本瓦尔特·司各特①的小说,这是她自己向他借的。

"看过了么?"他问。

"没有;这一向我没有看书的心情。"她回答了,就预备走开。

"等一会儿;我们许久没有单独谈过话了。你好像怕我。"

"是的。"

"为什么呢?请说吧。"

"我不知道。"

拉夫列茨基沉默了。

"告诉我,"他又开始了,"你还没有决定么?"

"您说什么?"她回答,并不把眼睛从地上抬起来。

"难道你不明白?……"

丽莎的脸突然红了。

"啊,什么也别问我,"她激动地说了,"我什么也不知道;我连我自己也不知道……"

她就急忙地走掉了。

第二天,午饭以后,拉夫列茨基又到了卡里金家,看见正在准备做法事。② 在饭厅的一角,铺着洁白台布的方桌上,镶着金框的、圆光上面嵌有失色的碎宝石的小神像,靠墙立着。一个老年男仆穿着灰色礼服和皮鞋,在屋子里谨慎地、无声地走着,在圣像前面的瘦长的蜡台上按上了两只蜡烛,画过十

---

① 瓦尔特·司各特(1771—1832),英国小说家、诗人。
② 按东正教习惯,做弥撒一定要在教堂里,做普通法事可以在私人家庭里举行。

字,行过礼以后,就轻轻地退了出来。没有点灯的客厅里,是空虚的。拉夫列茨基就走进饭厅里去,问问是不是什么人的命名日。他被低声地告诉说,并不是,只是依着叶丽莎维达·米哈伊洛夫娜和玛尔法·季摩费耶夫娜的意思,做一回法事;原来是预备把那能行奇迹的神像请来的,可是它却被三十俄里以外的一处病家老早请去了。不一会,神父和他的执事们一同来了。神父已经不年轻了,脑袋上秃了一大块,在前厅里高声咳嗽着;太太小姐们排成一单行,从私室里走了出来,走上前去接受神父的祝福;拉夫列茨基默默地对她们敬礼,她们也默默地还礼。神父静立了一会,再咳了一回嗽,于是用一种低沉的声调问道:

"我们就开始吧?"

"开始吧,神父。"玛丽亚·德米特里耶夫娜回答。

神父于是穿起法衣来;穿白衣的执事谦恭地要了一块炽炭;香烟开始缭绕起来了。婢女们和小厮们也从大厅里出来了,大家都拥簇在门口。从来不下楼来的罗斯卡也忽然跑进了饭厅:人们要赶跑它,可是它却更慌乱了,起始是乱窜着,终于躺到了地下;一个用人抓住了它,把它送了出去。法事开始了。拉夫列茨基退到了一个角落里。他的情感是奇妙的,几乎是苦痛的;他自己也不能清楚地知道他所感觉的是什么。玛丽亚·德米特里耶夫娜站在最前面,身后放着椅子;她慵懒地、不在意地画着十字,正像一个大家闺秀一样——一会儿四周张望,一会儿又忽然翻眼向天;她显然是感觉厌倦了。玛尔法·季摩费耶夫娜显得非常焦愁;拿斯塔霞·卡尔坡夫娜俯伏着,又抬起身来,衣裾上发出阵阵轻微的、谨慎的窸窸窣窣声;至于丽莎,她一直站在自己的地方,一动也不曾动;从她脸上的凝注的表情显然可以看出她是在不断地、热情地祈祷。法事完毕以后,她走去吻了十字架,也吻了吻神父的又大又红的手。玛丽亚·德米特里耶夫娜请神父喝茶;他脱了法衣,做出了一种俗人的表情,就和太太们走进客厅里去了。一场并不十分生动的谈话开始了。神父喝了四杯茶,不停地用手巾摩着自己的秃顶,在别的事情以外,也说到了商人阿弗什尼可夫捐献了七百卢布装修教堂的金顶,在临走的时候还传授了一个治雀斑的百试不爽的药方。拉夫列茨基想坐到丽莎身边去,可是她却保持着端庄的、近于严厉的表情,一次也不望他。她似乎是故意不看他的;一种严肃的、冷峭的激情显然占据了她。不知道为什么,拉夫列茨基总想发出微笑来,并且说点儿有趣的话;可是,他的心是迷乱的,终于,在一种隐秘的迷惘心情里他走掉了。……他感觉着在丽莎的心里有些什么是他不能看透的。

另有一回,当拉夫列茨基坐在客厅里听着盖杰奥诺夫斯基的阿谀的、然而讨厌的无聊闲话的时候,他自己也不知道为什么突然掉过了头来,就碰着了丽莎的深沉的、凝注的、若有所询的目光。……那谜样的眼睛正是望着他的。那一整晚,拉夫列茨基就想着那一对眼睛。他的爱情已经不是一个孩子的爱情了,在他那样的年龄,他也不适于叹息和怨苦,而丽莎在他心里所引起的也的确不是那样的一种感情;可是,对于各样的年龄,爱情是会付与各样的苦恼的——而拉夫列茨基的苦恼,也就不能不是深沉的了。

33

一天,拉夫列茨基和往常一样坐在卡里金家里。酷暑的白日之后,继之那么美丽的夜晚,使得一向反对流通空气的玛丽亚·德米特里耶夫娜也竟然吩咐把通向花园的所有门窗全都敞开,并且宣称她不想打牌了,因为在那么可爱的夜晚不去享受自然的美丽却去打牌,那简直是罪过。潘辛是唯一的客人。被夜的美丽激动着,他感觉了一股艺术的冲击,可是,却不愿意在拉夫列茨基面前唱歌,于是就朗诵起诗来了:他朗诵了几首莱蒙托夫的诗(在当时普希金还不曾再度时髦起来),念得很好,可是,却太做作,加上了许多不必要的顿挫抑扬——而突然之间,好像对于自己的激动感觉了羞愧似的,就开始以那有名的《沉思》①为题,大骂起新的一代青年来了;当然,他也不会不趁此机会声明一下,如果他自己一旦大权在握,他就会把一切全都依着自己的主张根本改造。"俄国,"他说道,"一直就落在欧洲后面;我们得让它赶上去。人们说,我们还年轻——这全是胡说;并且,我们就缺乏创造性;霍米亚科夫②自己也承认,我们连捕鼠机都没有发明一个。所以,乐意也好,不乐意也好,我们都得模仿别人。'我们病

---

① 莱蒙托夫作诗篇,中有句云:"我忧愁地瞻望着今代的青年,他们的未来是暗淡或者空虚,无论在知识或怀疑的重荷之下,他们将百无聊赖以终老……"原诗发表于一八三八年,对"当代英雄"们的命运曾寄以深刻的哀痛与谴责。

② 霍米亚科夫(1804—1860),俄国诗人,斯拉夫派著名活动家之一。

啦,'莱蒙托夫这样说——我是同意他的;可是,我们其所以病,就因为我们不过只变成了半个欧洲人;我们病就病在这里,我们要痊愈,也就只能变到底。"("调查资料。"拉夫列茨基想着。)"在我们中间,"他继续说道,"最优秀的头脑们——最优秀的头脑们,——早已相信这一点了;所有民族本质上全是一样的;只要把优良的制度介绍进来,一切都可以迎刃而解。对于人民生活的现状,当然也可以相当尊重;这是我们的事情,是我们……(他几乎要说"政治家")公职人员的事情;可是,只要有必要,那也不用踌躇:制度本身就能改造生活。"玛丽亚·德米特里耶夫娜对于潘辛不禁大为击节赞赏。"瞧,一个多么聪明的人,"她想道,"在我的客厅讲话呀!"丽莎默默地坐着,凭着窗棂。拉夫列茨基也保持着沉默。玛尔法·季摩费耶夫娜正在一个角落里和她的朋友玩牌,这时就自言自语地咕噜了几句。潘辛在屋子里来回踱着,滔滔不绝地雄辩着,可是,腔调里却暗藏着隐秘的恶意:似乎他所斥责的并不是整整的一代,而只是他所熟识的两三个人。住在卡里金家花园的丁香花丛里的那只夜莺,在滔滔不绝的演说的间歇中间发出了夜歌的初奏;晚星悬挂在静静的菩提树巅,在玫瑰色天空里闪烁着它们的昏夜的光芒。于是,拉夫列茨基站立起来,开始反驳潘辛——一场争论就开场了。拉夫列茨基拥护着俄国的青年一代和俄罗斯民族自己的前途;他宁可牺牲他自己和自己的一代,却拥护着新的一代人,拥护他们的信仰和他们的抱负。潘辛愤怒地、咄咄逼人地反驳着,认为凡是有识之士就该改造一切,而最后竟至于忘记了自己的侍从官的地位和无限的前程,宣称拉夫列茨基为"落伍的保守主义者"了,甚至隐约地——当然是不着边际地——暗示到拉夫列茨基的虚伪的社会地位。拉夫列茨基可不曾动气,也没有提高自己的声音(他记得米哈莱维奇也曾经称他为落伍的——不过,是落伍的伏尔泰信徒),却冷静地把潘辛的所有论点一一击破得体无完肤。他给他证明,高高在上、一意孤行的所谓改革,既没有对于祖国的深刻认识来作根据,又没有对于理想(哪怕是消极的理想)的真实信仰来作后盾,那是决无成就的;他以他自己所受的教育为例,要求首先得认清人民的真理,在这真理面前,还必须有谦虚的精神,没有这种精神,那么,就是反虚伪的勇气也决不会有的;而最后,对于把时间和精力无谓地浪费,他却认为是一种很有价值的非难,对于这一非难,他也并不推诿。

"那全都漂亮极啦!"已经忿忿然的潘辛终于叫道,"可是,这会儿,您先生已经回到俄国来啦——您打算干点儿什么呢?"

"耕种土地,"拉夫列茨基回答,"把土地尽可能耕种得更好一些。"

"可赞美极啦,这是毫无疑问的,"潘辛说道,"并且,我听说,您先生在那方面已经很有成绩;可是,您得承认,不是每个人都适合那种行业的呀……"

"一种诗人似的天性,"玛丽亚·德米特里耶夫娜插口说道,"当然是不能种田的呀……况且,您呀,弗拉基米尔·尼古拉依奇,您天生是干大事的,大场面。"

就是对于潘辛,这样的话似乎也很不敢当:他一下子慌了手脚,就把谈话的题目改变了。他想把谈话转到星空的美丽,转到修培尔特①的音乐,可是谈话却总不起劲;结果,他提议和玛丽亚·德米特里耶夫娜来打一场皮克。"怎么?在这么美丽的夜晚么?"她细声反对着,可是却马上叫人把牌取来了。

潘辛把新牌的封皮拆得哗哗作响;而丽莎和拉夫列茨基则好像互相约好似的,同时站了起来,来到了玛尔法·季摩费耶夫娜的身边。他们两人都突然感觉着那么愉快,使他们反而有些害怕单独留在一起——同时,他们也都觉得,近几日以来他们所感到的不安已经完全消逝,永不复回地消逝了。老妇人偷偷拍了拍拉夫列茨基的脸,狡猾地眨了眨眼睛,摇了几回头,细声说道:"你把我们的才子打翻了,多谢你!"于是,屋子里全都静寂;只听见烛花在轻微地爆炸,间或,有手拍着桌子的声音和牌客数着分点的叫嚷——而清脆的、强有力的、几乎近于猖狂的夜莺的歌声,就偕着晚夜的露气,巨浪似的一同从窗口涌进来了。

34

在拉夫列茨基和潘辛辩论的时候,丽莎没有说过一句话,可是她却在注意倾听,并且从头到尾一直站在拉夫列茨基的一边。对于政治,她本来很少兴味;可是,那俗吏的自负的口吻(在这以前,他从来没有像这样完全露出马脚来的)令她反感;他对于俄国的轻蔑尤其令她愤怒。丽莎从来没有自诩爱

---

① 修培尔特(1797—1828),德国著名作曲家。

国者;可是,她的心却是向着俄国人民的;俄国式的心灵令她喜悦;每回,当她母亲的领地的庄头到城里来的时候,她总要和他全无矫饰地谈够几点钟的话,完全像对待平等人似的,绝没有领主的矜持。拉夫列茨基感觉了这一切:他自己其实是无意于回答潘辛的,他之所以发言,只是为了丽莎。他们彼此什么也没有说,连目光也很少碰到,可是两人却都感觉到,在那一晚他们之间是互相更接近了,他们明白了他们之间有着共同的爱憎。只有在一点上他们是互相背驰的,丽莎仍然私心希望着可以使他信仰上帝。他们坐在玛尔法·季摩费耶夫娜的身旁,好像在看着她打牌;事实上,他们的确在看——而同时,他们的心却充溢着万种情绪,所有一切似乎都是为了他们而存在的:正是为了他们,夜莺在温柔地歌唱,星星在灿烂地闪光,树木在絮絮地私语,在夏夜的柔情与温暖里,它们似乎即将沉入深眠。拉夫列茨基整个地任情陶醉于那魅惑的波澜里了——他的心灵感觉着快慰;可是,没有言语能够说明在那少女的纯洁心灵里究竟有了怎样的感觉:就是在她自己,那也是一个秘密;那么,就让它对于所有的人,也永远成为秘密吧。没有人知道,没有人见过,也永远不会有人见到,在大地的怀抱里,种子是怎样发芽,怎样开花,怎样结果,怎样成熟。

钟敲了十下。玛尔法·季摩费耶夫娜和拿斯塔霞·卡尔坡夫娜回到楼上她们自己房里去了;拉夫列茨基和丽莎走过客厅,停在通向花园的门口,起始是凝望着朦胧的远处——于是,相对微笑了;好像是,他们很想把彼此的手紧握,说出心里所有的话来。他们回到玛丽亚·德米特里耶夫娜和潘辛那里去,那两位的牌还没有打完。终于,最后的"老王"完了,主妇从自己的丝垫的靠椅上站了起来,叹了口气,并发出了疲倦的呻吟;潘辛拿起帽子,吻了吻玛丽亚·德米特里耶夫娜的手,并且说道,在这种时候,幸福的人们,无论是鉴赏夜景或者是入榻安眠,都可以随心所欲,可是他却还得批阅成堆的愚蠢公事,直到天明,于是向丽莎冷冷地鞠了一躬(他没有料到对于他的求婚她竟会要他等待——因此,就对她忿然了),就走出门去了。拉夫列茨基也跟着他走了。在门口,两个人分了手。潘辛用手杖尖儿戳醒了他的车夫,坐上马车,疾驰而去。拉夫列茨基并不想立刻回家;他出了市外,走向了田野。夜,静而明,虽然没有月亮。拉夫列茨基在那濡着露珠的草上,游荡了许久;在他面前出现了一条小径,他就沿着径道走去。径道终点是一道长垣,垣边有一道侧门。不知道为什么,他想把那侧门推开;随着一声微弱的轧响,门就开了,好像只等着他的手一碰似的。拉夫列茨基发觉自己来到了一座花园;他沿着菩提树的荫道走了几步,突然惊讶地停止了:他认出了这正是卡里金家的花园。

他急忙走到一丛繁密的榛木所投下的黑影底下,许久许久,一动不动地站着,心里惊疑着,耸着肩膀。

"这不是没有原因的。"他想。

周围一切全都静寂。从屋子那边没有一丝声息传来。他开始小心地前进着。在林荫道的转角上,忽然之间,整个黑蒙蒙的屋子全都在望了;只有在楼上的两个窗户里,灯光依稀闪烁着:在丽莎的房间里,白色的窗纱后面,一支蜡烛正燃着,在玛尔法·季摩费耶夫娜的寝室里,圣像前面,一盏小神灯正闪着赤焰,在那饰金的像框上面映下了平和的圆光;楼下,通到露台的房门大开着,似乎是在打着呵欠。拉夫列茨基坐在一条木椅上,手支着头,一直凝望着门和丽莎的窗。市内的大钟报告着夜半了;于是,屋子里面的小钟也轻轻地敲过了十二时;巡夜人开始在更板上急促地敲了。拉夫列茨基什么也不曾想,什么也不曾期待;只要感觉着和丽莎是接近的,是坐在她的花园里;坐在她曾经坐过不只一回的椅上,他心里就十分愉快。……突然,烛光从丽莎房里消逝了。

"晚安呀,我亲爱的姑娘。"拉夫列茨基低声说,仍然一动不动地坐着,眼睛一直不曾离开那已经黑暗的窗户。

忽然,一线光亮在楼下的一个窗前显现了,于是来到第二个窗前,又来到第三个……是有人持着蜡烛走过了室内。"难道是丽莎么?不会的!……"拉夫列茨基站了起来……一个熟识的面影掠过了,而丽莎就出现了在客厅里面。她穿着白色的寝衣,头发分披在她的肩上,轻轻地走到了桌前,弯下身去,把蜡烛搁到桌上,像在找着什么;于是,把脸面转向花园,她来到了那开着的门口,全身纯白,轻盈地,绰约地,停止在门槛上了。一股战栗不自主地震撼了拉夫列茨基的全身。

"丽莎!"一声几乎听不见的喊叫,迸出了他的嘴唇。

她怔了一怔,开始凝望着那远远的黑暗。

"丽莎!"拉夫列茨基提高着声音第二次叫了,同时从林荫里走了出来。

丽莎惊惶了,把头倾向前去,又畏缩地退了回来:她已经认出了他。他第三次呼唤了她的名字,把手臂向她伸了出去。她走出了门口,来到了花园。

"您?"她喃喃说,"您在这儿?"

"我……我……听我说……"拉夫列茨基低语着,于是,牵着她的手,来到了长椅旁边。

她全无抗拒地跟随着他;她的苍白的面颜,她的凝注的眼光,她的所有的动作,全都表现着不可言说的惊惶。拉夫列茨基把她安置在长椅上,自己站在她的面前。

"我没有想到会到这儿来的,"他开始说,"我心里牵挂着……我……我……我爱你。"他终于说了,不自主地感觉了恐怖。

丽莎缓缓地抬起头来凝视着他;好像是直到此刻她才明白她是在什么地方,是发生了怎样的事情。她想要站起来,但是她不能够。于是,她把脸面掩埋在自己的手里了。

"丽莎,"拉夫列茨基说道,"丽莎。"他又重复说着,就跪到了她的脚前……

轻微的战栗掠过了她的肩膀;她的苍白的手指把自己的脸面蒙得更紧。

"你怎么样了,丽莎?"拉夫列茨基喃喃说,他听到了低低的泣声。他的心战栗了。……他明白那些眼泪的意义,"难道说,你也爱我么?"他低语了,于是轻轻地抚着她的膝盖。

"站起来,"他听见她说了,"起来,费阿陀尔·伊凡尼奇。我们这是在做什么?"

他站了起来,坐在椅上她的身旁。她不再哭泣了,可是却用她的湿润的眼睛凝神地望着他。

"我害怕。我们在做什么?"她又轻轻地说。

"我爱你,"他重复说,"我要把我的整个生命交给你。"

她又战栗了,好像有什么刺痛了她,于是抬起眼睛来,凝望着天空。

"那一切,全操在上帝手里。"她说了。

"可是你爱我么,丽莎?我们会幸福么?"

她的眼睑低垂了;他轻轻地将她拥到了自己怀里,她的头沉到了他的肩上。……他微微低下头来,而他的嘴唇就触在她那苍白的唇上了。

半点钟之后,拉夫列茨基又来到了花园侧门的面前。这一回,他发觉门已经落了锁,他不得不跳垣出来。他回到市内,走过了沉睡的市街。一种巨大的、意想不到的幸福感充溢了他的灵魂;所有的疑惑全都消逝了。"去吧,过去的、阴暗的幽灵,"他想着,"她爱我,她会成为我的!"突然,在他的头上,在天空里,似乎有神奇的、凯旋的音响鸣奏起来了;他停止下来:音响似乎更加壮丽雄伟,它的旋律回荡着,有如强大的洪流——在这汹涌的音响中间,他的无边的幸福似乎也在一同宣诉,一同歌吟。他引领四顾:那声音是从一幢小屋的两个楼窗里浮漾出来的。

"伦蒙!"拉夫列茨基叫着,跑到了屋子前面去。"伦蒙!伦蒙!"他更高声地叫了。

声音沉寂了,一个老人的身形,披着寝衣,袒胸蓬头,从窗口显露了出来。

"啊哈!"他庄严地说道,"是您呀!"

"克利斯托弗·费阿陀里奇,多么神奇的音乐啊!看在上天的分上,让我进来吧。"

老人一言不发,手臂威严地一挥,就把开门的钥匙从窗口扔到了街心。拉夫列茨基疾速地跑上楼来,冲进了房里,正预备投入伦蒙的怀抱,可是老人却做了一个命令的姿势,指着一把椅子,用俄语大声叫道:"坐下,听!"于是,自己坐到钢琴前面,骄傲地而且严厉地向四周瞥了一眼,就开始弹奏了。拉夫列茨基许久没有听过这样的作品:那优美的、热情的旋律,从第一个音节起始就抓住了人的心弦;它充满着灿烂的光辉,横溢着幸福、美丽和灵感的火焰;它抑扬着;它申诉着地上所有一切亲爱的、神秘的和圣洁的物事;它呼吸着那不死的悲哀——于是,飘逝了,死寂了在遥远的天际。拉夫列茨基伸直起来,从椅上站起,因为出神,脸面变得冷而苍白。那些声音一直沁入了他的心灵深处;他的身心刚刚受过了爱情祝福的震荡,而这些声音却本身就是燃烧着爱情的。"再来一次吧。"当那最后的和音刚刚消逝以后,他低声要求了。老人投了他炯炯的一瞥,用手拍了拍自己的胸膛,于是用他本国的语言,一字一顿地说道:"这是我自己作的;因为我是一个大音乐家。"于是,再一次地弹起他那神奇的乐曲来了。房间里没有烛光;初升的月亮从窗口斜射进来;温柔的空气和谐地震颤着;可怜的小房变得有如圣殿;在银白的薄暗里面,老人的头崇高地、感激地浮了出来。拉夫列茨基走上前去,拥抱着他。在最初,伦蒙并不回答他的拥抱,甚至用手肘推拒着他;许久许久,他僵直地坐着,四肢一动也不动,仍和以前一样,严厉地、甚至敌意地瞪着眼,咕噜了两回"啊哈!"可是,终于,他的变了形的面颜平静了,松弛了,为了回答拉夫列茨基的热烈的祝贺,他起始露出了微微的笑容,而接着,甚至流下眼泪来了,像小孩一般地发出了低低的啜泣。

"这是不可思议的,"他说,"您赶在这个时候来到;可是,我知道,我全知道。"

"您全知道?"拉夫列茨基惊讶地问了。

"您已经听见了我的音乐,"伦蒙回答,"难道您还不明白我已经全都知道?"

拉夫列茨基直到早晨还不能入睡,整夜他坐在自己的床上。丽莎也不曾入睡:她一直祈祷着。

35

读者们已经知道拉夫列茨基是怎样成长,怎样发展的;现在,关于丽莎的教养,我们也约略一说。她父亲死的时候,她还只十岁;可是父亲对她是并不怎样注意的。事务丛集,经常操心于产业的经营,一个胆汁的、率直的、暴躁的人——这位父亲对于儿女的教师、保姆、衣着以及其他必需全不吝惜;可是,"要去疼那些叽叽咕咕的小把戏们哪,"(用他自己的说法,)那可受不了——老实说,他也没有时间去疼他们:他整天工作,忙碌于自己的事务,睡眠很少,间或也打打牌,可是,转眼之间却又去忙着自己的工作去了;他时常把自己比作套上了打谷机的马。"我的一生多么快就过完了呀!"他在他的临终的床上说,一丝苦笑就浮到了他的烧灼的唇上。至于玛丽亚·德米特里耶夫娜,虽然她对拉夫列茨基自称儿女的教养完全由她一手担当,可是事实上,对于丽莎她也并不比她的丈夫更关心一些;她把丽莎装扮成一个洋娃娃,当着客人的面就摸摸她的头,说她是个聪明孩子,称她为她的宝宝——如此而已。任何经常的操心是会使得这位懒惰的贵妇人感到厌烦的。父亲在世的日子,照料丽莎的是一位巴黎生长的莫洛小姐;父亲死后,玛尔法·季摩费耶夫娜就开始照管着她了。玛尔法·季摩费耶夫娜读者们是已经认识的;莫洛小姐却是一个脸现皱纹的小女人,有小鸟儿一样的风度,也有小鸟儿一样的头脑。在年轻的时候,她过的是很放纵的生活。如今,上了年纪,也还保存着两样热烈的嗜好——好吃,好赌。当她已经吃饱、没有打牌或者不扯闲天的时候,她的脸上马上就出现一种好像已经死掉的表情:当然,也坐着,也望,也呼吸——可是,一眼就能看出,在她的脑里决不会有任何思想。甚至也不能说她善良;小鸟儿是说不上什么善良或不善良的。也许由于她那轻浮的青年时代的生活,或由于她从小就呼吸着的巴黎的空气,她老是抱着一种普遍的、廉价的怀疑主义,这是从她的口头禅"所有这些,全都傻透啦!"里就可以看出来的。她会说一口不正确的、可是地道的巴黎土话,不造谣,也不生事——从一个保姆,还能更希望什么呢?对于丽莎,她并没有什么大的影响;在丽莎身上生出了强有力的影响的,倒是她的乳娘,阿加菲雅·弗拉斯耶夫娜。

这个女人的遭际是非常奇特的。她出身于农民的家庭,在十六岁的时候就嫁给了一个农民;可是,和她的农民姊妹们比较起来,她却显得异常出色。她的父亲做过二十年村长,积下了不少钱,从小就把她娇养惯了。她的绝美的姿容和漂亮的打扮在全区里是无可比拟的;她生性慧黠,口齿伶俐,且有胆量。她的主人德米特里·帕斯托夫,玛丽亚·德米特里耶夫娜的父亲,一个沉默寡言的人,一天在禾场上碰见了她,跟她谈了几句话,就热烈地喜欢她了。而不久以后,她就成了孤孀。帕斯托夫虽然是一个已有妻室的人,却把她接到了家里来,和家里人一样打扮。阿加菲雅马上就自安于自己的新的地位了,好像她从来不曾有过另外的一种生活。她出落得更娇丽了,更丰盈了;她的手臂在细麻布的衣袖里就好像有钱的商人的老婆的手一样,"白得像粉团";茶炊从来不离她的桌前;穿的总离不了丝绸和毛葛,睡的也总是绒毛的软褥子。这种快乐的生活过了五年,德米特里·帕斯托夫就死了;他的未亡人,一个心地仁厚的主妇,念在亡夫的情分,并不想对自己的敌手太过不去,尤其因为阿加菲雅在她的面前从来也不曾忘过形;可是却被嫁给了一个牧人,将她打发到眼所不见的地方去了。三年过去了。一次,一个酷热的夏天,主妇来到了牧场。阿加菲雅用那么鲜美的冻酪款待了她,而且态度是那么谦顺,模样儿又是那么整洁,那么愉快,对于一切全都那么满足,这使得主妇大大感动起来,就宣布了对她的宽恕,并且让她回到家宅里来;六个月以后,主妇就变得非常宠爱她了,把她升到了管家的职位,将家务的管理完全交给了她。于是,阿加菲雅又当权了,又变得娇丽和丰盈,而且,享受着主妇的完全的信任。像这样又过去了五年,不幸再一次地临到了阿加菲雅。她的丈夫,她现在已经为他谋到了男仆的职位,开始喝起酒来,慢慢地不大看见回家了,而终于,偷了主妇的六把银汤匙,藏在妻子的箱子里,等着适当的机会好拿出去。赃物被发现了。男人再降为牧人,而阿加菲雅脸上也失去了光彩;她虽没有从家宅里被撵出来,却由管家的地位降为缝女,并且,头上不能再戴帽子,却只能包头巾了。使得所有的人全都惊讶的,是阿加菲雅只是谦和地忍受着所遭的横逆。她那时已经三十岁了,她的孩子全死掉了,不久以后丈夫也死了。她的反省的时期到了,而她也认真反省起来。她变得非常沉默,非常虔敬,从不漏掉一回早祷或者一次弥撒,并且把她所有的漂亮衣着全都捐弃。十五年来,她过着沉寂的、谦和的、严肃的生活,与人无争,对一切都不问不闻。假使有谁待她无礼——她也只是恭敬地还礼,感谢着别人的教训。她的主妇老早就宽恕过她了,恢复了对她的宠爱,甚至从自己的头上取下帽子来给她戴上;可是阿加菲雅却怎么也不肯除下自己的头巾来,并且老是只肯穿暗色的衣裳。主妇故世以后,她变得更沉默、更谦逊了。要使得一个俄国人怕或者让一个俄国人爱,那是容易的;可是,要叫他尊敬那却困难了:尊敬是不能马上付出,也不能随便对人付出的。可是,屋子里所有的人却全都十分尊敬阿加菲雅;甚至没有一个人提到她旧时的过失,好像它们早随着老的主人给埋到坟墓里去了。

卡里金和玛丽亚·德米特里耶夫娜结婚以后,他就曾想把家务的管理交给阿加菲雅,可是她怎么也不肯承担,为了"怕受诱惑";他对她高声嚷叫,她却只是低低地鞠了一躬,就走出屋子去了。干练的卡里金是有知人之明的;他也理解阿加菲雅,没有把她忘却。在搬到城市之后,得到她自己的承诺,他就请她做了丽莎的乳娘。那时,丽莎刚进五岁。

在最初,丽莎害怕她的新乳娘的庄重的、甚至严厉的脸面;可是她很快就习惯了她,并且开始热烈地爱着她了。这孩子,自己也就有着庄重的天性;她的面貌有几分像卡里金,严肃而且整齐;可是,她的眼睛却和父亲的完全两样:它们闪耀着孩子们所少有的平静的注意和善良。她不爱玩洋娃娃,从不高声地或者长久地发笑;她的一言一动总是那么庄严。她也并不经常沉思;可是当她沉思起来,那总是有原因的;沉默了一会儿以后,她往往转向比她年长的人,发出一个问题来,从这里就可以看出她的心灵是在思索着一个新的印象。她很快就脱离了咿呀学语的时期;在四岁的时候就已经能够完全清楚地讲话了。她害怕她的父亲;她对于母亲的情感是难以说明的——既不怕她,也不对她撒娇;但她也并不对阿加菲雅撒娇,虽然她只是爱她一个人。她和阿加菲雅从不离开。她们两人坐在一处,那情形是非常奇特的。阿加菲雅全身黑色,头上顶着黑色头巾,脸面虽然瘦削蜡黄,却仍然美丽并且富于表情,她直直地坐着,织着长袜;在她脚下,一个小椅子上,就坐着丽莎,也正在做着什么小玩意,或者,把她的明亮的眼睛庄严地向上望着,听着阿加菲雅给她讲述什么故事;阿加菲雅并不给她讲童话,却往往用一种缓慢的、平静的声音,给她讲着圣母的传记,隐士们、圣者们、女殉道者们的生平;她给丽莎讲述那些圣人们怎样住在沙漠里,忍饥受困,而终于得到救赎;他们怎样不畏王侯,却一心皈依基督;空中的飞鸟是怎样给他们带来食物,地上的野兽是多么听他们的命令;在他们流过血的地方,是怎样有鲜花开放。"是黄罗兰么?"有一回丽莎像这样问,她是很爱鲜花的。……阿加菲雅总是那么严肃、那么谦卑地给丽莎说着这些事情,好像感觉着她没有资格来宣说这样崇高、这样神圣的字句似的。丽莎听着她——而无所不在、无所不知的上帝的形象,就以甜美的力量深入她的灵魂里了,使她充满了纯洁的、虔诚的敬畏;而基督于是就好像和她十分亲近,几乎成了她的亲人。教她祈祷的也是阿加菲雅。有时,在天将破晓的时候,她就把丽莎唤醒了来,匆忙地给她穿上衣裳,秘密地带她早祷去;丽莎屏住呼吸,踮着脚尖跟着她;早晨的寒气与薄暗,教堂里的冷清和空洞,这些意想不到的外出的神秘,以及回家上床时候的忧心——所有这些被禁止的、神奇的、圣洁的事物掺合起来,使这小姑娘发生激动,并且沉入了她的灵魂深处。阿加菲雅从不责备别人,也从不因为丽莎有时候调皮而责骂她。在不高兴什么的时候,她只是沉默:丽莎是了解这种沉默的;以小孩子的敏感,她也很能了解阿加菲雅对别人的不高兴——无论是对玛丽亚·德米特里耶夫娜,或者是对卡里金自己。阿加菲雅照料了丽莎不过三年多;这以后,就由莫洛小姐接替了;可是这位轻浮的法国女人,以她那半死不活的神气和她那"所有这些,全都像透啦"的叫声,并不能从丽莎心上把她亲爱的乳娘排挤:已经撒下的种子早已根深蒂固了。并且,阿加菲雅虽然不再有照料丽莎的责任,却仍然留在屋子里,还能时时看见她的亲爱的孩子,而孩子,也正和从前一样,完全信任着她。

可是,阿加菲雅和玛尔法·季摩费耶夫娜却完全合不拢来。这位急躁的、刚愎的老妇人,自从住到卡里金家以后,对于那个当日"穿老布小褂的"农家女的了不起的严肃气非常看不过眼。阿加菲雅请求出去巡礼去,一去就不曾回来。暗淡的流言传播着,说她进了一所非国教派的修道院。可是,她在丽莎心里所留下的痕迹却是不可磨灭的。正和以前一样,这小女孩做着弥撒正和过着节日一般;在教堂里,她热烈地、以一种压抑的、羞怯的激情祈祷着,这使得玛丽亚·德米特里耶夫娜私心感到不小的惊异;甚至玛尔法·季摩费耶夫娜虽然对于丽莎从来不加拘束,可是也希望她能把热情稍稍中和,并且不要作出太多的跪拜:那太不合小姐的款儿了,她说。丽莎是一个优秀的学生,那就是说,她学习得非常勤勉;上天并不曾赋予她特大的智慧和特殊光辉的才能;她的一切成就全都由于艰苦学习。她是一个优秀的钢琴家;可是,只有伦蒙才知道为那成就她付过多少代价。她读书不多;她没有"自己的言语",可是,她却有她自己的思想,而且走着她自己的道路。她不愧是她父亲的女儿:她父亲也就不常询问别人自己应该怎么办。像这样,她长大起来了——平和地、静穆地,进

320

入了她的第十九个年头。她很美,可是她自己却并不知道。在她一切的动作里,全流露着一种自然的、朴质的丰姿;她的声音颤动着无邪的青春的银响;最小的愉快的感觉也可以使她的唇上浮出醉人的微笑,使她的明丽的眼睛更其增加了光芒和一种隐秘的爱抚。生性善良,心地纯厚,有着深沉的义务感,老怕刺伤别人的心——她,爱着所有的人,可是,并不特别爱其中的任何一个;只有上帝,是她以衷心的热情,胆怯地然而温柔地爱着的。拉夫列茨基是扰乱了她的平静的内心生活的第一人。

像这样的,就是丽莎。

36

翌日正午,拉夫列茨基正往卡里金家去。在路上,他遇见潘辛骑在马上,帽檐罩齐眉尖,疾驰而过。在卡里金家,拉夫列茨基却不曾被接见——自从认识这个家族以来这还是第一次。据仆人宣告,玛丽亚·德米特里耶夫娜"正歇着","她老人家"头痛。玛尔法·季摩费耶夫娜和叶丽莎维达·米哈伊洛夫娜也全不在家。拉夫列茨基在花园近边走了一转,模糊地希望能看到丽莎,但什么人也没有看见。两点钟以后他又回来,仍然得到同样的回答,仆人还对他斜睨了一眼。拉夫列茨基觉得,同一日之内作三次拜访似乎不大得体——于是就决定到华西列夫斯科耶去,在那里他还有别的事干。一路上,他构思着各种各样的计划,一个比一个更美;可是,到达他姑姑的小村以后,他的心情却沉重了。他和安东谈起话来,可是那老人却好像故意似的,只是满脑子阴暗的回忆。他告诉拉夫列茨基格拉菲拉·彼得罗夫娜临终的时候是怎样咬着自己的手,而沉默片刻之后又长叹一声说道:"无论谁,亲爱的少爷,都是命定地要自己啃掉自己的。"已经很晚的时候,拉夫列茨基才登上回市的路程。昨晚的音乐的旋律仍然魅惑着他,丽莎的温静的形象又清楚地浮上了他的心灵;他想着她爱他,不禁深深感动——于是,就以平和的、幸福的心情回到市内他的小寓所里来了。

当他进到前厅,首先使他大吃一惊的就是一种薄荷味,一种他极其憎恶的香味;在厅里,也立着好几件高大的箱囊。同时,那急忙上前来迎接他的仆人,在他看来,表情也十分奇怪。他并不曾停步分析自己的印象,就一直跨进了客厅的门槛。……从沙发上站起来迎着他的,是一个穿着饰边的黑色绸衣的女人,细麻布的手绢半掩着苍白的脸面;她上前了几步,低下了她的梳得非常精致的、涂了香水的头——就在他的脚前跪下了。……到这时候他才认出她来:这女人正是他的妻子。

他的呼吸停止了。……他支撑着在墙边。

"别赶走我啦,特阿陀尔①!"她用法语说着,她的声音好像一把利刃刺割着他的心腔。

他望着她,只是感觉茫然,可是他也不由自主地马上注意到,她变得更白嫩、更丰腴了。

"特阿陀尔!"她继续说着,不时抬起眼睛来,并且小心翼翼地绞弄着她的染过指甲的、绝美的手指;"特阿陀尔,我对

---

① 费阿陀尔的法语变音。

您不起,深深地对您不起——我再说一次,我是一个罪人;可是,请您听我说完吧:悔恨折磨死我了,我已经成了我自己的负担;我再也不能忍受我的地位了;多少回我想要向您呼吁,可是我害怕您会生气;我已经和过去的一切完全断绝……况且,我是病到这样呢,我是病到这样呢,"她加说着,用手摸了摸眉毛和面颊,"趁着到处都谣传着我已经死了,我就抛弃了一切,日夜不停地赶到了这儿来;我踌躇了很久,该不该在您面前露面,我的裁判官——在您面前露面,我的裁判官。可是,我记得您从来都是多么好心眼的,所以我才到底下了决心,到您这儿来;在莫斯科我找到了您的地址。相信我,"她继续说着,轻轻地从地上爬了起来,坐到了一张靠椅的边缘上去,"我时常想着死,我也会有足够的勇气来了结自己的生命的——啊!生命对于我,已经是多么不能忍耐的重负啊!——可是,一想到我的女孩子,想到我的阿达奇卡,我又只能偷生了;她就在这儿,就在那边房里睡着呢,我可怜的孩子!她疲倦啦——您看看她么?她,至少,在您面前是无辜的呀。啊,我是多么苦恼,多么苦恼哟!"拉夫列茨卡雅夫人终于喊叫了,迸出了眼泪来。

拉夫列茨基这才到底清醒了,他从墙边挣扎开来,向着门口走去。

"您就走了么?"他的妻子绝望地叫了,"啊,多么残忍啊!——连一句话也不给我说,甚至连责骂也没有一句!……这种轻蔑简直会要我的命!这是可怕的呀!"

拉夫列茨基停止了下来。

"您要我跟您说什么?"他说着,声音低抑地。

"没有什么,没有什么,"她更神气地抢着说了,"我知道我没有权利来要求什么;相信我吧,我不是傻子;我并不希望,也不敢希望您会饶恕我。我只是大胆地请求您,求您命令我应该怎么办,应该住在什么地方。我会奴隶一样地顺从您的命令的,无论您命令什么。"

"我没有命令可给了,"拉夫列茨基仍然以同样的声音说,"您知道,在我们中间什么全完了……现在,更谈不上。您高兴住哪儿就住哪儿;假如您嫌赡养费太少……"

"啊,请别说那么可怕的话吧!"华尔华拉·巴弗洛夫娜截断了他。"饶恕我吧,假如只是……只是看在我们的小天使的分上……"说着,她就突然扑到了邻室,立刻抱着一个装扮得非常华丽的小女孩跑回来了。长长的金黄色的卷发披在孩子的蔷薇色的漂亮小脸上和她那大而黑的尚带睡意的眼睛上;她微笑着,有些怯光,眨着眼睛,并把肥胖的小手伸了出来,抱着母亲的颈项。

"阿达,瞧,这是你爸爸。"华尔华拉·巴弗洛夫娜说着,把卷发从孩子的眼边撩开,给了她一个有力的接吻,"跟我一块儿求情吧。"

"这是,爸爸?"小女孩咿呀地说。

"是,我的孩子,你可爱他?"

拉夫列茨基实在受不住了。

"是在什么闹剧里正有着像这样的场面呀?"他喃喃着,就走掉了。

华尔华拉·巴弗洛夫娜呆立在那里,好一会儿,于是,微微耸耸肩膀,把孩子抱回邻室,给她脱掉衣裳,又把她搁回床上去。于是,她拿起一本书来,坐在灯旁,等了约莫一点钟,而终于自己也倒在床上了。

"怎么样,太太?"她的女仆,她从巴黎带回的一个法国女人,一面解着她的胸衣,一面这样问了。

"没有怎么样,茹斯蒂。"她回答道,"他老了许多,可是我看他还是跟往常一样好心眼儿的。把我过夜的手套给我吧,我明儿穿的高领灰长袍也给我预备好;可别忘了阿达的羊肉片……真的,那在这儿是一定很难找到的,可是,我们也得试试。"

"事到临头,得过且过吧。"茹斯蒂回答着,就把烛灭了。

37

拉夫列茨基在市街一直踯躅了两点多钟之久。在巴黎近郊所过的那个夜晚又回到了他的心头。他的心似乎裂成了片片,他的脑子感觉着空虚,似乎已经麻痹,而同样的一连串思想,阴暗的、疯狂的、暴乱的思想,却不断在他心里回旋着。"她还活着,她又回来了。"他自语着,每说一次,就感到一次新的迷惘。他觉着他已经失掉丽莎了。愤怒窒息了他的呼吸;这一打击真好像天外飞来。他怎么竟会那么轻率地就相信了那小报上的无稽的谣言?那难道不仅仅是一片废纸么?"可是,如果我没有相信,"他想着,"那又有什么分别呢?那我就不会知道丽莎是爱我的;连她自己也不会知道。"他怎么也不能从自己的心里驱走他妻子的影子,她的声音和她的眼睛……他诅咒着他自己,也诅咒着整个世界。

完全疲乏了,在黎明以前,他来到了伦蒙的屋子。许久许久,他的叩门完全没有反响;最后,戴着睡帽的老人的脑袋到底从窗口伸了出来;面色凄苦、满脸皱纹的这个脑袋和那充满着严肃的灵感、只在二十四小时以前还从艺术家的壮丽的高峰威严地注视过拉夫列茨基的那个脑袋,是绝无相似之处的。

"您要什么?"伦蒙问道,"我可不能每晚都弹。我刚服过汤药。"

可是,拉夫列茨基脸上的表情显然是太奇怪了:老人用手打了望眼,审视了他的夜间的来客好一会儿以后,终于把他放了进来。

拉夫列茨基走进房来,沉到了一把椅子上;老人站在他面前,把自己的破旧的花睡衣裹在身边,身体瑟缩着,咬着嘴唇。

"我的妻子来了。"拉夫列茨基说着,抬起头来,突然间,迸出了一声不自主的苦笑。

伦蒙的脸面表现着惊愕,可是他连笑意也没有,只把睡衣裹得更紧。

"您大约还不知道,"拉夫列茨基继续说,"我原来以为……我在一张报纸上看见过:她已经死了的。"

"啊——啊,您是不久以前看见的?"伦蒙问。

"不久。"

"啊——啊,"老人重复着,掀了掀眉毛,"她又回来了?"

"又回来了。她现在就在我的屋子里。我……我是一个不幸的人。"

他于是又苦笑了。

"您是一个不幸的人。"伦蒙缓缓地重复。

"克利斯托弗·费阿陀里奇,"拉夫列茨基开始道,"您可以替我送个信去么?"

"嗯。我可以问问是给谁的么?"

"给叶丽莎维……"

"啊,是,是,我明白了。很好。信要什么时候送到?"

"明天,愈早愈好。"

"嗯。我可以叫我的厨娘凯特琳送去。不,我亲自去。"

"您可以给我带回信来么?"

"好的,带回信。"

伦蒙叹息了。

"是的,我可怜的青年朋友;您真是——一个挺不幸的青年人。"

拉夫列茨基给丽莎写了几个字:他告诉她,他的妻子来了,并且请她指定一次约会——于是,就倒到了一个窄沙发上,面对着墙。老人也躺到了床上,许久许久反侧着,咳嗽着,一口一口地啜着他的汤药。

早晨来了;他们两个都起来了,互相以奇怪的眼光作了注视。在那时刻,拉夫列茨基感到简直可以把自己结果掉。厨娘凯特琳给他们端来了粗劣的咖啡。时钟敲了八下。伦蒙戴上帽子,说他本该在十点钟才到卡里金家去授课,可是,他可以找到适当的早来的口实,于是就出发了。拉夫列茨基又倒到了那小沙发上,而一声苦笑又从他的心底里迸出来了。他想着他的妻子怎样把他赶出屋子;他想象着丽莎的处境,于是,闭上眼睛,把手挽在脑后。终于,伦蒙回来了,给他带来了一张纸片,在上面丽莎用铅笔写了如下的话语:"我们今天不能相会。也许明晚可以。保重。"拉夫列茨基冷冷地、心神不属地谢过了伦蒙,就回家来了。

他发现他的妻子正在早餐;阿达,头发全蜷着,穿着饰有蓝丝带的白罩衣,正在吃羊肉片。拉夫列茨基一走进屋来,华尔华拉·巴弗洛夫娜立刻就站了起来,迎上前去,脸上表现着可怜的服顺的神情。他请她随他到书室里去,进去以后,他就关上了门,开始在室内来回踱着;她却坐了下来,两手幽娴地交叠着,用她那虽然涂过眼圈却仍然十分美丽的眼睛追随着他的行动。

很久很久,拉夫列茨基还不能开始说话:他感到他还不能控制自己;他清楚地看到,华尔华拉·巴弗洛夫娜一点点儿也不怕他,可是却装出了随时可以晕倒的样子。

"听着,太太,"他终于说了,不时深深地抽着气,咬着牙,"咱们之间再也用不着装什么蒜了;我不相信您的忏悔;就是您真心忏悔了,我也不可能跟您重新在一起,重新同居。"

华尔华拉·巴弗洛夫娜咬紧了嘴唇,半闭了眼睛。"这就是讨厌了吧,"她想着,"什么全完啦。我在他眼里甚至还算不了一个女人呢。"

"不可能的,"拉夫列茨基重复着,把大衣的纽扣一直扣到了喉边,"我想不透您怎么会这样抬举我,找到我这儿来:大概您是缺钱用?"

"啊,啊,您伤了我的心了。"华尔华拉·巴弗洛夫娜低声说。

"可是,无论怎样,不幸得很,您还是我的妻子。我不能真把您撵出去……那么,这就是我给您的提议:您可以到拉夫里基去,住在那里,假如您高兴,今天动身就更好;那儿住宅还不坏,您是知道的;除了津贴以外,您还可以得到您必需的一切。……您同意吗?"

华尔华拉·巴弗洛夫娜用她的绣花手绢掩了自己的脸面。

"我已经告诉过您,"她说着,嘴唇做着神经质的牵动,"无论您高兴给我怎样的安排,我都会依从。现在,我只是请求您:至少您可以让我感谢你的大量吧?"

"不用感谢吧,我请求您,咱们不来这一套还更好一些。"拉夫列茨基急忙回答。"那么,"他加说着,走向门边,"我可以信任你……"

"明儿我就会到拉夫里基去了,"华尔华拉·巴弗洛夫娜轻声说着,恭恭敬敬地从座位上站了起来,"可是,费阿陀尔·伊凡尼奇……"(她不再称他为特阿陀尔①了。)

"您还要什么?"

"我知道在目前我还怎样也够不上得到您的饶恕——可是,我可不可以希望,至少,在将来……"

"哎,华尔华拉·巴弗洛夫娜,"拉夫列茨基截断了她,"您是个聪明女人,可是您明白,我可也不是傻瓜;我知道,饶恕对于您是完全不必要的。况且,我老早就饶恕过您了;可是,在您和我之间永远会隔着一条鸿沟。"

"我会知道怎样去服从的,"华尔华拉·巴弗洛夫娜回答着,低下头来,"我并没有忘记我的罪过;就是您听到我的死讯反会高兴起来,我也全不奇怪。"她轻轻地说着,把手约略指向桌上的那张报纸,那是拉夫列茨基忘掉在那地方的。

费阿陀尔·伊凡尼奇战栗了:那报纸上正有着铅笔所画的记号。华尔华拉·巴弗洛夫娜望着他,脸上的表情比以前更为温顺。在那一瞬间,她的确是美丽极了。灰色的巴黎式

---

① 单称本名只行于上对下或亲密者之间,本名之外还加上父名,则表示客气。所以,由特阿陀尔变成费阿陀尔·伊凡尼奇,即表示由亲密而变为客气。

的长袍紧紧地裹着她那娇媚的、十七岁少女似的身体,她那围着白色领巾的纤细而温柔的颈项,她那平静地起伏着的胸脯,她那未戴手镯和戒指的朴素的手臂和手指——她的整个身体,从她那光泽的头发以至她那几乎看不见的小鞋的鞋尖,全都那么优美……

拉夫列茨基极端嫌憎地扫了她一眼,几乎要喊出一声"好哇"①来,几乎想朝着她的脑袋一拳打去——然而,他却转身走了。一个小时以后,他已在回返华西列夫斯科耶的途中,而两小时以后,华尔华拉·巴弗洛夫娜则叫人给她雇来了一辆市内最漂亮的马车,戴上了一顶装有黑色面纱的朴素的草帽,披上了一件不特别华丽的披肩,于是,把阿达交给了茹斯蒂,就出发到卡里金家去了:根据她从仆人们那里调查所得,她知道丈夫是每天都要到那里去的。

38

拉夫列茨基的妻子到达O市的那一天,对他是一个悲愁的日子,而对于丽莎则是苦难。她还没有来得及下楼去给妈妈请安,在窗下,马蹄的嘚嘚声就可以听见了,并且,私心带着惊恐,她看见潘辛骑马来到了前院。"这么早就来了,是想要一个确定的答复的呢。"她想着。她果然没有想错。在客厅绕了一转以后,他就提议跟她到花园里去,于是,就质问他的命运究竟是怎样决定的。丽莎鼓起勇气来告诉了他,说她不

---

① 原文是意大利文。

能做他的妻子。他站在她旁边,把帽子拉齐眉际,听着她一直说完;于是,他改变了声调,非常礼貌地问她这是不是她的最后的判决,是不是他自己在某些事情上是使她变心的主因。于是,他用手蒙住了眼睛,短促地、断然地叹了一口气,就把手从脸上垂了下来。

"我本来不想走一条别人踏过的老路,"他好像满腔悲郁地说,"我想要依着我的心灵的呼唤来选择我的伴侣;可是,看起来那是不成功的了。那么,再见啦,我的空幻的梦想!"他给丽莎深深鞠了一躬,就走进屋子里去了。

她希望他马上就会走掉;可是,他却走向了玛丽亚·德米特里耶夫娜的私室,并且在那里待上了快一点钟。在告辞的时候,他对丽莎说道:"您妈妈唤您;再会吧!"于是,跃上马背,在门口就疾驰起来了。丽莎来到了玛丽亚·德米特里耶夫娜的私室,发现她正在落泪:潘辛已经把自己的不幸全都对她诉说过了。

"你干吗要气死我?你干吗要气死我呀?"悲痛的寡妇像这样开始号叫了,"你还想找个什么样的人呀?他怎么就配不上你?一位侍从官呀!又那么一点儿也不势利!在彼得堡,只要他高兴,他跟宫里的女官结婚都成的呀!哎呀,我,我是多么羡慕这门亲事哟!可你,你是从什么时候对他变心来的?这股妖风是从哪里吹来的呀?当然它不会自己来的呀!老实说,是不是听了那个蠢货的刁唆?哎呀,找到了多么好的一个顾问啊!"

"说到他,唉,我那可怜的人儿,"玛丽亚·德米特里耶夫娜继续说,"就是在他自己的不幸里,他也是多么谦恭,多么殷勤!他答应不丢弃我。啊唷,我活不下去啦!哎呀,我的头

331

疼得要死呀!给我把帕拉什卡叫来。你干脆就要了我的命吧,要是你不再好好儿想想——听见吗?"于是,几次称丽莎为"负心的女子"以后,玛丽亚·德米特里耶夫娜就把她撵出去了。

丽莎回到了自己的房里。可是,还来不及从刚刚跟潘辛和母亲的交涉里喘过气来,另一次风暴又向她猛扑过来了,而且这次风暴的来向是她一点也不曾料到的。玛尔法·季摩费耶夫娜跑进了她的房间,砰然一声把门带住。老妇人的脸色青白,帽子歪斜,眼睛发火,手和唇全都颤抖着。丽莎吃了一惊;她从来没有见过她那老练、清醒的姑姑像这种样子的。

"这可好极啦,小姐,"玛尔法·季摩费耶夫娜用破碎而颤动的小声开始了,"这可真好极啦!你是从哪儿学来的这么一手呀,我的妈?……给我点儿水;我说不下去啦。"

"安静点儿,姑。您怎么啦?"丽莎说着,给了她一杯水,"怎么,您自家不也是不高兴潘辛先生的么?"

玛尔法·季摩费耶夫娜把杯子一推。

"我喝不下去;我会把我最后的几颗老牙齿也敲掉完啦!扯潘辛干什么?跟潘辛有什么相干?你干脆告诉我,小姐,是谁教给你跟人在夜间约会的呀——呃?我的妈呀!"

丽莎的脸色苍白了。

"得啦,不用想跟我推,"玛尔法·季摩费耶夫娜继续说,"苏罗奇卡什么都亲眼瞧见的,她告诉了我。我不让她乱说,可是她从来不撒谎的。"

"我并不想否认,姑姑。"丽莎说,声音几乎是听不见的。

"啊,啊!原来真是,真是那么一回事呀,我的妈!你就约了他,约了那个老囚犯,那个温和崽子,来会你呀?"

"不是的。"

"不是,是怎么呀?"

"我到楼下客厅里去,去拿一本书;他在花园里——他叫我。"

"你就去啦? 好极啦! 那么,你是爱了他,是不是?"

"我爱他的。"丽莎轻轻地回答。

"哎呀,我的妈妈呀! 她爱他!"玛尔法·季摩费耶夫娜把帽子从头上抓了下来,"爱一个有老婆的人! 呃? 她爱他!"

"他跟我说过……"丽莎开始说。

"他跟你说什么来,那小鹦子? 呃,说什么呀?"

"他告诉过我,他妻子已经死啦。"

玛尔法·季摩费耶夫娜画了一个十字。

"愿她进天国吧,"她低声说,"她是一个不三不四的女人,上帝饶恕她。啊,原来他已经是个鳏夫啦。哼,我看他倒是手脚快呀。刚死了一个老婆,现在又来找第二个啦。假正经! 可是,姑娘,我告诉你:在我们年轻的时候,姑娘们做出这种事来,从来就没有得到好下场的。别跟我生气,我的妈妈,只有傻子才跟真理生气。我今儿已经盼咐过不放他进门来了。我喜欢他,可是这件事我可不能饶他。管他鳏夫不鳏夫! 给我点儿水! ……说起你给那潘辛碰了一鼻子灰去,那你倒是个聪明孩子。可是,别跟那些山羊养的,别跟那些男人们在夜晚坐在一块儿吧。别让我老人家生气吧。你要知道,我不只是会疼会爱——我也会咬人一口的。……哼,鳏夫呢!"

玛尔法·季摩费耶夫娜走了,可是丽莎却坐在墙角,哭了许久。她感觉得心里很苦;她是不该受那样的委屈的。爱情

333

来到了她的心里,却并没有给她带来幸福:从昨晚以来,这是她第二次的痛哭。一种新的、神奇的情感在她心里还只刚才苗出芽来,可是她却已经付给了多么珍贵的代价,陌生的手却已经给了她那神圣的秘密多么沉重的摧残!她感觉羞耻、伤心和苦痛;可是却没有一丝怀疑和恐惧——拉夫列茨基在她心里却变得更为珍贵了。在还没有明白自己到底发生了怎么样的感情以前,她本已踌躇了很久,可是自从那一次会晤,自从那一次接吻以后,她再也不动摇了;她知道她爱了——诚实地、认真地爱了,那是一种不顾一切的、终生也不能移易的热烈的爱;她感觉,任何的力量也不能扭断那紧紧缚着的纽带。

39

当仆人报告华尔华拉·巴弗洛夫娜·拉夫列茨卡雅已经来到门前的时候玛丽亚·德米特里耶夫娜不禁大大激动起来;她甚至不知道该不该接纳她,怕的会使费阿陀尔·伊凡尼奇生气。可是好奇心终于战胜了。"怕什么呢,"她想,"无论怎样,她总是一门亲眷呀。"于是,就坐到一张靠背椅上,跟仆人说了一声"请"。不到几分钟,门就开了;而华尔华拉·巴弗洛夫娜就轻捷地、以几乎听也听不见的脚步闪到玛丽亚·德米特里耶夫娜面前了,并且不等她有机会从椅上站起,就差不多要跪在她的膝下了。

"真感谢您,亲爱的姑母,"她以温柔的、深深感动的声调,用俄语开始说了,"真感谢您!我真不敢希望您会这样委屈您自己的;您真像天使般仁慈呢。"

这么样说着之际,华尔华拉·巴弗洛夫娜就出其不意地抓住了玛丽亚·德米特里耶夫娜的一只手,轻轻地握在了自己的白丁香色的手套里,于是,恭恭敬敬地把它举了起来,送到了自己的丰满的、蔷薇色的唇边。看见那么一个美丽的、装束入时的女人几乎跪到了自己足前,玛丽亚·德米特里耶夫娜一时之间完全茫然了;她简直是手足无措;她想收回自己的手来,又想让客人坐下,跟她说点什么亲热的话,可是,结果她却站了起来,在华尔华拉·巴弗洛夫娜的滑腻的、芳香的额上接了一吻。果然,这么一吻之下,华尔华拉·巴弗洛夫娜就完全给压下去了。

"您好!日安。"玛丽亚·德米特里耶夫娜说道,"真的,我从来也没有想到……可是,当然,我真是高兴看见您的。您知道,我亲爱的,你们夫妻间的事情,我哪儿能管得了?"

"我丈夫是完全对的,"华尔华拉·巴弗洛夫娜插口说,"不对的只是我。"

"那就是很值得称赞的情感呀,"玛丽亚·德米特里耶夫娜回答说,"真的。您到了许久么?见过他么?可是,请坐下吧。请。"

"我是昨儿到的,"华尔华拉·巴弗洛夫娜回答说,一面非常谦逊地坐下了,"我见过了费阿陀尔·伊凡尼奇,还跟他说过话呢。"

"啊!那么,他怎么说呢?"

"我本来害怕这么突然跑回来会招他生气的,"华尔华拉·巴弗洛夫娜继续说,"可是,他也并没有拒绝见我。"

"啊,那就是说,他并没有……是的,是的,我明白啦,"玛丽亚·德米特里耶夫娜说,"他只是表面上有点儿粗,可是心眼儿倒是挺软的。"

"费阿陀尔·伊凡尼奇也并没有饶恕我;他不肯听我申说……可是,他心眼儿也真好,他把拉夫里基指派给我作住处了。"

"啊!那是个很可爱的庄子呀!"

"为了称他的心,我明儿就得上那儿去了;可是,我觉得我有义务首先来看看您。"

"谢谢,真感谢您,我亲爱的。一个人,总不能忘记自家的亲眷呀。您可知道,您俄国话还说得这么好,真叫我惊讶。那真令人惊讶。"

华尔华拉·巴弗洛夫娜叹息了。

"我在外国待得太久啦,玛丽亚·德米特里耶夫娜,这我是很明白的;可是,我的心总是向着俄国,我从来也没有忘记过我的祖国。"

"是的,是的,那真太好了。可是,费阿陀尔·伊凡尼奇当然一点儿也想不到您会……是的,相信我的经验吧:祖国高于一切。呀,您穿的小斗篷多漂亮呀!可以给我瞧瞧吗?"

"您喜欢么?"华尔华拉·巴弗洛夫娜说着,就很敏捷地把披肩从肩上给卸下来了,"很简单的;波德兰太太的出品。"

"一眼就可以看出。波德兰太太的出品……多美呀!多俏皮!我敢说您一定带了一大批漂亮东西回来啦。我多想开开眼界啊!"

"我的整个的衣橱都请您不用客气,最亲爱的姑母。如果您不嫌弃,我可以拿些东西给您的婢女瞧瞧。我从巴黎带了一个女用人来——一个了不起的女裁缝。"

"您真太好了,我亲爱的。可是,真的,我真过意不去。"

"过意不去!"带着温和的责备意味,华尔华拉·巴弗洛夫娜重复了,"如果您想叫我高兴,您就尽量吩咐我吧,就和我是属于您的一样。"

玛丽亚·德米特里耶夫娜简直要化了。

"您真可爱。"她说,"可是,您怎么不把帽子跟手套宽宽呀?"

"什么?您许可我么?"华尔华拉·巴弗洛夫娜轻轻地绞着手,似乎是深受感动地问了。

"当然呀;您会在我们这儿用午饭的,我希望。我……我还得把我的女儿介绍给您。"(玛丽亚·德米特里耶夫娜不免有些慌乱起来了,可是,马上又想道:"好吧,让它去吧!")"她今儿恰好不大舒服。"

"啊,我的姑母,您真是多么好!"华尔华拉·巴弗洛夫娜叫着,把手绢举到眼睛上去了。

仆人宣告了盖杰奥诺夫斯基的到来。那个老话匣子满脸堆笑进来了,深深鞠着躬。玛丽亚·德米特里耶夫娜把他介绍给了自己的客人。他起始有点儿窘,可是,华尔华拉·巴弗洛夫娜却用那么一种媚惑的尊敬对待了他,使得他的耳朵马上发起热来,于是,谣言、谎话、阿谀,就蜂蜜一般地从他的嘴里滴流出来了。华尔华拉·巴弗洛夫娜静听着他,有时也抿嘴一笑,而渐渐地自己也谈了起来。她谦虚地谈到巴黎,谈到自己的旅行,谈到巴顿;她使得玛丽亚·德米特里耶夫娜笑了两次,每一次以后她自己则发出一声低微的叹息,好像是在深心内疚着自己的不合时宜的轻浮;她得了许可,让她下一次把阿达也带过来;她脱下了手套,用她那娇嫩的、散发着檀香皂幽香的白手儿指点着,哪儿该起褶,哪儿该打绉,怎么加花边,怎样钉花球;她应许带一瓶时新的英国香水、一瓶维多利亚花露精①来,而当玛丽亚·德米特里耶夫娜同意了接受它作为礼物的时候,她简直高兴得像个小孩子;当她回忆起第一次重听到俄国教堂的钟声的时候她所受的感动,她也流下了几滴眼泪——"它们深深地沉到了我的心底啊。"她低低地说。

正在这时,丽莎进来了。

从清晨,从她战栗地、恐怖地念完拉夫列茨基的短简的那一瞬间起,她就已经准备着来和他的妻子会面了;她预感着那女人一定会来见她的。她决心不去闪避,把这次会面当作对她自认为有罪的那种希望的一种惩罚。她的命运的突来的转折,使她深深地震动了;只在约莫两小时之间,她的面容已经瘦削下来;可是,她不曾落下一滴眼泪。"我是罪有应得的。"她自语着,同时,艰难地、激动地压抑着那从心底里翻涌上来的、连她自己也感觉恐怖的某些酸苦的、甚至恶毒的冲动。"好吧,我该下去了!"一听见拉夫列茨卡雅的到来,她就这样想着,于是,就下楼来了……许久许久,她站在客厅门外,没有勇气开门;终于,她想道:"我在她面前是有罪的。"——于是,就跨过了门限,勉强自己望了她,甚至还勉强自己现出了笑容来。华尔华拉·巴弗洛夫娜一望见她就迎上前来,微微地、然而仍然客气地给她行了礼。"让我自个儿介绍我自己吧,"她说着,声音是腻人的,"您妈妈待我真是太好啦,我希望您也会……也会待我……好。"华尔华拉·巴弗洛夫娜,当她说着这最后一个字的时候,她那脸上的表情,她那狡猾的微笑,她那冷酷的、然而同时又是温柔的目光,她的手和肩膀的动作,

---

① 原文是英语。

甚至她身上的长袍,以至她整个的人——在丽莎心里全都引起了那么一种憎恶的感情,使她简直不能给她回答,只是使了很大的气力,这才把手向她伸了出去。"这位年轻的小姐讨厌我呢,"华尔华拉·巴弗洛夫娜想着,可是仍然紧紧地握了丽莎的冰冷的指头,于是,转向玛丽亚·德米特里耶夫娜,低低地说道:"她可真美啊!"丽莎的脸微红了:在那一声赞美里可以听得出嘲笑和侮辱来;可是她却决心不要相信那种印象,于是,就挨着窗户,靠近绣花架旁,坐下了。然而,就是在这里,华尔华拉·巴弗洛夫娜也不饶她平安:她走到她的身边,开始称赞她的雅致和敏慧……丽莎的心猛烈地、苦痛地跳着了:她几乎不能控制自己,几乎不能安坐下来。在她看来,华尔华拉·巴弗洛夫娜好像已经知道了一切内情,正在幸灾乐祸地折磨着她。幸而盖杰奥诺夫斯基又和华尔华拉·巴弗洛夫娜攀谈起来,这才分散了她的注意。丽莎靠着绣架,偷偷地端详着她。"这个女人,"她想着,"就是他曾经爱过的!"可是,立刻,她对于拉夫列茨基连想也不敢再想下去了:她怕她不能自持,她感觉着她的头已经在轻飘飘地回荡。而这时,玛丽亚·德米特里耶夫娜却开始谈起了音乐。

"我听说过,我亲爱的,"她开始道,"我听说您是个了不起的音乐艺术家呢。"

"我多时没有弹过啦,"华尔华拉·巴弗洛夫娜回答,可是马上就坐到了钢琴旁边,手指矫捷地扫过了键盘,"您许可我弹吗?"

"您赏光吧。"

华尔华拉·巴弗洛夫娜于是非常大方地弹了一曲赫尔兹①的练习曲；那漂亮的乐曲是很困难的，然而她的表演却是那么精力饱满，而且极其熟练。

"天仙曲呀！"盖杰奥诺夫斯基叫了。

"简直是个杰作！"玛丽亚·德米特里耶夫娜也叫了起来。"啊，华尔华拉·巴弗洛夫娜，老实说，"她第一次地叫了她的名字，"您真把我惊呆啦。您真应该开音乐会呀！我们这儿有个老音乐家，德国人，性情怪僻，学问可挺好；他是给丽莎教课的；您的演奏真会叫他疯魔啦！"

"叶丽莎维达·米哈伊洛夫娜也是个音乐家么？"华尔华拉·巴弗洛夫娜问着，把头稍稍转向了丽莎。

"是的，她弹得还不坏，也很爱好音乐；可是，跟您一比，她算得什么呀？可是我们这儿还有个青年人，您真得和他认识认识。他可是打灵魂起都是个艺术家，曲也作得非常美。只有他才能真正地鉴赏您的。"

"一个青年人？"华尔华拉·巴弗洛夫娜问，"谁？是个寒士吧？"

"寒士？对不起！他是我们这儿第一位公子呀，也不只是在我们这儿——还在彼得堡，一位侍从官呢，在最上流的社会里都到处受到欢迎。您当然听说过的呀——潘辛，弗拉基米尔·尼古拉依奇。他到这儿来公干的……一位未来的大臣呢，我敢说。"

"还是一位艺术家？"

"一位极道地的艺术家，并且多么有教养。您会看见他

---

① 赫尔兹(1806—1888)，德国钢琴家。

的。他近来常到我们这儿来的;今儿晚上我也约过他,我希望他会来。"玛丽亚·德米特里耶夫娜加说着,短短地叹了一口气,还趁势苦笑了一回。

丽莎明白那苦笑的含义,可是这时候她可管不了这么许多了。

"并且还年轻?"华尔华拉·巴弗洛夫娜又问,指尖又轻轻扫过了键盘。

"二十八岁——模样儿也怪逗人喜欢的。简直是——一个十全十美的青年。"

"应当说,是模范青年。"盖杰奥诺夫斯基插口说。

华尔华拉·巴弗洛夫娜猛然间,出人不意地弹起施特劳斯①的一曲嘈杂的华尔兹来了,一开头就是那么强烈而急促的颤音,甚至把盖杰奥诺夫斯基吓了一大跳;可是,在华尔兹的中途,她却忽然急转直下,转入了一个悲哀的主题,而终于,以《露奇雅》②里面的咏叹调"不久以后……"③作了结束。她记了起来,那么欢乐的音乐和她的地位是不相称的。那在感伤的地方加上了加强音的《露奇雅》里面的咏叹调,使得玛丽亚·德米特里耶夫娜大大地感动。

"多么深的感情呀!"她向盖杰奥诺夫斯基低声说。

"天仙曲!"盖杰奥诺夫斯基又叫了,于是就把眼睛翻向了天上。

午餐的时间到了。一直到上了菜汤以后,玛尔法·季摩费耶夫娜才从楼上下来。她对待华尔华拉·巴弗洛夫娜非常

---

① 施特劳斯(1804—1849),奥地利作曲家,以华尔兹最为擅长。
② 《露奇雅》,意大利歌剧作家唐尼采蒂(1797—1848)作。
③ 原文是意大利语。

冷淡,对于她的讨好的言辞只是一言半语地回答,连望也不望她一眼。华尔华拉·巴弗洛夫娜马上就明白她对于这位老妇人是全无办法的,于是也不再向她攀谈;可是,玛丽亚·德米特里耶夫娜对自己的客人却分外亲切起来了:她的姑姑的无礼的态度使她非常懊恼。可是,玛尔法·季摩费耶夫娜不望的,也并不只是华尔华拉·巴弗洛夫娜一个人;她连丽莎也不望一眼,虽则她的眼睛里简直要冒出火来。她端坐着,面色苍黄,嘴唇紧闭,好像一座石像;她什么也不吃。丽莎倒好像是平静的;实际上,她的内心已经平静多了;一种奇妙的无感觉,待死的囚人所经验的无感觉,临到了她。在午餐中间,华尔华拉·巴弗洛夫娜很少说话:她似乎再一次地变得胆小起来,并且,脸上铺上了一层谦卑的忧郁。盖杰奥诺夫斯基用自己的各种故事独力支持着整个场面,虽然他也不时胆怯地偷望玛尔法·季摩费耶夫娜一眼,并且咳嗽着——每当他要在她面前撒谎的时候,他的喉管总要发痒的——可是,这一回,她却没有跟他为难,连一次也不曾阻拦过他。午餐过后,这才发现了华尔华拉·巴弗洛夫娜原来对于玩牌也有极大的爱好;这可使得玛丽亚·德米特里耶夫娜大大高兴了,甚至深深地感动起来,不禁自己思忖道:"费阿陀尔·伊凡尼奇该是怎样的一个蠢虫呀:这么个好女人,他竟不识货!"

她坐下,跟华尔华拉·巴弗洛夫娜和盖杰奥诺夫斯基打起牌来,可是玛尔法·季摩费耶夫娜却把丽莎带到楼上她自己房里去了;她说那孩子的脸色简直难看,并且断定她一定头痛得厉害。

"是的,她的头真痛得厉害,"玛丽亚·德米特里耶夫娜说着,转向了华尔华拉·巴弗洛夫娜,翻了翻眼睛,"我自己也老是那么害偏头痛的。"

"真的吗?"华尔华拉·巴弗洛夫娜回答。

丽莎走进了姑姑的房间,完全无力地沉到一把椅子里去了。许久许久,玛尔法·季摩费耶夫娜默默地望着她,于是,轻轻地在她面前跪了下来,仍然是无言地,开始吻着她的手,一只又一只地。丽莎向前倾曲,红了脸,接着就哭出来了,可是,并没有把玛尔法·季摩费耶夫娜搀起,也没有把自己的手缩回:她感觉得她没有权利缩回它们,也没有权利阻止那老妇人来表示自己的追悔和同情,和向她要求对于昨天的事情的原宥;玛尔法·季摩费耶夫娜不断地吻着那一双可怜的、苍白的、无力的手——而无言的眼泪就从她的眼里,也从丽莎的眼里,流出来了;小猫玛特罗斯,在那宽大的靠背椅上、绒球和毛袜的旁边,发出了呜呜的哀鸣;小神灯的长长的灯焰在圣像前面幽微地颤动着,忧郁地摇曳着;而在邻室,在房门背后,拿斯塔霞·卡尔坡夫娜则拿着她那卷成了一个小球的花纹手绢,也站在那里偷偷地拭着眼泪。

40

同时,在楼下客厅里,纸牌还在继续着;玛丽亚·德米特里耶夫娜牌运很好,所以兴致极高。一个仆人进来了,报告着潘辛的来到。

玛丽亚·德米特里耶夫娜把牌放下,在椅上忙乱起来了,华尔华拉·巴弗洛夫娜似笑非笑地望了望她,于是转眼瞟着门口。潘辛出现了,穿着黑色燕尾服,戴着英国风的高领,纽扣一直扣到喉际。"遵命对我是痛苦的,可是,您瞧,我到底来了。"他那全无笑意的、刚刚刮过的脸上的表情,好像是在这样说。

"唉呀,涡德玛尔,"玛丽亚·德米特里耶夫娜叫道,"您往常可是从来不要通报就进来的呀!"

潘辛没有回答,只是望了玛丽亚·德米特里耶夫娜一眼,客客气气地给她鞠了一躬,可是并没有吻她的手。她把他介绍给华尔华拉·巴弗洛夫娜;他退后了一步,同样客气地、也许更恭而且敬、彬彬有礼地对她也鞠了一躬,于是坐到了牌桌旁边。牌很快就打完了。潘辛问到叶丽莎维达·米哈伊洛夫娜,及至知道了她不大舒服,就立刻表示了他的惋惜;跟着,他就和华尔华拉·巴弗洛夫娜攀谈起来,把每一个字都细心衡量、推敲,完全是外交家的风度,而在她回答的时候,他就一字不苟地恭听着。然而,他这种外交家的庄严风度在华尔华拉·巴弗洛夫娜身上却不生效力,她可全不理会他的这一套。反之,她只是用一种轻快的注目一直盯着他的脸,说话完全随便,纤小的鼻翼微微振动着,好像在忍着笑。玛丽亚·德米特里耶夫娜开始称赞起她的天才来;潘辛就恭敬地、尽他的硬领所能许可地点一下头,宣称他早就相信了她有特异的天才,而不知怎么一来,几乎竟把谈话的题目扯到梅特涅①身上去了。可是,华尔华拉·巴弗洛夫娜却眯了眯她那天鹅绒般的眼睛,低低地说道:"哟,可是您也是个艺术家呀,同行呢,"接着,更低地加上了一声:"来!"就把头向着钢琴那边点了一点。只是这么一个字,这么一个随随便便地说了出来的"来!"就跟

---

① 梅特涅(1773—1859),十九世纪奥地利反动政治家、外交家。

魔术师一般,立时把潘辛的态度完全改变了。他的矜持消灭了,他微笑了,活跃起来了,解开了他的衣纽,三番两次说道:"哎,可怜,我算什么艺术家呀!可是您,我听说,您才真是个艺术家呢。"说着,就跟随华尔华拉·巴弗洛夫娜来到钢琴边上了。

"要他唱他自己的罗曼斯吧:寒月浮中天。"玛丽亚·德米特里耶夫娜叫了。

"您也唱?"华尔华拉·巴弗洛夫娜问,用闪亮的、迅速的目光射了他一眼,"坐下。"

潘辛开始逊谢起来。

"坐下。"她又重复了,命令似的叩着椅背。

他坐了下来,咳了嗽,解开了领圈,于是就唱了自己的罗曼斯。

"美。"华尔华拉·巴弗洛夫娜说道,"您唱得真美,真够味儿。——再唱一遍吧。"

她绕过钢琴,正站在潘辛对面。他再唱了一回他的罗曼斯,在歌声里加上了闹剧似的颤动。华尔华拉·巴弗洛夫娜直着眼逼视着他;她的手肘依着钢琴,皓腕和红唇互相辉映。潘辛唱完了。

"真美,意思也美。"——她以内行的、坦然的自信说,"告诉我,您可写过什么给女声,给女中音唱的么?"

"我不大写什么,"潘辛回答,"您瞧,这种事情,我只是在公余之暇偶尔弄弄的……可是,您也唱歌的么?"

"唱的。"

"啊!一定给我们唱点儿什么吧。"玛丽亚·德米特里耶夫娜叫了。

华尔华拉·巴弗洛夫娜把头发掠过了她的泛着桃红的面颊,并且点了点头。

"我们的声音应该彼此合得来的,"她说着,转向了潘辛,"咱们来唱一个二部合唱吧。您可知道《当我闭上眼睛》,或者《让我们手挽着手》,或者《我的小月亮》①?"

"《我的小月亮》我是唱过的,"潘辛回答,"可是,那是许久以前,我老早忘记了。"

"没有关系,我们先哼着练练。让我来。"

华尔华拉·巴弗洛夫娜坐到了钢琴边上。潘辛站在她的身旁。他们低低地哼了那合唱,华尔华拉·巴弗洛夫娜改正了他几处错误;于是,他们高声唱了,并且重唱了两次:我的小——月——亮。华尔华拉·巴弗洛夫娜的歌喉已经不很圆润,可是,她却运用得非常巧妙。潘辛在最初有点儿胆怯,并且唱得不大入调;可是,不久以后,他却热烈起来了;如果不能说他唱得完全无懈可击,至少,他是在扭着他的肩膀,晃着整个身体,还不时抬起手来,完全像个道地的声乐家一样。华尔华拉·巴弗洛夫娜又弹了两三章塔尔贝格的小品,并且无限风流地"表演"了一曲法国的小曲。玛丽亚·德米特里耶夫娜再也不知道怎样表示自己的欢喜了,几次她直想派人去叫丽莎;盖杰奥诺夫斯基也同样找不出相当的赞美来,只有不断地晃着脑袋——可是,突然之间,一个大呵欠却不知怎样打出来了,使他几乎来不及用手去掩嘴。这呵欠可不曾逃脱华尔华拉·巴弗洛夫娜的注意;她一下子转过身来,背对着钢琴,轻声说道:"音乐已经够了吧。咱们谈谈话儿吧。"于是,交叉

---

① 均为意大利歌曲的名字。

了她的双手。"对,音乐够了。"潘辛欢喜地回答,于是和她扯谈起来——一场生动而流利的法语谈话就开场了。"简直像在最上等的巴黎沙龙里呢。"玛丽亚·德米特里耶夫娜听着他们的轻快巧妙的言谈,不禁自己想了。潘辛感觉得无限称心;他的眼睛放着光彩,满脸堆着微笑;最初,当他有时碰到玛丽亚·德米特里耶夫娜的目光的时候,他还用手掩掩脸面,皱皱眉头,并且痉挛似的叹叹气;可是,到后来他却完全忘掉了她的存在,只是恣意去享受那半社交、半艺术的闲谈去了。华尔华拉·巴弗洛夫娜显示出来她原来也是一位伟大的哲学家:无论对什么她全有一个从容的解答,无论对什么全不踌躇,全无疑惑;显然可以看出,她是和各种各色的聪明人谈过许许多多的话来的。她的一切思想和感情全以巴黎为中心。潘辛把话题转到了文学上去:这才发现她和他一样,也是除了法文书别的就不读的。乔治·桑①令她愤怒;巴尔扎克②她是尊敬的,可是却又使她厌倦;在苏③和斯克利白④的作品里她可以看出他们是伟大的人性研究家;大仲马⑤和费法耳⑥她是很崇拜的;然而,在心坎儿里,她所最喜欢的却实在是保罗·德·可克⑦,可是,当然,对着别人,她连他的名字也不会提起。老实说,文学也并不引起她的特大的兴趣。在谈话里

---

① 乔治·桑(1804—1876),法国著名女作家。
② 巴尔扎克(1799—1850),法国伟大现实主义作家,其《人间喜剧》被称为形象的法国社会史。
③ 苏(1804—1857),法国小说家,著作有《巴黎的神秘》等。
④ 斯克利白(1791—1861),法国戏剧家。
⑤ 大仲马(1803—1870),法国著名小说家,于历史小说尤为擅长。
⑥ 费法耳(1817—1887),法国通俗小说家。
⑦ 保罗·德·可克(1794—1871),法国第二流庸俗小说家。

面,凡是能够隐射到她的地位的一切事情,即使是最不着边际的,华尔华拉·巴弗洛夫娜也全都巧妙地闪避;在她的谈话里,就是关于爱情的最微小的暗示也很难找到:反之,她的谈话所表现的不如说是对于情欲引诱所保持的极端严峻的态度,不如说只是幻灭和屈服的思想。潘辛反驳她;她也不同意他的反驳……然而,说也奇怪——当她口里说着非难的、有时竟是严厉的非难的语言时候,那语调却总是那么温和柔媚,而同时,她的眼睛所传出的消息也是……到底那一对魅惑的眼睛传出了怎样的消息,其实也是难于断言的;可是,那却决不是严厉的,反而有些神秘、有些甜意。潘辛极力想辨别那神秘的语言,极力想使自己的眼睛也能说话,可是,他不能不感到自己是完全失败了;他不得不承认,华尔华拉·巴弗洛夫娜,这位国外归来的真正的牝狮,水准是比他高得多的,因此,对于自己,他就变得不能充分把握了。在谈话的时候,华尔华拉·巴弗洛夫娜有一种轻轻地拉一拉对手的衣袖的习惯;这些瞬间的接触使得弗拉基米尔·尼古拉依奇简直无法撑持。华尔华拉·巴弗洛夫娜有一种和任何人都易于厮熟的绝技;两点钟还不曾过完,她就使得潘辛好像和她认识了一辈子,而丽莎,就是他曾经热爱过的、前晚还向她求过婚来的那个丽莎,却好像消失在九霄云外了。晚茶端上来了;谈话变得更无拘束。玛丽亚·德米特里耶夫娜叫了仆人来,吩咐告诉丽莎,如果她头痛已经好些,就快下楼来。潘辛一听见丽莎的名字,就开始谈到自我牺牲,并且提出了这样的问题:谁更能自我牺牲呢——男人或是女人? 玛丽亚·德米特里耶夫娜立刻变得激动起来了,首先肯定着女人比男人更能自我牺牲,并且宣称道,她只需两句话就能完全证明,然而她的证明却不幸语无伦次,结果,打出了一个无论怎样也是不伦不类的比方来。华尔华拉·巴弗洛夫娜拿起了一本乐谱,半遮着脸面,口里咬着一块饼干,眼角和唇间浮着浅笑,歪到潘辛这一边来,低声说道:"这位好太太,倒会放空枪呢!"潘辛微微一怔,几乎被华尔华拉·巴弗洛夫娜的大胆惊呆了;可是,他也不曾觉察到,在这奇峰突出的俏皮话里,就是对他,对他自己,也隐藏了多少的轻蔑;他(可怜的人!)竟忘了玛丽亚·德米特里耶夫娜对他的恩厚和宠爱,忘了她请他吃的饭,借给他用的钱,却以同样的浅笑、同样的低声回答道:"我完全相信。"——甚至还不是"我完全相信",而是"俄完全相行!"①

华尔华拉·巴弗洛夫娜亲热地瞟了他一眼,于是,站了起来。丽莎进来了;玛尔法·季摩费耶夫娜没有留得住她:她决心要来忍受她的考验,一直到底。华尔华拉·巴弗洛夫娜迎了上去,潘辛也陪在她的旁边;这时,他的外交家的表情又浮到脸上来了。

"您好些么?"他问丽莎。

"我现在好多啦,谢谢您。"丽莎回答。

"我们刚才弄了一会儿音乐;真可惜,您没有听到华尔华拉·巴弗洛夫娜唱歌。她唱得妙极啦,真是绝妙的艺术家。"

"这儿来吧,我亲爱的。"玛丽亚·德米特里耶夫娜的声音响了。

以小孩子似的服从,华尔华拉·巴弗洛夫娜立刻就过到她那儿去,坐在她脚前的一个小凳上。玛丽亚·德米特里耶夫娜叫她过来,是为了让自己的女儿和潘辛可以单独谈谈,哪

---

① 潘辛的法语发音有误。

怕只谈一刻时光也好:她仍然私心期望着女儿还可以回心转意。此外,她也忽然想到了一个主意,使她无论如何也忍不住,马上就想发表出来。

"您可知道,"她细声对华尔华拉·巴弗洛夫娜说道,"我想设法让你们夫妇俩和解起来;我可保不住一定成功,可是,我得尽力试试。您知道,他对我是非常尊重的。"

华尔华拉·巴弗洛夫娜缓慢地抬起眼睛来望着玛丽亚·德米特里耶夫娜,并且,极其妩媚地把自己的手交握了起来。

"那您就是我的救命恩人啦,我的姑姑,"她用怪可怜的声音说道,"我真不晓得该怎么样感谢您对我的疼爱;可是,我是太对不住费阿陀尔·伊凡尼奇了;他是不会宽恕我的。"

"可是,难道您……真的……"玛丽亚·德米特里耶夫娜好奇地问。

"别拷问我吧,"华尔华拉·巴弗洛夫娜截断了她,眼睑垂了下去,"我那时太年轻,不懂事……可是,我也不想为我自家辩护。"

"唔,可是,干吗不试试呢?干吗往绝路上想?"玛丽亚·德米特里耶夫娜回答了,正想拍拍她的脸庞儿,可是望了望她的脸,却害怕起来了,"确实是怪可怜、怪可怜的,"她想着,"可是,终归是个母狮子!"

"您不大舒服?"同时,潘辛在问丽莎。

"是的,我不大好过。"

"我明白您啦,"沉默许久之后,他嗫嚅着说,"是的,我明白您啦。"

"您说什么?"

"我明白您啦。"潘辛若有其事地又重复了一次,他简直想不起要说什么的好。

丽莎的心乱了,可是,她立刻想道:"管它呢!"潘辛做出了一种神秘的样子,沉默了,脸上装出俨乎其然的神气,转过了一边去。

"怎么着,好像已经十一点啦!"玛丽亚·德米特里耶夫娜大声说。

客人们明白了那暗示,就开始告辞。华尔华拉·巴弗洛夫娜答应了明天再来午餐,并且也把阿达带来;坐在一个角落里几乎昏昏睡去的盖杰奥诺夫斯基这时自告奋勇要送她回家去。潘辛庄严地跟大家鞠躬;当他在阶沿上把华尔华拉·巴弗洛夫娜扶上马车的时候,他紧握了她的手,并且在她的车后高声喊道:再见! 盖杰奥诺夫斯基坐在她的身旁;一路之上,她不断把她的纤小的脚尖有意无意地搁到他的脚上,逗着他;他心慌了,于是开始恭维着她,可是她却嗤嗤地笑了,并且,当街灯射入马车的时候,还对他做起媚眼来。她刚刚弹过的那个华尔兹还在她的脑里鸣响,使她浑身兴奋;无论是在什么地方,只要她一想象到那辉煌的灯烛、灿烂的舞厅和人们伴着音乐的急剧的回旋,她的灵魂就会燃烧起来,她的眼睛就会闪出奇异的光彩,微笑就会浮上她的唇边,而一种迷醉似的媚态,也就会分布到她的整个肢体上来了。在到家的时候,华尔华拉·巴弗洛夫娜轻捷地从马车上跳了下来——除了时髦的牝狮谁还会这样跳呢?——转向了盖杰奥诺夫斯基,于是,突然,正对着他的鼻子,迸出了一串银铃似的笑声来。

"真正是个迷人精,"五品文官在回到寓所的路上,一路想着;在寓所里,他的仆人正捧着一瓶石碱擦身水在等待着他,"幸亏我还是个稳重人。……可是,她干吗那么笑呢?"

那一整晚,玛尔法·季摩费耶夫娜守护在丽莎的床头。

41

拉夫列茨基在华西列夫斯科耶住了一天半,几乎随时都在四近徘徊。他不能在一处地方待得很久:悲痛啃啮着他;无间歇的、强烈而又疲惫的冲动,尽情苦恼着他。他回忆起来在刚刚到达乡间的第二日他的心灵经历过的那种情感;他记起了他当时的打算,不禁对自己深深愤恨了。是什么把他从他所认定的义务、他的未来的唯一任务,生生地拆开了?幸福的渴望——又是那对于幸福的渴望!"看起来,米哈莱维奇是对的了。"他想着。"你又想来尝味人生的幸福。"他自语着,"你忘啦,幸福来拜访一个人,哪怕只是一次,也是多么大的奢侈,多么领当不起的恩泽呀。是的,你可以说你的幸福是不完全的,甚至,是不真实的。可是,你又有什么权利要求真实和完全的幸福呢!你掉转脑袋瞧瞧吧:这四边的人谁幸福?谁在享受自己的生活?比方说那儿,一个农民拿着镰刀下地去了;也许他满足他自己的命运吗?……可是,试一试跟他易地相处吧,怎么样?想想你自己的母亲:她对人生的要求该多么微小,可是,落在她头上的又是怎样的一种命运?你跟潘辛说,你是回到俄国来种地的,看起来你不过是大言欺人罢了;你不过是到了这么大岁数还跑回来追着别人家的姑娘罢了。你自由的消息一来,你就把什么都一脚踢开,什么全忘掉,孩子追粉蝶儿似的乱跑起来啦。……"当他这么沉思的时候,丽莎的面影在他心里不断显现出来;他苦恼地把它排除出去,而同时,把那另外的难以排解的一个,那沉着而又狡猾、可爱而又可憎的面颜,也赶出脑外去了。老安东发觉他的主人有些反常;他在门后叹了几声气,又在门口叹了几声之后,于是决心走上前去,劝他喝点儿热的什么。拉夫列茨基对他吼叫着,命令他滚出去,可是,后来又请他原谅;但是,这反而使得老人更悲哀了。拉夫列茨基不能留在客厅里:他感到他的曾祖父安得莱好像正从那画布上轻蔑地盯着自己的不肖的子孙。"哼哼!你这个浮在浅滩里的!"那歪扭的嘴似乎是在对他这样斥骂。"难道说,"他想道,"难道说我就从此一蹶不振了么?我就败在,败在……这么点点鸡毛蒜皮上头了么?"(在战场上受了重伤的人,往往会把他们的重伤当作"鸡毛蒜皮";一个人到了不能再骗自己的时候,他也就不能再活在世上了。)"难道我真是个脆弱的小孩子么?是的:终生幸福的可能性,我已经看在眼前,几乎已经捉到手里了——可是,它却忽然消逝了;正和轮盘赌一样——只要轮子再稍稍转过一点,一个穷光蛋也许马上就可以变成富豪啦。好!不成,就不成吧——拉倒啦。我得咬起牙来,干!我得强迫我自己沉默。我又不是第一次才这样来鞭策我自己的。我干吗要逃呀?我干吗呆坐在这儿,像个鸵鸟把头埋在灌木丛里呀?难道还害怕面对不幸么!哼,胡说!——安东!"他高声叫了,"马上叫人把我的马车发来!……是的,"他再一次默想着,"我得咬紧牙,让我自己沉默,我得紧紧地鞭策自己……"

　　像这样想着,拉夫列茨基极力排解着自己的痛苦,可是,那痛苦却是深沉的、强有力的;就是已经老得半糊涂、老得对一切都无动于衷的阿勃拉克霞,也不由得摇起头来,并且用悲哀的眼睛目送着他登上回到市里去的马车。马奔驰起来;他挺直地、不动地坐着,茫然盯视着眼前的道路。

42

前一晚,丽莎写过信给拉夫列茨基,要他今晚到她家里来;可是,他却先回到了他自己的寓所。他发现他的妻子和女儿全不在家;从用人口里,他知道她们都上卡里金家去了。这消息使他又是惊讶又是愤怒。"看起来,华尔华拉·巴弗洛夫娜是决心不让我安生啦。"他想着,一种疯狂的憎恨不由得冲上了他的心头。他开始大步徘徊着,把所有挡住去路的孩子的玩具呀、书籍呀、女人的用物呀,全都扔开、踢开了;他把茹斯蒂唤来,叫她把所有这些"乱七八糟"全都拿开。"是,先生。"她说着,做出了一个怪脸,就开始把房间整理起来,妖媚地弯着身体,并且,在每一动作里都像在有意让拉夫列茨基感觉到:她不过把他当作了一个粗野的蠢熊。他嫌恶地望了望她那已经色衰的、可是仍然"辛辣的"、巴黎式的冷笑的脸面,她那白色的衣袖,丝质的围裙和轻巧的小帽。终于,他把她挥走了,而踌躇许久之后(华尔华拉·巴弗洛夫娜还没有回来)他就决定到卡里金家去了——不是去看玛丽亚·德米特里耶夫娜(无论怎样,他也不会到她的客厅、他妻子所在的客厅里去),而是去看玛尔法·季摩费耶夫娜;他记得,有一座下人们出入的后楼梯,是一直通到她的房间里去的。拉夫列茨基就这么做了。他的运气很好:在前庭他遇见了苏罗奇卡,她就把他带到了玛尔法·季摩费耶夫娜那里去。他看见那老妇人,反乎她的习惯,是独坐着的;她正坐在一个角落里,光着头,身体蜷曲着,两手交叉在胸前。一见到拉夫列茨基,她变得很慌张,急忙从椅上跳起,开始在屋子里乱跑着,好像在找着自己的帽子。

"啊,你来啦,是你啊,"她开始说了,躲闪着他的视线,并更加激动起来,"唔,好吗?哎,哎,怎么着?怎么办?你昨儿到哪儿去来?唔,她回来啦。唔,是的。那么,我们只好……这么着,那么着吧。"

拉夫列茨基沉到了一把椅子里去。

"唔,坐下,坐下,"老妇人继续说,"你一直上楼来的?唔,是的,自然。哎哎。你来瞧瞧我?谢谢。"

老妇人沉默了。拉夫列茨基不晓得该对她说些什么,可是她已经明白了。

"丽莎……是的,丽莎刚才还在这儿,"玛尔法·季摩费耶夫娜继续说,把手提袋的绳子结上,又解开,"她不大舒服。苏罗奇卡,你在哪儿呀?这儿来吧,我的妈妈;你怎么一刻儿也坐不安静?我自己,也是头痛。那一定是那些个唱歌呀、音乐呀给闹的。"

"唱什么歌呀,姑?"

"什么!你还不知道?一直就唱着那——哎哎,你们叫什么?——什么二部合唱呢。全是意大利话:吱吱喳喳,简直像麻雀叫。拖着那么长的调子,真是想抽人的魂呀。就是那个潘辛呀,还有你老婆。混熟得多快哟!全没点儿规矩,已经就像亲不了的至亲啦。可是,按说,就是一条狗,也会给自己找个窝的;只要别人不把它撵出去,它总不会死在外头呢。"

"可是,我得说明,我真是没有料到这个的,"拉夫列茨基回答,"这真要相当大的胆量呢!"

"不,我亲爱的,这可不是什么胆量;这是公开的不要脸呀。上帝饶恕她吧!听说你要把她送到拉夫里基去,是吗?"

"是的;我打算把那份产业拨给华尔华拉·巴弗洛夫娜。"

"要过钱了吗?"

"还没有。"

"唔,不多久就会跟着来的。可是,我刚刚才好好儿瞧了你一眼。你身体好吗?"

"还好。"

"苏罗奇卡!"玛尔法·季摩费耶夫娜突然叫了,"去告诉叶丽莎维达·米哈伊洛夫娜去——唔,不——去问问她……她可在楼下呀?"

"在。"

"唔,好的;那么,问问她:她把我的书搁到哪儿去啦?她知道的。"

"听见啦。"

老妇人又忙乱起来了,把她的妆台的抽斗一会儿抽开,一会儿又关上。拉夫列茨基一动不动地坐在椅上。

忽然,楼梯上轻微的脚步声响了——丽莎走了进来。

拉夫列茨基站起来,鞠了躬;丽莎停止在门口。

"丽莎,丽索奇卡①,"玛尔法·季摩费耶夫娜慌张地说道,"你把我的书……把我的书搁到哪儿去啦?"

"什么书呀,姑?"

"我的天!那本书呀。可是,我也并没有找你。……唔,

---

① 丽索奇卡,丽莎的爱称。

没有关系。你们在楼下干些什么?你瞧,费阿陀尔·伊凡尼奇来啦。你的头怎么样?"

"没有什么。"

"你就会说个'没有什么'。楼下在干什么呀——又是音乐?"

"不是;他们打牌玩儿。"

"着啊,她什么全都内行。苏罗奇卡,我瞧你多早就想到花园里去玩儿的。滚吧!"

"不,玛尔法·季摩费耶夫娜,我并不……"

"别犟嘴,好不好?去吧!拿斯塔霞·卡尔坡夫娜一个人到花园里去了;你陪陪她去,对人家老太太要恭敬些。"苏罗奇卡走了。"可是我的帽子呢?怎么啦,我的帽子跑到哪儿去啦?"

"您让我去找吧。"丽莎说。

"坐下,坐下!我自己的腿还没有瘫。一定是丢在我自己的寝室里了。"

于是,把拉夫列茨基斜瞟了一眼以后,玛尔法·季摩费耶夫娜就走了。她本是让房门开着的,可是,忽然又跑了回来,把门带上。

丽莎靠着椅背,默默地用手掩着脸面;拉夫列茨基仍然站在原来的地方。

"我们就是像这样来会面了。"他终于说了。

丽莎把手从脸上垂了下来。

"是的,"她低低地说道,"我们立刻就受到惩罚了。"

"惩罚!"拉夫列茨基说了,"你是为什么该受惩罚的呢?"

丽莎抬起眼睛来,凝望着他。她的眼睛所表现的既不是哀愁,也不是焦虑:它们好像小了,变暗淡了。她的脸色是苍白的,微开的嘴唇也失去了色泽。

拉夫列茨基的心战栗了,是怜,也是爱。

"你写信给我说,一切全完啦,"他低声说,"是的,一切全完啦——在还没有开始以前。"

"所有那一切,全得忘掉,"丽莎说了,"我很喜欢您来了;我本来要写信给您的,可是,您来了更好。只是,我们得尽量利用这几分钟的时光。我们全都有自己的义务必须履行。您,费阿陀尔·伊凡尼奇,您该跟您的妻子和解。"

"丽莎!"

"我请求您这么做。只有这样我们才能补偿……补偿已经发生的一切。您多想一回吧——您就不会拒绝我的。"

"丽莎!看在上帝的分上!你所要求的是不可能的事。无论你命令我做什么,我都可以;可是,现在跟她和解!……我什么全可以答应,什么全可以忘却;可是,我不能强迫我自己的心。……怜悯我吧,这是残忍的!"

"可是,我所要求您的……并不是您说的不可能的事;如果实在不能够,您可以不必跟她同居;可是,您得跟她和解,"丽莎回答着,又用手把眼睛掩盖了,"想着您的小女儿吧;并且,也为着我的缘故。"

"好,"拉夫列茨基咬着牙回答说,"我就算答应了吧。那么,就算我是履行了我的义务;可是,你呢——你的义务是什么?"

"那我自己知道。"

拉夫列茨基突然一怔。

"你真不打算跟潘辛结婚?"他问。

丽莎露出了几乎看不出来的笑容。

"哦,不会的。"她回答说。

"啊,丽莎,丽莎!"拉夫列茨基叫了,"我们本来可以多么幸福的啊!"

丽莎再一次地抬起眼睛来,凝视了他。

"现在,就是您自己,费阿陀尔·伊凡尼奇,您也该能看出,幸福不是操在我们手里的,却是属于上帝的。"

"是的,因为你……"

通往邻室的门突然开了,玛尔法·季摩费耶夫娜手里拿着帽子,走了进来。

"真把我找坏啦,"她说着,站在拉夫列茨基和丽莎中间,"我自己不知道怎么把它搞丢了。上了年纪就是这样的呀,倒霉!可是,年轻,也并不强。那么,你也要上拉夫里基去,跟你老婆一道?"她加说着,转向了费阿陀尔·伊凡尼奇。

"跟她一道到拉夫里基?我?我不知道。"稍稍停顿以后,他回答。

"不到楼下去望望吗?"

"今天——不。"

"唔,很好,随你自己吧;可你呀,丽莎,我看你该下楼去了。啊,我的天!我忘了给我的照莺儿喂食啦。等一等,我一会儿就……"

于是玛尔法·季摩费耶夫娜连帽子也不戴,又跑出去了。

拉夫列茨基急忙走近了丽莎。

"丽莎,"他开始了,声音是哀求的,"我们快永别了,我的心碎了——在分别的时候,把你的手给我吧。"

丽莎抬起头来。她的疲倦的、几乎失去了光彩的眼睛呆呆地凝视着他。

"不，"她说了，把已经伸了出去的手又缩回来，"不，拉夫列茨基，"（这是她第一次这样称呼他①），"我不能把手给您。何必呢？去吧，我请求您。您知道我爱您……是的，我爱您！"她用力加说着；可是，马上又说，"啊，不……不！"

说着，她就把手巾掩住了自己的嘴唇。

"至少，把那手巾给我吧。"

门响了。……手巾滑到了丽莎的膝上。拉夫列茨基在它还没有落到地板上以前把它抓住了，急忙塞进了自己的口袋；当他回过头来，他的眼睛正好碰到了玛尔法·季摩费耶夫娜的目光。

"丽索奇卡，我想你妈妈在唤你。"老妇人说。

丽莎马上站起来，走了出去。

玛尔法·季摩费耶夫娜又坐到自己的角落里去了。拉夫列茨基正要向她告辞。

"费嘉。"她说了，突兀地。

"什么，姑姑？"

"你可是个诚实的人？"

"什么？"

"我问你：你可是个诚实的人？"

"我希望，是。"

"哼。那么，老实答应我，你要做个诚实的人。"

"当然。可是，您为什么这么问呢？"

"我自然知道为什么呀。你，我的好人，如果你仔细想

---

① 单称姓，表示生疏。

想——你知道,你不是傻瓜——你当然也明白我为什么要问了。现在,再见吧,我亲爱的。多谢你来看我;并且,记住你答应我的话吧。费嘉,来吻吻我。啊,我的心肝,你的痛苦真是太重啦,我知道;可是,无论谁也全不轻松,对不对?有一个时候,我也常常羡慕那些苍蝇;我时常想,它们生活得真幸福呢。可是,有一天晚上,我听见了一只苍蝇也在蜘蛛的爪子底下哀哀地叫着;我这才想道,啊,原来它们也自有它们的苦恼。有什么办法呢,费嘉?可是,还是记着你答应过我的话吧。去。"

拉夫列茨基从后楼走了下来,已经出了大门,忽然一个小厮追了上来。

"玛丽亚·德米特里耶夫娜打发我来请您上她老那儿去。"他向拉夫列茨基报告说。

"给她说,兄弟,说我这时候不能……"拉夫列茨基开始说。

"她老人家叫我专来请您的,"小厮继续说,"她老叫我回您,只有她老一个人。"

"客人们走了吗?"拉夫列茨基问。

"是的,您老。"小厮似笑非笑地回答。

拉夫列茨基耸耸肩膀,就跟着他去了。

43

玛丽亚·德米特里耶夫娜独自坐在自己的私室,靠在一张伏尔泰式的安乐椅上,嗅着科伦香水;一杯橙花水搁在她身边的一张小桌上。她有点儿激动,而且,好像有些慌张。

拉夫列茨基进来了。

"是您要见我?"他说着,冷淡地鞠了一躬。

"是的,"玛丽亚·德米特里耶夫娜回答,于是,呷了一口水,"我听说您一直上我姑姑那儿去了,所以我叫下人一定得把您请过来:我有话想跟您谈谈。坐下吧,请坐下。"玛丽亚·德米特里耶夫娜抽了一口大气,"您可知道,"她继续说,"您太太来过。"

"那我是知道的。"拉夫列茨基说。

"唔,是的,那就是说,我的意思是说,她到我这儿来看过我,我已经接待了她;这就是我想跟您,费阿陀尔·伊凡尼奇,解释解释的。我,感谢上帝,总可以说,什么人也没辱没;并且,无论怎么样,我也决不会做出不尴不尬的事情来的。虽然我预先就想到您不会怎样高兴,可是,费阿陀尔·伊凡尼奇,我又怎么能狠心拒绝她呢?她总是我的一门亲眷呀——通过您的关系;您设身处地替我想想吧,我又有什么权利给她个闭门不纳呢?您同意吧?"

"您完全是在无谓地激动,玛丽亚·德米特里耶夫娜,"拉夫列茨基回答说,"您做得完全对;我一点儿也不见怪。我从来也没有想到要剥夺华尔华拉·巴弗洛夫娜拜望亲友的权利;我今儿没有来看您,不过是不想跟她碰面——不过是那么回事罢了。"

"啊,听您这么说,我该多么高兴,费阿陀尔·伊凡尼奇,"玛丽亚·德米特里耶夫娜叫了,"是的,我一向就相信您有这么高贵的情感的。可是,说到我的激动——这也没有什么奇怪:我是个女人,还是个母亲。至于您的太太……当然,你们夫妻间的事,我哪儿管得了?这话我早就跟她说过了;可是,她真是多么可亲可爱的人儿哟,谁见了她都不能不喜欢的。"

拉夫列茨基冷笑了,把帽子在手里弄着。

"我还得跟您说说,费阿陀尔·伊凡尼奇,"玛丽亚·德米特里耶夫娜继续说着,更挨近了他一点儿,"您只要看看她那模样儿,该多温顺,多恭敬!真的,真叫人多感动呀!您只要听见她是怎样说到您的呀!'我,'她说,'我真是太对不住他啦';'我,'她说,'我是太没眼睛啦';'他,'她说,'他真是个天使,不是个凡人。'真的,她是这样说的:'一个天使。'她是多么悔恨啊!……我可以发誓,我一生也没见过那么沉痛的忏悔的!"

"得啦,玛丽亚·德米特里耶夫娜,"拉夫列茨基说道,"如果您不嫌我挑剔,我倒想问问:据说,华尔华拉·巴弗洛夫娜在这儿大唱起歌来;她是后悔得要唱歌呢,还是怎么的呢……"

"啊,您说这种话儿还不害臊?她唱歌,弹琴,不过为了让我乐乐,是我苦苦求她,差不多命令她这么做的呀。我看着她苦恼,那么苦恼,所以我才想个法儿让她散散心——况且,我也听说过,她又是那么个艺术天才。我老实告诉您,费阿陀尔·伊凡尼奇,她简直完全毁啦,——您只要问问谢尔盖·彼得罗维奇看——完全伤心透啦,完完全全,真的!"

拉夫列茨基只耸了耸肩膀。

"况且,你们那阿达奇卡,该是怎样的个小天使!多逗人疼的个小宝贝啊!多漂亮,多聪明!法语说得多好!俄语她也懂——她用俄国话管我叫'姨姨'呢。说到认生,您知

363

道,像她那么大岁数的小孩,哪一个又不认生?——可是她就不。她真是出奇地像您呀,费阿陀尔·伊凡尼奇:眼睛、眉毛,唉,全身上下,简直就是您。老实说,那么大岁数的小孩,我一向是不怎么爱的;可是你们那小女孩可真叫我心疼死啦。"

"玛丽亚·德米特里耶夫娜,"突然间,拉夫列茨基大叫了,"请让我问问,您干吗要费神跟我说这么些个话?"

"干吗?"玛丽亚·德米特里耶夫娜又闻了闻她的科伦香水,啜了一口水,"我跟您这么说,费阿陀尔·伊凡尼奇,就因为……您想想,我毕竟是你们一门亲眷呀,我对你们就不能不特别关切……我知道您的心地是再好不过的。听我说吧,我的表弟,无论怎样,我总算一个有点儿经验的女人,我总不会信口乱说的:饶恕她吧,饶恕您的妻子吧!"(玛丽亚·德米特里耶夫娜的眼里不知怎么一来,马上就充满着眼泪了。)"只想一想:年轻,没有经验……哎,也许,还有一个坏的榜样:没有一个把她引上正路的妈妈。饶恕她吧,费阿陀尔·伊凡尼奇!她的惩罚已经受得够啦。"

眼泪流到玛丽亚·德米特里耶夫娜的颊上来了;她并不把它们揩掉:她是喜欢眼泪的。拉夫列茨基如坐针毡。"天哪,"他想,"这是受的什么罪!我这过的是什么日子呀!"

"您不回话,"玛丽亚·德米特里耶夫娜又开口了,"叫我怎么能明白您呢?您真能那么残忍么?不,我不相信。我觉得我的话已经感动您了。费阿陀尔·伊凡尼奇,上帝会报答您的好心的。现在,从我手里把您的妻子领回去吧……"

拉夫列茨基不由自主地从椅上跳了起来;玛丽亚·德米特里耶夫娜也站起来了,急忙跑到帷幕后面,把华尔华拉·巴弗洛夫娜拉了出来。她脸色苍白,眼睑低垂,几乎像快死似的,好像把自己的全部思想和意志全都解除了——只把自己整个儿地交给了玛丽亚·德米特里耶夫娜。

拉夫列茨基倒退了一步。

"原来你一直都在这里呀!"他叫着。

"别责备她吧,"玛丽亚·德米特里耶夫娜急忙分辩说,"她无论怎样也不肯留着的,是我命令她留下,硬把她放在幔子后面的。她告诉我说,那会叫您更生气;可是我听也不要听;对于您,我比她知道得清楚多啦。来,从我的手里把您的妻子领回去吧。上前去,华丽雅①,别怕!跪在你丈夫脚前,"(她拉了拉她的手臂,)"让我给你们祝……"

"住口,玛丽亚·德米特里耶夫娜!"拉夫列茨基忍不住叫了,声音低沉然而是可怕的。"您好像很喜欢这种肉麻的场面。"(拉夫列茨基并没有说错:玛丽亚·德米特里耶夫娜自从她的女塾时代起始,对于舞台效果就有着热烈的嗜好的。)"它们叫您开心;可是,对于别人,也许是受罪。可是,我并不要跟您讲话。在这一场里,您可不是主角。您又是想玩点儿什么把戏呢,太太?"他继续说着,转向了他的妻子,"我所能的,我可不是全给您做到了?不用告诉我这一场好戏并不是您的提调;我不会相信您——您自己也知道我已经不能相信您。那么,您还要什么呢?您是个聪明女人——您做事总不会没有打算的。您该明白,要我和您像从前一样地同居,那是不可能的;倒并不是我恼您恨您,只是因为我已经变成一个完全不同的人了。您刚回来的第二天我就把话给您说明了,您自己当时也在心下默认了的。也许,您还想在舆论上恢

---

① 华丽雅,华尔华拉的昵称。

复您的地位吧？只是住在我的家里您还不满意；您还要跟我住在一个屋顶底下——是不是这样的？"

"我只是要您饶恕我。"华尔华拉·巴弗洛夫娜回答说，仍然不把眼睛抬起来。

"她只是要您饶恕她呢。"玛丽亚·德米特里耶夫娜照样说。

"不只是为了我的缘故，也为了阿达。"华尔华拉·巴弗洛夫娜细声说。

"不只是为了她的缘故，也为了你们的小阿达呢。"玛丽亚·德米特里耶夫娜又照样说。

"很好！你要的就是这个？"拉夫列茨基吃力地说，"好吧，我也答应。"

华尔华拉·巴弗洛夫娜迅速地瞟了他一眼，而玛丽亚·德米特里耶夫娜却叫了起来："好哇，谢天谢地！"于是又拉住华尔华拉·巴弗洛夫娜的手臂，开始说道："现在，从我手里把……"

"住口，我给您说！"拉夫列茨基打断了她，"我答应跟您同居，华尔华拉·巴弗洛夫娜，"他继续说道，"那就是说，我会把您带到拉夫里基去，并且跟您一同住在那里，到我的气力不能支持的时候为止；以后，我就会走掉——可是，我也会时常回来。您看得见，我并不想骗您；可是，也请您别再提什么要求。如果我真是依从了我们的可敬的亲戚的期望，把您拥在我的怀里，告诉您说……说过去的全不存在，枯树也会开花，那我想您自己也会失笑的吧！可是，我看得很明白：我得屈服。您不会懂得我说这话的意义的……可是，也没有关系。我再说一遍，我答应跟您同居……也可以说，我不能答应您。……我可以跟您和解,再把您当作我的妻室……"

"可是,至少,得跟她接接掌吧。"玛丽亚·德米特里耶夫娜说,她的眼泪老早干掉了。

"直到此刻,我还没有欺骗过华尔华拉·巴弗洛夫娜,"拉夫列茨基回答,"不接掌她也会相信我的话的。我答应送她到拉夫里基去;可是,请您记着,华尔华拉·巴弗洛夫娜:只要您一离开了那地方,我们的合同就算完了。现在,请让我告退吧。"

他给两位太太鞠过一躬之后,就急忙走了。

"您不把她带去么?"玛丽亚·德米特里耶夫娜追着他喊叫。

"让他去吧。"华尔华拉·巴弗洛夫娜轻轻地对她说,于是,为了表示热烈的感谢,马上就抱住了她的颈子,吻着她的手,并且称她为自己的救命恩人。

玛丽亚·德米特里耶夫娜好像十分满意地接受着她的爱抚;可是,她私心却既不满意拉夫列茨基,也不满意华尔华拉·巴弗洛夫娜,也不满意她苦心提调的这一整台戏。这场戏弄得毫不动人;据她看,华尔华拉·巴弗洛夫娜是应该跪到她丈夫脚前去的。

"您怎么就不懂我的意思呀!"她不断遗憾着,"我不是一直在跟你说:'跪下!'"

"就这样也很好,亲爱的姑母;您别烦扰您自家吧;全都好极啦。"华尔华拉·巴弗洛夫娜再三说。

"可是,您不看见,他到底还是……冷得像冰呀,"玛丽亚·德米特里耶夫娜说,"真的,您自己倒没有哭,我的眼泪可真流干啦。他要把您关到拉夫里基去呢。想想吧——您连出来看看我也不能够啦!男人全是没心肝的。"她像这样结束了,若有其事摇着头。

"可是,我们女人总知道感谢好心和大度的呀。"华尔华拉·巴弗洛夫娜轻声说着,就轻轻地屈下膝来,抱住了玛丽亚·德米特里耶夫娜的肥胖的身体,把脸面藏到了她的胸前。那脸面实际上是在偷偷地微笑,然而玛丽亚·德米特里耶夫娜的眼泪却再一次地奔流起来了。

拉夫列茨基回到家里,把自己关在用人的房间,就倒在沙发上面,在那里躺着直到天明。

44

次日是星期日。召唤人们去做弥撒的钟声并没有把拉夫列茨基惊醒——他原来整晚就不曾合眼——可是这却使他记起了在另一个星期日,他曾经依着丽莎的请求去过教堂。他匆忙爬起来;一种隐秘的声音告诉他:今天他也可以在那里见到她的。他轻轻地离开了屋子,给还在沉睡的华尔华拉·巴弗洛夫娜留下了言语,说他要回来午膳,于是,在单调而悲抑的钟鸣的召唤里,他大踏步向着教堂走去了。他到得很早;教堂里几乎还没有人;一个执事在歌唱席上念着祈祷文;他的单调的声音,时时被一声咳嗽打断,是那么规则地时抑时扬。拉夫列茨基站在临近教堂入口的地方。信徒们来到了,一个一个地停止下来,画着十字,向着四方八面顶礼;他们的脚步声在那空虚的、静穆的空间里震荡,在穹隆的屋顶上面清楚地回鸣。一个残年的老妇人披着破旧的带风帽的斗篷,跪在拉夫列茨基的近边,正在热烈地祈祷;她的脱牙的、惨黄的、皱缩的脸面充溢着激烈的感情;血红的眼睛凝注地仰望着神龛上面的神像;骨瘦的手不断从斗篷底下伸了出来,缓慢地、认真地比画着宽大的十字。一个面色忧郁、胡须浓密、鬈发凌乱而且衣衫褴褛的农民,也走进了教堂里来,马上就双膝跪地,匆匆地磕着头,每磕一次头就重重地摇摇自己的脑袋。他的脸面和每一个动作都表现着那么深重的苦恼,使得拉夫列茨基不由得走到了他的面前,问他有什么不如意的事。农民胆怯而且阴郁地退后了一步,望了他一眼,急忙说了一句:"我的儿子死啦。"于是又磕起头来。……"对于这些人,还能有什么可以代替教堂的安慰的呢?"拉夫列茨基想着,于是,自己也想要祈祷起来;可是,他的心是沉重的、酸苦的,他的思想也是遥远的。他一直期待着丽莎——可是丽莎并没有来。教堂里开始充满着人了;可是里面仍然没有丽莎。弥撒开始了,执事念过了圣经,最后的祈祷的钟声也响了;拉夫列茨基上前了几步——就突然望见了丽莎。她原来比他早到,可是他一直没有发见她;她蜷缩在墙壁和歌唱座中间的空隙里,一直不曾四下张望,也不曾移动地位。拉夫列茨基注视着她,直到弥撒终了:他是在向她作着最后的诀别。会众开始四散了,可是她仍然静立着;她似乎是在等待拉夫列茨基先走。终于,她最后一次地画了十字,一直不回头地走了出来;只有一个婢女陪伴着她。拉夫列茨基跟着她出了教堂,在街上追上了她;她走得很快,低着头,面纱低低地罩着她的脸面。

"您好,叶丽莎维达·米哈伊洛夫娜,"他高声地、勉强镇定地说,"我可以陪伴您么?"

她不曾回答;他在她身旁走着。

"您满意我了么?"他问,声音低微下来,"您可听说过昨天的事?"

"是的,听见的,"她轻声回答,"那样很好。"

而她的脚步就更快了起来。

"您满意了么?"

丽莎只是点了点头。

"费阿陀尔·伊凡尼奇,"她开始说了,声音是那么平静而且微弱,"我想请求您:别再到我们家来;您赶快走掉吧。我们以后也许在什么时候还是能会面的——也许,一年以后。可是,现在,请答应我的请求吧。看在上帝的分上,您答应我。"

"您不论说什么,我都能依从,叶丽莎维达·米哈伊洛夫娜;可是,我们竟能像这样就分别了么?您竟能一句话也不对我说么?"

"费阿陀尔·伊凡尼奇,现在,您是在这儿,在我身边走着……可是,您已经离开我多远多远了。而且,不只是您,还有……"

"说下去吧,我求您!"拉夫列茨基叫了,"您要说什么?"

"也许,您将来会听见……可是无论将来怎样,都请您忘记了吧。……啊,不,不,不要忘记我;要记着我!"

"我忘掉您!……"

"够了;永别了。请您别跟着我。"

"丽莎……"拉夫列茨基开始说。

"永别了,永别了!"她反复地说着,把面纱拉得更下,几乎跑着似的走向前去了。

拉夫列茨基目送着她走去,于是低下头来,走下街心。他几乎和伦蒙撞了一个满怀,那老人也在街上走着,帽檐罩齐眉尖,眼睛盯着脚下。

他们默默对视着。

"唔,您要说什么?"拉夫列茨基终于说道。

"我要说什么?"伦蒙回答,声音是阴郁的。"我什么也不要说。一切都死了,我们也死了。① 您朝右?"

"朝右。"

"那么,我朝左。再见。"

次日清晨,费阿陀尔·伊凡尼奇带着妻子到拉夫里基去。女人带着阿达和茹斯蒂坐在一乘马车里,走在前面;他自己坐着一乘旅行马车,随后跟着。在整个旅途上,那可爱的小姑娘一直不曾离开车窗;什么都使她惊讶:农民、农妇、农舍、水井、马头上的轭、马颈上的铃,以及数不清的白嘴鸦;茹斯蒂也分担着她的惊奇;华尔华拉·巴弗洛夫娜则高兴地笑着她们的谈论和叫喊。她的兴致很好;在离开O市之前,她和丈夫曾有一次谈判。

"我明白您的处境,"她这样对他说,从她那聪明懂事的眼睛的表情里,他看得出她实在是完全明白他的处境的,"可是,您至少得给我这样的一个公断吧:我并不是一个难以相处的人;我不会束缚您,也不会妨碍您;我只是想保证阿达的未来;别的一切,全都不是我所想望的了。"

"是的,您已经完全达到您的目的了。"费阿陀尔·伊凡尼奇说。

---

① 原文是德文。

"现在,我只剩一个梦想了,那就是:把自己埋在无尽的孤独里;可是,我会永远记得您的恩德的……"

"得了!够了!……"他说着,想阻止她。

"并且,我也会知道怎样尊重您的自由和您的平静。"她继续说着,到底把所准备的话一直说完。

拉夫列茨基深深地给她鞠了一躬。华尔华拉·巴弗洛夫娜明白,她的丈夫是从衷心里感谢着她的。

第二天傍晚时分,他们到了拉夫里基;一星期以后,拉夫列茨基给他的妻子留下了五千卢布的生活费,自己就出发到莫斯科去了——拉夫列茨基去后的第二天,潘辛就来了;华尔华拉·巴弗洛夫娜请求过他,不要在她寂寞的日子把她忘掉。她给了他不可能更热烈的欢迎;直到夜深,在那高大的地主邸宅里,甚至花园里,也还充满着音乐声、歌唱声和愉快的法语谈话声。潘辛给华尔华拉·巴弗洛夫娜的第一次的拜访就是三个整天;在告辞的时候,他热烈地握住了她的美丽的手,答应着很快就会再来——他也确实不曾失约。

45

丽莎在母亲家里的二层楼上有一间自己的小房,这小房很整洁、明亮,有一张白色的小床,屋角和窗前搁着花盆,还有一张小书桌,一架书橱,挂在墙上的是一副十字架。这个房通常叫作育儿室;丽莎是在这里生下的。自从出了教堂,见过拉夫列茨基以后,她回到家里来,就比平日更仔细地把一切加以整理,扫除了灰尘,把自己的笔记和女友们的来信全都检阅一过,用丝带捆了起来,锁上了所有的抽斗,浇了花,并对每一朵花儿都给以偎抚。她不慌不忙地、无声无息地做着这一切事情,脸上浮现着一种感动的而又是平静的沉思。最后,她静静地站在房中间,缓缓地四周环顾,于是,走到挂着十字架的壁前,在小桌前面跪了下来,把头搁在紧握着的手里,就不再动弹了。

玛尔法·季摩费耶夫娜走进房来,发现她正是这样的姿态。丽莎并没有惊觉她的来到。老妇人于是踮着脚尖走了出去,在门外高声咳了几声嗽。丽莎急忙站起,揩了眼睛,在她的眼里,那凝聚着然而不曾落下的眼泪正在闪着光。

"哟,我看得见你又把你的小窝儿整理得多么清爽呀,"玛尔法·季摩费耶夫娜说着,向一盆新发的蔷薇花丛,俯身下去,"啊!多香!"

丽莎沉思地注视着她的姑姑。

"您说的什么呀?"她低低地说。

"我说什么呀?咳!"老妇人急促地叫了,"你说什么呀!这真可怕呢!"她继续说着,忽然把帽子抓了下来,在丽莎的小床上坐下了。"我真受不了啦:我心里像油煎一样,这已经是第四天啦;我再也不能装作什么也没注意到,再也不能看见你变得这么苍白,这么消瘦,这么老哭着——唉,我不能,我不能呀!"

"您是怎么回事,姑?"丽莎说道。"我并没有什么……"

"没有什么?"玛尔法·季摩费耶夫娜叫了,"跟别人去说吧,可别跟我!没有什么!是谁刚才还跪着?是谁的睫毛上眼泪还没干啦?没有什么!哪哪,瞧瞧你自己吧,你的脸儿变成什么样子啦?你的眼睛是怎么的啦?——没有什么!好像我还什么也不知道似的!"

"您别急,姑;到时候什么都会过去的。"

"会过去!可是,过到什么时候去呀?啊,我的上帝,我的天爷!难道说你真爱他爱到这样吗?可是,我的丽索奇卡,他可是个老汉子呀!是的,我承认他是个好人;他不会咬人;可是,那又算什么?我们全是好人;世界大得很哪,那种货色多着呢。"

"我跟您说,什么都会过去的,所有这一切都已经过去了。"

"丽索奇卡,听我说,听我告诉你,"玛尔法·季摩费耶夫娜一口气说着,把丽莎拉到床边,在自己身边坐下,一会儿摸摸她的头发,一会儿又给她整整领巾,"只有在这劲头上,你才觉得你的创伤是不可救药的。哎哎,我的宝贝,只有死才不可救药。只要你给自己说说:'我不管它;让它去吧!'那你自己也会奇怪,所有一切,是多么不知不觉、多么快就过去啦。咬紧牙,忍耐一点儿吧。"

"姑姑,"丽莎回答说,"都已经过去了,一切都已经完了。"

"完啦?咳,怎么完的呀!你瞧你,连小鼻子都尖得可怜啦,你还说:'过去啦!完啦!'这可真完得好啊!"

"是的,过去了,姑,只要您愿意帮助我,"以意想不到的活力,丽莎大声说了,双手抱住了玛尔法·季摩费耶夫娜的颈项,"亲爱的姑姑,做我的朋友吧,帮助我吧;别恼我,了解我……"

"哎,这算什么?这是怎么回事呀,我的妈妈?你可别吓坏我;我真会叫起来啦。别那么望着我;快告诉我,是怎么回事呀?"

"我……我要……"丽莎把脸面藏到了玛尔法·季摩费耶夫娜的怀里,"我要进修道院去。"她低低地说。

老妇人几乎要从床上跳出来了。

"画个十字吧,我的妈妈,丽索奇卡!定定神!你说什么呀!上帝保佑你!"她终于断断续续地说了,"躺下,我的宝宝,睡一会儿吧;这都是因为你缺少了睡眠,我的心肝。"

丽莎抬起了头来,她的面颊燃烧着。

"不,姑,"她清楚地说,"请别那么说吧;我决了心,我祈祷过,我请求过上帝的指示。什么全完了,我跟你们在这儿的生活也完了。那么一个教训不是徒然的;并且,我也不是现在才第一次这么想。幸福不是属于我的;就是当我怀着幸福的希望,我的心也总是痛苦的。什么我全知道了——我自己的罪孽,别人的罪孽,爸爸是怎样给我们挣来了这些财产——我全知道了。所有这些,我都得用祈祷、用祈祷来抵赎。离开您,我觉得很伤心,我也舍不得妈妈,也舍不得莲诺奇卡;可是,没有办法;我觉得这儿的生活不是为了我的;我已经跟一切告了别,我已经对家里的一切全都祝过最后的福了;是有什么在招呼着我;我的心痛苦极了,我要永远把我自己藏起来。别阻拦我,别劝解我;帮助我,不然,我会自己走掉的……"

玛尔法·季摩费耶夫娜恐怖地听着她的甥女。

"她病啦,她在说胡话,"她想,"我们得找个大夫来;可是,找谁呢?盖杰奥诺夫斯基前不久推荐过一个什么人;可是他的话老是靠不住——也许,这一回是靠得住的吧。"可是,当她深信了丽莎并没有病,也没有胡说,并且,对于她的每一种反驳都用同一个不变的回答回绝了的时候,玛尔法·季摩费耶夫娜就变得完全惊呆,说不出的苦恼了。

"可是,你真不知道,我的宝宝,"她开始想说服她,"别人在修道院里过的是怎样的生活啊!你可知道,我的亲亲,他们会给你大麻子油吃,他们会给你怪粗怪粗的布衣穿;他们会要你在寒风冷冻里到处跑;这些你全受不了呀,我的丽索奇卡。这全都是阿加菲雅给你做的好事,就是她把你弄糊涂的。可是,在她年轻的时候,她生活过,快乐过;你也得生活呀。至少,你饶我一个平安的死吧;等我死啦,随你怎么闹去。谁又见过为了那么个山羊胡子——上帝恕我——为了一个男人,就要进修道院去呀?哪,如果你心里太难受,你就去敬敬香,朝朝圣,做做法事,全行;可是,你可别把那黑纱挂到你的脸上去啦,我的小老子,我的小娘……"

说着说着,玛尔法·季摩费耶夫娜悲痛地哭起来了。

丽莎安慰着她,为她拭着眼泪,并且自己也哭了,可是,决心仍然没有动摇。在绝望里,玛尔法·季摩费耶夫娜甚至试着恐吓她,说她会把所有的事情全都告诉她的母亲;然而,这也没有效用。只是,为了安慰老妇人的诚恳的请求,丽莎答应了把她的计划的实行延迟半年;另一方面,玛尔法·季摩费耶夫娜也只能答应,如果在六个月以后丽莎还没有改变自己的决心,那么,她就得帮助她,尽力为她取得玛丽亚·德米特里耶夫娜的允许。

随着初冬的寒冷气候的来临,华尔华拉·巴弗洛夫娜既已有了充足的金钱,就顾不得她的把自己埋在无尽的孤独里的诺言,迁居到彼得堡去了,在那里她租下了一组并不过分奢华然而十分精美的公寓,这是早她一步离开O省的潘辛为她找到的。在他旅居 O 市的后期,他完全失去了玛丽亚·德米特里耶夫娜的欢心;他突然中止了对她的拜望,事实上,他也很难脱离拉夫里基。华尔华拉·巴弗洛夫娜把他俘虏了——不折不扣地把他俘虏了;再也没有任何别的字眼可以形容她对于他的无限止的、不可抗拒的、和绝对不负任何责任的威权。

拉夫列茨基在莫斯科度过了冬天,而在翌年春天,消息传来:丽莎已经挂了面纱,在那位于俄罗斯的最边远的一角的 Б 修道院里。

尾　声

八年过去了。春天又来了。……可是,首先让我们约略说一说米哈莱维奇、潘辛和拉夫列茨卡雅夫人的命运——然后,就和他们永别了吧。米哈莱维奇,经过了长久的流浪,终于找到了他的真正的事业:他得到了一所公立学校的首席学监的位置。他完全满意自己的命运;他的学生们"崇拜"他,虽然在背后也嘲弄他。潘辛在自己的官阶上步步高升,指日就有迁升司长的希望;他走路有点儿伛偻,那一定是因为挂在他颈上的弗拉基米尔十字勋章有些太沉重了,使他非要前倾不可。在他身上,官僚气质已经决定地压倒他的艺术家气质了;他的仍然年轻的脸已经稍现焦黄,头发比之往日也稍显稀疏;他已经不再唱歌,也不作画,可是,却在偷偷地致力于文学:他写了一篇小喜剧,所谓"惊世剧"一类的东西,而且,正如目前每个作者总要在作品里"刻画"一个什么人或者一件什么事一样,他在自己的小喜剧里所刻画的就是一位风流妇人的风流韵事,他并且秘密地把它对二三和他特有好感的女友宣读。可是,他却从来不曾结过婚,虽则他有过许多绝妙的结婚的机缘:对于这一事,华尔华拉·巴弗洛夫娜是应该负责的。至于她自己,她仍然常住在巴黎,正和往日一样:费阿陀尔·伊凡尼奇给了她一个存折,用多量的金钱买到了自己的自由,免得她再来一次出其不意的突击。她比以前老了,也胖了,可是,仍然漂亮、动人。每个人都有自己的理想;华尔华拉·巴弗洛夫娜的理想就寄托在——在小仲马①先生的剧作里边。她勤勉地拜访着各个剧院,只要在那里有着病骨支离、多情善感的茶花女们登场;能够做一位多什夫人②,对于她,就可算人生幸福的最高峰了:对于她的女儿,她就曾经宣称过,如果她能有那种幸福,她做母亲的也就于愿足矣。可是,我们祝祷,但愿命运能把阿达小姐从那么一种幸福里拯救出来吧:她已经从一个红润而且肥胖的小女孩变成一个瘦弱而苍白的少女了,并且,她的神经已经受了伤害。华尔华拉·巴弗洛夫娜的崇拜者已经减少了,可是,情况也并不寂寞;大概,直到她的生命终了,她也还能保留其中的几个的吧。近来,这中间最火热的一位就是叫作沙库尔达罗-斯库贝尔尼可夫的某人,退役的近卫士官,满脸胡子,年约三十八岁,身材魁伟雄壮,罕有其匹。到拉夫列茨卡雅夫人的客厅里来的法国人多半称他为"乌克兰的大公牛";华尔华拉·巴弗洛夫娜从不请他参加她的盛大的晚会,可是,他却充分享有她的爱宠。

---

① 小仲马(1824—1895),法国作家,《茶花女》为其名作。
② 多什夫人(1821—1900),法国女演员。

如此……八年过去了,春天又来了:天上灿烂着光辉的幸福,人间满披着微笑的春光;在春光的爱抚之下,万象又开始开花、恋爱而且歌唱了。八年以来,O市并没有多少变迁;只是玛丽亚·德米特里耶夫娜的房屋却好像变得更年轻了:新加粉饰的白色墙壁灿然迎人,敞开的窗户的玻璃片在落日的斜晖之下闪烁着暗紫;通过这些窗户,银铃般的青春的声音和不断的欢笑,流向街头;整个屋子似乎全都沸腾着生命,洋溢着欢喜。至于旧日的女主人,则早已长眠于坟墓里了:玛丽亚·德米特里耶夫娜在丽莎挂纱的两年之后就去世了;玛尔法·季摩费耶夫娜也不曾再活多久;她们相并永息于市内的墓园。拿斯塔霞·卡尔坡夫娜也不再活着;几年之间,那忠心的老妇人每星期必到她的女友的遗塚之前参谒。……而不久以后,她的时辰也到了,她的遗骨亦复归于泥土。可是,玛丽亚·德米特里耶夫娜的房屋却不曾落到陌生人、家族以外的人的手里,旧巢并不曾破碎:莲诺奇卡现在已经长成一个窈窕而美丽的少女了;她的未婚夫是一个黄头发的骠骑兵军官;玛丽亚·德米特里耶夫娜的儿子新近在彼得堡结了婚,携着年轻的新妇到O市来同度春光;他的妻妹,一个明眸赤颊的十六岁的女学生;还有苏罗奇卡,现在也已经长成,并且非常漂亮——就是这许多青年人欢乐的喧笑和谈话,使得卡里金家的四壁全都震响起来了。家里所有的一切,全都改变了;一切都已经变得和新的主人们互相协调。年轻无髭、会说会笑的青年仆人们,代替了昔日的庄严的老者;老了的罗斯卡在昔日曾经道貌岸然地慢摇慢摆的地方,换上了两匹猎狗在那儿暴乱地追逐,在沙发上尽情跳蹦;马房里也养满了各种各色的马匹——轻快的驰马、矫捷的辕马、凶悍的编鬣胁马和顿河所产的坐骑;早午晚三餐的时间全都不分,几乎混在一起;照邻人们的说法,"这种搞法简直是从来也没见过的。"

在我们所要说的那天傍晚,卡里金家的年轻人们(其中最大的是莲诺奇卡的未婚夫,但也不过二十四岁)正在进行着一种其实并不复杂、但从他们欢乐的笑声判断起来却是极使他们高兴的游戏:他们在满屋子跑着,互相追逐;狗们也狂跳狂叫着;窗前挂着的笼子里的金丝雀儿们,也竞骋着歌喉,以它们的刺耳的锐叫更其增加了全室的喧噪。当这震耳欲聋的游戏正在高潮的时候,一乘满被污泥的马车驰向门前来了,一位约莫四十五岁、身穿旅行服装的旅人从车上走了下来,停在门前,好像突然迷惘。他呆立了一时,对屋子审视了一番,于是,从大门走进庭院,慢慢地走上了台阶。在前厅里,他没有碰见一个人;可是,砰然一声,一扇门忽然开了:苏罗奇卡满脸鲜红,从里面冲了出来,而紧接着,随着一声刺耳的大叫,全体的青年人们也跟着冲出来了。意想不到地碰见了这么一位陌生人,他们全都停止下来,忽然沉默;可是,那些端详着他的许多明亮的眼睛却仍然是那么愉快,那些活泼的青春的脸面也仍然露着笑容。玛丽亚·德米特里耶夫娜的儿子首先走到了客人面前,有礼貌地问了客人的来意。

"我是拉夫列茨基。"客人说了。

一声热烈的欢呼回答了他——并不是这些青年人们对于这么一位遥远的、几乎已被忘却的亲戚的到来感到了什么特大的欢喜,只是因为他们对于任何有隙可乘的机会都禁不住要发出欢呼和高叫来。拉夫列茨基马上就被包围起来了:莲诺奇卡以老相识的资格,第一个介绍了自己,并且担保说,只要再多一会儿工夫,她准能认出他来的;于是,她把所有其余的人也一一给他介绍,对每一个,连她的未婚夫也在内,全都呼着他们的小名。于是,他们全体通过餐室,涌到客厅里来了。两个房间的壁纸都已换过,可是,陈设还是一如往昔,全无变动:拉夫列茨基认识那架钢琴;连那刺绣的架子也还是一如往时,仍然立在窗前昔日的老地方——似乎是,连那未曾完成的刺绣也仍在架上,正和八年以前一样。他们把他安置在一张宽适的安乐椅上;大家也都围着他彬彬有礼地落坐下来。于是,问询、惊叹、逸话,就阵雨似的降落下来了。

"我们多久没有看见过您呀,"莲诺奇卡天真地说,"我们也没看见过华尔华拉·巴弗洛夫娜。"

"当然哪!"她哥哥急忙截断了她,"我把你带到了彼得堡去,可是费阿陀尔·伊凡尼奇却多半住在乡间。"

"是的,从那时候,妈妈也过世了。"

"还有玛尔法·季摩费耶夫娜。"苏罗奇卡说。

"还有拿斯塔霞·卡尔坡夫娜,"莲诺奇卡接着说,"还有伦蒙先生……"

"怎么?伦蒙也死了?"拉夫列茨基问。

"是的,"年轻的卡里金回答,"他从这儿到敖德萨去;据说是别人把他骗去的;他就死在那儿了。"

"您可知道,他没有留下什么遗作么?"

"不知道;我看不会有的吧。"

大家都沉默了,相互无言地对视。一朵愁云掠过了所有青年人的脸面。

"玛特罗斯可还活着呢。"莲诺奇卡忽然说了。

"盖杰奥诺夫斯基也还活着。"她的哥哥补充说。

一听到盖杰奥诺夫斯基的名字,大家不约而同地迸出来了一声欢乐的大笑。

"是的,他还活着,还和从前一样老爱撒谎,"玛丽亚·德米特里耶夫娜的儿子继续说,"想想吧,我们这个淘气鬼(他指着他的妻妹,那女学生)昨儿还把胡椒粉塞到了他的鼻烟壶儿里……"

"他打了多少喷嚏啊!"莲诺奇卡叫着,而不可抑止的大笑又从四方八面迸发出来了。

"前不久,我们也得到了丽莎的消息,"年轻的卡里金说,大家又不自主地沉默起来了,"她还好;她的健康总算稍稍恢复了。"

"她还在那个修道院里?"拉夫列茨基问,几乎是挣扎着的。

"是的,还在那老地方。"

"她常给你们写信?"

"不,从来不;我们是从别人那里得到消息的。"

深深的沉默突然笼罩了。"一个善良的天使已经无声地飞远了。"每个人都这样想着。

"您高兴到花园里去走走么?"卡里金说着,转向了拉夫列茨基。"花园里现在正是漂亮的时候,只是我们让它稍稍荒疏了一点儿。"

拉夫列茨基走进了花园,首先触到他的眼帘的就是他跟丽莎同坐过的那条长椅——那些幸福的刹那,是一去永不复返的了!椅子已经变成黑色,变得歪斜,可是,他的记忆却仍然新鲜;而那充溢了他的灵魂的奇妙的感觉,既不同于甜蜜,也不同于辛酸,而是对于已逝的青春的深沉的伤悼,对于曾经沉醉过的幸福的淡远的怅惘。他沿着林荫的甬道,随伴着青年人们,一路走去:八年以来,菩提树看来并不见怎样苍老和高长,只是树荫却变得稍稍浓密;一带矮林也长高了,覆盆子丛繁茂地伸张着,而榛树丛也仍然密集。从树林、丛薮、草间和丁香花上,随处都散布着清香的气息。

"多么好'抢四角'的地方啊!"当他们走到一处菩提树合抱起来的青翠的小块草坪的时候,莲诺奇卡忽然叫了。"我们刚好五个。"

"可是你忘了费阿陀尔·伊凡尼奇不是?"她的哥哥提醒了她,"或者,你是把自己没有算上?"

莲诺奇卡微微地羞红了脸颊。

"难道费阿陀尔·伊凡尼奇,在他那份年纪,他还……"她开始说。

"你们自己玩儿吧,"拉夫列茨基急忙申辩说,"不用管我。如果我知道我没有拘束你们,我会更高兴的。你们其实也用不着管我;我们这样的老年人自然有你们还不了解的、什么游戏也代替不了的乐趣:那就是回忆。"

年轻人们用着执礼的、近于滑稽的恭敬倾听着他,好像听着一个教师在给他们讲着功课一样——于是,哄然一声,离开了他,跑向草坪去了;四个人在四角的树下站好位置,另一个则站在中间,而游戏就开始了。

可是拉夫列茨基却走回了屋子里面,走进了餐室,来到了钢琴前面,抚动了一个键子:一声微弱的,然而清楚的声音震响了,一股隐秘的战栗刺进了他的深心——正是这一个音符,在许久许久以前曾经开始过那神奇的旋律,就是在那个永不可忘的幸福的夜晚,伦蒙,已经死去的伦蒙,曾经将他投入了何等的狂喜中去的那个神奇的旋律。于是,拉夫列茨基转到客厅里来,呆立在那里,很久不能离开:在这个他和丽莎时时会面的房间里,她的幻象更其生动地在他的眼前浮现出来了;他似乎感觉着在他的身旁随处都有着她的存在的迹印;可是,他对于她的伤悼却是苦痛而且深沉的,全没有死亡所能带来的平静。丽莎并没有死,却是活着在遥远的、望不见的什么地方;他把她当作活人思念着,但从那苍白的、幽灵般的身形,从那半隐于修道女的长裙和香烟的缭绕中的暗影,他却无论如何也认不出来他所曾经钟情的少女了。而拉夫列茨基,如果他能冥想地看一看自己,正如他之冥想地看着丽莎一样,那么,也许他连他自己也竟会认不出来的吧。八年之中,他终于经历了人生的最后的危机,这危机是许多人所不曾经历过的,然而如果不经历这样的危机,一个人也就无法能够终身不屈,坚持到底;他真已不再想到自己的幸福和个人的利益了。他的心灵已经平静下来,而且——我们为什么要把真情隐瞒呢——他已经老了,不独在脸上和身上,也在心境上和灵魂上;要在老年的身体里保持少年的心,如某些人所说的,不仅是困难的,而且几乎是可笑的;到老来还能不失善良的信仰、意志的强韧、行动的意愿,那也就该满足了。而拉夫列茨基也就该有满足的权利:他真已成了一个善良的农夫,他真已学会了耕种土地,而且,他的劳作也不仅为着自己;他也不遗余力地改善着而且保证着他的农民们的生活。

拉夫列茨基走出了屋子,来到了花园,落座在他所那么熟识的那张椅上。这里,在这永不能忘的场所,在这个他曾经徒然地,也是最后一次地把手伸向了浮涌着、灿烂着欢乐的金酒的神圣之杯的屋子前面。他,一个孤寂的、无家的旅人,当那些已经将他扔在脑后的青年后辈们正把他们的欢乐的喧声传到他的耳边来的时候,他却对着自己过去的生活作了长久的凝视。他的心是凄然的,然而却并不沉痛,也不酸苦;尽管多所遗憾,然而却没有什么可以令他羞惭。"玩吧,乐吧,生长吧,年轻的生命们!"他想着,而在他的冥想里,他却并没有什么悲哀:"未来是属于你们的!你们的生活会比较我们的容易;你们不会像我们一样,不得不在黑暗里去摸索自己的道路,去挣扎,去跌倒了又爬起来;我们得一生苦斗着才能支持到底——而我们中间有多少人是不曾支持到底的啊——可是你们却只需一心工作,一心履行自己的责任——像我这样的老年人的祝福,是为了你们的。说到我,当我在这里过去了这样的一天,经历了这样的情感之后,我只有和你们作着最后的诀别了;并且,虽有惆怅,却并无嫉妒,也并无一丝阴暗的情感,我,在旅途的终结之前,在那等待着我的上帝之前,大声说道:'欢迎呀,寂寞的老年!毁掉吧,无用的生命!'"

拉夫列茨基静静地立了起来,静静地走了出去;没有人注意他,也没有人挽留他;在花园里,在青葱的、高大的菩提树的密幛后面,欢乐的声音更加高扬了。他坐上了马车,吩咐车夫驱车回家,然而,却不用催马。

"这就完了么?"不满足的读者也许要问。"拉夫列茨基以后怎样了呢?还有丽莎呢?"可是,对于虽然活着却已经退出了人生战场的人,我们能说什么呢?我们为什么还要再提起他们呢?据说,拉夫列茨基曾经拜访过丽莎隐身的那个遥远的修道院——并且看见过她。当她从一个歌唱席走到另一个歌唱席的时候,她曾经紧挨他的身边走过;她以平匀的、急促而又柔和的修道女的脚步,一直向前走去——一眼也不曾望他；只是朝他这一边的眼睛的睫毛却几乎不可见地战栗了，她的消瘦的脸面也更低垂了，而她的绕着念珠的、紧握着的手的手指，也互相握持得更紧了。他们两人所想的是什么，所感觉的是什么呢？谁知道？谁能说？人生里面有些瞬间，也有些情感……那是我们只能意会，却不可以言传的。

"外国文学名著丛书"书目

第 一 辑

书 名	作 者	译 者
伊索寓言	〔古希腊〕伊索	周作人
源氏物语	〔日〕紫式部	丰子恺
堂吉诃德	〔西班牙〕塞万提斯	杨 绛
泰戈尔诗选	〔印度〕泰戈尔	冰 心 石 真
坎特伯雷故事	〔英〕杰弗雷·乔叟	方 重
失乐园	〔英〕约翰·弥尔顿	朱维之
格列佛游记	〔英〕斯威夫特	张 健
傲慢与偏见	〔英〕简·奥斯丁	王科一
雪莱抒情诗选	〔英〕雪莱	查良铮
瓦尔登湖	〔美〕亨利·戴维·梭罗	徐 迟
欧·亨利短篇小说选	〔美〕欧·亨利	王永年
特利斯当与伊瑟	〔法〕贝迪耶	罗新璋
巨人传	〔法〕拉伯雷	鲍文蔚
忏悔录	〔法〕卢梭	范希衡 等
欧也妮·葛朗台 高老头	〔法〕巴尔扎克	傅 雷
雨果诗选	〔法〕雨果	程曾厚
巴黎圣母院	〔法〕雨果	陈敬容
包法利夫人	〔法〕福楼拜	李健吾
叶甫盖尼·奥涅金	〔俄〕普希金	智 量
死魂灵	〔俄〕果戈理	满 涛 许庆道

书　名	作　者	译　者
当代英雄	〔俄〕莱蒙托夫	草　婴
猎人笔记	〔俄〕屠格涅夫	丰子恺
白痴	〔俄〕陀思妥耶夫斯基	南　江
列夫·托尔斯泰中短篇小说选	〔俄〕列夫·托尔斯泰	草　婴
怎么办？	〔俄〕车尔尼雪夫斯基	蒋　路
高尔基短篇小说选	〔苏联〕高尔基	巴　金　等
浮士德	〔德〕歌德	绿　原
易卜生戏剧四种	〔挪〕易卜生	潘家洵
鲵鱼之乱	〔捷〕卡·恰佩克	贝　京
金人	〔匈〕约卡伊·莫尔	柯　青

第　二　辑

荷马史诗·伊利亚特	〔古希腊〕荷马	罗念生　王焕生
荷马史诗·奥德赛	〔古希腊〕荷马	王焕生
十日谈	〔意大利〕薄伽丘	王永年
莎士比亚悲剧五种	〔英〕威廉·莎士比亚	朱生豪
多情客游记	〔英〕劳伦斯·斯特恩	石永礼
唐璜	〔英〕拜伦	查良铮
大卫·科波菲尔	〔英〕查尔斯·狄更斯	庄绎传
简·爱	〔英〕夏洛蒂·勃朗特	吴钧燮
呼啸山庄	〔英〕爱米丽·勃朗特	张　玲　张　扬
德伯家的苔丝	〔英〕托马斯·哈代	张谷若
海浪　达洛维太太	〔英〕弗吉尼亚·吴尔夫	吴钧燮　谷启楠
哈克贝利·费恩历险记	〔美〕马克·吐温	张友松
一位女士的画像	〔美〕亨利·詹姆斯	项星耀
喧哗与骚动	〔美〕威廉·福克纳	李文俊
永别了武器	〔美〕欧内斯特·海明威	于晓红

书　名	作　者	译　者
波斯人信札	〔法〕孟德斯鸠	罗大冈
伏尔泰小说选	〔法〕伏尔泰	傅　雷
红与黑	〔法〕司汤达	张冠尧
幻灭	〔法〕巴尔扎克	傅　雷
莫泊桑中短篇小说选	〔法〕莫泊桑	张英伦
文字生涯	〔法〕让-保尔·萨特	沈志明
局外人　鼠疫	〔法〕加缪	徐和瑾
契诃夫小说选	〔俄〕契诃夫	汝　龙
布宁中短篇小说选	〔俄〕布宁	陈　馥
一个人的遭遇	〔苏联〕肖洛霍夫	草　婴
少年维特的烦恼	〔德〕歌德	杨武能
德国，一个冬天的童话	〔德〕海涅	冯　至
绿衣亨利	〔瑞士〕戈特弗里德·凯勒	田德望
斯特林堡小说戏剧选	〔瑞典〕斯特林堡	李之义
城堡	〔奥地利〕卡夫卡	高年生

第 三 辑

埃斯库罗斯悲剧二种	〔古希腊〕埃斯库罗斯	罗念生
索福克勒斯悲剧二种	〔古希腊〕索福克勒斯	罗念生
欧里庇得斯悲剧二种	〔古希腊〕欧里庇得斯	罗念生
神曲	〔意大利〕但丁	田德望
西班牙流浪汉小说选	〔西班牙〕克维多　等	杨　绛　等
阿拉伯古代诗选	〔阿拉伯〕乌姆鲁勒·盖斯　等	仲跻昆
列王纪选	〔波斯〕菲尔多西	张鸿年
蕾莉与马杰农	〔波斯〕内扎米	卢　永
莎士比亚喜剧五种	〔英〕威廉·莎士比亚	方　平
鲁滨孙飘流记	〔英〕笛福	徐霞村

书　名	作　者	译　者
彭斯诗选	〔英〕彭斯	王佐良
艾凡赫	〔英〕沃尔特·司各特	项星耀
名利场	〔英〕萨克雷	杨　必
人性的枷锁	〔英〕威廉·萨默塞特·毛姆	叶　尊
儿子与情人	〔英〕D. H. 劳伦斯	陈良廷　刘文澜
杰克·伦敦小说选	〔美〕杰克·伦敦	万　紫　等
了不起的盖茨比	〔美〕菲茨杰拉德	姚乃强
木工小史	〔法〕乔治·桑	齐　香
恶之花　巴黎的忧郁	〔法〕波德莱尔	钱春绮
萌芽	〔法〕左拉	黎　柯
前夜　父与子	〔俄〕屠格涅夫	丽　尼　巴　金
卡拉马佐夫兄弟	〔俄〕陀思妥耶夫斯基	耿济之
安娜·卡列宁娜	〔俄〕列夫·托尔斯泰	周　扬　谢素台
茨维塔耶娃诗选	〔俄〕茨维塔耶娃	刘文飞
德国诗选	〔德〕歌德　等	钱春绮
安徒生童话选	〔丹麦〕安徒生	叶君健
外祖母	〔捷〕鲍·聂姆佐娃	吴　琦
好兵帅克历险记	〔捷〕雅·哈谢克	星　灿
我是猫	〔日〕夏目漱石	阎小妹
罗生门	〔日〕芥川龙之介	文洁若

第 四 辑

一千零一夜		纳　训
培根随笔集	〔英〕培根	曹明伦
拜伦诗选	〔英〕拜伦	查良铮
黑暗的心　吉姆爷	〔英〕约瑟夫·康拉德	黄雨石　熊　蕾
福尔赛世家	〔英〕高尔斯华绥	周煦良

书　名	作　者	译　者
月亮与六便士	〔英〕威廉·萨默塞特·毛姆	谷启楠
萧伯纳戏剧三种	〔爱尔兰〕萧伯纳	潘家洵　等
红字　七个尖角顶的宅第	〔美〕纳撒尼尔·霍桑	胡允桓
汤姆叔叔的小屋	〔美〕斯陀夫人	王家湘
白鲸	〔美〕赫尔曼·梅尔维尔	成　时
马克·吐温中短篇小说选	〔美〕马克·吐温	叶冬心
老人与海	〔美〕欧内斯特·海明威	陈良廷　等
愤怒的葡萄	〔美〕斯坦贝克	胡仲持
蒙田随笔集	〔法〕蒙田	梁宗岱　黄建华
悲惨世界	〔法〕雨果	李　丹　方　于
九三年	〔法〕雨果	郑永慧
梅里美中短篇小说选	〔法〕梅里美	张冠尧
情感教育	〔法〕福楼拜	王文融
茶花女	〔法〕小仲马	王振孙
都德小说选	〔法〕都德	刘　方　陆秉慧
一生	〔法〕莫泊桑	盛澄华
普希金诗选	〔俄〕普希金	高　莽　等
莱蒙托夫诗选	〔俄〕莱蒙托夫	余　振　顾蕴璞
罗亭　贵族之家	〔俄〕屠格涅夫	陆　蠡　丽　尼
日瓦戈医生	〔苏联〕帕斯捷尔纳克	张秉衡
大师和玛格丽特	〔苏联〕布尔加科夫	钱　诚
茨威格中短篇小说选	〔奥地利〕斯·茨威格	张玉书　等
玩偶	〔波兰〕普鲁斯	张振辉
万叶集精选	〔日〕大伴家持	钱稻孙
人间失格	〔日〕太宰治	魏大海

第 五 辑

书 名	作 者	译 者
泪与笑　先知	〔黎巴嫩〕纪伯伦	冰　心　等
华兹华斯　柯尔律治诗选	〔英〕华兹华斯　柯尔律治	杨德豫
济慈诗选	〔英〕约翰·济慈	屠　岸
汤姆·索亚历险记	〔美〕马克·吐温	张友松
大街	〔美〕辛克莱·路易斯	潘庆舲
田园三部曲	〔法〕乔治·桑	罗　旭　等
金钱	〔法〕左拉	金满成
果戈理小说戏剧选	〔俄〕果戈理	满　涛
奥勃洛莫夫	〔俄〕冈察洛夫	陈　馥
谁在俄罗斯能过好日子	〔俄〕涅克拉索夫	飞　白
亚·奥斯特洛夫斯基戏剧六种	〔俄〕亚·奥斯特洛夫斯基	姜椿芳　等
复活	〔俄〕列夫·托尔斯泰	草　婴
静静的顿河	〔苏联〕肖洛霍夫	金　人
谢甫琴科诗选	〔乌克兰〕谢甫琴科	戈宝权　任溶溶
维廉·麦斯特的学习时代	〔德〕歌德	冯　至　姚可崑
叔本华随笔集	〔德〕叔本华	绿　原
艾菲·布里斯特	〔德〕台奥多尔·冯塔纳	韩世钟
豪普特曼戏剧三种	〔德〕豪普特曼	章鹏高　等
铁皮鼓	〔德〕君特·格拉斯	胡其鼎
加西亚·洛尔卡诗选	〔西班牙〕加西亚·洛尔卡	赵振江
你往何处去	〔波兰〕亨利克·显克维奇	张振辉
显克维奇中短篇小说选	〔波兰〕亨利克·显克维奇	林洪亮
裴多菲诗选	〔匈〕裴多菲	孙　用
轭下	〔保〕伐佐夫	施蛰存

书　名	作　者	译　者
卡勒瓦拉(上下)	〔芬兰〕埃利亚斯·隆洛德	孙　用
破戒	〔日〕岛崎藤村	陈德文
戈拉	〔印度〕泰戈尔	刘寿康